신들의 주사위

1989

차   례

제 I 부

제 1 장
아는 사이들

관계없다아, 관계없다아! 가을 밤공기를 가르고 고함소리가 퍼졌다. 두식영감의 맏손자 한영이 자기집 대문 밖에서 지르는 소리다. 좀 갈리기는 했으나 꽤 부피를 지닌 고함소리가 밤중이어서 더욱 요란하게 울렸다. 그렇건만 동네사람들은 그저, 술마시구 또 헛소리군, 하고 심상히 넘겨버린다. 올봄 한영이 처음 고함을 지르기 시작했을 땐 동네사람들은 거기에서 어떤 연유를 캐어보려 했었다. 그즈음 한영의 아내가 해산을 했는데, 조부인 두식영감이 바라던 사내애가 아니고 계집애여서 갓난애를 들여다보지도 않을뿐더러 미역 한줄 내려보내지 않는다는 소문이 나돌았다. 사실 두식영감은 손자며느리에게 산기가 있자 저녁녘부터 사랑방에 내려와 앉아 안채의 해산을 지켰던 것이다. 그것도 산아의 사주를 꼽아보고 다음날 인시에 낳아야 좋으니 그 시각까지 산고를 참으라고 일러가면서 기다렸던 것이다. 그런 보람이 있었는지 해산만은 다음날 인시에 맞춰졌지만 낳은 애가 사내애 아닌 계집애였다. 그러니 맏증손자를 보지 못한 실망에서 한영을 섭섭케 했을 거라는 추측이었다. 그래서 대가 약한 한영이 못먹는 술을 마시고 술의 힘을 빌어 대여섯 집 위쪽에 사는 할아버지에게 딸이면 어떠냐고 그런 건 관계없다는 소리를 지르는 걸 거라고 동네사람들은 수군댔던 것이다. 그런데 오래잖아 동네사람들은 이런 짐작을 수정해야 했다. 한영이 어쩌다 술을 마신 뒤의, 관계없다는 고함소리가 계속돼온 데다가 소리치는 방향이 두식영감의 집 쪽이 아니고 그냥 허공에다 대고 질러댄다는 결 안 것이다. 그뒤로 동네사람들은 한영의 관계없다는 고함소리를 들을 때마다 한갓 주사쯤으로 여기게 돼버렸다.

한영의 고함지르는 시간은 일이 분 정도였다. 그것이 가족들에게는 사뭇 긴 시간으로 느껴져, 아내며 아버지가 달려나와 타이르며 끌고 들어가려고 하는 것이었으나 한 번도 효과를 거두지 못했다. 언제나 자기가 고함지르고 싶은 대로 지르고서야 마는 것이다. 두식영감에게 불려가 호되게 꾸중을 듣고 나서도 여전했다. 다른 일은 할아버지의 말을 어겨본 적이 없는 터지만 이것만은 그대로 되지 않았다.

이날밤도 한영은 별이 깔린 하늘과 불빛 읍내 사이의 허공에 대고 언제나와같은 시간 정도, 관계없다아, 소리를 지르고서야 홀쭉이 키큰 몸을 대문께로 돌려 휘적휘적 걸어 들어갔다. 아버지의 거처인 안방은 불이 꺼져있고, 대문 왼쪽도 헛간이어서 깜깜인데, 오른쪽 사랑방에만 불이 켜져있었다. 동생 한수가 공부중인 것이다.

한영은 안채 대청으로 해서 건넌방으로 들어가 전등을 켠다. 아랫목에 저녁상이 놓여있었다. 아내가 어린것 있는 할아버지 집으로 올라가면서 차려놓은 것이다. 어린것이 보채기라도 하여 한수의 공부 방해가 되거나 잠을 설치게 해선 안된다고 얼마 전부터 애를 할머니가 맡고 있었다.

한영은 숟가락도 대보지 않고 밥상을 아랫목 벽에 밀어붙이고 이불을 깐 뒤 전등을 끄고는 잠자리에 든다. 그리고는 이불을 머리 위까지 썼다.

사랑방에서는 한수가 책상 앞에 앉아 망연해있었다. 오래간만에 집에 돌아와 보름쯤 되는 동안 두번째로 형의, 관계없다아, 하는 고함소리를 듣는 것이다. 망연히 앉아있는 그의 눈앞에 시커먼 바다가 펼쳐졌다. 그 바다가 잠시도 쉬지 않고 출렁댔다. 출렁대는 시커먼 물두렁 위로 희끗희끗 물머리가 드러났다가는 사라지곤 했다.

"암만해두 한영이 그사람 기분이 상한 눈치였어." 봉룡이 술상 너머의 윤의사에게 말했다.

12

"하긴 후딱 일어나 나가는 품이 그래 보이지?"

"워낙 술을 많이 못하는 것같든데요." 술따르는 색시가 별일 아닐 거라는 듯 한마디 했다.

"그 사람이 술이 세지 못하긴 하지. 그렇드래두……" 이날 봉룡은 이 술자리에 한영을 끼게 하여 틈을 보아 뭣을 하나 상의해볼까 했었는데 그게 그만 틀려버려 아쉬운 느낌이 들지 않을 수 없었다. 그러나 세상일이란 뜻대로만 되는 게 아니지 않느냐고 생각을 돌이키고는 윤의사 앞에 놓인 담뱃갑에서 한 개비 뽑아 붙여물며, "암튼 윤원장의 사마귀 얘기가 그사람 맘에 걸렸든 게야. 그게 걸렸든 거라구."

"그거야 곤충의 세계에서 엄연히 존재하는 일이구, 종족을 보존하려는 자연의 섭리 아냐? 그래 세상엔 이런 일두 있다는 걸 말한 것뿐인데 뭘 그걸 가지구……"

곤충 중에 아비가 자식을 위해 자기 몸을 희생하는 종류가 적지 않다면서 윤의사가 사마귀의 예를 들었던 것이다. 사마귀는 교접을 하고 난 뒤 수컷이 암컷에게 잡혀먹히우는데, 성급한 암놈은 교접 도중에 수놈을 먹기 시작하는 수가 있다. 아직 교접행위가 끝나지 않은 채 수놈은 아무런 저항없이 머리부터 가슴, 배의 순서로 먹히워버리는 것이다. 이처럼 사마귀 수놈은 암놈이 잉태할 자기 새끼의 영양공급을 위해 고스란히 희생당하는 셈이다.

"근데 꿀벌 있잖어? 그놈들은……" 봉룡은 담배를 한 모금 흠뻑 빨고 나서, "그놈들은 수펄 한 놈만이 여왕벌과 그짓을 하구, 그리구 나면 나머지 수펄들은 완전히 무용지물이 되구 말어. 그리구서 꿀만 축내니까 모주리 쫓여버리지."

"자연의 섭리란 게 그렇게 무궁무진한 거야. 그래 꿀 많이 받았나?"

"금년엔 아카시아꽃 철때두 비가 안 왔구 밤꽃 철에두 비가 안 와서 재밀 좀 봤지. 그나저나 그런 곤충으루 태어나지 않은 게 얼마나 다행스런지 모르겠어. 우리같은 인간세계에선 남잔 그저 뱃심 하나 두둑하면 모든게 문제없거든, 그럼. 근데 한영이 그작잔 마음이 너무 약해빠져서 글렀어. 무슨 놈의 사람새끼가 그모양야."

"애비구실을 못한다는 자격지심두 있겠지. 결국 사람구실 못한다는 얘기 아니겠나."

"그냥저냥 사는 거지 뭘 그래. 날 좀 보라지. 예펜네라는 건 게그 혼처럼 새끼를 싸질러놓는데 그걸 기를 만한 마련이 내게 뭐 있나. 산 사람 입에 거미줄 치랴 하구 뱃심 하나루 버텨나가는 거야, 그럼." 봉룡이 입가에 벌름 웃음을 짓는다. 자식 다섯을 두고서 아내가 품팔이를 하여 죽이야 밥이야 살아가는 형편인데도 벌통 하나를 치며 더 늘릴 생각도 않고 봄 여름 가을 철엔 낚시질, 겨울엔 짐승 덫놓기, 그리고 하릴없이 복덕방에나 가 앉았는 걸로 흥뚱항뚱 세월을 보내건만 태평하다는 웃음인 것이다.

"자네야 본시 낙천가가 아닌가. 자네의 그 낙천은 아무두 못 따를 걸."

"너무 그러지 말게나." 봉룡이 부스스한 고수머리를 긁적이며, "암튼 한영이 그친구 본래 소심하기두 하지만 할아버지한테 짓눌려 사느라구 기를 못 편 탓이야. 아마 오늘밤에두 집에 돌아가선 미친놈의 헛소리같은 걸 또 질러댔겠지."

"그런 소리라두 지르는 동안은 괜찮은 편이야."

"괜찮은 편이라니?"

"그렇게라두 해서 억압된 심정의 돌파구를 찾아야지 그렇잖음 병들지, 병들어."

"도대체 뭣하구 관계가 없다는 소린지 원. 글쎄 그작자가 어려선 머리가 좋다구 신동이란 말을 들었었는데…… 이제 그 집안에 남은 인물은 영감의 둘째손자뿐이야."

"사법고시 1차시험엔 합격됐다면서?"

"그럼, 절꺼덕 붙었지. 2차시험엔 어쩌다 운이 나빠서 떨어진 모양이지만 것두 내년엔 따는 당상이야. 그동안 절간에 들어가 공부하다가 요즈막엔 집에 와서 한대. 그치가 고시에 합격하는 날엔 이 고장에선 용 나는 거지, 용 나는 거야, 그럼."

"술잔 내세요." 색시가 끼어들어 주전자를 집어든다.

"얘기가 흥미없다 이건가?" 봉룡이 잔을 내어 윤의사에게 건네고 나서 찌개안주를 떠먹는다.

"드시구서 저두 한잔 주세요." 색시가 보일락말락 생긋거렸다.

윤의사가 잔을 천천히 비우고 색시에게 넘기고는 술을 붓는데 반잔도 못 차고 술이 끊어졌다. 색시가 그대로 마시려는 걸 윤의사가 제지하고 술을 더 가져오라고 이른다.

색시가 빈 주전자를 들고 나가자 봉룡이 윤의사 앞으로 고개를 쑥 내밀며,

"원장, 어때? 고것 꽤 반반하지?" 한다.

이 술집에서 처음 보는, 눈화장이 짙은 오목한 얼굴에 코끝이 쫑긋 들린 이 여자에게 윤의사는 아까부터 관심이 갔었으나 그저,

"솜털은 벗었구먼," 하고 만다.

나갔던 색시가 새로 주전자를 가져오자 윤의사는 색시 잔에 술을 채운다. 그리고는 색시가 맛보듯이 하고 술잔에서 입을 떼는 걸 보고,

"그러지 말구 단숨에 쭈욱……음, 음……됐어."

단숨에 다 들이켜고도 얼굴 표정 하나 까딱않는 색시를 벌쭉거리며 바라보던 봉룡이 윤의사에게로 시선을 돌린다.

"아까 얘기한 사마귀 말야, 숫놈이 암놈한테 잡혀먹히믄서두 끝까지 붙어있는 거겠지?"

"그렇다니까."

"그러구두 숫놈이 할 짓은 다 한다는 거구?"

"사정 말인가? 물론이지. 그놈은 대뇌작용으루 사정을 하는 게 아니구, 반사작용으루 하기 때문에 암놈에게 먹히우면서두 가능해."

"반사적으루 한다는 게 어떤 건진 모르지만, 암튼 먹혀가믄서두 장시간 동안 재미볼 건 다 본다 이거 아냐? 그거 환장허겠는데."

"또 저 말버릇!" 윤의사는 무표정한 얼굴로 봉룡을 탓하듯이 말했다. 윤의사의 길쭉한 얼굴의 이 무표정은 그러나 부러 그렇게 짓는 것이라 일종 표정이라고 할 수 있었다. "남의 생리학적 얘기를 엉뚱한 음담패설루 몰지 말라구. 점잖지 못하게. 생리학적 얘긴 어디까지나 생리학적으루 받아들여야 하는 거야."

윤의사는 생리학적이란 어휘를 곧잘 사용했다. 언젠가 봉룡도 긴 술좌석에서 인간이 방출하는 정액 속에 얼마만큼의 정충이 들어있는가 라는 것이 화제에 오른 일이 있었다. 윤의사가, 정액 I cc에

평균 1억 마리의 정충이 들어있다고 했다. 그 정충의 헤엄치는 속
도는 1분간에 약 3밀리 정도. 정충의 길이가 20분의 1밀리니까 1
초간에 대략 자기 신장만큼 헤엄쳐나가는 꼴이 되는 셈이다. 이것
은 인간의 자유형 수영선수와 거의 같은 페이스다. 그러나 자유형
선수인 경우, 같은 속도를 유지하기란 고작 2백미터쯤이고 그 이
상이면 점차 속도가 느려지게 마련인데 정충은 어두운 갱도를 그냥
일정한 속도로 헤엄쳐 10시간쯤엔 목적지에 도달한다. 질 속이 그
처럼 깊어서가 아니고, 직선거리라면 약 3시간 걸릴 것을 도중 야
릇한 장애물을 만나게 되어 늦어지는 것이다. 이 이야기 끝에 윤의
사는 사람의 일회 정액 방출량은 20대에 평균 3.5cc라는 말도 했
다. 이에 비해 돼지 중에는 한 번에 5백cc나 방출하는 놈이 있어,
사람으로 치면 한 번 누는 오줌량에 맞먹는 것이다. 이때도 얘기를
다 듣고 난 봉룡이, 돼지란 놈은 사람 오줌누는 동안만큼 오래 쾌
감을 맛볼 수 있을 테니 부럽기 짝이없다고 했다가 윤의사한테, 생
리학적 이야길 왜 야비하게 외설스런 데다 갖다붙이느냐고 핀잔을
당했었다.
 "저 술 한잔 더 주세요."
 "야, 이 술 너 혼자 말릴 참이냐?"
 그러면서 봉룡이 윤의사의 눈치를 살핀다. 윤의사가 술을 주라는
눈짓을 했다. 봉룡이 색시의 잔에 술을 따르며,
 "요것이 겉으론 새침하구 있지만 속으론 우리 얘기에 동해서 술을
부르는 거지?"
 옆방 술자리에서 노랫소리가 들려왔다. 여자가 시작한 노래를 남
자들이 따라 소리소리치며 불러댔다.
 "아가씨두 한번 뽑아보지." 윤의사가 무표정의 표정인 채 말했다.
 술기운으로 해서 되레 쫑긋한 코끝이 하얘진 색시는 잠시 잠자코
있더니 별 사양않고 노래를 부르기 시작했다.
 ——오동잎 하얀 잎 두 이잎 떨어지는 가아을 밤에 그 어디서
어 드을려오나 귀뚜라미 우우는 소리이 고요하게 흐르는 밤의 적
막으을 어이해서 너어만은 싫다고 울어대나아……
 제법 정감을 담은 노래솜씬데. 윤의사는 노래를 들으며 생각한다.

근데 가을 밤의 적막이 싫다고 울어대나마나 그 귀뚜라미 소리도 앞으론 못 듣게 될는지 몰라. 여러가지 공해로 차츰 멸종돼가는 판이니 이대로 가다가는 머지않아 귀뚜라미도 노래 속에나 남게 될 거라.

색시가 새 노래를 이어 부른다. ——찬비가아 내리느은 그 어어느으날 초라한 바암에 그리운 추억의 아프음 못 잊어 살며시 두 눈을 감았네에 어어둠이 물드느은 희이미한 가로드응 밑에 지이난 시절 아쉬움을 나아 홀로 그리며어……

또 밤노랜가? 왜 하필이면 초라한 밤이야? 그건 그렇고, 노래 솜씨가 괜데. 어쩌다 이곳까지 굴러들어왔누. 윤의사는 색시를 넌지시 바라본다. 이 여자가 두 눈을 감으면 어떤 모습이 될까?

내리 두 가지 부르고 색시는 노래를 멈췄다.

쿵짜작쿵짝 흠빠빠흠빠, 하면서 젓가락 장단을 치던 봉룡이,

"야, 노래 부르라구 하지 않았드믄 서러워 울 뻔했구나." 큰 소리로 말했다.

색시는 봉룡을 외면한 채 윤의사더러,

"선생님 노래 부탁해요."

그러자 윤의사가 느닷없이 재채기를 연달아 했다. 좀 멎는 듯하다가는 또 했다. 봉룡은, 이크 그 증세가 발동하셨군, 하고 의미있는 웃음을 빌씬 웃는다. 윤의사의 재채기의 의미를 아는 것이다. 윤의사의 말에 따르면 동물이란 암컷의 암내를 수컷이 후각으로 맡게 마련인데 그런 때 말이나 소는 입술을 벌려 잇몸까지 드러내며 소리없이 크게 웃지만 자기 경우는 콧속이 근질근질해지다가는 재채기 증상으로 나타난다는 것이다. 이것도 생리학적 현상이라며 웃지도 않고 얘기했던 것이다.

색시는 윤의사 노래를 기다리는 눈치나 굳이 재촉하는 기색도 아닌 생글거리는 낮빛이다.

윤의사가 또 재채기를 연거푸 했다. 이쯤되면 봉룡은 자리를 비켜줘야 하는 것이다. 자기 잔을 말끔히 비우고는 변소에라도 가듯이 일어나 방을 나온다. 그리고 사실 변소에 들러 소변을 보고 술집을 나와버린다. 다리가 휘뚱거려졌다. 번번이 얻어먹는 술이지만

이날도 엔간히 취하도록 마신 게 만족스러웠다.

술집이 있는 좁고 어둑신한 골목을 벗어나면 훤한 한길이다. 이 읍에서 제일 번화한 곳이다.

취중에도 봉룡은 자기가 걷는 길 쪽에 무엇이 있는지 보지 않고도 순서대로 안다. 전기상회, 유리점, 미장원, 우체국, 시계포, 문방구점, 약방, 대서소, 가구점, 중국음식점…… 물론 각집 주인들도 다 안다. 지금 봉룡은 가게주인 중 더러와 눈이 마주쳐 알은체를 하고, 길가는 사람과도 마주치면 인사를 나눈다. 그러면서 봉룡은 술취해 기분이 좋으면 언제나 그러듯이, 이렇게들 한 고장에 모여 산다는 게 인연이라는 생각을 한다. 이곳 본토박이만 해도 그들이 처음 여기다 자리잡게 된 것부터 어떤 인연에서이고, 그리고 여길 떠나지 못하는 것도 그렇고, 다른 고장에서 들어와 살게 된 것 역시 그렇고, 하다못해 좀전의 색시가 그 술집에 새로 온 것이나 오늘밤 윤의사와 관계가 맺어지는 것이나 모두 인연이 아니고 무어랴. 그리고 자기가 윤의사와 중학동창인 것도, 그나마 2학년 때 가세가 기울어 중퇴하기까지의 알량한 동창이건만 윤의사가 번번이 술을 사고 자기는 얻어만 먹는 것도 다 인연 그것이다. 그뿐이랴. 자기에게 자식 다섯이 있고, 아내가 날품팔이를 하고 자기는 빈둥거리는 것도 또한 어쩔 수 없는 인연에서인 것이다.

봉룡은 술취한 기분을 만끽했다. 한길이 오른쪽으로 급히 휜 곳 못 미처에 있는 다방 〈고향〉 앞에 이르렀을 때, 다방문을 막 나와 이리로 향하는 젊은 남녀와 마주쳤다. 남자와만 고개인사를 나눈다. 남자는 본토박이라 본시부터 아는 터이고, 여자는 이번에 새로 부임해온 경찰서장의 딸로 남자가 근무하고 있는 이곳 여자중학교 교사라는 것을 봉룡편에서는 알고 있으나 상대방은 이쪽을 모른다. 며칠 전 밤에도 이 두 남녀가 같이 걷는 걸 보았는데, 그때는 이쪽에서만 알아보았을 뿐이었다.

봉룡은 남자와 고개인사를 하고 나서 두어 걸음 옮기다 말고,
"저, 민선생!" 하고 불렀다.

남자가 돌아다보자 봉룡이 다가가 손을 내밀며,
"담배 있걸랑 한대 주우," 한다. 보통때같으면, 주게, 할 것이지

만 동행이 있어서, 주우, 한 것이다.

남자가 지체없이 호주머니에서 담뱃갑을 꺼내어 한 개비 뽑아 주고는 가던 길을 향한다.

봉룡은 담배에 불을 붙이며 흡족해한다. 이렇게 밤길에서 서로 만난다는 것도 인연이렷다. 암, 인연이고말고. 그러니 담배 한대쯤 달래 피우기로서니 뭐 잘못한 일일라고. 암, 잘못이 아니고 말고.

"민선생님은 아는 사람이 참 많으세요."

진희가 앞을 향한 채 걸으며 말했다.

"좁은 고장이니까요. 게다가 몇 대를 여기서 살아왔구요."

중섭은 조금 처진 걸음을 빨리 하여 진희와 나란히 걷는다.

진희는 중섭에게 아는 사람이 많다고 했으나 이번에도 그 사람이 누구냐고는 묻지 않았다.

"전 한 곳에 오래 살아본 적이 없거든요. 아버지 직장 때문에 말예요. 몇 년이 멀다 하구 이사다녀야 했어요. 꼭 뿌리 내리지 못한 나무같이요."

"나무야 되레 몇번 옮겨심어야 아무데 심어두 잘 살다던데요."

아닌게아니라 중섭은 진희의 밝은 성품이 여러번 옮겨심어진 나무가 땅을 타지 않듯 그네가 여기저기 옮겨다니며 성장한 데서 온 것은 아닐까 하는 생각을 해본다. 학교에서 같은 국어를 맡고 있는 관계로 마주 대하는 기회가 많은데, 서로 견해가 다르면 다른 대로 그네의 자기나름대로의 분명한 태도가 언제나 눈에 띄었다. 이날도 다방에서 많은 얘기를 나누는 사이 그네의 구김없고 솔직함에 호감이 갔다.

"전 지금의 학교생활이 재밌어요. 선생되길 잘했다 싶어요." 진희는 이해 봄 대학을 나온 뒤 집에서 놀다가 부친이 이 고장으로 전근해오면서 학교에 취직했던 것이다. 2학기인데도 마침 빈자리가 생긴 데다가 부친의 힘을 입은 셈이었다. "하지만 초년생이 담임까지 맡아놔서 벅찬 것같아요. 그만둔 선생이 물린 거라 자동으루 맡게 됐지만요."

"좀 힘들드래두 담임을 맡아야 학교생활이 어떻다는 걸 깊숙이 알 수 있습니다."

"하긴 그런가보죠. 민선생님두 알구 계실지 모르지만 저희 반에 몸이 부자유한 애가 한 명 있어요. 지능은 정상이면서 말예요. 그애가 그렇게 측은할 수가 없는 거예요. 집에선 동생 머리 한번 빗겨주지 않았는데 걔는 책가방두 챙겨주구 신도 신겨주구 하거든요 제가. 전혀 귀찮게 생각되지가 않아요."

"벌써 교사생활의 뿌리가 내리기 시작했는데요."

중섭이 낮게 웃었다. 진희도 따라 낮게 웃으며,

"민선생님은 어떠세요?"

"저두 아직 초년생이나 다름없습니다. 2년 반밖에 안됐으니까요." 중섭은 지방 사범대학을 나온 다음 단신인 탓에 1년간 방위근무를 마치고 교사생활로 들어섰던 것이다. "그런데 선생은 말이죠, 최초엔 재밌다가 다음엔 침체상태를 거치구 나서 보람을 느끼는 단계에 도달해야 진짜 선생생활이라구 할 수 있다는 거죠."

"그럼 민선생님은 보람을 느끼는 단계세요?"

"웬걸요. 침체된 지점에서 마냥 허우적거린다구나 할까요."

"겸손의 말씀."

"아뇨. 진정입니다."

"그렇담 전 요원하네요, 보람을 느끼는 단계에 다다르려면요. 모르겠어요. 그냥 현재의 재밌다는 단계를 오래 지닐래요 전."

진희가 사는 관사가 있는 골목에 이르러 둘이는 헤어졌다.

중섭은, 외등에 뒷모습을 보이며 골목 안으로 들어가는 진희를 잠시 바라보며 서있었다. 같이 걸을 때는 느끼지 못했던, 학교 복도나 운동장에서 진희가 혼자 걸을 때 약간 상체를 율동적으로 흔드는 동작을 지금도 보게 된 것이다. 저 여자는 누구보다도 교사생활의 재미를 정말 길게 유지할 수 있을 것같군. 그러고보면 난 너무 그 재미라는 걸 일찍 지나쳐버린 건 아닐까.

진희는 알 수 없는 충족감에 젖어있었다. 중섭과의 사이에 서로 이해가 깊어지는 것같은 걸 느꼈던 것이다. 하기는 그네의 학교생활이 재미있다고 생각하는 자체 속에 이미 중섭과 한 직장에 있다는 사실이 큰 비중을 차지하고 있었는지 모른다. 그네는 가볍게 손을 내밀어 대문에 붙은 벨쪽지를 눌렀다.

　한길이 다 흰 어름에서 번화가는 끝난다. 봉룡은 거기서 잠시 머
뭇거렸다. 왼쪽에 뚫린 길로 접어들어가야 자기가 사는 집이 되는
것이다. 그러나 이날도 술마신 기분을 집에 가 잠으로 가시게 하고
싶지가 않았다. 다시 걸음을 옮긴다.
　어둑한 길을 좀 가 버스정류소 앞을 지난다. 하루 몇 차례 서울
로 연결되는 버스와 아래로 내려가는 버스가 멎었다가 가는 장소다.
지금은 표 파는 가게마저 문을 닫아 쓸쓸했다. 언제 읍이 발전해서
주차장같은 게 들어서게 될 건고.
　봉룡이 버스정류소 앞을 지나 조금 가는데 누가 바삐 마주 오다
어기고 나서 돌쳐 오면서,
　"아저씨 아니세요?" 한다.
　윤의사의 병원 사동이었다. 윤의사는 일년 전까지 여러차례 여자
간호원을 두었지만 윤의사와의 사이에 불미스러운 관계가 맺어지
곤 하여 그게 부인한테 눈치채여져서는 쫓겨나가곤 했는데, 종당엔
부인의 의향에 따라 소년으로 대치하게 됐던 것이다.
　"웬일이냐?"
　"우리 원장님 못 보셨어요?"
　"왜? 급한 환자 있니?"
　"네. 읍장님네요."
　"읍장네? 읍장네 누구?"
　"아저씨 급해요. 보셨어요, 못 보셨어요?"
　"오복정에 가봐라."
　"그렇지 않아두 가실 만한 술집 두 군덴 가봤구요, 이제 그리루
가던 참예요."
　소년이 돌아서 걸음을 재게 놀린다. 급한 환자가 있으면 어서 봐
줘야지. 의사도 못해먹을 노릇야. 술 한잔 느긋이 마실 수 없으니.
그러다가 봉룡은, 아차 하는 생각이 들었다. 지금 오복정 그 방에
서는 남이 알아서는 안될 일이 벌어지고 있는 거다. 그런 것을 자
기가 깜빡 잊고 윤의사 있는 곳을 알으켜주었으니. 그래 자기가 알

으켜줬다는 말은 말라고 당부하려 소년이 가는 쪽을 보았으나 벌써 소년의 그림자는 한길 굽이를 돌아 사라지고 있었다. 하필 고녀석을 여기서 만날 게 뭐람. 잘 나가다가 이모양야. 아무래도 이건 좋않은 인연인데. 하기야 자기가 윤의사 있는 곳을 알으켜주지 않았더라도 소년은 그리로 가던 참이라고 하지 않았는가. 그러니 내게 책임은 없지.

소년이 잰걸음으로 오복정 대문을 들어서는데 윤의사가 툇마루에 앉아 구두를 신고 있는 게 보였다. 마침 잘됐다고 소년은 윤의사가 구두를 다 신고 허리를 펴기를 기다렸다 가까이 가 용건을 알렸다. 이때 옆방 손님인 땅딸막한 사내가 변소에서 돌아오다 윤의사에게 알은체했으나 윤의사의 눈에는 들어오지 않는 듯싶었다.

윤의사는 몹시 불쾌해있었다. 마악 색시를 안으려다가 여자의 몸에 이상이 있다는 걸 알아챈 것이었다. 색시가 처음엔 깨끗한 몸이라고 잡아뗐으나 결국 안되겠다 싶었는지 옷을 꿰입고 홀 나가버렸다. 그러고보니 네년이 병을 숨겨보려고 눈화장을 짙게 하고 술을 마구 마셨구나. 사람을 쑥으로 봐도 분수가 있지, 네년의 수에 넘어갈 내가 아니다. 내가 누군데! 어림도 없지, 어림도 없어! 그러나 기실 윤의사의 불쾌감은 색시가 자기를 속이려 했다는 것보다 그런 흠있는 여자를 미처 가려내지 못하고 안으려고 눈독을 들였던 자신에 대한 불쾌감이 더 컸다. 에잇 재수 없어!

윤의사가 이렇게 병원으로 돌아온 바로 뒤로 좀전 술집에서 윤의사에게 알은체를 한, 땅딸막한 체구의 사내가 병원 현관문에 와 붙어섰다. 읍사무소 증명계에 있는 조서기란 직원으로, 소년이 윤의사에게 용건을 알리는 말 가운데 읍장이라는 말을 주워들은 것이었다. 읍장은 오늘 등청했었는데 갑자기 무슨 병이라도 난 것일까. 그렇다면 누구보다도 자기가 먼저 병문안을 하여 점수를 따야 한다. 기회란 생겼을 때 붙잡아야 하는 거다. 그래서 술자리에 다시 들어가지도 않고 뒤쫓아왔던 것이다.

조서기는 연신 둘레에 신경을 쓰며 현관문에 바싹 붙어서서 안의 동정을 살폈다. 안의 상황으로 짐작하여 읍장 자신이 와 있는 것같

지는 않았다. 그러는데 안에서 현관께로 나오는 기척이 났다. 조서기는 얼른 어둠속으로 물러섰다.

　낯익은 읍장네 심부름 소녀가 앞서 나오고, 그 뒤로 윤의사가 나왔다. 그리고 사이를 두어 병원 사동이 왕진가방을 들고 나왔다.

　조서기가 어둠속에서 잽싸게 나와 소년에게 귓속말로 무슨 일이냐고 물었다. 소년이 말없이 조서기를 잠시 쳐다보다가 이 사내가 아까 술집에서 윤의사한테 인사를 한 사람이라는 걸 알아보고는 조그만 소리로 대답을 하고서 종종걸음을 쳐 앞선 사람들을 따라갔다.

　조서기는 읍장 자신이 병난 게 아닌 걸 알아내자 공연한 발품을 팔았다고 후회하면서 다시 술좌석으로 돌아가나 어쩌나 망설이고 있는데 어둠속에서 불쑥 누가 튀어나왔다.

　"아이 깜짝야!"

　"나요."

　"난 또 누구라구요."

　봉룡이었다. 봉룡은 아무래도 소년에게 윤의사 있는 곳을 제 입으로 말한 게 얼마간 쩜쩜한 데다가 하회가 어떻게 되나 궁금하기도 하여 갈 곳도 없는 발길을 병원으로 했던 것이다.

　"대체 어딜 왕진간대요, 이 밤중에?"

　"아무것두 아네요." 조서기가 시답잖게 대꾸했다.

　"왜 이러시나. 아까부터 병원을 기웃거리구, 금방 또 애하구 얘길 했으면서?"

　"뭐 별것 아니라니까요. 저, 읍장 따님이 집에 와 있는 건 알죠?"

　읍장네는 시집갔다 남편과 생이별을 하고서 애 하나 데리고 돌아와 있는 딸이 있다는 건 다 알려진 사실이었다.

　"그래 그 딸이 집에 와 있는데?"

　"위경련에 복용하는 약을 좀 지나치게 먹었다나봐요."

　딴은 아무것도 아니로군.

　둘이는 멋없이 헤어진다. 별난 일이 있을까 했는데 싱겁게 됐다는 생각들을 하면서.

제2장
외 출

    소금 양치질을 하고 얼굴을 씻은 두식영감은 약간 굽고 여윈 자그마한 몸에 뒷짐을 지고 찬찬한 걸음걸이로 아들네 집으로 내려간다. 한수가 돌아온 한 보름 전부터 두식영감의 일과가 변한 것이다.
    전에는 아침에 세수를 하고 조반을 먹은 후 자기가 쓰는 윗방에서 조간 신문을 보는 것으로 일과가 시작됐었다. 한 신문을 두 집에서 얼러보는 것인데 아들집에 배달되는 신문을 맏손자 한영이 가져다주면 두식영감은 다른 면은 대충 거치고 사회면을 주로 본다. 사회면은 첫머리부터 작은 기사까지 하나도 남김없이 샅샅이 훑는데 돋보기를 끼고 보는데도 그 속도는 아주 느리다. 열한시쯤 되어서는 신문을 밀쳐놓고 툇마루로 나가 앉는다. 비가 오나 눈이 오나 그렇게 툇마루로 나가 앉아서는 읍내와, 그리고 읍과 이어진 들판을 바라본다. 농지개혁 이후 자기 소유의 논밭은 한껏 줄었지만 그 대신 읍내에 대지와 가옥을 많이 불려놓았다. 농지상환금으로 몽창 그것들을 사들인 것이다. 두식영감의 토지에 대한 집착은 보통이 아니었다. 작년 읍사무소 이전 때만 해도 두식영감은 자기 소유의 대지가 부지로 정해져, 팔아라 못 팔겠다, 로 옥신각신하다가 끝내는 두식영감이 도청에까지 드나들면서 읍유지와 교환하는 걸로 낙착을 보았을 정도였다. 툇마루에 나앉아 읍내와 들판을 바라보며 한 시간쯤 보내고는 점심을 먹는다. 그러고 나서 목침을 베고 눕는다. 잠이 들 적도 있고, 그저 누워만 있을 적도 있다. 맏손자 한영이 대지세라든가 집세같은 것을 받아갖고 들르거나, 머리와 수염을

깎아주러 오지 않는 한, 이 쉬는 시간은 두시 좀 넘게까지 지속된다. 그리고 일어나 다시 신문을 펴든다. 오전에 못다 읽은 부분을 돋보기를 끼고 서너시까지 읽는다. 그리고는 또 툇마루로 나가 읍내와 들판을 바라보며 저녁때까지 있는다. 술담배를 입에 대지 않고, 마누라와 별 대화가 없는 두식영감은 이 일과를 한결같이 지켜왔었다. 그러던 것이 둘째손자 한수가 집에 돌아오면서부터 바뀐 것이다.

이날 아침 두식영감이 내려가 대문을 들어서니 맏손자 한영이 안마당을 쓸고 있었다. 한영이 비질하던 손을 멈추고 인사하는 결으로 두식영감은 바싹 다가가 사랑방에 들리지 않게끔 작은 소리로, 그러나 힘을 준 어투로 꾸짖는다.

"이 쓸개빠진 놈같으니라구, 네 아우가 와 있는 동안만이라두 제발 그러지 말라구 그렇게 신신당부를 했건만 간밤에 또 그놈의 정신나간 소릴 질러대?"

그러는 두식영감의 왼쪽으로 조금 배뚤어진 입이 크게 일그러진다. 몹시 화가 난 증표다. 이 일을 장차 어떡허면 좋단 말인구! 아들놈은 이미 제쳐놓은 지 오래지만 이놈마저 이모양이 돼가니! 가업을 맡아야 할 놈이!

한영은 시종 고개를 수긋한 채 잠잠히 얼굴에 웃음을 띠고 있다. 죄송스럽다는 낯이다. 두식영감은, 다시 그랬다간 정강이뼈를 분질러놓고 말겠다고, 역시 작은 소리이나 힘을 주어 이르고는 뒤란으로 간다.

부엌 뒷문 밖 우물가에 커다란 몸집의 한영아버지가 쭈그리고 앉아 닭을 튀하고 있다. 한수에게 보약 한 제를 먹인 다음, 이틀에 한 마리씩 닭을 고아 주도록 두식영감이 분부한 것이다.

다시 앞으로 돌아온 두식영감은 대청마루로 올라가 앉아 한동안 사랑방 쪽을 건너다본다. 기척도 없다. 한수가 아직 일어나지 않은 것이다. 밤늦게까지 공부를 했을 테니 아침잠을 푹 재워야지. 두식영감은 돋보기를 끼고 신문을 펴들었다.

급히 대문을 들어선 봉룡이 대청마루에 앉아있는 두식영감의 모습이 눈에 들어오자, 아이쿠 잘못 왔구나, 돌아서려다 두식영감이 신문에서 고개를 드는 바람에 엉거주춤 그 자리에 서버린다.

이왕 이렇게 된 바엔 무어든 한마디 해야겠다고 두식영감 앞으로 가 정중히 허리를 굽혀 절을 한 다음 한수의 시험 합격을 축하하고 나서,

"읍장네가 난리났데요," 하고 운을 뗐다.

두식영감은 돋보기를 벗어 들고 있던 손을 입 앞에 내저어 조용 조용히 얘기하라는 시늉을 했다.

봉룡이 사랑방 쪽을 한번 돌아보고는 언성을 낮추어,

"저어, 그 왜 읍장네 집에 시집갔다 돌아와 있는 딸이 있잖습니까? 그 딸이 글쎄 어젯밤 극약을 먹었어요, 네," 했다.

봉룡은 두식영감과 맞닥뜨린 당황 속에서, 무어든 한마디 해야겠 다고 마음먹는 차에 문득 어젯밤 일이 생각나 덧붙려 말한 것이다. 작년 읍사무소 이전 문제로 두식영감과 읍장 사이가 좋지 않다는 걸 알고 있는 터라 읍장네 궂은 일을 들려주어 두식영감의 비위를 맞 춰보려는 생각이 순간적으로 들었다고 할 수 있었다.

그러나 두식영감은 배뚤어진 입을 다문 채 별 반응을 보이지 않 았다.

봉룡이 계속해서,

"뭐 이유야 뻔한 것 아니겠습니까, 네. 소문엔 제편에서 안 살겠 다 하구 뛰쳐나왔다지만 사실은 소박 맞아서 쫓겨온 거니 약두 먹 을 만하죠, 네. 요행 이내 발견돼서 목숨만은 건진 모양이지만요."

두식영감은 잠자코 듣고 있다가,

"세상엔 별의별 일이 좀 많어? 지금 이 신문에두 보니까 에미가 어린 자식을 목졸라 죽였드먼. 그댁은 그만허길 다행이지."

봉룡이 이쯤에서 어색낳게 물러날 참으로 벌써 웃자 두식영감이,

"그 말이나 허러 온 건 아닐 텐데?" 하고 왼쪽 눈꺼풀이 좀 늘어 진 잿빛 눈으로 봉룡을 쏘아본다.

봉룡은 두식영감에게 자기 속셈을 꿰뚫어보인 듯해 절끔하면서 어서 그 앞에서 벗어나려는데,

"아범은 뒤곁에 있네." 두식영감이 같은 눈초리로 봉룡을 보며 말

했다. "낚싯댄 왜 안 갖구 왔나? 낚시질 잘들해서 고기 많이 잡어오라구."

"네, 네."

봉룡은 고수머리를 긁적이며 허리를 굽신거려 보이고는 두식영감 앞을 얼른 떠난다. 낚시질을 해서 고기를 많이 잡아오라고? 물고기를 좋아한다는 둘째손자 한수를 먹이자는 거겠지. 그 손자는 꽤나 위하는군.

봉룡이 뒤란으로 가니 한영아버지가 털 다 뽑은 닭의 배를 가르고 있었다.

봉룡이 그 앞에 가 마주 쭈그리고 앉는다.

한영아버지는 봉룡 쪽을 보지도 않고 하던 손만 놀린다.

"고기 입질 좋죠 아저씨?" 봉룡과 한영아버지는 낚시질과 짐승 덫놓기를 함께 해오는 사이다. "전 오늘두 낚시 못 나가요."

"그래?" 한영아버지는 건성 대꾸를 한다.

닭 뱃속에서 크고 작은 노른자위들이 여럿 드러났다. 봉룡이 그 중 큰 것을 떼어 입에 넣는다. 잡은참 봉룡이 간을 떼가려 하자 그건 축내선 안된다는 듯이 한영아버지가 봉룡의 손을 밀어낸다.

봉룡이 꽁초에 불을 붙이며, 어떡하면 두식영감 모르게 한영일 빨리 만날 수 있을까 하고 조바심을 태운다.

꽁초를 더는 빨 수 없을 만큼 바특이 태웠을 때 한영이 뒤곁으로 오더니 비를 담벼락에 세운다. 이건 일이 잘 되려는 징조라고 생각하며 봉룡은 얼른 손짓만으로 부른다. 한영이 천천히 걸어와 앞에 선다.

"거기 좀 앉게. 내 존 일이 하나 있어 왔네." 봉룡이 가만가만한 소리로 말했다. "돈벌이가 하나 생겼단 말야."

한영은 선 채 봉룡을 내려다보기만 한다.

"자알만 하믄 힘 안 들이구 큰돈 생길 일이라네."

"뭔데요?" 한영이 공손하게 묻는다.

"춘길이네 집이 넘어가게 됐어, 춘길이네 집이." 봉룡이 일어섰다. "노름판에서 다 날려버리구 빚진 돈 못 갚은 거야."

"그래서요?"

"며칠 안 있으믄 빚쟁이에게 넘어가게 되니까 그 전에 그 집을 맡자 이거야." 봉룡은 오른손으로 왼손바닥에 도마질을 하며 소리죽여 말했다. "춘길이 빌린 돈하구 그동안 이자에다 조금만 더 얹어주면 돼. 그걸 모두 합쳐두 시가에는 어림두 없이 못 미치는 액수거든. 근데 그 집 담보잡구 돈준 사람이 바루 문진영감야. 그 응큼한 문진영감이란 말일세. 그러니 단 하루두 봐줄 리 없지. 기한 날짜되믄 재꺼덕 제 명의루 돌릴 거 아니겠나. 그럼 그러구 말구."

"그러니 그 전에 우리가 사두라 이거군요?"

"맞았어. 역시 자넨 머리가 빨리 돌아가는군."

"머리가 빨리 돌아가나마나 그걸 살 돈이 있어야 이러구저러구 하지 않아요?"

"물론이지. 바루 그걸 상의하러 온 거 아니겠나." 봉룡은 잠시 뜸을 들이듯이 사이를 두어, "돈 나올 데라군 이댁 존장님밖에 없잖어?"

한영은 한동안 묵묵히 있다가,

"그 일이라면 곽씨가 직접 우리 할아버님을 만나보는 게 좋을 텐데……"

곽씨란 복덕방 주인이다. 봉룡은 심심파적으로 가 앉아있곤 하는 복덕방에서 춘길의 일을 얻어들었던 것이고 그 일로 곽씨가 두식영감을 찾아갔다가 거절을 당하고 돌아온 것도 어쩌다 알게 되어 밑져야 본전이라고 흥정을 붙여보려 한 것인데 막상 구문을 따져보니 두둑한 술값이어서 바짝 마음이 동했다. 그래서 어젯밤 술자리를 빌어 한영에게 얘기하려다가 틀어져 이날 아침참에 집으로 찾아온 것이다.

"곽씨 말구 일이 쉽게 될 방법이 있다구. 결국 존장님을 설득시켜야 하는데 그건 누구보다두 자네 동생이 적격 아닌가? 그럼 적격이구 말구. 그사람이 나서믄 안될 일이 어딨어, 그럼."

"한수 말인가요?"

"그래. 이 일은 그사람만이 존장님을 움직일 수 있단 말야. 자네두 신문이나 라디오에서 떠들구 있는 거 알구 있겠지만 서울에서 얼마나 집값이 뛰구 있나? 그 바람이 여긴 안 불어올 줄 아나? 금방 불어오지, 불어와, 그럼. 그러니 자네 동생이 할아버님께 여차여차하니 그집을 사들이십시오 하구 한마디만 하믄 끝나는 거야. 아주 간단하지."

"그걸 내가 한수한테 얘기해서 시키라 이 말씀인가요?"

"여부있나. 누구의 어떤 말보다두 자네 동생의 말을 존장님께선 귀담아 들으실 거 아냐? 안 그렇겠나?"

한영은 부드러운 눈길로 봉룡을 바라보며 말이 없었다.

"아무 생각 말구 동생한테 잘 말하라구. 아니, 길게 설명 안해두 곧 알아들을 거야, 그럼. 머리가 좋으니까." 봉룡은 한영과 이야기 하는 동안 예의 벌씬거리는 웃음 한 번 웃지 않은 긴장한 얼굴인 채였다. "그리구 한 가지, 이런 말은 아무한테두 입밖에 내지 말게. 곽쎄한테두 말야. 딴사람이 알믄 일이 성가시게 돼. 암말 말구 우리가 먼저 손을 쓰자구. 알겠나?"

한영은 그냥 말이 없었다.

한영아버지는 한영아버지대로 두 사람의 얘기엔 일언반구의 말참견을 않는 무관심한 태도로 닭볫 탄 것만 주물럭거리며 섰고 있었다.

봉룡이 한영에게, 나 하라는 대루만 하라구, 알겠지? 하는 다짐을 하고는 거기를 떠난다. 너무 오래 있다가 두식영감에게 어떤 눈치라도 채이게 되면 큰일이라는 생각을 하면서.

안뜰로 돌아온 봉룡은 두식영감에게 간다는 인사를 하려다가 두식영감이 신문에 몰두하여 거들떠보지도 않자 오히려 잘됐다고 발소리를 죽여 대문을 나섰다.

늦조반때가 되어서야 사랑방 문이 열렸다. 한수가 깬 것이다. 이제 한수가 칫솔과 타월을 들고 나오면 한영이 들어가 소제를 하게끔 돼있었다.

두식영감이 보던 신문을 내려놓고 돋보기를 벗고서 사랑방 쪽으로 눈을 주고 있다. 그런데 사랑방 문이 열리고 나서 좀 지나도 한수가 나오지를 않았다. 두식영감 뒤에 조용히 앉아있던 한영이 일어나 사랑방으로 가더니 안으로 들어간다.

한수가 털개로 먼지를 털고 있었다. 한영이 다가가 아우의 손에서 털개를 빼앗는다. 그러면서 혼잣말처럼 중얼거린다. 나 이 일 좋아서 하는 거다. 한수는 잠시 형의 털개질하는 걸 바라보다가 말없이 칫솔과 타월을 들고 밖으로 나온다. 어깨가 벌어져 다부진 체격이다.

아침 인사를 하고 뒤란 우물께로 돌아가는 둘째손자를 그윽히 바라보는 두식영감의 왼쪽 입꼬리가 약간 더 배뚤어지면서 그쪽 눈꺼풀이 내리덮인다. 미소를 지은 것이다. 그리고 새삼 감회에 잠긴다. 두식영감은 한수가 국민학교를 마치자 중학교부터 서울로 보내어 공부를 시켰다. 서울에다 집을 한 채 장만한 뒤, 전에 이 고장에서 살다 이사간 사람네를 거저 들게 하고는 매달 식비를 주어가며 한수를 보살피게 했다. 그리고 고등학교까지 주욱 가정교사를 붙였다. 방학 때도 잠깐 집에 내려왔다가는 곧 서울로 올라가 공부하게끔 했다. 예외가 있은 것은 고등학교 2학년 때 어머니가 세상을 떠나 내려왔던 것뿐이었다. 두식영감에게는 계획이 있었다. 하나 있는 아들에 실망하자 두 손자에게 기대를 걸고 어려서부터 착실하고 양순한 맏손자 한영인 국민학교만 마치게 한 후 가업을 잇도록 하고 둘째손자 한수는 공부를 시켜 출세의 방향으로 가게 했던 것이다. 그런 결과 둘째손자 한수가 금년 대학을 졸업하고 치른 사법고시에서 1차 객관식 시험에 합격한 것인데, 올해 실패한 2차 주관식 시험만 명년에 다시 보아 합격하면 되는 터라 일단 그 계획은 이뤄진 것이니 둘째손자가 대견스럽고 그간의 일이 감회스럽지 않을 수 없었다.

두식영감은 한수가 뒤란으로 가 줄넘기 운동을 하고서 세수를 한 뒤 돌아와 조반상 받는 걸 보고서야 신문을 차근차근 접어들고 뒷짐을 하고는 자기가 사는 윗집으로 올라갔다.

한수는 자꾸만 흐트러지는 정신을 집중시키기 위해 한참석 팔베개를 하고 방바닥에 누웠다가 다시 책상에 붙어앉는 것이었으나 여전히 생각은 딴데로 뻗어나가곤 했다.

시험을 치르느라고 지녔던 긴장감이 풀린 탓인지 세미라는 여자와의 일 때문인지 절간생활에서 안정을 얻지 못해 집으로 돌아와본 것인데, 의외로 차분히 마음이 가라앉고 공부할 분위기가 잡혀가고 있던 차였다.

대체 형은 왜 그러는 것일까. 처음으로 그 소리를 들은 날은 누구와 싸우기라도 하고 그러는가 하여 이튿날 형에게 물어보았더니, 형은 다른 말은 없이 그저 미안하게 됐다고 하며 담담한 웃음을 웃었을 뿐이었다. 그런데 형은 어젯밤 또 같은 고함을 질렀고 그 이유를 아버지한테 물으니 자기도 모른다며 그러는 지가 오래됐다지 않는가. 도대체 이 선량한 형이 무슨 연유로 그러는 것일까.

한수는 방바닥에 드러누웠다 일어났다 하다가 오후 네시 좀 넘어 집을 나섰다. 친구 중섭을 만나려는 것이다. 미리 연락해놓고 퇴근 시간에 맞춰 나가면 되겠으나 집에 전화가 없어 좀 이른 듯싶게 집을 나선 것이다. 두식영감의 고집으로 위아래 두 집 다 전화가 없었다. 이쪽에서 전화를 길 일이라곤 별로 없는 터에 상대방이 할말이 있으면 직접 찾아와 얘기하면 그만 아니냐는 주장이다.

한수는 비스듬히 경사진 골목길을 내려가 거리로 들어섰다. 방학 때만 잠깐썩 다녀가곤 한 십년 동안에 아스팔트가 깔리고 새 건물이 들어서고 하여 하나하나 따지고 보면 많이 변했지만 거리 전체는 옛날 그대로인 것처럼 느껴졌다.

다방 〈고향〉으로 들어갔다. 한수는 자리를 정하고 레지에게 차를 시키고는 전화가 있는 카운터로 갔다.

중섭은 뜻밖인 듯 재우쳐 누구냐고 하더니 음성을 높였다. 반가운 억양이었다. 종례가 끝나는 대로 곧장 나오겠다고 한다.

음악은 계속 꽝꽝거리는 하드록이었다. 절로 공부하러 들어가기 전 중섭과 함께 이 다방에 들렀을 적에도 그랬지만, 저런 음악이 언제 이 시골 읍에까지 들어와 판을 치나 하는 생각이 들었다. 하기는 저런 유행이란 어중간한 소도시일수록 빨리 전파되는 건지도 모른다.

한 30분쯤 뒤에 중섭이 다방을 들어섰다.

"어떻게 된 거야?"

중섭이 앞자리에 와 앉으며 큰 소리로 말했다. 한수가 절로 들어

가면서 내년 시험이 끝나기까지 만나지 않기로 둘이는 약속했던 것
이다.

"얼마 전부터 집에 와 있어."

"그건 알어. 방해가 될까봐 찾아가지 않았는걸. 하여튼 어젠 외출
이시냐구?"

"네 상통 좀 보구 싶어서."

"근데 네 얼굴꼴은 그게 뭐냐?" 중섭은 옆에 서서 주문을 기다리
는 레저에게 차를 시키고 나서, "시험두 중요하지만 건강두 좀 생
각하면서 파드래두 파야지."

"어젯밤 잠을 좀 설쳤을 뿐야. ……사실은 너한테 한가지 물어볼
말이 있어 나왔어."

무슨? 하는 낯빛으로 중섭이 한수를 건너다보았다.

"저어……우리 형 말야, 우리 형이 밤에 소리지르는 거 알구 있니
너?"

"음."

"그렇게 소문이 나있을 정도냐 그럼?"

"넌 여태 모르구 있었구나. 아마 지난봄부터지, 그 형이 밤에 이
상한 소릴 지르기 시작한 게. 나두 다른 사람한테서 들은 거야."

"왜 그런대 우리 형? 너 혹시 짐작이 가는 게 없니?"

"글쎄…… 처음엔 동네에서 이런저런 추측들을 한 모양인데 요즘은
그저 술 과하면 그러나보다구들 여기나봐." 중섭은 잠시 생각에 잠
겼다가, "그 형과는 접촉이 잦지 않으니 나야 아는 게 없지. 그저
이런 일은 한번 있었어. 지난 겨울에 그 형이 날 찾아오셨드라. 나
더러 고등학교 교과서 일습을 구해줄 수 없겠느냐구. 그래 여기저
기 부탁해서 구해드린 일이 있어. 그때 보니까 누굴 줄 게 아니구
그형 자신이 쓰려는 거였어. 이미 중학교 것은 다 떼신 눈치였구
말야."

"뭐라구, 우리 형이?" 한수는 잠시 멍하니 있다가, "아무래두 우
리집은 뭔가 잘못 돼있어. 거꾸루 돼있어."

"거꾸루 돼있다니?"

"형이 공불 하구, 내가 집에 남았어야 했어."

32

한수의 눈앞에는 또다시 검은 바다가 펼쳐졌다. 쉬지 않고 출렁이는 시커먼 물두렁 위로 희끗희끗 드러나는 물머리. 곧 시커먼 물두렁에 먹히어버릴 것만 같은 물머리.

"야, 우리 나가자." 한수가 모난 턱을 치켜들며 소리치듯 말했다.

중섭은 지그시 한수를 건너다보기만 하고 있다.

"오늘은 좀 풀어야겠다." 한수가 다시 소리치듯 말했다.

"좋아." 뭔가 심란해하는 이 친구와 같이 시간을 보내야 한다고 생각하며 중섭은 맞받았다. "그런데 나 전화 한군데 하구."

"아, 너 볼일 있었구나."

"실은 오늘 약속이 있었어. 넌 시간이 없는 몸이니까 날 오래 붙들어 주리라군 생각 못했지. 그래서 약속 시간만 늦춰놨어."

"그럼 헤어지자."

"아냐. 그쪽을 다음으로 미루면 돼. 이번 학기에 새루 들어온 여선생인데 저녁이나 하자구 한 것뿐이니까. 학교에서 기다리구 있으니까 전화루 양해를 구하면 그만야."

"아냐. 그럴 것 없이 약속대루 해. 더더구나 남의 데이트를 훼방놓아서 되겠어?"

"넘겨짚지 마. 야, 이렇게 하자. 그 선생더러 그냥 나오라구 해서 우리 같이 저녁을 하자. 그게 어때?"

"그럴 것 없대두. 우리가 다음에 만나."

한수의 말이 채 끝나기도 전에 중섭이 일어나 전화있는 데로 갔다.

20분도 못 되어 진희가 다방에 들어섰다. 중섭은 진희를 보자마자 한수더러 일어나자고 하여 밖으로 나왔다.

밖은 저녁기운이 서려있었다.

중섭이 자기 아는 음식점으로 가기 위해 앞장을 섰다. 한길을 가로질러 건넜다.

음식점으로 들어가 자리를 잡고 앉은 후에 중섭의 소개로 한수와 진희는 비로소 인사를 했다. 한수가 인사 끝에, 모처럼의 약속한 자리에 자기가 끼어들어 죄송하게 됐다고 하자 진희는, 민선생님한테 말씀들어 알고 있던 차에 만나뵈어 반갑다고 웃으며 말했다.

금방 편안한 자리가 되었다. 중섭과 한수는 식사보다도 소주를 마시고 곁에서 식사를 하며 진희도 그 분위기에 휩쓸렸다. 자연 화제에 최근 부딪치고 있는 학교나 학생들의 문제점, 지역개발에 따른 읍으로서의 득실 문제 등이 올랐는데 주로 중섭이 얘기했다.

　"너 꽤 참여정신이 투철해졌구나. 한참 배워야겠는데."

　한수는 의식적으로 모든걸 털어버리고 기분을 내려고 하는 듯 보였다.

　"이거 왜 사람 놀려. 홍선생, 저친구 보통내기가 아니랍니다. 조심하셔야 합니다." 중섭이 진희에게 말했다. 울적해하는 한수의 기분을 잠시나마 풀어주고 싶은 모양이었다. "어려서 여기 아직 아스팔트가 깔리기 전인데요, 그땐 화물자동차가 지나가면 그 먼지바람이 굉장했어요. 그 차 뒤를 따라서 우리 한패들이 달리는 거예요. 처음엔 눈을 지리감구 숨두 쉬지 않구 이를 악물구서 달리죠. 그러다가 그만 견딜 수 없어서 숨을 쉬면 코하구 가슴속으로 먼지가 들어와 싸아 해지는 거예요. 그래두 눈을 감은 채 달리다가 종내 못 견뎌서 눈을 떠보면 번번이 저친구는 그냥 쫓아가구 있드라구요."

　진희가, 그랬었느냐고 눈을 크게 떠 보였으나 한수는 그저 담배만 피워댔다. 그러다가 픽 하고 웃었다.

　"육손이할아버지 생각난다. 그 할아버지가 서울 갔다가 아스팔트를 보구 와서 했다는 말 있잖어? 거 마당질하기 안성맞춤이더군, 했다는 말 말야."

　"진짜 그할아버지 여기 아스팔트가 깔리니까 길바닥에 보릿단을 내다 널어논 거 몰라? 지나가는 차에 저절루 마당질이 되게끔 말야."

　셋이 나지막이 웃었다.

　"그할아버지 세상 떠났겠지?" 한수가 물었다.

　"그럼, 벌써 여러 해 돼."

　"육손이는?"

　"재작년인가 이사갔지. 인천이라든가……가만있어, 그 얘기보다두 널 좀더 피알해야겠다. 홍선생, 저친구 보통 악당이 아니라구요." 중섭이 눈꼬리에 주름잡히는 웃음기를 담은 채 다시 얘기를 꺼냈다.

34

"울남이라구 해서 걸핏하면 울기 잘하는 애가 있었는데 말입니다, 걔네 집에 참외밭이 큰 게 있었거든요. 참외철이 되면 걜 시켜서 어느 두둑 어디쯤에 잘 익은 게 있는지 알아오게 해놓구 밤에 서리를 가는 거예요. 먹을 만큼씩 참외를 따가지구 달아날라치면 울남이는 뒤따라오면서 훌쩍훌쩍 우는 거예요. 다음에 다시 또 어느 두둑 어디쯤에 맛있게 익은 참외가 있는지 알아오라구 하면 순순히 말을 들었다가두 밤에 참외를 따가지구 달아날라치면 뒤따라오면서 훌쩍거리는 거죠. 그때 걔더러 명령을 내리구 밤에 우릴 이끌구 간게 누군지 아세요? 바루 저녀석이었다니까요."

"야, 깨끗이 뒤집어씌우는구나. 누가 할 소릴 누가 하는 거야. 바루 이녀석이 그랬답니다."

"나같은 부처님이 그런 짓을 해?"

"그럼 홍선생, 우리 둘 중 누가 그랬음직합니까? 어디 공명정대하게 말해보세요." 한수는 처음으로 진희를 똑바로 바라보며 말했다.

진희는 웃기만 한다.

"역시 한솥밥 먹는다구 무언으루 이녀석편을 드시는군요."

"천만에, 초면이라구 네녀석을 봐주는 거야."

진희는 그냥 웃고만 있다.

"그 울남이가 지금 비닐하우스를 하구 있다지?"

"그걸루 재미 톡톡히 보나봐."

"잘됐어, 그친구."

"근데 걔 아주 사람이 달라졌다. 세상없이 사람이 짰졌다구. 친구라구 해서 양배추 한 통 싸게 주는 법 없이 또박또박 시장금새 다 받어. 하기는 짜다는 말이 인색하다는 뜻두 있구 운다는 뜻두 있으니, 본시부터 짜다는 걸루 일관해온 셈이긴 하지만 말야. 사실 걔는 그때두 우리 말 안 들었다간 따돌림을 받을까봐 하라는 대루 했지만 정작 참외 따가는 걸 보구는 아까워서 징징 운 걸 거야. 헌데 지금은 눈물이 다 뭐야. 굳기가 이루 말할 수 없어. 바람직한 현상이지 뭐니? ……이거 우리들 얘기만 지껄여대서 미안해요."

"아뇨. 두 분 얘기 참 재밌어요." 진희는 미소를 머금은 채 말했다. 두 남자의 탁 터논 얘기도 얘기지만, 특히 중섭이 전에없이 말수가 많아지고 애들처럼 떠들어대는 모습을 보고 있느라니 이쪽도 절로 즐거워지는 것이었다. "되레 공짜루 들어서 괜찮을지 모르겠어요."

한수는 좀전부터 진희의 아무런 손질도 하지 않은 눈썹과 희고 가지런한 잇바디를 바라보며 딴 여자를 떠올리고 있었다. 가늘고 길게 그려진 눈썹, 그리고 유달리 뾰족한 송곳니, 목은 길고 그 목에 가로 주름이 하나 잡혀있어서 고개를 들면 없어지고 숙이면 나타나던 여자. 가마미 해수욕장 바닷가에 수영복의 그네가 섰을 때 수평선에 구획지워진 허리 위 상체는 하체와는 불균형하게 나긋하고 가늘었던, 스물여섯에 미망인이 된 여자. 박세미……

이때 한 남자가 우뚝 다가서더니,

"너, 한수지?" 하며 털썩 옆에 앉는 것이었다. 양복차림에 넥타이까지 매고 있었는데 앉는 품새가 꽤 취한 것같았다. "장래 법관 나으리, 나 모르겠나? ……이거 섭섭한데. 국민학교 선배두 선밴 선배 아닌가. 게다가 자네 형하구 한반이어서 자네 집에 놀러 간 적두 있는걸."

한수는 이 좀 그을긴 했어도 말끔히 면도한 얼굴의 임자가 전혀 기억에 없었다.

"자네 기억력은 젬병이군. 그러구두 그 무슨 시험인가엔 패스했나? 어쨌든 반가워. 오늘 내 맥주 사지." 커다란 소리로 심부름애를 부른다.

"형씨, 우리 맥주 안 먹습니다." 중섭이 가로막고 나섰다.

그러나 좌중을 둘러보면서 남자는,

"나 맥주 정도는 얼마든지 살 수 있어. 옛날의 내가 아니라구. 이제 나두 남부럽지 않게 살구 있단 말야. 솔직히 말해서 나 어렸을 때 자네 형 무척 부러워했지. 내가 고무신만 신던 그때 말야. 자네 형이 신은 운동활 얼마나 탐냈는지 아나? 달리기 경주같은 걸 할 땐 더했지. 난 맨발루 뛰어야 했거든. 허지만 이제 난 자네 형 부럽지 않다구. 요즘 느이 형은 왜 그 모양이지? 아 그렇게 술을 사겠대두 마다하구 말야. 무슨 놈의 사내가 그래. 그게 다 자신이 없어서 그러는 거야. 내 술 좀 먹으믄 어때서 그래." 남자는 취기로 번뜩거리는 오만스런 눈망울을 돌려 자기가 앉았던 곳을 바라보고는, "지금 저기 나하구 같이 온 사람 있지? 서울서 내려온 채소거간인데 나 큰소리 쳐가며 흥정하구 있다구. 쭈뼛쭈뼛 저자세루 들어가선 될 일두 안 된다 이 말야. 뭐니뭐니 해두 사람에겐 자신이 젤야. 자신 없인 아무것두 안된다니까. 우리 모두 자신을 갖자구. 알아듣겠나? 그럼 나 가네. 다음엔 내 술 마다하믄 안돼!"

남자가 후딱 일어나 자기 자리로 가버린다. 아무리 취중이라 해도 이 돌발스런 침입자에 한수는 기분이 언짢았다.

"신경쓸 것 없어. 간뗑이 부은 자의 횡설수설인걸." 중섭이 한수에게 잔을 건네며 말했다.

한수는 술잔에 눈을 박은 채,

"좀 불쾌한데. 우리 형이 요즘 왜 그러는진 몰라두 자신이 없어서 그러는 건 아냐. 난 그걸 알아. 오래 떨어져 살았지만 그것만은 알 수 있어. 느낌으루 안단 말야." 한수는 술잔에서 눈을 들었다. "근데 저사람두 비닐하우스루 한몫 보는 모양이지?"

"음. 그런 것같군."

"되게 거들먹거리는데."

"누가 아니래. 그러나저러나 비닐이 가져다준 변혁이란 보통 큰게 아냐. 다른 나란 어떤지 모르지만 말야. 지금 그사람두 그 변혁의 한 산물이라구 할 수 있지."

"괜히 겁나 봬요."

진희도 조그맣게 한마디 했다.

그러나 언짢은 기분들을 털어버리고 자기네의 분위기를 되찾으려는 듯이 한수와 중섭은 새로 술잔을 주고받았다. 그러는 두 사람을 진희는 이윽히 바라보고 있었다.

한영은 순대집을 나왔다. 봉룡이 윤의사한테 술값을 조금 빌어 마련한 자리였다. 봉룡은 이날 아침의 일을 한번 더 다짐해두려고 한영을 불러냈던 것이다.

한영은 휘적휘적 걸으며 등이 달아하던 봉룡의 부탁을 생각해본다. 그야 내가 말하면 동생은 두말않고 들어줄 테지. 그리고 동생이 할아버지한테 얘기하면 성사가 될 거고. 하지만 내가 왜 그런 일에 동생을 끌어들여? 봉룡아저씨가 궁리를 많이 한 모양이지만 헛일 하셨지, 헛일 하셨어.

한영이 한 상점 앞을 지나는데 주인이 부른다. 집세를 받아가라는 것이다. 한영을 본 김에 날짜가 아닌데도 미리 주려는 것이었다. 이 상점주인은 한번도 집세 낼 날짜를 넘겨본 일이 없다. 한영이 가게 안으로 들어갔다. 그러자 상점주인은 한영의 술마신 것을 알아보고는 돈 줄 것을 꺼려하는 눈치를 보였다. 한영은 아무말 없이 가게를 도로 나와버리고 만다. 이렇게 정신이 말짱한데 취한 줄 아는가보군. 마음대로 생각하라지.

거리를 벗어나 경사진 골목길을 올라가다 느닷없이 한영은 자기가 낯선 곳을 가고 있다는 느낌이 들었다. 가야 할 목적지가 분명하고 도중에 길을 잘못 들지도 않았는데 생판 처음 오는 곳만 같은 느낌인 것이다. 어리더리 주위를 둘러보고 또 둘러본다. 목적지에 도달 못할까봐 겁이 나는 건 아니었다. 그저 중도에서 어치렁대고 있어야 하는 게 지겨울 따름이었다. 잠시 앉았다가 다시 걷는다.

널따란 자기네 앞마당에 올라서면서 한영은 어떤 한 가지 생각을 해낸다. 그럴게아니라 내가 직접 할아버지와 부딪쳐보면 어떨까. 그 집을 사서 생길 이익 그 자체나, 봉룡에 대한 의리같은 건 문제 밖으로 치고 그저 할아버지를 설득해서 한번 관철시켜보면 어떨까. 그러자 저도모르게, 관계없다아, 하는 고함소리가 터져나왔다. 관계없다아, 관계없다아…… 저 깊은 몸속에서 소리가 이어져 나왔다. 그러다가 누군가가 등허리를 냅다밀어 넘어질 듯 한영은 휘청거려야 했다.

"이 망할자식이!"

두식영감이 헐떡이며 한영을 대문 안으로 몰고 들어갔다.

한영이 뒤뚱거리다 홀 할아버지에게서 빠져 대청께로 걸어갔다.

"게 섰지 못해?" 노인의 목소리같지 않게 쨍쨍했다. "오냐, 방에 들어가 있거라!"

오늘 아주 요절을 내구 말 테다! 아침에 그만큼 일렀으면 알아

38

들을 일이지, 이 나쁜 놈 같으니라구! 한수가 있는 데서라도 단단히 혼을 낼 작정이었다. 어둠속에서 작대기를 찾아 두리번거렸다. 그러다가 두식영감은 사랑방 문에 눈이 가 머물렀다. 전등불이 깜깜하게 꺼져있는 게 아닌가. 얼른 다가가서 문을 열고 안을 들여다보았다. 어둠속에서 잘 분간은 안 되나 사람이 없다는 것만은 곧 알 수 있었다. 순간, 방안의 어둠이 두식영감의 가슴속에 밀어닥쳤다. 그 어둠을 몰아내기라도 하려는 듯이 홱 몸을 돌렸다. 그리고 방안을 향해 소리쳤다.

"야아, 애비야아!"

아무 기척이 없었다.

"야아, 이놈아아, 잠들었냐아?"

그제서야 어둠속에서 안방문 열리는 소리가 나더니 한영아버지가 바지춤을 추스르며 대청을 내려섰다. 실은 좀전 아들의 고함소리에 잠이 깼고 부친이 온 것도 알았지만 자기가 나설 계제가 아니라고 생각돼 그냥 누워있었던 것이다.

두식영감이 떨리는 자그마하고 여윈 몸을 잽싸게 놀려 아들 앞으로 다가들며,

"야아, 이놈아아, 무슨 대단한 일을 한다구 초저녁부터 자빠져 잠만 자? 한수 어디 갔냐?"

"저녁 좀전에 나가는 것같든데요." 한영아버지의 목소리가 목안으로 기어들 듯 낮았다.

"이런 등신, 나가는 것같애? 나가믄 나가구 들어오믄 들어오는 거지, 나가는 것같은 건 뭐냐? 그래 어딜 간다든?"

한영아버지는 큰 허위대를 엉거주춤한 채 서있기만 했다.

"썩 찾아오지 못해! 온 읍내를 뒤져서라두 찾아와!"

군말없이 한영아버지는 고개를 떨구고 대문께로 걸음을 옮긴다. 그러나 미처 대문을 나서기 전에 두식영감이 무얼 생각했는지, 가만! 하고 불러세웠다. 그리고는 화를 억누른 약간 누그린 목소리로,

"한수방에 들어가 앉아있어. 한수가 돌아올 때꺼정 앉아있으란 말야. 그랬다가 걔 돌아오거든 말해. 내가 다녀갔다구. 화가 머리끝까지 났드라구 해. 아냐, 그말은 관둬. 그냥 다녀갔다구만 해!"

제 3 장
생활학습

조례를 하러 교실문을 들어서는데 문짝 위에서 무엇이 머리 위로 후루루 날렸다. 그와 함께 박수소리가 일제히 일었다. 진희는 주춤 멈춰섰다. 발 아래 떨어진 것은 과꽃과 코스모스 꽃잎이었다. 반사적으로 맞은편 창가를 보았다. 거기 놓여있는 화병에는 모가지를 잘리운 대궁들만이 흉하게 남아있었다. 어제 오후 청소 뒤까지 멀쩡하게 꽂혀있었던 것들이었다.

진희는, 지금은 소리죽인 반애들의 분위기로 자기가 무슨 실험에 올려졌다는 걸 느끼며, 이런 때일수록 침착성을 잃어선 안된다고 마음을 다져먹으면서 꽃잎을 털어내고 나서 교단으로 올라섰다. 그리고 학생들을 향해 누구의 짓이냐고 물으려는데 뒤쪽에서 한 애가 발딱 일어섰다. 설마! 진희는 속으로 놀라지 않을 수 없었다. 바로 어제 아침 이 꽃들을 가져다 화병에 꽂은 오영란이가! 진희는 빨갛게 상기돼있는 영란을 향해 어째서 그런 짓을 했느냐고 거친 말이 나오려는 것을 목안으로 삼켰다. 이 자리에서 그 연유를 묻지 않는 편이 좋으리라는 판단이 순간 내려졌던 것이다. 수습하기 어려운 말이 이 애에게서 튀어나올지도 모르지 않느냐. 진희는 애써 조용히 영란에게, 있다가 시간 나는 대로 자기한테 오라고 이르고는 주번을 시켜 널려있는 꽃잎과 화병의 것들을 치우게 했다.

조례를 끝내고 교무실로 돌아오는 즉시 진희는 영란의 환경조사서를 뒤졌다. IQ는 122, 성적은 1학년 때와 2학년 1학기 모두 상위권에 들어있었다. 미술반원. 부모가 다 국졸이며 포목상을 경영

40

하고 있어 생활은 중상, 국민학교에 다니는 남동생이 하나 있었다.

진희는 반장을 불렀다. 영란이가 전에는 친구들과 잘 어울렸었는데 한 열흘 전부터 옆의 짝과도 얘기가 없어지고 쉬는 시간이면 옥상으로 혼자 올라간다고 한다.

"선생님, 저 여쭤보고 싶은 게 있는데 화 안 내시죠?" 보경이 주위에 사람이 없다는 걸 확인하듯 둘러보더니 진희를 빤히 쳐다보며 말했다. "결혼식 언제 하세요?"

방과 후, 양팔을 움직일 때 초점을 잘못 맞추는 이 애의 신발 신는 걸 돌봐주고 났을 때였다.

너무나 돌발적인 물음에 진희는,

"결혼식이라니? 대체 그게 무슨 소리지?"

"있잖아요……선생님하구 민선생님하구……"

진희는 의외의 말에 어안이 벙벙해졌다.

"너 그런 소리 어디서 들었니?"

"우리반 애들 다 알고 있는걸요."

진희는 어이가 없어 훅 웃음이 나왔다.

"본인이 모르는 일을 너희들이 알긴 뭘 안다는 거지?"

"아침에 있잖아요, 선생님 꽃잎세례 받으신 거요. 영란이가 따버린 꽃잎을 다른 애들이 문에다 올려놨어요. 선생님의 결혼식을 미리 축하하자면서요."

진희는 기가 막혔다.

"그야 너희들 땐 별별 장난을 다 하게 되지만 그래두 그건 어디까지나 장난에 그쳐야 하는 거야. 터무니없는 소문을 사실처럼 믿어서야 되겠니."

"그럼 사실이 아니에요? 에이 속상해라. 근데 있잖아요……" 보경은 말똥말똥한 까만 눈으로 복도 쪽을 경계하듯 둘러보고는 작은 소리로, "선생님하구 민선생님하구 결혼하게 됐다고 얘기한 게 누군 줄 아세요? 창숙이언니에요. 3학년 2반 심창숙이요. 그 언니가 우리반에 와서 떠들었다구요."

진원은 거기 있었구나. 그래서 그 어설픈 장난이 꾸며졌었구나.

"응, 알았다. 인제 가봐라."

진희는 한 팔로 보경의 등을 안고 밖으로 나왔다.

"근데 선생님, 우리들더러 소망을 가지라고 하셨죠? 그러면 이루어진다고 하셨죠?"

진희는 이애가 또 무슨 말을 하려나 하고 내려다보았다.

"전 오늘 소망을 하나 갖기루 했어요."

"그래 무슨 소망?"

"선생님하구 민선생님하구 결혼하게 해주십사 하는 소망예요." 보경이 지체없이 대답했다.

소망이란 말을 그런 데 사용해도 되는가 하면서 진희는 보경의 말에 대꾸할 말을 잃었다.

"제 소망은 이루어질 거예요. 전 선생님을 무지 좋아하거든요."

"응, 그래? 고맙다." 진희는 웃으며 보경의 등을 다독거려주었다.

"그럼 선생님 안녕히 계세요."

보경이 그제서야 고개를 까딱 하고는 걸음을 옮긴다.

손으로 무엇을 잡을 때는 초점을 못 맞춰 힘들어 하다가도 일단 잡고 나면 보통애들과 다름이 없다. 진희는 보경의 책가방 들고 걸어가는 모습을 한동안 바라본다. 오히려 앞으로는 이애를 일체 거들어주지 않는 게 어떨까. 그리하여 조금씩이라도 빨리 모든것에 숙달되도록 해주는 편이 이애를 위하는 일이 아닐까.

진희는 교무실로 돌아오며 보경의 한 말을 생각한다. 3학년 2반은 민선생의 담임반이다. 직접 가르쳐보지 않아 창숙이란 애를 접촉해본 적은 없으나 가끔 교무실에 불려오곤 해 어느 아이인지는 알고 있다. 가무스름한 얼굴에, 다문 입술을 의식적으로 더 꼭꼭 다무는 모양이 인상적이었다. 걔가 왜 그런 소문을 일부러 퍼뜨리고 다니는 걸까. 담임인 민선생을 골려주자는 속셈일까. 아니면 혹시 민선생에게 특별한 감정을 가진 한 변형된 표현일까. 부러 짓궂은 짓을 해서 민선생의 관심을 끌기 위한. 충분히 있을 수 있는 일이라고 진희는 생각한다. 진희 자신도 여학교 때 경험이 있는 일이었다. 단지 자기는 그걸 겉으로 표시는커녕 그 선생 시간엔 질문 한번 못했었다. 지리선생이었다. 선생은 수업시간에 땀도 나지 않는데 연방 손수건을 꺼내 얼굴을 닦아내는 버릇이 있었다. 언제나 꼬깃꼬깃 구겨진 손수건이었다. 얼마나 이 선생의 손수건을 매일 깨끗이 빨아드렸으면 했는지 모른다. 그 시절에도 어떤 애는 선생의 하숙을 찾아가 방 정리도 해주고 간식도 사다놓는다는 소문이 있었지만 자기는 종내 방 정리는 고사하고 손수건 한장 선사를 못하고 말았다. 지금 그때 일을 생각하면 뭔가 아쉬운 듯하면서도 아무 표현도 못하고 만 자신을 탓할 마음은 일지 않는다.

그건 그렇고, 어째서 영란은 꽃잎을 따버리는 매몰스런 짓을 했을까. 이날 다른 선생들이 다 가도록 진희는 교무실에서 기다렸으나 영란은 오지 않았다.

저녁 무렵, 두식영감은 툇마루에 나가 앉아있었다. 한수가 집에 돌아온 뒤로 두식영감의 일과가 바뀌고 나서도 툇마루에 나앉는 일만은 전처럼 계속돼왔는데, 한수의 외출을 목격한 후로는 이른 아침에 아들네 집에 내려가는 일을 그만둬버려 이제는 온전히 이전의 생활로 되돌아와 있었다. 오늘로 닷새째다. 두식영감의 이런 결정은 그나름대로 생각한 게 있어서였다. 아무리 수험공부중이라 해도 젊은놈이 어쩌다 바람을 쐬러 나갈 수도 있다는 걸 두식영감이 모르는 바 아니나 자칫 버릇이 될까봐 미리 방지하려는 것이었다. 그것도 한수로 하여금 자기의 외출로 인해 할아버지의 마음이 상해 있다는 걸 깨닫게 함으로써 야단치는 이상의 효력을 보자는 것이었다. 머리에 든 게 있는 놈이니 이 할아비의 심정을 모를 리 없을 거다. 두식영감은 속으로 되뇌며 앉음새를 다시 한다. 그리고는 새삼 잿빛 눈을 읍에 이어진 들판으로 준다. 이윽고 한 광경이 펼쳐진다. 논둑길을 소와 사람이 가고 있다. 소는 앞서고 사람은 뒤서 간다. 소등 걸채에 볏단이 실려있다. 소가 길섶 벼포기 쪽으로 주둥이를 가져간다. 그러나 주둥이에 부리망이 씌워져있어 벼포기를 뜯어먹지는 못하고 거기 있던 메뚜기들만 날린다. 사람은 잠자코 볏단 위에 고삐를 올려놓은 채 소 뒤를 따르기만 한다. 자그마한 키에 뒷짐을 지고 있다. 젊다. 논 쪽에서 누군가가, 벌써 벼갈을 시작했나? 하고 말을 건넨다. 이쪽에선 그쪽을 보지도 않고, 조금요, 한다. 남보다 먼저 햅쌀을 만들어 높은 값에 내기 위해 익은 올벼를 베어 싣고 오는 길이다. 두식영감은 지그시 눈을 감는다. 입꼬리에 감회가 어린다. 찌꺽 덜덜덜 찌꺽 덜덜덜…… 햅쌀을 찧는 대로 40리가 실히 되는 군청소재지까지 포장 안 된 길을 소달구지로 나른다. 덜덜덜 찌꺽 덜덜덜 찌꺽…… 그 소리가 어느새 언 땅에 구르는 소리로 변한다. 삐꺽 덜커덩 삐꺽 덜커덩…… 아직 동이 트려면 한참 있어야 할 시각이다. 싸라기를 덜 생기게 하려고 밤중에 벼를 널어 얼려서 찧은 쌀가마를 싣고 군청소재지로 가는 길이다. 어두운 신새벽 공기가 맵게 차가웠다. 덜커덩 삐꺽 덜커덩 삐꺽…… 젊은 사람이 달구지채 옆에서 소의 걸음에 맞춰 걷고 있다. 얼굴을 무명베수건으로 싸매고 팔짱을 질렀다. 흐뭇한 몸가짐이다.……

아랫방에서 애 우는 소리가 났다. 증손녀애가 잠을 깬 모양이다. 손자며느리는 아랫집으로 내려가고 마누라가 애를 보고 있는 중이다.

두식영감은 감았던 눈을 떠 아랫방 쪽을 향해 좀 큰 소리로,

"비가 오겠어," 한다.

아랫방 문이 빙싯 열리며 키가 큰 마누라의 주름잡힌 얼굴이 내밀어진다. 영감의 말소리를 듣긴 했는데 애울음소리로 잘 알아듣지를 못한 것이다.

"밤에 비가 오겠다니까. 애 기저귀 넌 것 있으면 거둬들이라구."

마누라가 침침한 눈을 섬뻑이며 하늘을 바라본다. 비가 오긴 무슨 비가 와요, 하는 낯빛이다. 맑은 하늘인 데다가 멀리 뵈는 야산마루 위에 떠있는 두어 조각의 구름이 석양빛을 받아 붉게 물들어져있을 따름이었다.

밤 깊어 비가 내렸다. 굵지도 가늘지도 않은 비가 뿌리다가 날이 새면서 멎고 말짱히 개였다.

모든게 비에 씻겨 빛나고, 바람이 산들거리는 상쾌한 아침이었다. 그러나 진희는 날씨와는 달리 가든치 않은 마음으로 출근을 했다. 영란의 일이 머리에서 떠나지 않았던 것이다.

조례 때 보니 영란이 제자리에 앉아있었다. 우선은 결석이 아니어서 다행스러웠다. 시선이 마주치자 영란이 상기된 얼굴을 비킨다. 어제 진희한테 오지 않은 걸 미안해하는 눈치 같았다. 아무말도 영란에게 하지 않았다. 제 스스로 찾아올 때까지 내버려두기로 한다.

틈을 보아 진희는 중섭에게 어제 보경이한테서 들은 창숙이얘기를 간단히 했다.

"걔가 또 말썽을 부렸군요."

그러나 중섭은 별반 놀라는 기색이 아니다.

"혹시 민선생님의 관심을 끌구 싶어서 일부러 엉뚱한 짓을 하는 건 아닐까요?"

"글쎄요. 전 그런 각도루 보진 않았는데요. 일종의 반항의 형태 아니겠어요? 아버지가 읍장 아닙니까? 모범생이 돼서 선생한테 귀염을 받게 되면 누구 딸이라서 그렇다구 친구들이 생각할까봐 역으루 나가려는 것같애요."

"성적은 어떻죠?"

"상에 속합니다."

"저희 반에 두 머린 좋은데 문제가 있어 뵈는 애가 하나 생겼어요. 아직 깊이 파보진 못했지만요."

"문제성을 안구 있는 애가 어디 하나둘이라야 말이죠. 그저 그게 표면에 나타나지 않을 뿐이죠. 그러다가 어떤 계기를 만나면 증세가 나타나는 거예요. 우리가 보기엔 별것 아닌 요인을 가지구 말입니다."

영란인 어떤 문제를 지니고 있을까 하고 진희는 생각했다. 어쩌면 나로서는 해결할 수 없는 성질의 뿌리깊은 문제를 지닌 건 아닐까.

이날도 종내 영란은 오지 않았다. 진희는 조급해지지 않을 수 없었다. 내가 신임선생이라 만만하게 보고 그러는 건가. 그당장 불러다가 단단히 혼을 내는 걸 잘못하지 않았나. 이제라도 교도부로 넘겨버리고 말까. 아니, 조금만 더 두고 보자. 그렇게 하자.

그리고 그다음날 점심때였다.

무심코 창 밖을 내다본 진희는 교무실 밖 등나무 밑 벤치에 혼자 앉아있는 영란을 발견했다. 등나무줄기의 얼룩진 그늘로 해서 표정을 읽을 수는 없었으나 분명 거기서 자기를 기다리는 거라는 느낌이 들었다. 폈던 도시락을 도로 닫고 벤치로 나갔다.

영란은 상기된 얼굴에 웃음기를 담고 진희를 맞았다.

"점심 먹었니?" 영란 곁에 앉으며 진희가 물었다.

영란은 입가에 그냥 웃음기를 담은 채 잠잠히 있는다.

"그래 점심 안 먹었더래두 나하구 얘기 좀 할까. 괜찮겠지?"

"네."

여전히 영란의 입가에 떠어져있는 웃음기를 바라보며 진희가 무슨 말부터 꺼낼까 하는데,

"그때 당장 애들 앞에서 왜 야단치지 않으셨어요?"

나지막하나 꽤 야무진 말이 영란의 입에서 튀어나왔다. 웃음기가 지워져있었다.

진희가 채 무슨 말을 하기도 전에 영란은 재우쳐,

"오라고 하신 걸 안 갔는데도 왜 아무말 않으셨나요?" 대들 듯 말했다.

혹시 이애가 야단맞을 걸 은근히 바라는 마음에서 짐짓 자기한테 오지 않은 건 아닐까 하는 생각을 하며 진희는,

"그야 여기서 이렇게 만나두 되는 거 아냐? 그럼 영란아, 좀 말해봐. 왜 그랬는지 솔직하게."

"뭐 어차피 죽을 꽃 아녜요? 되레 꽃잎을 따버리니까 깨끗하지 않아요?"

결국 시들어 죽을 꽃이니 그러기 전에 미리 죽여줌으로써 추한 꼴을 뵈지 않는 게 깨끗하지 않느냐는 것이리라. 그러고보니 이애가 미리 꽃잎을 따버릴 걸 전제하고 꽃을 가져왔던 건 아닐까 하는 복잡한 생각까지 들었으나 진희는 거기엔 언급치 않고,

"그럼 이세상 모든게 종당엔 없어지구 말 테니 애초부터 존재하지 말아야 하겠니?"

영란이 상기된 얼굴인 채 말이 없었다.

진희가 화제를 돌려,

"제일 친한 친구가 누구지?"

"전 친구 없어요."

"친구가 없다구?"

영란이 잠자코 있는다.

"혹시 너 무슨 고민거리라두 있는 것 아니니? 있으면 말해봐. 후련해질 거다."

"아무 고민도 없어요. 뭐 고민이 있다 해도 남의 도움을 받고 싶진 않아요."

"너 옥상엘 자주 올라가는 모양이던데 혼자 있구 싶어 그러니?"

영란이 번쩍 진희 쪽으로 고개를 돌리며,

"누가 제 얘길 했군요. 그래서 전 친구들이 싫은 거예요. 왜 남의 일에 참견하죠?"

"친구들이니까 너한테 무관심할 순 없는 거 아니겠니?"

"전 흔적도 없이 깨끗이 사라져버렸으면 해요."

진희는 이애가 꽃잎을 따버린 데 대해서 깨끗이란 말을 사용했던 걸 떠올리며,

"바람이나 구름처럼 말이니? 하지만 사람은 바람이나 구름이 아니잖니?"

"전 사람이 싫어요. 누구와도 상관하고 싶지 않아요."

"어째 영란은 그렇게 극단적으루만 생각하지? 현재 넌 혼자가 아니잖니? 우선 부모님이 계시구, 동생이 있구…… 넌 그들과두 아무 상관없다구 말할 수 있겠니?"

영란이 잠자코 있는다.

"너 부모에게 불만이 있구나?"

"아뇨."

"그럼 무엇 때문이냐? 모든 사람이 싫어진 덴 동기가 있을 거 아냐?"

영란이 잠잠히 있는다.

"툭 터놓구 말 좀 해봐, 무엇 때문인지."

영란이 역시 잠자코 있는다.

"내가 그걸 들어줄 자격이 없다구 생각해서 그러니?"

영란이 끝내 입을 다물고 잠잠히 있는다. 입술이 차돌처럼 차가

워 보였다.

진희는 갑갑하기는 하나 이애에게서 당장 그 대답을 얻을 수 없다는 걸 깨닫고 다시 화제를 돌려,

"너 취미가 뭐니?"

"없어요."

"아, 너 미술반이드구나. 그림을 잘 그린다면서?"

"미술반 그만뒀어요."

"왜?"

영란이 진희의 물음엔 대답 않고,

"선생님, 저 이만 가도 돼요?" 한다.

진희는 이애가 아직 점심 전인 걸 생각했다. 그리고 오늘은 이쯤 해두는 게 좋을 성싶었다.

"그래 가봐라."

영란을 보내놓고 진희는, 감수성이 예민하고 자존심이 세 뵈는 이애가 뭔지 자학을 하고 있다는 생각과 함께 그것을 자기가 해소시켜주고 싶은 충동이 일어남을 느꼈다. 교도부에 넘기지 말고 내가 한번 맡아 처리해보리라. 그러기 위해선 가정방문을 곧 하도록 하자. 그걸 본인한테 알리고 갈 건가, 안 알리고 갈 건가. 미리 알리면 이애네 부모한테 부담감을 줄 것같고, 안 알리고 가면 혹시 몰래 부모를 만나러 간 것같은 인상을 이애에게 줄 것같고. ……아무래도 알리고 가는 편이 좋겠다고 마음먹는다.

그런데 교무실로 돌아와 진희는 영란이 가입했다가 그만뒀다는 미술반 지도선생을 만나보고 예기치 않았던 사실을 알게 됐다. 영란과 그 선생과의 사이에 약간의 마찰이 있었던 것이다. 얼마 전 교내 미술전시를 위해 준비하고 있을 때 영란이 내기로 한 그림을 제날짜에 가져오지 않아 지도선생이, 너무 잘난 척하지 마, 하고 손가락으로 영란의 이마를 민 일이 있었는데 그다음부터 이애가 미술부를 그만뒀다는 것이었다. 진희는 뭔가 짐작이 갔다. 우선 그 선생에게 영란과의 면담을 부탁하고 하회를 기다리기로 했다.

이튿날, 진희가 종례를 마치고 나오는데 영란이 쫓아왔다. 토요일이어서 오전 수업만 있는 날이었다.

무슨 할말이 있는 모양이니 데리고 가 들어주리라 하고 교무실 거의 다 왔을 때 영란이,

"선생님, 여기서 말씀드리면 안돼요?" 한다.

"예서? 그러렴."

복도 가까운 창가로 갔다.

영란이 상기된 얼굴로,

"미술선생님 만나셨죠?"

"왜? 뭐라 사과라두 하시던?"

"선생님이 그러라고 하셨어요?"

"아니."

"정말이세요?"

"정말 아니구. 내가 뭣허러 거짓말을 하니."

영란이 잠시 고개를 떨구고 있다가,

"그때 제날에 그림을 내지 않은 건 뻐기느라고 그랬던 거 아녜요. 그림이 영 맘에 안 들어서 하루라도 더 만져보려고 그랬던 거예요. 그것 땜에 얼마나 애를 태우고 있었다구요. 그랬는데 미술선생님이……"

"알겠다. 이제 알겠어. 그만 흘려버려라."

"그때처럼 서럽고 무안한 적은 없었어요."

"그 심정 이해하구두 남겠다."

영란이 고개를 쳐들었다.

그 눈이 맑다고 생각하며 진희는,

"나두 옛날에 그 비슷한 일을 당했단다." 영란이 만약 미술 지도선생과의 사이에 있었던 얘기를 꺼내면 하려던 말이 진희에겐 있었다. "대학 입학시험 땐데 말야, 일반사회 시간이었어. 열심히 답안을 써나가구 있는데 누가 내 턱을 치켜올리지 않겠어? 사진과 대조하기 위해서였어. 그 순간 눈앞이 캄캄해지는 거야. 다시없이 모멸당한 느낌이었어. 왜 함부루 남의 턱에 손을 대는 거야 하구 말야. 막 시험지를 찢어버리구 뛰쳐나가구 싶드라. 그걸 간신히 참았지. 하지만 시험지의 글자가 눈에 들어와야 말이지. 남은 문제를 어떻게 썼는지 모르겠어. 그만큼 모멸감에 시달렸던 거야. 오랜 뒤

에야 그 감독선생두 그때 별 생각없이 그랬을 거라는 생각이 들더라. 사진 대조는 해야겠구 내가 고개를 너무 숙이구 있으니 그럴 수밖에 없었을 거라구…… 영란아, 알아듣겠니 내 얘기?"

영란이 잠시 생각에 잠긴 듯 눈을 깜빡이고 있다가, 선생님 죄송해요, 하고는 고개를 숙여 인사를 한 후 빠른 걸음으로 가버린다. 그 걸음이 어딘가 가벼운 듯 보였다.

진희는 저도모르게 깊은 숨을 내쉬었다. 이게 교사들이 가질 수 있는 보람이란 건가. 영란이 사라진 뒤에도 그냥 진희의 눈 안에 그 모양이 남아있었다. 한동안 진희는 그자리에 서있었다.

잡무를 다 마친 중섭과 함께 진희는 교무실을 나섰다. 진희가 영란의 얘기를 하려고 중섭을 기다렸다 같이 나선 것이다.

청명한 가을 날씨의 맑은 햇살이 구김살없이 담뿍 교정에 내리부어지고 있었다. 그 교정 한가운데에 맹선생이라는 역사선생이 서성거리고 있는 모습이 눈에 들어왔다. 내년이면 정년퇴직이 되는 노인선생이다. 가끔 중섭한테 와서는 한글처럼 까다로운 건 없다면서 맞춤법을 묻곤 하는 소탈한 이로 그는 중섭이 가까이 가자,

"단풍이 하두 아름답길래 민선생 나오길 기다렸습니다," 하고 교정 가에 서있는 은행나무를 치어다본다.

은행나무잎의 가장자리가 노르께하니 물들어가고 있었다.

"은행나무가 단풍들기 시작했군요." 중섭이 대꾸해 주었다.

"어떻습니까, 아름답습니까? ……그저 그렇게 보이겠죠? 저두 전에는 그저 그렇거니 하구 보아왔죠. 헌데 올해는 저것들이 난생처음 보는 것처럼 눈에 포옥 젖어 들어온단 말예요. 저 노란 빛깔이 그토록 아름다울 수 없게 말입니다. 그리구 저 하늘두 마찬가지예요. 저렇게 파아란 하늘을 처음 보는 것만 같이 느껴지거든요."

"연세를 잡수시면서 눈이 밝아지신 모양입니다." 중섭이 웃으면서 말을 받았다.

"아니죠. 육신의 눈이 밝아질 리가 있나요."

자연히 셋이 한 걸음걸이가 되어 교문을 나섰다.

얼마를 가다가 맹선생은,

"우스운 얘기룬 글쎄 이즈음 마누라의 얼굴이 새롭게 뵌단 말예요. 글쎄 쌍꺼풀진 눈을 처음 보는 것같더라니까요. 40년 이상 같이 살아온 마누란데 말예요. 우습죠?"

맹선생 자신이 우스갯말로 한 것이 아닐뿐더러 우스갯말처럼 들리지도 않아 증섭은 잠자코 있었다. 그건 진희도 같은 느낌이었다. "좀전에 말한 모든게 새롭게 뵌다는 건 다름아닌 죽음의 눈으루 보기 때문이죠. 어느 외국 작가의 글에서 이런 걸 읽은 적이 있어요. 자살하기루 마음먹은 눈에 모든 자연이 아름답게 비치더라구요. 내 경우두 그 비슷한 거라구나 할까요. 죽음의 눈이 나루 하여금 온갖 걸 새롭게 보이게끔 하나봐요. 마지막으루 말이죠. ……아니 이거 공연히 궁상맞은 소릴 지껄여댔습니다."

증섭은 왠지 이대로 갈라서기가 안되어,
"선생님, 저기 가서 차나 한잔 하시구 가시죠," 했다.
"감사합니다. 근데 전 이제 집에 가서 마누라하구 시금치를 갈아야겠습니다. 금년이 마지막이 될지 모르겠습니다만."

맹선생이 만면에 맑은 미소를 띠어 보이고는 갈림길로 들어섰다.
증섭이 맹선생에게서 시선을 거두며,
"저 선생님처럼 죽음을 길들여가며 늙기두 쉽지 않을 것같군요."
"정말요." 진희가 거기 응했다. "저분 가족은 어떻게 되시죠?"
"부인하구 두 분이 살죠. 큰아드님은 수원서 학교선생을 하구, 작은아드님은 대전서 무슨 회사엔가 근무하구 있다죠 아마. 모르긴 몰라두 퇴직 후에두 어느 아들한테 가서 얹혀살지는 않을 겁니다."
"그래 뵈네요. 그러면서두 외로울 것같지는 않네요."
"그럴 것같죠?" 그러나, 하고 증섭은 문득 속으로 생각한다. 실은 소탈해 뵈는 맹선생이 요즘 죽음이라는 걸 염두에 두고 고독을 느끼고 있는 건 아닐까. 그리고 그 고독을 다른데로 돌리기 위해 만전을 피는 건 아닐까. 그만큼 맹선생의 고독은 속깊은 게 아닐까. 그러고보니 증섭은 좀전 맹선생의 얼굴 가득히 띠어졌던 맑은 미소 속에 쓸쓸한 기운이 감돌았던 것처럼 생각됐다. 결국 인간이란 누구나 체취처럼 제각기 고독을 지니고 있게 마련이고, 그걸 다스리며 살아가게 마련인 거지.

진희가 영란의 얘기를 꺼냈다. 영란이 제가 갖다 꽂은 꽃의 꽃이
파리를 따버린 데서부터 오늘 교무실 밖 복도에서 한 대화까지 얘
기하고 나서,
"처음엔 막막했어요."
"걔가 그렇게 된 동기란 걸 보세요. 어디 애들한테 맘놓구 손가락
한번 대보겠는가. 아무튼 그렇게 훌륭히 문젤 해결하시는 걸 보니
홍선생 교도부 일 맡으셔야겠는데요."
"비꼬시면 싫어요. 어쩌다 쉽게 실마리가 잡힌 것뿐예요. 그렇지
만 이걸루 그 애의 일이 끝난 걸까요?"
"일단은 마무리진 걸루 봐야겠죠. 어디 사람의 일에 결말이란 게
있습니까, 죽기 전엔. 그런 애일수록 언제 또 어떤 일을 일으킬는
지 모르는 거예요. 그렇다구 미리 걱정하구 있을 필운 없구 그때
그때 당면해서 대처해보는 수밖에 없는 거죠. 그러나저러나 면담중
홍선생 자신의 대학 입학시험 때의 그 경험이 키이가 됐군요. 그것
이 그애에게 가장 효과있게 작용했을 겁니다. 이건 딴 얘기지만 홍
선생의 성깔두 대단하시군요."
"정말 그땐 그랬어요. 온순하다는 제가 말예요."
"헌데 뒤에는 그 감독선생이 그럴 수밖에 없었을 거라구 양해를
하셨던데요?"
"그래요. 입학시험에 떨어졌음 평생을 두구 원망했을지도 모르지
만요. 지금은 되레 그때 일이 부끄럽게 여겨져요."
"그치만 어떤 경우를 당하면 또 그때같은 성깔이 튀어나오지 않을
까요?"
"글쎄요." 갑자기 진희가 눈을 크게 떠 중섭을 바라보며, "아니
지금 제가 민선생님한테 카운셀링 받구 있는 거 아녜요? 좋아요.
더 계속하세요."
　　둘이는 소리내어 웃었다.
　　중섭이 생각난 듯이,
"참, 오늘 창숙이 걔가 또 장난을 쳤어요. 수학 가르치는 전선생
있죠? 그 선생이 저희 반엘 들어가니까 교탁에 종이쪽지가 놓여있
더라면서 절 주지 않겠어요? 보니까, 〈이런 파트너를 구함〉 하구

는 그 밑에다, 머리는 어느 선생의 것, 눈은 어느 선생의 것, 이런 식으루 코, 입, 턱 할것없이 얼굴 세세한 부분을 다 열거해 놨더라구요. 거기 전선생은 코가 들어있더군요."

전선생의 코가 호고추코였던 것이다.

진희가 웃으며,

"민선생님의 것은 들어있지 않던가요?"

중섭은 훗훗 웃고 나서,

"왜요, 귀가 들어있습디다. 제 귀가 짝짝이귀거든요."

중섭의 오른쪽 귓바퀴가 약간 안으로 우그러져있다는 걸 진희도 알고 있다.

중섭이 말을 계속했다.

"아무려면 대숩니까. 근데 전선생은 화가 나나봐요. 누구의 짓인지 조사해서 찾아내라구 하더군요. 조사하나마나 창숙이 걔의 짓이 뻔하지 뭡니까. 허지만 무시해버리기루 했어요."

"무시해버리는 것두 좋지만 경우에 따라선 엄격히 다루는 게 교육적일 수 있잖아요. 안 그럴까요?"

"글쎄요. ……가끔 난 이런 생각을 해보죠. 사람이란 지각이 생기면 각자 저나름대루 마음속에 불과 함께 물을 지니구 있어서 그 물루써 불을 견제하면서 균형을 유지한다구 봐요. 그런데 문제는 때루 불이 불을 견제하는 수가 있는 거예요. 말하자면 불이 불을 태워서 평정을 얻는 거죠. 이땐 물이 필요찮죠. 남학생이구 여학생이구 중학생쯤 되면 그나름대루 이 불과 물을 지닌다구봐요. 근데 대개 선생들은 불이 위험하다는 지레 짐작에서 학생애들더러 물만 쓰라구 강요하구 있지 않나 해요. 학생애들한테두 불루 불을 태워 평정을 얻는 수가 있다는 걸 이해해야죠. 그리구 선생들은 그럴 여지를 남겨주구 관망하면서 기다려주는 인내를 가져야 할 것같애요. 나자신 그런 걸 잊어버리기가 일쑤지만요."

"제가 새겨들어야 할 말인데요." 그러면서 진희는 생각했다. 나의 불과 물의 관계는 어떤가. 주로 물로 불을 끄는 편이 아닐까. "어머, 어느새 여기까지 왔죠?" 진희가 주위를 둘러보며 말했다. "다시 돌아서요. 차 한잔 살께요."

"아뇨. 내일 또 뵙게 될걸요 뭐. 낼 시간 늦지 마세요."

다음날 일요일에 한수를 포함한 셋이 소풍 겸 들로 나가기로 돼 있었다.

어떻게 하면 좋단 말인가. 춘길은 벌써 며칠째 빈 집 방바닥에 혼자 뒹굴고 있었다. 두달 가까이 노름판으로 떠돌아다니다 빈털터리가 되어 돌아와 보니 여편네는 어린것들을 데리고 친정으로 가버리고 없었다. 이 꼴을 하고 자기마저 처가로 갈 수는 없는 일. 앞이 캄캄하게 콱 막혔다. 그러나 춘길은 지금의 이 꼴이 되게 한 노름을 왜 했는가 하는 후회는 없었다. 전에 나도 돈뭉치를 쥐고 집에 돌아온 적이 한두 번 아니지 않는가. 그저 이번 노름에선 돈을 잡았을 때 적당히 자리를 뜨지 못한 게 한스러울 따름이었다. 다시 한판 벌일 수만 있다면! 그때는 적당한 시기를 놓치지 않을 거다, 놓치지 않고 말고! 그러나 자기에게 다시 화툿장을 쥘 수 있는 기회가 올까. 어쩌됐건 지금의 궁지를 모면해야 할 텐데 어쩐다? 춘길은 답답한 마음으로 이리저리 궁리 끝에 몸을 일으켰다. 문진영감한테 가보는 수밖에 없다!

문진영감이 마침 집에 있었다.

장부책이며, 전화통 따위가 놓여있는 책상에 한 팔을 걸치고 이쪽을 향해 앉아있는 문진영감에게 춘길이 깊숙이 허리를 꺾어 절을 한 후,

"불쑥 찾아와서 죄송합니다," 했다. 전화 연락을 않고 왔다는 얘기다. 실은 전화를 걸고 어쩌고 하다가 만나서 통사정도 못해보고 거절당할까봐 그냥 찾아왔던 것이다.

"괜찮습니다. 거기 편히 앉으시오." 문진영감이 머리를 천천히 끄덕이며 뜨적뜨적 말했다. 까맣게 머리를 염색하여 가운데 가리마 탄 둥그런 얼굴에 온화한 빛을 띠고 있다.

"말씀 놓으십시오." 춘길은 앉으면서 또 허리를 앞으로 꺾었다.

"그간 어떻게 지내시오?"

"면목 없습니다. ……말씀 놓으시래두요." 저번 돈 빌리러 왔을 적에도 아무리 말을 낮추라고 해도 끝내 문진영감이 그러지 않았던

걸 아는 터이지만 춘길은 다시한번 그렇게 말했다.

문진영감은 육순이 지났건만 자기와 거래하는 어떤 손아랫 사람한테도 반말을 쓰지 않고 있는 것이다.

"그래 무슨 일루 오셨소?"

"저……좀 사정을 드립자구……" 춘길은 충혈된 눈을 내리깔았다.

"사정요?"

"날짜가 얼마 안 남지 않았습니까?"

"네에, 반제 날짜 말이오? 며칠 안 남았죠." 그러면서 문진영감은 책상에 올려놓은 손끝으로 가까이 있는 전자계산기를 도닥거렸다. 전에는 상아뼈 알로 된 조그만 주판을 항상 지니고 있었는데 얼마 전부터 포킷용 전자계산기로 바꾼 것이다.

"어르신네께서 생각 좀 해주셔야겠습니다."

"생각하다니 뭘 말이오?"

"저희 집을 맡아주십사 이겁니다. 제가 갖다 쓴 돈하구 이자 다 제하시구서 단 몇푼이락두 입에 풀칠할 밑천 좀 주시구…… 리야카 래두 한대 사서 식구들 굶겨죽이지나 말아야…… 제발 부탁입니다." 춘길은 꺼칠한 얼굴을 푹 숙였다.

"내가 그 집을 차지하려구 돈을 준 게 아니잖소? 춘길써가 무슨 장사인지 꼭 해보겠다구 해서 준 거지." 문진영감이 천천히 말했다.

사실 그랬다. 문진영감은 돈놀이에 관해 자기 나름대로의 정견이 서있었다. 다른 사업은 자금에서 상품, 그리고 이윤의 과정을 밟지만 돈놀이는 돈 자체가 상품이 되어 돈이 곧 이윤을 낳게끔 하지 않으면 안된다. 그리고 돈은 그 어느 상품보다도 우위이니까 이윤도 많아야 되므로 고리는 당연하다. 따라서 담보물은 그 고리를 확실히 받기 위한 수단일 뿐, 담보물 그것에 눈길을 돌려서는 안된다. 그러기 위해서 문진영감은 사업이나 장사를 하는 사람에게만 돈을 빌려줘왔다. 그리고는 때때로 채무자의 사업장이나 상점에 들러 관심을 보이고 경영상 조언같은 걸 해주기도 했다. 그건 상대방의 사업을 잘되게 하여 이자를 순조롭게 받아들이는 데에 도움이 되는 동시에 사업의 내실을 탐지하는 효과까지 거두고 있다. 조금만 기우는 기미가 보이면 즉각 돈을 회수해들이는 것이다. 이것을 문진영감은 25, 6년 전 이곳에 들어와 처음엔 적은 자금으로 돈놀이를 시작하여 오늘날 큰 자본을 축적하기에 이르기까지 지켜온 것인데, 그만 춘길이한테 실수를 범하고 만 셈이었다. 춘길이 노름꾼이라는 걸 모르는 건 아니었으나 그의 말에 넘어갔다고나 할까. 다시 화툿장을 잡으믄 사람놈이 아닙니다. 보십쇼, 그 표루 여기 장을 지졌습니다. 춘길은 헝겊으로 처맨 왼손을 내보였다. 이젠 처자식 살릴 일념밖에 없습니다. 가게를 얻어서 만물상을 할 참입니다. 자신이 있습니다. 어르신네 돈을 빌려가믄 장사가 잘 된다지 않습니까. ……그러나 이건 이미 지나간 일이니 이제와서 왜 거짓말을 했느냐고 따질것없이 앞으로 어떻게 해서든지 현금으로 원금과 이자를 받아내는 일만이 남아 있다고 생각하며 문진영감은,

"내가 춘길씨라믄 그런 말을 하지 않겠는데요."

춘길은 고개를 들고 문진영감을 바라본다.

"물론 나두 그 집을 차지했다가 처분하믄 이가 많다는 걸 모르는 바 아니오. 허지만 그렇게 하믄 내가 지금까지 지켜온 지조가 무너진단 말이오. 지조란 금전으루 바꿀 수 없는 귀중한 거 아니겠소. 그 지조를 잃지 않으려구 내가 얼마나 고심하는지 아시오? 그러니 그 집을 다른 데에 처분하두룩 노력하십시오."

"팔려구 내놨두 어디 작자가 나서야……"

"집값에 과욕을 내지 말아야 해요. 내 생활신조가 뭔지 아시오? 욕심을 부리지 말라, 이겁니다." 문진영감은 자기가 앉아있는 쪽 벽을 치어다본다. 해서체로 〈虛心〉이라 쓴 편액이 걸려있었다. 문진영감은 꽤 오래 액자에서 눈을 떼지 않는다.

그런데, 문진영감으로서 도저히 〈虛心〉이라고 내세울 수 없는 고민이 한 가지 있었다. 자식을 갖고자 하는 욕망이었다. 아들이면 더할나위없지만 딸자식이라도 하나 봤으면 하는 게 오랜 숙원이었다. 자식 없는 걸 마누라가 둘치이기 때문이라고 여긴 시기가 있었으나 결함은 문진영감 자신에게 있었다. 병원에서의 검사 결과 정액 속에 정충이 없는 무정자증으로 판명됐던 것이다. 이 진단이 내려진 뒤에도 그는 행여나 하고 온갖 한약을 쓰다못해, 오래된 회양목 장기쪽을 구해다 삶은 물을 먹는다든가 고분의 관 속에 괸 물을

구해다 먹는다든가 하는 별의별 비방을 다 써가면서 젊은 여자를 씨받이로 서너 번이나 집에 들여봤지만 번번이 허사가 되고 말았다. 그렇다고 애를 얻어다 기르고 싶은 마음은 전혀 없었다. 자기의 씨라고 남이 알아줄 만한 과정을 거쳐 얻은 애라야 했다. 그래 심지어 그가 집뒤 채소밭에다 몇 해 동안 보리를 심은 일이 있는데, 자기 몰래 마누라가 누구와든 거기서 얼려 애를 낳아주기를 바랐다가 그것마저 뜻대로 안 되자, 맹추같은 년, 맹추같은 년, 하고 뇌까렸다는 소문이 동네에 날 정도였다.

"사정이 계시겠죠만 제발 저 좀 살려주십시오." 춘길이 다시금 고개를 조아렸다.

"내가 춘길씨라믄 해볼 일이 있는데요. 최영감님 있잖소, 최두식 영감. 그분한테 그집 얘기를 하는 거요. 땅이나 집이라믄 밝히는 영감님이니까."

춘길이 까맣게 탄 입술을 혀로 축이며,

"그러지 않아두 복덕방 곽씨가 그 할아버지한테 갔드랬습니다. 그랬는데 한마디루……"

"내가 춘길씨라믄 직접 찾아가 사정애길 해보겠는데요." 문진영감이 머리를 천천히 끄덕이면서 얼굴에 온화한 빛을 띤 채 뜨적뜨적 말했다. "춘길씨 조부님하구 그 영감님하구의 사이가 자별하셨지 않소?"

"그렇긴 하죠만…… 그럼 제가 만약 직접 찾아가서두 성사가 안 되믄…… 그땐……그땐 어르신네께서 제 청대루……" 다급한 목소리였다.

"그 영감님을 찾아갈 땐 내가 춘길씨라믄 오전중에 갈 거요. 나한텐 오늘처럼 오후에 찾아와두 괜찮지만, 그 영감님만큼의 연세가 되믄 오후엔 노곤해져서 모든게 귀찮아지는 수가 있으니까요." 그러면서 문진영감은 또 손끝으로 전자계산기를 도닥거렸다.

제 4 장
방 문 자

　중섭은 한영에게 안녕히 계시라는 인사만 남기고는 급히 되돌쳐 섰다. 야외로 나가기로 한 약속을 지킬 수 없게 되어 한수에게 알리러 왔었는데 서울서 친구가 온다고 해서 마중나갔다는 것이다. 중섭이 그 걸음으로 버스정류소까지 갔으나 뵈지 않았다. 위에서 내려오는 버스와 아래서 올라오는 버스가 각각 20분쯤 전에 거쳐가고 다음 버스는 한 30분 뒤에 있었다. 한수의 친구는 먼젓 버스로 온 모양이다. 혹시 한수가 친구와 함께 다방에라도 들르지 않았나 하여 〈고향〉으로 가 보았지만 거기에도 없었다. 한수는 친구 여관 잡아주러 가 있었다.

　중섭은 진희에게 전화를 걸었다. 야외에 못 가게 된 사유를 말하고 미안하지만 약속한 시간 다방에 나와 한수에게 전해줄 것을 부탁했다. 진희는 처음엔 아쉬워해하는 듯했으나 곧 밝은 목소리로 날씨도 좋지 않으니 다음으로 미루자면서, 민선생님두 열심의 단계네요, 하고 놀리듯 말하고는, 잘 다녀오세요, 한다.

　중섭은 이날 갑자기 담임반 애인 명애를 데리고 서울 안과병원엘 다녀와야 할 일이 생긴 것이다. 명애는 눈이 몹시 나빴다. 키가 작아 맨 앞줄에 앉는 명애가 며칠 전 판서를 전혀 필기하지 않는 걸 발견하고야 눈이 나쁘다는 걸 알게 됐다. 눈이 나빠지기 시작한 지는 퍽 오래됐는데도 명애는 오빠를 걱정시킬까봐 판서를 필기 못할 지경에 이르도록 아무에게도 말하지 않은 것이다. 단 오누이끼리 살며 오빠 명재소년이 학교 대신 통신 강의록을 통해 고등학교 과

58

정을 공부하면서 자전거포 점원 일을 하여 생계를 꾸려나가고 있었다. 자전거포는 신품을 다루는 한편 시간당 얼마씩에 자전거를 빌려주거나 고장난 데를 수리해주는 일도 하는데 그런 모든 일을 거의 명재소년이 도맡아 하다시피 했다. 읍내 안과에서는 서울 올라가 정밀검사를 받으라고 했다. 다른 날은 명애가 학교에 가야 하고, 일요일엔 수선일이나 자전거 빌리러 오는 손님이 많아 명재가 바빴지만, 가게 주인에게 양해를 얻어 일요일인 오늘 동생을 데리고 서울 병원에 가기로 돼있었다. 병원 이름과 소재는 중섭이 미리 알아가지고 일러뒀었다. 그런데, 중섭이 이날 조반을 먹고 면도를 하고 있는데 명재소년이 찾아와, 동생이 내일 결석을 하게 되어 미리 알리러 왔노라고 했다. 무슨 일이냐니까, 가게주인이 별안간 피치 못할 사정이 생겨 자기가 가게를 지켜야 하기 때문에 서울 가는 걸 내일로 미는 수밖에 없다는 것이었다. 그렇다면, 하고 생각끝에 중섭이 대신 가기로 했다. 그러지 않아도 어린 명재를 달려 보내는 것이 얼마간 마음에 걸렸던 차에 날씨도 궂고 하여 야외 나가는 건 다음으로 미뤄도 좋을 성싶었던 것이다.

중섭은 명애네 집으로 걸음을 빨리했다. 일요일 오전 진찰에 맞춰 가려면 서둘러야 했다. 명애네가 세들어 자취를 하고 있는 방은 북향이라 본래 어둠침침했으나 이날은 날씨가 흐려 방안이 더욱 어두컴컴했다.

명애는 오빠의 자지레한 연장들이 놓여있는 공작책상가에 오도카니 앉아 있었다. 명재소년은 쇠붙이로 뭘 만들기를 잘했다. 고물상에서 이것저것 부속품을 모아다가 라디오를 만들어 듣기도 하고, 선풍기를 꾸며 쓰기도 했다. 그리고 태엽으로 걸어가는 로보트, 고무줄로 날게 하는 비행기 따위의 장난감을 만들어 동네아이들에게 주기도 했다.

"나하구 가자."

명애가 얼른 응하지를 않는다. 중섭에게 번거로움을 끼치는 게 미안한 모양이다.

"너무 안 보이니까 답답하지? 자, 어서 병원에 가자."

"좀더 이리 가까이 다가앉거라."

두식영감은 신문 보던 돋보기를 벗은 잿빛 눈으로 춘길을 쏘아본다.

"니가 재담영감 손자라구?"

재담영감이란 춘길의 조부가 재담을 잘하여 붙여진 별명이었다.

"네." 춘길은 자지러드는 목소리로 대답했다.

"그럼 니 이름이 춘……"

"춘길입니다."

"느이 할아버지가 부모 일찍 여읜 널 을마나 애지중지 길렀다구. 한창 자랄 때는 그렇게 끼끗허든 니가 으째 그모양이 됐냐? 영 몰라보겠구나."

춘길은 무릎 꿇은 몸을 더욱 조그맣게 움츠린다.

"복덕방 곽씨한테 들으니까 니가 집까지 날려버리게 됐다든데 그게 사실이냐?"

두식영감이 먼저 집애기를 꺼낸 걸 다행스럽게 여기면서도 춘길은 관자놀이게가 화끈거리고 오금이 죄어듦을 어쩌지 못했다.

"그 집이 어떤 집인데! 어느 구석 하나 느이 할아버지 손때 묻지 않은 데가 없는 집이다!"

처음에는 오두막 초가였던 걸 한 칸 두 칸 늘려나가다가 나중에 이엉을 벗기고 기와를 얹었다. 기둥은 실하지 못했으나 흙벽이 두껍게 발라져있어 서까래만 보충하고 기와를 이을 수 있었다. 이렇게 하나 둘 오랜 세월을 두고 재담영감이 매만져 이룩해놓은 집이었다. 집뿐 아니라 모든 면에서 존절하고 깔끔한 살림꾼이었다. 농사일에 쓰는 연장 하나하나에 이르기까지 허술한 구석이 없었다.

"노름으루 패가망신을 하다니, 지하에 계신 느이 할아버지가 통곡을 하겠다!"

꿇어앉은 춘길의 머리가 점점 숙여졌다.

"니가 무슨 일루 왔는진 몰라두 집 때문에 왔으믄 소용없다!" 두식영감의 입이 일그러지며 목소리가 높아졌다. "내가 어떻게 그 집을 맡는단 말야! 못 맡는다, 못 맡어!"

춘길은 떨리는 몸을 겨우 가눈 채, 괜히 문진영감의 말을 듣고 왔다가 혼나는구나, 하고 후회가 막심했다.

"에익, 못난 놈! 꼬락서니두 보기 싫다!"

춘길은 종내 사정얘기 한마디 비춰보지도 못하고 두식영감 앞을 물러나오고 말았다.

세상 못된 놈같으니라고! 조상이 물려준 집 한 채 간직 못해? 재담영감이 무덤 속에서 복장을 치겠다, 복장을 쳐! 두식영감은 춘길이 돌아간 뒤에도 마음이 산란했다. 그러다가 생각이 춘길의 신상에로 뻗어갔다. 몹쓸 놈인 건 몹쓸 놈인 거고 앞으로 어떻게 살아간다지? 형편이 저리 됐으니 이 고장에서는 살 수 없을 거고. 혹 처가에 얹혀산다? 문득 재담영감이 한 우스갯얘기가 떠올랐다. 한 남자가 여편네에게 말했더란다. 우리 그만 살림을 헤치구 맙세, 임잔 친정으루 가구, 애들은 외갓집으로 보내구, 난 또 처갓집에라두 가구. 그러자 여편네가, 아이고오 그렇게 헤졌다 언제 만나누, 하고 한참 서럽게 울다가, 어매매 우리가 서루 만나긴 하겠네요, 했다는 것. 이 얘기를 재담영감한테 처음 들었을 때는 물론 그뒤 어쩌다 그 얘기가 생각나면 절로 웃음이 지어지곤 했었는데, 지금 두식영감은 웃음은커녕 허망한 느낌만 들었다. 만약 걔가 처가살이하는 신세가 된다면 그 꼴이 뭔가.

두식영감은 마누라를 불렀다.

"가서 애애비 좀 오라구 허우."

한영이 오자 두식영감은,

"너 춘……길이네 집에 좀 갔다와야겠다."

한영은 동생 한수가 이날 일쩍 밖에 나간 일로 할아버지가 자기를 부른 줄 알았다가 한숨을 놓는다.

"쌀 두어 말 퍼다 디밀어줘라."

재담영감과의 정의나 의리로 보아 가만있을 수 없다고 생각했다.

그런데 한영이 집에 가닿았을까말까 했을 때 두식영감은 마누라더러 다시 한영을 불러오라고 했다.

한영이 되돌아오자 두식영감은 좀 나직한 소리로,

"혹 말이다, 혹 어떤 친구네가 못살게 돼서 집같은 걸 맽긴다 치자. 그런 경우 넌 그걸 맡겠니 안 맡겠니?"

한영은 대번 할아버지의 심중을 알 수 있었으나 잠자코 있었다.

"혹 말이다, 남이 그런 경우에 집을 맡았다구 허믄 넌 어떻게 생각허겠니? 잘한 일이라구 생각허겠니? 잘못한 일이라구 생각허겠니?"

한영은 할아버지가 바라는 대답이 뻔했으나 역시 아무말 않고 있었다.

"니까짓게 뭘 알겠다구. 묻는 내가 틀렸지!" 두식영감은 잠시 입을 꼭 다물고 있다가, "너 어서 쌀 두어 말 퍼가지구 가서 걔네 빚진 돈이 을마구, 변린 을마구, 갚을 날짠 은젠지 소상히 알아갖구 오너라."

암만 생각해봐도 그집을 딴 사람한테 넘어가게 하느니보다는 내가 맡는 편이 나을 거다. 내가 뭐 집이 탐나서 차지하려는 건가, 걔 사정 봐서 맡는 거니 누가 뭐랄라고? 그리고 그 구렁이같은 김주사가 아무리 담보물은 자깃거로 만들지 않는다지만 이번엔 이문이 많이 붙을 것같으니까 빚을 못 갚으면 못견디는 척 자기 차지로 할게 뻔해. 그럴 바에야 내가 맡는 게 도리지, 도리고 말고. 아마 지하의 재담영감도 잘한 처사라고 할 거라.

두식영감은 돋보기를 끼고 신문을 집어들었다. 그리고 한영이 돌아올 때까지 줄곧 신문에서 눈을 떼지 않았다.

춘길이한테 다녀온 한영에게서 빚진 돈은 60만원이고, 5푼 5리 이자에 반제 날짜는 이달 열아흐렛날이라는 보고를 받는다.

"쓸개빠진 놈같으니라구, 많이두 내 썼군! 그리구 뭐 변리가 5부 5리라구? 거, 장릿변 쩜쪄먹게 비싸군. 그런 변리를 물구 뭘 어떻게 감당해나간다논 거야! 허긴 비싸구 어쩌구 할것없이 변리처럼 무서운 건 세상에 읎지. 비가 오나 눈이 오나 늘어만 가게 마련인걸. 너두 명심해라. 넌 그런 일이 읎겠지만 변리 무섭다는 걸 마음에 꼭 새겨둬야 해! 알겠냐? 그래 이달 열아흐렛날이 한이라구?"

"네. 두 달 기한으루 빌렸답니다. 제대루 이자를 물 가망이 보였다면 기한을 연기받았을는지 모르지만요."

"오늘이 메칠날이드라?"

"열엿샙니다."

"사흘 남았군. 비싼 변리 사흘씩이나 물 필요 읎지. 오늘 당장 갚두룩 해. 설마 김주사가 제 날짜에 가서야 받겠다군 않을 테지."

"오늘은 일요일입니다."

"그래? 공일날이믄 은행에서 돈을 찾을 수 읎겠군. 낼 갚는 걸루 치구 셈을 해봐. 변리가 을마나 나가는지."

"이자 계산만 하면 됩니까?"

"변리 말구 뭐가 또 있단 말이냐?"

"저……"

한영은 할아버지를 바라보고 마른침을 삼킨다.

"저 어쨌단 말야?"

"저……춘길이한테두 얼마 떨어져야 하지 않겠습니까?"

"춘길이한테 을마 떨어져야 허다니?"

"돈 한푼 없이 당장 어떻게 살아갑니까? 집두 없이."

"그럼 우리가 멕여살리기라두 해야 헌다는 거냐? 걔한테 돈 한푼 읎는 건 당연해! 그래가지구 돈이 붙어있겠니? 재물은 영물이야! 사람을 보구 붙어있기두 허구 달아나버리기두 허는 거야!"

"앞으루 움막이라두 우리구 좌판장사라두 할 밑천이 있어야겠다던데요."

"아냐! 좌판장사구 뭐구 이젠 이 고장에선 못 살아! 무슨 낯짝을 들구 예서 산단 말이냐!"

"어쨌든 얼마만큼 돈을 바래서 할아버질 찾아뵌 게 아니겠습니까? 집 넘어가는 거야 그냥 내버려둬두 넘어가는 거 아니겠습니까?"

어, 이놈 봐라, 제법 의견같은 걸 다 말하네. 두식영감은 좀 늘어진 왼쪽 눈꺼풀을 더 내리덮으며 잠시 궁리에 빠진다. 그랬다가,

"대체 그 집값이 을마나 나간다구 보냐?"

거기 대해서는 누구보다도 할아버지 자신이 잘 알고도 남을 거라고 생각하며 한영은,

"글쎄요, 서둘지 않구 느긋이 작자만 만나면 백사오십만원은 넉넉히 받지 않겠습니까?"

"뭐라구? 정신나간 소리 작작해! 넌 무에나 헤프게 생각해서 탈야! 잘 받는대야 백만원 안짝야! 안짝이라두 한참 안짝이지!"

두식영감이 잠시 입을 꽉 다물고 있다가, “암튼 그건 개 할아비를 생각해서 내 알아 할 테니 여러소리 말구 어서 변리가 을마 나가는지 셈이나 해봐!”

한영이 볼펜을 꺼내어 신문지 가장자리의 여백에다 계산을 시작한다.

“거 왜 주판은 안 지니구 다니는 거야? 그런것쯤 주판으루 제꺽 해내야 허는 거 아냐?” 두식영감은 입을 씁쓰레 일그러뜨린다.

서울 용산 시외버스 터미널에 내린 중섭과 명애는 지하철을 타기 위해 역 쪽으로 향했다. 중섭이 명애의 눈이 나쁜 걸 생각하여 손을 잡아준다.

육교를 건너면서 중섭이 잔뜩 찌푸린 하늘을 쳐다보며, 다행히 날씨가 좋잖아 한수들과의 약속을 미루게 된 일이 덜 미안스럽게 됐다는 생각을 하는데 명애가 불쑥,

“선생님,” 하고 입을 연다.

“응?”

“달나라에 진짜 계수나무하고 토끼가 살았는지 모르잖아요? 그러다가 죽어 없어졌는지 모르잖아요?” 엉뚱한 말을 했다. 여기까지 오는 동안 별로 말이 없었던 애였다. “이담에, 아주 이담에 지구가 달처럼 된다면 말예요, 다른 별에서 우주인이 와 보고 지구엔 아무것도 살지 않았다고 하면 어떡하죠?”

지구가 달처럼 된다는 가상을 재미있게 여기면서 중섭은,

“글쎄다.”

“저는요 선생님, 눈으로 꼭 보는 것만이 존재한다고 생각되지는 않아요.”

이애가 눈이 잘 보이지 않는 동안 별것을 다 생각한 모양이구나, 하고 중섭은 잡고 있는 명애의 손을 한번 꼭 쥐어주었다.

용산역에서 지하철을 타고 종로 종각 앞에서 내렸다. 지하철을 처음 타보아 그런지 명애는 차내에서 약간 굳은 몸가짐을 하고 있었다.

지하도를 빠져나오면서는 명애편에서 먼저 중섭의 손을 붙잡았다.

“무서워요.”

"뭐가?"

"사람이 너무 많아요."

"정말 그렇구나."

미리 알아뒀던 안과 개인병원은 그리 멀지 않은 곳에 있었다.

검사시간이 꽤나 오래 걸렸다. 동공을 확장시키는 물약을 양쪽 눈에 한 방울씩 넣고, 10분 후에 다시 같은 약을 넣고, 한 시간 뒤에 검사를 시작한 것이다.

"심한 근시에 난시까지 겸했군요. 오른쪽 눈이 더 심합니다." 의사가 검사결과를 중섭에게 알렸다.

명애의 눈이 보통 나쁘지 않다는 건 중섭도 짐작하고 있었다.

"이렇게 되기까지 한 번두 진찰을 안 받아봤습니까?"

"미안합니다." 중섭은 이렇게밖에 대답할 수 없었다.

"일주일 후에 다시 한번 오세요. 오늘은 눈에 약물을 넣구 검사했지만 그때는 그냥 검사를 해가지구 종합해야 합니다."

명애는 겁먹은 낯으로 양미를 모으고 눈을 내리깐 채 중섭 곁에 바짝 붙어 서있었다. 중섭은 다음번도 자기가 이애를 데리고 와야 하겠다고 마음먹으며 병원을 나섰다.

가을걷이가 한창인 논들을 지난 곳에 대부분 비닐을 벗겨낸 비닐하우스의 뼈대가 주욱 줄지어 있는 밭들, 그 너머에 읍의 집들이 늘어서있고, 그 저쪽에 높지 않은 구릉이 완만한 기복을 이루며 길게 뻗어있었다. 예전과 다름없는 풍경이었다.

그저 비닐하우스만은 전에 없었던 거지. 한수는 앞쪽을 더듬는다. 울남이네 비닐하우스는 어디쯤일까. 참외밭에 만들었다면 저 위쪽일 거야. 아니 조금 아래쪽이지. 중섭이가 왔더면 돌아갈 때 한번 들러보는 건데.

"전 여기 와서 읍 밖으루 나와보긴 처음예요. 날이 흐린데두 공기는 참 맑은데요." 바람이 없어 움직이지 않고 드리워져있는 구름을 쳐다보며 진희가 두어 번 숨을 깊이 들이마셨다.

냇둑 노가주나무 밑에 한수와 진희 그리고 한수의 친구 병배는 자리를 잡고 있었다. 큰 나무였다. 사람들이 잘 와 앉는 듯 나무 밑둥 둘레가 반반했다.

진희는 도시락 대신 사갖고 온 빵과 과일 등을 펼쳐놓는다. 약속한 시간에 진희가 다방에 나가 중섭의 사정을 전하고 일정을 연기하는 수밖에 없다고 하자 동석하고 있던 한수의 친구 병배가 이왕 말이 났으면 그대로 바람 쐬러 나가보자고 하여 같이들 나온 것이다.

"시골 빵맛이 괜찮은데. 한개씩 더 듭시다." 병배가 말하며 또 한개를 집어들었다.

진희도 따라 집었다.

그러나 한수는 담배를 꺼내 물며,

"난 단 한끼두 밀루 된 음식으룬 미진해."

"야, 너 그거 고쳐라 고쳐. 전세계가 밀가루루 주식을 삼는 이 판국에……"

"말리지 않을 테니 내 몫까지 다 먹어."

"그래애. 양반은 연기만 먹구 산다드라."

진희가 한수를 향해 웃으며,

"불공평한 것같애요. 남자들은 여자보다 두 가지를 더 들거든요. 술, 담배."

"그럴까요?" 한수는 순간 세미를 생각했다. 술은 그만하나 담배는 자기보다도 맛있게 피우는 것같았다.

그때 병배가,

"모든 여자가 다 술 한잔 드십쇼 하면 못해요, 담배 한대 하면 못펴요, 하는 줄 아세요? 새파란 여대생들이 담배 꼬나물구서 술잔 꺾는 거 새삼스럽게 바라보는 쪽이 숙맥이라구요. 거 다 여권이 잘 신장돼가는 증거지 뭡니까? 안 그래, 법률가?"

"온통 비닐하우스군." 한수가 앞을 향한 채 말했다.

"이런 맥빠진 친구 봤나. 남의 말은 아예 듣지두 않구." 그러면서 병배는 한수의 눈길을 좇는다. 사과를 깎던 진희도.

"하기만 하면 수지가 맞는 모양이지?" 한수는 저번 음식점에서 만난 남자의 비닐하우스도 저 속에 있을 거라고 생각한다.

"현재까진 그렇지. 허지만 두구보라구. 오래잖아서 포화상태가 돼

66

가지구 쓰러지는 사태가 속출할 테니."

"비닐하우스가 있어서 철이 아닐 때에두 싱싱한 야채를 먹을 수 있어 좋은데요." 진희가 사과를 썰으며 말했다.

"싱싱한 야채라구요? 주루 화학비료를 넣구 언제 무슨 농약을 뿌렸는지두 모르는 싱싱한 야채 말입니까? 그걸 먹는다는 건 일종의 독을 먹는 거나 다름없습니다. 당장은 그 독이 우리 몸에 나타나진 않지만요. 나두 그런 걸 먹구 있긴 합니다마는. 거기 비하면 주루 퇴비를 넣구 농약을 쓰지 않은 야채가 비록 부피는 작구 벌레는 먹었을망정 진짜 신선한 거죠. 파리에선 주부들이 못생긴 채소나 벌레먹은 과일 파는 시장을 일부러 찾아다닌다잖어요? 배워야죠. 이건 유행을 따르자는 것과는 다릅니다. 그야말루 영양가 높구 신선한 야채를 먹자는 거죠, 아, 참⋯⋯" 병배가 좀 벌렁한 코를 벌름거리며 한수에게로 고개를 돌렸다. "너 세미씨가 넓은 정원의 잔디를 모두 거둬치우구 거기다 여러가지 채소를 심은 거 알어? 시장에서 닭똥을 얻어다 볏짚과 함께 섞혀 거름을 하구서 말야. 아주 본격적이드라."

세미가 뜰에다 채소를 심었다고? 그건 뭐 딱히 영양가 높고 신선한 채소를 얻기 위해서라기보다 일종의 색다른 취미에서겠지, 생각하며 한수는 말했다.

"누구나 다 그런 식으루 채소를 심어 먹을 순 없잖어?"

"아무튼 소비자들이 자각해서 채소 재배자루 하여금 그런 채소를 생산하두룩 해야겠지. 허지만 화학비료에다 별의별 농약을 뿌려 만든 멀쑥하게 부푼 채소에 만족해있구, 과일두 합성세제에 씻어 먹어야 직성이 풀리는 우리나라 소비자들이 언제 자각을 하게 될는지가 문제야. 그저 뭐든 면역이 되면 일없다구 생각하구 있는 형편이니까. 한번 크게 당하구 나야 깨닫게 될는지."

"누가 환경보호연구소 사람 아니랠까봐 그렇게 열을 내니? 네 말에 일리가 있지만 옛날루 되돌아갈 수는 없는 거 아냐? 어떻게 절충을 해야지."

"글쎄 그게 힘들다는 거야."

병배는 대학에서 경제과를 했으나 전공했던 이외의 여러 방면의 것에 관심을 갖는 분방한 성격에다가 방랑벽 비슷한 게 있어서 떠돌아다니기를 좋아했다. 지난 여름철 한수가 절에서 수험준비를 하고 있을 때 가마미 해수욕장에 가게 된 것은 세미의 제의에 따른 것이지만 병배의 편지를 받고 자극되어 나선 거라고 할 수 있었다. 《여기는 무주구천동. 입구에 옛날 신라와 백제의 경계를 이루었던 관문이라는 이른바 나제통문이 있어. 부근의 풍치가 절품이네. 설마 그당시 철조망은 여기 쳐있지 않았겠지. 예서 덕유산까지 50리 길은 꾸불꾸불 이어진 계곡. 걷다가 쉴 때는 계곡물에 발을 담그지. 시리다못해 저려오는 그 차가운 맛. 내일은 덕유산에 오를 참이네. 천 5백 미터가 넘는 산정에 오르면 청명한 날씨엔 멀리 군산 앞바다가 보인다네. 내일도 날씨는 청명할 것같군. 소주를 한 병 차고 올라가 군산 앞바다를 향해 병나발을 불며 요놈의 좁은 땅을 한바탕 웃어줄라네.》이런 병배가 이번에 환경보호소 소원이 되어 이날 이 고장에 들른 것이다.

"내가 서울서 곧장 이리루 출장왔다면 세미씨와 같이 올 수두 있었는데." 병배가 화제를 바꾸었다. "세미씨두 같이 오구 싶어했을는지 모르구."

세미가 같이 오고 싶어했을까? 그렇지 않았을 거야, 하고 한수는 마음속으로 중얼거린다. 광주에서의 하룻밤이 한수 자기와의 마지막으로 세미는 여기고 있을 텐데. 가마미 해수욕장에서 돌아오는 길에 들른 호텔에서 둘은 처음으로 합쳐졌다. 침대에 들자 세미는 한수의 목을 세게 끌어안았다. 그리고 한수의 입술을 젖은 입술로 받았다. 나긋하니 가느다란 가슴의 유방은 한 주먹 될까말까 작고 젖꼭지도 조그마했다. 이에 비해 뿌듯한 하복부 밑은 너무나 옹골차게 풍만했다. 이 불균형이 한수의 욕망을 북돋우었다. 그런데 정작 행위에 들어가자 그네의 숨결은 오히려 고르어지고 아무런 감동도 나타내지 않았다. 한갓 물체처럼 어스레한 속에서 뜬눈을 내내 허공에 던진 채로 있을 뿐이었다. 한수는 처음 여자를 안는 게 아니면서도 결국 경험이 옅은 자기의 미숙으로 돌렸다. 미안해. 한수가 말했다. 세미가 그냥 허공에 눈을 던진 채 착 가라앉은 음성으로, 되레 내가 미안해, 역시 난 아무것두 느낄 수가 없어. 그네

68

는 말하며 몸을 뒤채어 엎드리더니 담배를 피워물었다. 한때는 느껴볼려구 애두 써봤어, 하지만 햇빛에 빛나는 초원은 나타나지 않구 캄캄한 구렁에 빠져들 뿐이었어. 그네는 한숨을 내쉬기라도 하듯 담배연기를 휴우 하고 내뿜었다. 그이는 아침 회사에 나가다가 교통사고루 죽었어, 자신이 운전하구 가던 승용차가 트럭과 정면으루 부딪친 거야, 교통사고지만 왠지 내가 작용한 것같은 생각이 들어, 그이는 내가 무감각한 걸 자기 탓으루 여기구 고민하구 있는 눈치였어, 가마미 해수욕장은 그이하구 같이 왔던 데야, 해수욕장으루 그저 그렇지만 거기하구 함께 와보구 싶었어, 그이가 죽은 후 밤을 같이 지내긴 거기가 첨야, 그런데 난 예전과 조금두 달라지지가 않았어. 그네는 담배를 비벼끄더니 다시 몸을 뒤채어 반듯이 누웠다. 한수가, 자기는 그런 것에 아무렇지도 않다고 했다. 아냐, 아직 거기는 몰라서 그래. ……

병배가 짐짓 소리를 낮춰,

"너 세미씨와 무슨 트러블이라두 있은 거 아니니?"

"트러블은 무슨."

"그여자두 니 얘긴 별루 하려들지 않거든."

한수는 말이 없었다.

"그래 언제 한번 서울 안 올라오겠어?"

"당분간은……"

진희가 얼핏 한수에게로 눈을 줬다. 한수가 손을 내밀어 말라가는 풀잎을 하나 뜯어 들여다본다. 짙은 눈썹 밑의 조금 깊어뵈는 눈의 초점은 그러나 거기 있는 것같지 않았다. 이 남자와 세미라는 여자가 어떤 관계일까. 그간에 둘 사이에 무슨 순조롭지 못한 일이 있었던 모양인데 그게 무얼까. 그것으로 인해 이 남자가 어떤 괴로움을 지닌 건 아닐까. 그러다가 진희는 자신이 우스워진다. 남의 일에 별 관심을! 그러나 한수에 대한 묘한 감정은 진희의 가슴속에 머물렀다.

"그만 슬슬 일어나 보지." 한수가 풀잎을 던지고 궁둥이를 털며 일어났다.

들로 나올 때는 읍에서 냇가로 통하는 한길을 잡아왔지만 돌아갈 때는 들판을 가로질러 가기로 했다.

앞장선 한수는 왼쪽 내를 내려다본다. 다시 보아도 냇물이 예전보다 준 느낌이다. 건너편에는 좁은 모래톱이 있고, 모래톱이 끝난 곳의 흙둑은 지난 장마에 씻긴 듯 붉은 살을 드러내고 있었다.

조금 가다가 한수는 오른쪽 한 곳에 시선이 간다. 아, 저것이 여태 그대로 있구나. 냇둑길에서 서너 발짝 떨어진, 한 평 가까이 둥긋한 곳에 말라가는 풀이 유독 거기만 수북이 남아있었다. 땅벌집이 있어서 사람들이 꼴을 벨 때도 그곳은 피하는 것이다. 한수가 어렸을 때 어른들이 거기다 석유를 끼얹고 불을 지른 후 흙으로 덮어버린 일이 있었다. 한동안은 땅벌이 뵈지 않더니 모르는 사이에 다시 땅벌집이 생기고 말았었는데 그게 지금도 그냥 있는 것이다.

그 뒤쪽으로 길쭉하게 봉긋한 흙더미가 있고, 이쪽 끝에 꺼먼 아가리가 뚫려있다.

"너 저게 뭔지 모르지 ?" 한수가 병배에게 물었다.

병배가 그쪽을 보고는,

"사람을 뭘루 봐. 옹기 구워내는 데지 뭐야. "

"기와 굽는 가마야. "

"지금은 안 굽는 것같은데 ? 하기야 벌써부터 시멘트기와가 판을 치구 있으니까. "

"지금은 사람을 굽구 있지. " 한수가 웃으며 말했다.

"사람을 굽는다구 ? "

"한증막으루 사용하구 있거든. "

기왓가마는 한수네 소유로 다른 사람에게 빌려주어 기와를 구웠었다. 한수가 국민학교를 나올 때까지도 봄에서 가을에 걸쳐 구워냈었다. 언제 기와 굽는 걸 그만뒀는지는 모른다. 그저 형의 편지로 해서 한증막으로 쓴다는 건 알고 있었다. 몇년 전, 할아버지가 하룻밤 사이에 입이 몹시 삐뚤어졌을 때 풍이라 하여 한약을 쓰고 침을 맞고 부항을 붙이고 하다가 기왓가마를 한증막으로 고쳐 한증을 하고서 삐뚤어졌던 증세가 많이 나아졌다는 소식을 형이 알렸던 것이다.

진희는 조금 처져서 풀꽃을 꺾어 모으며 뒤따랐다.

70

논둑길로 꺾여 들어섰다. 벼를 베는 사람, 단을 묶는 사람, 경운기에 싣는 사람 등이 여기저기서 분주히 움직이고 있다. 간혹 허리를 펴 수건으로 얼굴을 닦아내며 이쪽을 보는 사람도 있다. 벼 다 베낸 가까운 논바닥에 너덜너덜 헝겊조각을 단 허수아비가 하나 넘어져있다. 바람이 없어 벼이삭들은 까딱않고 있었다.

"여기두 벼메뚜기가 통 눈에 안 띄네. 그놈의 약을 그리 뿌려대니 살아남을 도리가 없지." 병배가 혼잣말처럼 투덜거렸다.

한수도 그걸 생각하고 있었다. 정말 이렇게도 깨끗이 벼메뚜기가 뵈지 않을 수 있을까. 벼가을 철에 논 가까이 오기만 하면 얼굴이 따갑도록 탁탁 와 부딪치던 벼메뚜기가. 잡자고 나서면 쉽사리 술병 가득 채우곤 했는데.

소 등에 빈 걸채를 얹은 소와 농부가 앞쪽에서 와 한수네는 벼 베낸 논바닥 밑으로 내려섰다. 소가 지나가며 건넌 배미의 벼포기로 주둥이를 가져간다. 농부가 고삐를 나꿔채며 고삐 끝으로 소 방둥이를 때린다.

"부리망을 안 씌우셨군요." 한수가 농부에게 말했다.

농부는 말없이 고삐 끝으로 소 방둥이를 다시 때렸다.

검사용이라며 아까는 냇물을 병에 담더니 병배가 또 백에서 용기를 꺼내어 논흙을 퍼담는다.

셋은 논둑길로 도로 올라서 걸었다.

병배가 앞서 걷는 한수에게,

"이봐, 내 심각한 얘기 하나 해 줄게. 우리나라 농토가 빈사상태에 빠져있다는 얘긴데 말야, 증거가 뭔지 알어?"

한수는 병배의 소리를 못 들은 듯 반응이 없었다.

"또 무슨 생각에 빠졌군. 맥빠지게. 좋아, 그만두자." 병배는 웅얼거리며 백을 옮겨 멘다.

논을 지나고 비닐하우스 사이로 들어섰다. 비닐을 벗겨낸 하우스 안은 태반 비어있고 더러 쪽파가 남아있었다.

한수가 걸음을 늦춰 진희와의 간격을 좁혔다. 그리고 조용히 말했다.

"재미없으셨죠?"

진희는 대답 대신 한수의 눈을 바라보고 고개를 옆으로 저었다.
"중섭이 그친구가 있었어야 들판에 관한 여러가지 얘기두 듣구 몇 군데 들러보기두 하는 건데 싱겁게 됐어요."
진희는 자기가 들에 나와있는 동안 중섭을 한번도 생각지 않았다는 걸 비로소 깨닫는다. 진희는 길 옆의 풀꽃을 뜯는 척 머뭇대며 일행과 거리를 둔다. 그리고 병배가 한수에게 뭔가 얘기하고 있는 뒤로 걸음을 옮기며, 이 묘한 감정은 무얼까, 한다. 거듭 그걸 되씹어보면서 모르겠다는 말을 입안으로 뇌인다.
셋은 읍내로 들어섰다.
갈림길에 이르러 진희가 헤어지려 하자 한수가,
"중섭이 그친구 돌아왔는지 어쨌는지 모르지만 우리 한번 들러봅시다. 집이 여기서 얼마 안되지 않아요?"
진희가 고개를 끄덕였다.
큰길을 건너 좀 가는데 마주오던 여학생 둘이 진희에게 인사를 하고 지나간다.
중섭은 아직 서울서 돌아와있지 않았다.
"돌아오는 대루 고향다방 아니면 저 윗거리 대성여관에서 기다린다구 전해주세요."
한수의 말에 중섭의 고모는 몇번 다방과 여관의 이름을 입밖에 내어 외웠다.

"빼갈 한 병 더 하구, 잡채 한 접시 빨랑 시켜와."
병배가 여관 사환애에게 이르고는 빈 병들을 집어 흔들어보고 상 밑으로 내려놓는다. 한수, 중섭, 병배 세 사람은 병배가 묵을 여관 방에서 술자리를 벌여 엔간히들 주기가 돌아있었다.
"가만있자, 내가 무슨 얘길 하다 말았더라? ……그래그래, 내 이번 출장 범위에 여기까지 포함시키느라구 무진 애를 먹었다구. 수단이란 수단은 다 썼지. 이깟놈이 뭐라구. 그래두 낙향해가지구 어떤 꼴을 하구 지내나 궁금트란 말야. 내 이 정성을 니놈은 알아주렷다. 근데 와 봤더니 미인을 동반한 피크닉이드라 이거야. 어쨌건 팔자좋게 지내는 걸 보니 이마음 든든하도다."

"자식 빈정대긴."

"좋았어. 한 달 31일을 꼬박 책하구만 씨름할 수야 없다 이거지. 니놈의 그 여유는 가상할 만해."

"너 아까부터 네놈, 저놈 하는데 그건 환경보호에 저촉되지 않니?"

"왜, 〈놈〉이란 말이 욕으루 들려? 욕으루 들을 거 없다구. 본래 〈놈〉이란 말은 낮춰 부르는 말이 아니었어. 그저 〈사람〉이란 뜻으루 쓰였지."

"자식, 잘두 둘러댄다."

"민선생, 국어 선생으루서 말씀 좀 해주세요. 지금 내가 틀린 말을 했습니까?"

"아뇨, 정확한 말입니다. 예를 들면…… 옛글에 〈노인의 집〉을 〈늙은놈의 집〉이라 했구, 정철의 시조에도 〈놈〉이란 말이 나오는데, 거기의 〈놈〉은 낮춰 부르는 말이 아니구 한선생 지적대루 그냥 사람이란 뜻이죠."

"거 보라구. 잘 배워둬. 기왕 말이 나왔으니 말인데, 우리가 현재 남성을 지칭하는 말에 남자, 사내, 놈, 자식, 새끼 등등 많이 있잖어? 그중 우리 젊은 축을 〈놈〉으루 통일해 부르면 어떨까? 예전의 뜻과 지금의 낮추어 일컫는 뜻을 합쳐서 말야. 어때? 그리구 이 〈놈〉을 크게 둘루 나누는 거야. 용기있는 놈과 용기없는 놈으루."

"하여튼 잘두 펼쳐나간다." 한수는 웃었다.

"그래 어떤 사람이 용기있는 놈이구, 어떤 사람이 용기없는 놈이 되는 거죠?" 중섭이 대거리했다.

"한마디루 말해서 자기에게 주어진 여건을 우선 파괴하려드는 놈은 용기있는 놈이구, 자기에게 주어진 여건에 그냥 안주하려드는 놈은 용기없는 놈이 되는 겁니다."

"간단하군. 그래 너는 어느 쪽야?" 한수가 말했다.

"그야 용기있는 놈 쪽이지."

"그럼 난 자진해서 용기없는 놈 축에 들어가야겠군."

"여부있나."

"근데 대체 니가 용기있는 놈이라는 건 행동을 통한 게 아니구 입으루 그렇다는 것 아냐?"

"나더러 말뿐이라는 거지? 말이 얼마나 위대한 힘을 갖구 있는지 몰라? 하나님이 가라사대 빛이 있으라 하시매 빛이 있더라, 이거야."

"편리하군."

병배가 자기의 빈 잔을 들어 밑을 들여다보며, 술부터 먼저 가져오랠걸 그랬지, 하고 코를 벌름거리더니,

"하긴 〈NATO 사나이〉라는 게 있긴 하지. NATO 라구 해서 뭐 북대서양조약기구 어쩌구가 아니구 미국 젊은치들의 은언데 no action, talk only 의 약자야. 즉 사설만 늘어놓구 행동력이 전혀 없는 남자를 두구 하는 말이지. 여기의 행동력이 뭣을 뜻하는진 알겠지? 그런 의미에서 이건 내게 해당되는 말이야. 난 여자에 대해서 전혀 행동력을 못 가지구 있거든. 근데 니놈은 그 방면에선 용기있는 놈이지. 사실 니놈의 여자에 대한 행동력은 보통이 아니지 뭐야. 민선생, 안 그렇습니까?"

"잘 모르겠는데요."

"모르다뇨? 그렇게 가까운 친구면서요?"

"오랫동안 떨어져있었거든요."

"그럼 이놈한테 아무말두 못 들었습니까?"

중섭이 웃으며,

"그렇게 됐어요."

"세미라구 하는 여자애기 못 들으셨어요?"

중섭이 웃기만 하자 한수가 대신 나섰다.

"자식, 무슨 대단한 비밀이라구 말하구 않구가 있니? ……야, 술하구 안주 왔다. 많이 먹구 많이많이 용기있는 놈 되거라."

"그래 먹자." 병배가 손수 자기 잔에 술을 따라 홀짝 입안에 털어넣고 나서, "그나저나 도대체 세미씨 나이가 얼만지나 알자."

"몰라."

"이거 왜 이래?"

"자식, 세미씨 나이라면 니가 알 만하지 않어? 그 여잘 먼저 안 게 누군데?"

"누가 먼저 안 게 문젠가. 어느 정도 털어놓구 지내는 사이냐 하

74

는 게 문제지. 하긴 남의 나이를 알려는 건, 특히 여자의 나이를 알려는 건 악취미라는 것쯤은 나두 알구 있다구. 근데 그 여자가 하두 신비한 데가 있어서 그러는 거야. 어떤 땐 스물 안팎으루 보이는가 하면, 어떤 땐 서른이 훨씬 넘어보이기두 하니 말야.”

사실 세미의 정확한 나이는 한수 자신도 모르고 있다. 스물여섯에 남편과 사별했다는 것만은 그네의 입을 통해 들었지만, 그것이 몇해 전의 일인지는 모르고 있었고, 그걸 물어본 적도 없고 물어보려고도 하지 않았다. 그 세미에게 병배의 말대로 나이를 종잡을 수 없게 하는 요소같은 게 있었다. 이것 좀 봐. 미술전람회 조각부의 한 작품 앞에서 세미가 한수에게 말했었다. 뭘루 보이지? 형태를 어림할 수 없는 추상화된 화강석 덩어리였다. 한수가 말이 없자 세미는, 드뷔시의 음악이 흐르다가 여기 와서 응고된 거야, 하고 장난기어린 어투로 말하며 웃었었다. 그대로 어린 소녀였다. 그런가 하면 꽤나 나이들었다는 걸 느끼게 하는 면도 있었다. 광주에서 택시를 타고 가마미 해수욕장으로 가는 도중 영광을 지나 밭에 심어져 있는 담배를 한수에게 가르쳐주며 한때 다방에서 팔던 컴프리차 잎이 꼭 저렇게 생겼다고 했다. 한수는 컴프리라는 식물을 본 일도 없고, 컴프리차가 있었다는 사실도 모르고 있었다. 결국 한수가 대학에 들어가기 이전에 다방에서 그 차를 판 것같으니 세미의 나이가 꽤 든 것으로 추측될 수밖에 없었다. 그러나 그까짓 나이 따위가 문제냐.

“이놈은 솔직치가 못해 글렀어!” 병배가 눈길을 돌려 중섭에게 술잔을 내밀며, “홍선생이라는 그 여선생 괜찮던데요. 시원시원해 뵈구, 미인이구.”

“그렇죠? 호감이 가는 여잡니다.”

“저어 민선생, 그러게 하는 말인데요, 이놈을 아주 경계하셔야 합니다. 아무리 배꼽에 참외씨 붙이구 논 친구 사이라 하더라두 여자 문제만은 섣불리 믿어선 안되는 겁니다. 안되구 말구요.” 병배가 자못 심각한 표정으로 손까지 설레설레 저어 보였다.

입가에 쓴웃음을 띠고 있던 한수가,

“미친 놈!” 하고 한마디 내뱉었다.

제 5 장
개인 밤에

　서울 환경보호연구소 출장원이 새마을과엘 다녀갔다는 보고를 받은 심읍장은 그냥 넘길 문제가 아니라는 판단을 내렸다. 더구나 염색공장이 여기 들어서게 되느냐고 물었다니. 일개 연구소 직원이라 대수롭지 않게 여기려면 여길 수 있겠지만 때가 때인 만큼 뭐든 꼬투리를 잡으려들면 잡힐 수도 있는 게 아닌가. 전국적으로 자연보호 운동을 펴고 있는 판국에 ……심읍장은 볼펜을 집어 빙글빙글 돌린다.

　노크소리가 나고 40 대의 깡마른 남자가 들어섰다.

"아, 안녕하십니까 읍장님?"

"오, 강사장, 기다렸수. ……사업은 여전하시겠죠?"

"네, 네, 더, 덕택에 그럭저럭 꾸려나가구 있습니다."

　강사장은 읍내에서 꽤 큰 건재상을 경영하고 있다.

"이리 와 앉으시죠."

　그러면서 심읍장은 테이블 옆 의자에 와 앉는 강사장의 목 쪽에 시선을 준다. 강사장이 넥타이로 손을 가져간다. 급히 차려입고 나오느라 넥타이가 한쪽으로 비뚤어져있었다.

　읍장이 담배를 권한다.

　강사장이 약간 상체를 앞으로 내밀며 두 손으로 담배를 받고는 심읍장을 쳐다본다. 무슨 일로 오라고 했는지 궁금한 표정이다.

"그 일은 그냥 추진하고 있겠죠?"

"그, 그럼요."

그 일이란 이 고장에 들어설 염색공장을 두고 하는 말이다. 공장 부지 매입에 강사장이 중개인 일을 맡고 있었다. 강사장은 어느 것이 누구의 토지, 어느 토지가 몇평, 하는 것들을 소상히 조사해놓고 회사측의 지시를 기다리고 있는 중이었다.

　"다름이 아니라 아까 서울서 왔다는 환경보호연구소 사람이 여길 다녀갔다는군요. 새마을과엘 들러서 읍지를 좀 보여달라더니 환경보호 실태 등을 묻구 나서 이 읍에 염색공장이 들어선다는데 그게 사실이냐구 하더래요. 그래 헛소문이라구 했다지만⋯⋯"

　"그, 그런 일이 있었습니까? 어, 어디서 그런 소문을 들었을까요? 지, 지금은 거지반 잠잠해진 줄 알구 있는데요."

　"어쨌든 찜찜하길래 알려드리려구 오시란 겁니다."

　"가, 감사합니다 읍장님. 늘 이렇게 살펴주셔서⋯⋯ 그, 그럼 뭐 좀 손을 써야 하지 않겠습니까?"

　"손을 쓰다니요?"

　"그, 그 연구소 사람이 냄새를 맡았다믄 뭘 어, 어떻게 해야 하지 않겠습니까? 이, 이제 와서 말썽이 생기믄⋯⋯"

　"글쎄요, 그런 거까지야 내가 뭐⋯⋯"

　"그, 그 연구소 사람이 어떤 권한을 가진 사람인지 모르지만 이, 이제와서 괜한 꼬투리라두 잡혀갖구 예까지 밀구 온 일에 지, 지장이 생기믄 낭패 아니겠습니까. 화, 환경보호상 염색공장이 들어서기에 부, 부적당한 곳이니 어쩌니 하구 말입니다. 초, 초장에 입을 막아놓는 게 상책 아니겠습니까?"

　"글쎄요, 나루선 이래라 저래라 할 수 없는 일이라서⋯⋯"

　"회, 회사측에 연락을 하는 수두 없는 노릇이구⋯⋯" 강사장이 잠시 생각하는 빛이더니, "그, 그 사람한테 저녁이라두 사믄 어쩌겠습니까? 아, 앞일을 위해서 투자하는 셈 치구⋯⋯"

　심읍장은 손에 쥔 볼펜을 빙글빙글 돌렸다. 강사장의 입에서 그 말이 나오기를 기다렸던 것이다. 꼭 염색공장 문제만이 아니더라도 그런 사람을 그냥 돌려보내지 않는 게 좋으리라는 생각이었다. 그러나 심읍장은 짐짓,

　"글쎄요, 강사장 의향이 그러시다면 그렇게 하는 것두 괜찮을 것

같군요."

"으, 읍장님이 좀 마련투룩 해주셔야죠."

"가만계셔보세요."

심읍장이 인터폰으로 새마을과장을 불렀다.

"환경보호연구소에서 왔다는 분이 어디 유숙한다던가?"

"대성여관이랍니다."

"그럼 과장이 가서 그분한테 읍 유지 한 분이 저녁식사를 대접했으면 하니 시간을 좀 내주십사 부탁하라구. 아무런 부담 갖지 않으셔두 된다구 그러구."

새마을과장이 나가자 읍장은 테이블 밑에서 접이바둑판을 꺼내놓으며,

"그동안 우리 바둑이나 한판 둡시다. 내가 혹을 잡어야죠?"

바둑을 두면서 심읍장은 그만큼 성의를 보였으니 상대방이 응하든 말든 나쁜 마음은 먹지 않겠지 하는 생각을 하고, 강사장은 이왕 투자하는 셈치고 저녁을 내기로 한 이상 상대방이 꼭 응해줬으면 하는 생각을 했다.

바둑 한판도 끝나기 전에 새마을과장은 돌아왔다.

"공무루 온 것두 아니라면서 처음엔 사양을 하더군요. 제가 재삼 권하니까 조건부루 받아들이겠답니다."

"조건부?"

"저어, 자기 말구 두 사람 더 참석해두 괜찮다면 받아들이겠다구요."

"두 사람 더? 그럼 서울서 세 분이 내려왔던가?"

"아뇨, 그게 아닙니다. 우리 고장에 사는 분들인데 친구분들인가 봅니다."

"거 재밌는 일이군. 그래 그 두 사람이 누구누구라던가?"

"그거야 물어볼 수 있습니까? 다만 같이 있던 분과 인사를 시켜주길래 알구 보니 텃골 최영감네 손자되는 사람이드군요. 최한수라구."

"최한수? 최한수라면 고시 첫번 시험에 합격한, 바루 최영감네 둘째손자 아닌가?"

"맞습니다. 두 사람 중 한 사람은 그사람인 것같습니다만 다른 한 사람은 누군지 모르겠습니다."

"그러니까 그분이 우리 고장 그런 사람과 친분이 있는 사이라?"

심읍장이 강사장을 바라보았다. 두 사람 더 끼어도 좋겠느냐는 것이다. 강사장이 고개를 주억거렸다. 이제와서 물러설 계제도 아니지만 이왕 쓰는 바엔 상대방의 원대로 흡족하게 해주는 게 효과적이라고 생각한다.

"그럼 과장이 다시 가서 세 분 같이 오시는 걸 환영한다구 하게. 그리구 저녁 여섯시에 모시러 간다구 그러구."

새마을과장이 읍장실을 나가자 강사장이,

"저, 저 대신으루 누구를 내세워야 하지 않습니까? 제, 제가 나갔다가 잘못하면 눈치채일 염려두 있구요. 게다가 전 마, 말주변이 없어놔서…… 하여튼 전 아, 안됩니다. 비, 비용은 제가 넉넉히 낼 테니 저, 적당한 사람을 하나 정하십쇼. 으, 읍사무소에선 새마을과장이 나가야겠죠."

"글쎄요……"

심읍장의 마음이 달라져있었다. 아닌게아니라 좀전까진 강사장에게 새마을과장이나 딸려서 연구소 사람 대접을 하랄까 했던 것이, 저쪽에서 한수가 함께 나온다는 말에 자신이 그자리에 참석할까 하는 마음이 인 것이다. 장차 크게 출세할 한수와 자리를 같이한다는 자체가 바람직한 일일뿐더러 그와 동석함으로써 읍사무소 이전 때 최영감에게 준 좋잖은 감정을 해소시킬 수 있는 기회가 될지도 모르지 않는가. 또 한 사람도 이 고장 사람이라니 만나둬서 밑질 것 없을 거라는 여러가지 성과를 염두에 두면서 심읍장은,

"그러시다면 강사장 대신 누구루 했으면 좋겠습니까?"

"그, 그건 읍장님 마음대루 정하십쇼."

"누구루 한다?…… 윤원장이 어떨까요?"

"유, 윤의사 말입니까?"

"그래요."

"그, 그분이믄 좋겠군요. 시, 식견두 넓구 얘기두 잘하는 분이구 하니까요. 그, 그럼 으, 읍장님께서 부탁 좀 해주십쇼."

심읍장이 윤의사한테 전화를 걸었다. 윤의사는 대번 응낙하면서 의외의 제의를 해왔다. 강사장에게 비용을 내게 할 게 아니라 자기가 명실공히 초청자 노릇을 하겠다는 것이다. 그러면서 읍장은 물론 경찰서장과 보건소장도 동석시켜 오래간만에 담소나 하자는 것이었다.

그 얘기를 강사장에게 하자 강사장은 펄쩍 뛰었다.

"아, 아, 아닙니다. 비, 비용은 제게 맽겨주십쇼. 으, 읍장님두 참석하시구 하는데 그게 무슨 말씀입니까?" 강사장의 심중엔 이왕이면 이 기회에 읍내기관장들을 교제해두는 것도 나쁠 것 없다는 타산이 서있었다. "어, 어느 집에 가실지 모르지만 제, 제 앞으루 계산서 보내두룩 해주십쇼. 꼬, 꼭 그래 주십쇼."

심읍장은 비용을 강사장이 부담하든 윤의사가 부담하든 그것은 나중으로 밀기로 한다.

연구수업을 사흘밖에 앞두지 않고 있어 중섭은 마지막 준비에 몹시 바빴지만 병배의 청에 못이겨 여섯시 좀 전에 여관으로 갔다.

"민선생, 미안합니다." 병배가 정중히 중섭에게 말했다.

"글쎄 제깟놈이 뭐 잘났다구 우리 두 사람을 수행원으루 대동하구 가겠다는 건지 몰라." 옆에서 한수가 빈정거렸다.

"야, 이제 생색 좀 그만 내라. 생각 좀 해봐. 내가 뭐 누구한테 저녁이나 얻어먹으러 이곳에 온 건 아니지 않니? 어디까지나 너 만나는 게 목적이었구, 그러다 민선생을 알았구. 그러니 우리 셋이 동행하는 자리가 아니면 무슨 재미루 가?"

"어쨌거나 너같은 녀석을 뭣 땜에 초멜 하는 건지 도통 모르겠어."

"민선생, 내 말좀 들어보시겠어요? 사실은 오늘 오후 서울 올라가려구 했는데, 이 꼴이 됐습니다. 오전에 이곳 읍지나 살펴볼까 해서 이몸이 읍사무소 새마을과에 들르지 않았겠어요? 용무 끝에 여기 염색공장이 들어선다는 게 사실이냐구 했더니 헛소문이라구 하더란 말예요. 염색공장 운운은 바루 이 여관집 주인한테 들은 얘기죠. 헛소문이라구 하지만 여기 염색공장이 들어서는 건 틀림없어요. 그렇지 않구서야 일부러 찾아와 초대까지 할 리 없잖어요? 내가 이런저런 데서 왔다니까 혹시 공해문제를 들구 말썽을 필까봐 읍내 유지의 초댑네 하구 마춰 좀 시키자는 거겠죠. 내가 뭐나 되는 줄 알구 말예요. 알 게 뭡니까. 셋이 가서 실컷 먹어주기나 합시다."

"읍사무소측에서두 누가 나올 것 아냐? 어디 한번 고골리의 〈검찰관〉 행세 좀 해보지 그래? 허지만 네녀석은 주책없이 떠벌리기만 하지 어디 그런 연극을 할 재목이나 돼?" 한수가 웃으며 말했다.

병배가 뭐라고 응수하려는데 문 밖에서 여관주인의 부르는 소리가 들렸다. 저녁 초대에 모시러 사람이 왔다는 것이다.

"경찰에 불려가 조사를 받았대메?" 복덕방 곽씨가 봉룡과 화투를 치면서 옆에 앉아있는 춘길에게 말했다. "……이거 흑싸리 무끗이 뭐야!"

"지들이 불러다 조사하믄 별수 있나요."

"뭐라구 말했게?"

"노름한 일 없다구 딱 잡아뗐죠 뭐. 그동안 어디 가 있었느냐길래 집 담보해서 낸 돈으루 뭘 좀 해볼까 하구 여기저기 물색하구 다녔다구 했죠. 누가 찔러서 현장을 덮치기 전엔 어떻게 못해요. 안했다는 데야 지들이 어쩌겠어요."

"그래두 뒤에 말썽이 붙어 걸려들어가는 수가 있잖어?" 봉룡이 손에 쥔 화투장을 만지작거리며 말했다.

"그야 돈 잃은 치가 까바쳤을 경우죠. 그건 너절한 치들이나 하는 짓예요."

"여길 떠나믄 어디루 가려나?" 곽씨가 물었다.

"생각중이에요."

춘길은 이날 두식영감한테 집 넘겨주는 절차를 끝내고 세간들을 처분하고서 이것저것 도와준 곽씨와 봉룡에게 술을 한잔 사려고 온 것인데 곽씨에게 찾아올 손님이 있어 곽씨와 봉룡이 화투를 치고 있는 곁에 앉아 기다리고 있는 중이다.

"그래 아무리 인색한 영감태기지만 단돈 6만원으루 입을 씻어?

……홍싸리 열끗이라, 고맛 좋다 좋아.”곽씨가 다섯끗짜리로 먹어온다.

“이런 제길헐, 곱다랗게 두 장 썩는구나.”봉룡이 홍싸리 무끗 두 장을 내려놓으며, “그래두 그 영감이 그만한 돈 내놓은 것두 큰맘 먹구 한 걸 거예요. 그나마 문진영감보다야 낫지 뭐.”

“그 영감태기가 자네더러 여길 떠나라구 하드라메? 무슨 면목으루 예서 사느냐구. 그게 자넬 생각해서 그러는 건 줄 알어? 영감태기 자신을 위해서 그러는 거야. ……야, 초다 초! 자아, 초약은 깨지구…… 자네 여기 살믄서 얼쩐댈 때마다 사람들은 그 영감태기가 자네네 집을 너무 헐값에 차지했다는 생각을 할 것 아냐? 자네 할아버지하구 뭇처럼 가까이 지낸 사이믄서 어쩜 그럴 수 있느냐구 말야. 영감태기가 그게 걸려서 그러는 거야. ……어, 비 광! 이게 어디 가랴!”곽씨가 화투목에서 한 장 떼어 높이 들었다 내리쳤다. “단풍껍데기라! 청단은 어떻게 됐지?”

“정말 두 분 사이가 이만저만 가까웠든 게 아닌 모양이든데요. ……비야 나오너라, 비야 나오너라.”봉룡이 화투목에서 한 장 떼어 발딱 뒤집는다. “억세게 안 붙네.”

“구두쇠영감끼리 의기상통했든 거지. 자네 할아버지두 엔간한 구두쇠가 아니었든가부드군.”곽씨가 화투목에서 멘 화투장을 또 높이 들었다가 내리쳤다. “그러면 그렇지!”비 다섯끗짜리와 비 광을 함께 끌어들인다. “자네 할아버지가 했다는 우슨얘기 중에 꼭 자네 할아버지같은 구두쇠얘기 들어봤나? 호미얘기?”

“호미얘기요?”봉룡이 손에 펴든 화투짝을 이것저것 바꿔쥔다.

“한 곳에 농부가 살았대. 근데 하루는 동네에 단골루 다니는 조개 젓장수가 다녀간 뒤 호미 하나가 온데간데 없어졌지 뭐야. 큰일났다 싶었지. 새끼오라기 하나 없어져두 야단인 사람이 오죽 했겠어? 집안에서는 아무두 건드린 사람이 없구 동네사람두 왔든 일이 없으니 필시 조개젓장수의 짓이 틀림없다구 그달음으루 찾아나섰지. ……손 떼, 손 떼, 한번 내놨으믄 고만이지 뭘! ……동네사람들 말을 따라서 내 쪽으루 쫓아갔어. 그랬드니 과연 내 건너 저만큼에 조개젓통을 지구 가는 게 뵈지 않겠나. 그래 따라가 살살이 훑어봤지. 조개젓통 속까지 들여다봤다니 참. 그런데 아무데두 호미를 감춘 데가 없는 거야. 별수없이 돌아설 수밖에. 근데 말야, ……이것 보라구, 송학 광 역시 내 것이라니까! ……근데 돌아오믄서 가만히 생각해보니 조개젓장수 이름이 떠오르드란 거야. 여우라는 조개젓장수 이름이. 옳다 싶었지. 여우는 생것을 그냥 먹지 않구 일단 땅에 파묻어 썩혀가지구 먹지 않어? 그러니 필시 호미를 어디 묻었을 게 분명하다구 생각한 거지. ……화투하는 사람 어디 갔나, 얼른 내놔!"

"이거 껍데기 한 장 없이 죄 휩쓸어가기요?"

"그래 조개젓장수가 지나간 땅바닥을 유심히 살피믄서 오는데 아니나다를까 냇둑에 놀란 흙 자리가 있어서 파봤드니 거기 호미가 들어있었다지 뭐야. ……오동 떨어졌네. 돈 생기겠어. ……아무튼 춘길이 자네 할아버지 자신이 호미 한 자루에두 벌벌 떨든 심정에서 만들어낸 얘기가 아니구 뭐겠나. 근데 자네는 할아버질 생판 닮지 않았단 말야. 자넨 통이 커. 우리가 떼에 10원 내기 화투치는 것 보믄 가소롭지?"

"통이 크다마다요. 너무 커서 걱정이죠, 그럼." 봉룡이 벌쭉거리며 맞장구를 쳤다. "……아니 남은 한 장이 뭐길래 이걸 내놓누. 난 이느므 공산명월만 보믄 미치겠드라!"

별안간 춘길이 벌떡 일어나더니 말없이 주머니에서 돈 얼마를 꺼내 화투판에 던지고는 후딱 밖으로 뛰쳐나가는 것이었다.

"어, 저사람이 갑자기 왜 저래?" 곽씨가 중얼거렸다.

엉거주춤 몸을 일으켰던 봉룡도 화투장을 놓더니 춘길의 뒤를 따라 문 밖으로 달려나갔다.

"저사람은 또 왜 저러지?" 곽씨는 영문을 몰라했다.

문 밖으로 달려나온 봉룡은 춘길이 사라진 쪽으로 쫓아갔다. 봉룡은 춘길이한테서 얼마큼의 돈을 떼낼 작정으로 있었다. 자기가 한영을 통해 두식영감이 그집을 사게끔 얼마나 수고를 했는가.

달려가던 봉룡이 인도에서 골목으로 들어가고 있는 사람들 사이를 지나쳤다. 지나치면서 언뜻 보니 아는 얼굴들 속에 윤의사의 얼굴도 있었다. 윤의사가 오늘은 높은 사람들과 술자리에 어울리는구

나. 좀 달리다 낚시터에서 만나곤 하는 송노인과 마주쳤으나 또 그냥 지나쳐버린다.

봉룡이 춘길이 살던 집까지 가 보았다. 아무도 없는 빈 집뿐이었다. 웬 걸음이 그리 빠르지? 수중에 돈 있을 때 용돈을 좀 떼내야 하는 건데 놓쳐버렸구나. 오동이 떨어졌으니 돈 생길 거라고? 봉룡은 부스스한 뒤통수를 긁적거렸다. 이럴 줄 알았으면 미리 어떻게 하는 걸 술 한잔 먹은 후에 보려다가 지붕만 쳐다보게 됐네. 연대가 맞지 않아 그런 거니 할 수 없지. 술값은 던지고 갔으니 우선 곽써하고 순대집에나 가자! 봉룡은 다시 복덕방으로 향했다. 근데 대체 고녀석이 어딜 갔을까. 혹시 공산명월 소리에 동해서 노름판을 찾아간 건 아닌가. 에라 모르겠다! 고녀석이 어디 가 뭘 하든 내 알 게 뭐냐!

이날 저녁 모임의 주동역을 맡은 윤의사 좌우에 심읍장과 정보건 소장, 그 오른쪽에 병배, 한수, 중섭의 순서로 둘러앉아 초면인 사람끼리의 통성명이 끝나자 요리상이 나오고 색시들이 손님 한 사람에 하나씩 들어와 앉았다. 읍내에서 제일 이름있는 춘향각으로 장소를 정한 것이며, 얼마짜리 요리상에 몇 명의 색시를 들어오게 한 것 등 모두가 윤의사의 마련에 의한 것이다.

색시들이 각각 자기가 맡은 손님에게 술 따르기를 기다려 윤의사가, 변변치 않은 음식이나마 많이 들어달라는 인사말을 함으로써 술자리가 시작됐다.

"혹 청주를 좋아하시지 않는 분은 맥주를 드시두룩 하시죠." 윤의사가 좌중을 향해 말했으나 아무도 맥주를 원하는 사람이 없자 색시들에게, "너희들 각각 모신 분께 써비스 잘해드려야 해. 나중 채점을 해서 팁을 줄 거다. 알겠지? 우선 약주를 많이 권해드리두룩. 그리구 참, 담배 가져와!"

윤의사는 먼저 비운 술잔을 병배에게 넘긴다.

"바쁘실 텐데 시간을 내주셔서 감사합니다. 한선생은 이곳에 처음이신가요?"

"네."

84

곰박아 심읍장의 잔이 왔다.

"우리 고장에 들르시는 분께 가끔 읍 뉴지들께서 저녁을 대접하군합니다. 오늘 저녁은 윤원장이 여러분을 모시게 된 겁니다. 원은 경찰서장두 참석하기루 됐었는데 급한 볼일이 생겨 못 참예하셨습니다. ……선생께선 연구소에 계신 지 오래 되시나요?"

"아뇨. 이제 두 달 가까워 옵니다."

"자연보호 문제가 크게 부각돼있는 이때 참 보람된 일을 하구 계십니다. 여기 최선생하구는 친분이 두터우신 것같은데?"

"네. 제가 여기 들른 것두 실상은 이친구를 만나기 위해섭니다."

"아, 그러세요?" 심읍장은 이치가 딴 궁리가 있으면서 의뭉스럽게 말로는 이러는구나 하며 이번엔 한수에게 술 들기를 권하면서,

"최선생은 정말 우리 고장의 자랑입니다. 조부님께선 여전하시겠죠? 워낙 노익장하시는 어른이시라서……"

"네."

윤의사가 병배에게서 받은 잔을 내어 한수에게 건넨다.

"최선생하군 오늘 초면입니다만 형님하군 가끔 술자리를 같이하죠. 형님은 술이 약하시던데 최선생은 어떻습니까?"

"뭐 보통입니다."

"민선생하군 어렸을 적 친구루 알구 있는데요?" 심읍장이 다시 한수에게 말했다.

"그렇습니다."

심읍장은 병배가 같이 오겠다던 두 사람 중 다른 한 사람이 중섭이라는 걸 이자리에 와 비로소 알았다. 딸애를 맡긴 학부형으로서 그동안 담임선생을 대접하지 못한 결례를 이런 식으로나마 인사 차릴 수 있게 되어 다행스럽게 여기며 심읍장은 중섭에게 잔을 건넨다.

"철없는 것을 맡겨놓구 자주 찾아뵙지 못해 정말 죄송합니다. 걔가 선생님 속이나 안 썩이는지 모르겠군요."

중섭이 이런 자리에서 창숙얘기를 뭐라고 할 수 없어 머뭇거리고 있는데 정보건소장이 불쑥 한수에게,

"저어 최선생, 공해에 대한 규제법을 제일 먼저 제정한 나라가 어

딥니까? 미국입니까, 서독입니까?" 미리 생각해뒀던 질문이나처럼 진지하게 물었다.

공해에 관한 얘기면 병배에게 물을 것이지 왜 나한테 하는 걸까 하며 한수는,

"제가 알기룬 영국입니다."

"그래요? 난 또……"

"13세기경 영국 에드워드 1세때 석탄 사용에 관한 칙령이 발표됐구, 에드워드 2세 때엔 석탄의 악취를 심하게 낸 사람을 처벌한 기록이 있습니다."

"그랬군요. ……이거 제가 먼저 읍장님께 잔을 드려야 하는 건데."

그리고 한동안 좌석은 술잔을 주고받으며, 이 읍은 농산물이 좀 나는 소읍인데도 교육열이 대단하다는 등, 읍내에 어쩌다 사건이 없는 건 아니나 다른 읍에 비해 아주 평온한 편이라는 등, 부근에 명승고적은 없으나 한 십리 남짓 떨어진 곳에 폭포 하나가 있는데 교통편이 나빠 별로 사람들이 가지 않는다는 등 얘기가 오가다가 청소장이 또 난데없이 한수에게,

"우리나라두 금년 7월 1일자루 환경보전법이 시행되지 않았습니까? 어떻습니까, 그 법이?" 하고 역시 진지하게 말을 걸었다.

이건 무슨 구술시험이라도 받는 듯한 기분이군 하며 한수가 대꾸를 하려는데 병배가 가로막고 나섰다.

"한마디루 말해서 이번 환경보전법은 여러가지 환경기준의 설정과 함께 3p의 원칙을 도입한 게 지금까지의 공해방지법보다 진전된 점이라구 해야겠죠."

"삼피의 원칙요?"

"polluter-pay-principle 이라구 해서, 오염자는 마땅히 지불할 것을 지불해야 한다는 원칙을 말하는 겁니다. 그 속에는 물론 오염물질을 배출하는 업체는 의무적으루 공해방지시설을 갖춰야 한다는 내용두 포함돼있습니다."

"네에."

"이 3p의 원칙을 준수시키느냐 못 시키느냐에 따라 환경보전법의 성패가 달려있다구 봐야겠죠."

"네에."

"준수시키기 위해선 전문가들이 말하구 있듯이 이 원칙을 어겼을 경우 서독에서처럼 공해방지시설이나 그것을 가동하는 데 드는 비용보다 무거운 벌과금을 물게 하구, 그리구 위법책임자, 다시말해서 기업체의 실질적인 대표를 반드시 법정 피고석에 앉히는 법규정이 마련돼야 할 겁니다. 법정 대리인인 변호사의 출정 여부와는 관계없이 말입니다. 그래야만 실효를 거둘 수 있을 겁니다."

"그게 핵심야!" 한수가 병배한테 잔을 내밀며 말했다. "서독 루르지방같은 데서는 제강공장, 화학공장, 펄프공장 등에서 그 원칙을 철저히 지키구 있는 모양이더라."

"근데 우리의 실정은 어때? 한강물을 냉수루 먹지 못하게 된 건 옛날이구, 겨울에 얼지 못할 만큼 오염이 심하지 않어? 그런데두 알다시피 강물을 엉망으루 만드는 업체들은 국가 경제 발전에 이바지하구 있다는 명목 때문인지 모른 척하구 있구, 부득이 그 물을 먹어야 하는 사람들이 정수비를 부담해야 하는 모순 속에 살구 있는 실정 아냐? 그뿐인가, 대기오염은 또 어떻구. 서울의 경우 작년에 이미 환경기준치인 0.05 ppm 을 초과한 0.068 ppm 이나 됐어. 곳에 따라선 안질과 호흡기 질환이 생기구 있지. 그런데두 매연이나 배기가스를 뿜어내는 업체들은 여론에 마이동풍이란 말야. 근데……" 병배가 좌중을 향해, "우리가 이러구 있는 동안 선진국에서는 어떤지 아세요? 미래예측 문제에까지 관심과 연구가 벌어지구 있는 거예요. 이대루 가다가는 장차 인류의 존망이 어떻게 될까 하는 문제까지 생각하게 된 거죠. 대기오염 문제만 해두 이대루 가다가는 기상에 이변이 생겨 큰 재앙을 받을 거라는 겁니다. 산소의 감소와 탄산가스의 증대가 대기의 온도를 상승시켜 북극이나 남극의 얼음, 고산의 눈을 녹여 바다의 수위를 백 미터나 높여놓을 거라는 거죠. 그렇게 되면 세계 농지의 태반은 말할것두 없구 대도시의 대부분이 물에 잠길밖에 없는 거예요. 이와는 달리 매연의 급격한 증가가 태양의 일조량을 감소시켜 빙하기가 올지두 모른다는 겁니다. 어느 쪽이든 인류에게 다시없는 재앙일밖에 없죠. 사실 지구의 오염이 어느 정도에 이르렀는가는 남극의 펭귄 체내에서 DDT

가 검출됐다는 걸루두 짐작할 수 있지 않습니까? 이제라두 우린 더두 말구 국내 공해문제만이라두 절실히 생각해야 할 줄 압니다."

병배의 말이 끝나자 윤의사는 딱딱한 분위기를 딴 데로 돌리려는 듯이,

"약주들 드시면서 천천히 말씀하시죠. 안주들은 통 안 드시네요. 애들아, 술 떨어지면 속속 가져오게 하구, 식은 안주는 데워오게 해!"

"헌데 제 생각같애선 말씀이죠," 심읍장은 이치가 이제야 환경보호연구소 직원의 본색을 드러내기 시작하는구나 하며 벼르던 말을 꺼냈다. "우리나라는 형편이 좀 다르다구 보아집니다. 지금 한창 개발도상에 있는 나라 아닙니까? 제가 뭘 알겠습니까마는 저의 좁은 소견으론 우선 눈 딱 감구 공업국으루 발돋움해놓구 봐야 하지 않겠나 싶습니다. 이것저것 다 따지다보면 아무것두 안되구 마는 거 아니겠습니까? 가령 집을 짓는다구 합시다. 모래 자갈이나 쇠쪼가리, 시멘트찌꺼기나 벽돌조각같은 것들이 주위에 널려있다구 해서 매일매일 치우지 않아두 되잖겠습니까? 그런 건 일단 집을 다 지은 후에 청소를 하면 되잖을까 싶군요."

"저두 동감입니다." 정소장이 곁들여 말했다.

"그렇게들 생각하시기 섭습니다." 병배가 정중히 말을 받았다. 모두 병배의 말에 주의가 집중되는 듯싶었다. "우리가 공업국가루 발전해나가려면 거기 따르게 마련인 웬만한 공해쯤 부산물루 각오해야 하지 않느냔 말씀이죠? 그리구 현재 우리가 당면하구 있는 정도의 산업공해는 아직 초기 단계에 지나지않으니 지레 겁을 먹구 떠들 필요가 뭐냐는 거죠? 허지만 전문가들이 선진국의 예를 들어 말하구 있듯이 그 초기 단계가 걷잡을새없이 말기적 단계루 돌입한다는 것과, 그렇게 된 다음엔 막대한 대가를 치르구두 원상회복이 힘들다는 사실을 명심해야 할 겁니다."

"그렇다구 밤낮 뭉긋거리구만 있다가 낙후된 국가가 돼선 안되지 않겠습니까?"

"물론이죠!" 정소장이 또 곁들였다.

"아무튼 너무 공업지상주의를 앞세워 환경파괴 예방을 소홀히 해

서는 안될 겁니다." 중섭이 이야기에 끼어들었다. "공해예방으루 해서 다소 경제 발전의 템포가 늦춰지더라두 말이죠. 다 건설해놓구 그걸 누릴 사람이 병들거나 후손이 병신으루 태어난다면 무슨 소용이 있습니까? 그리구 이미 우리나라 산업공해가 곳곳에서 인명을 노리구 있는 형편 아네요? 어쩌면 인명의 희생을 당하구 있으면서두 그저 표면에 나타나지 않아 그걸 모르구 있는 건 아닐까요?"

"유독한 폐수를 흘려보내거나 유독한 매연을 뿜어내는 기업가들은 명심해야죠. 만약 그루 인해 인명을 해쳤다면 그건 일종의 살인으루 간주받아야 된다는 걸요. 〈미필적 고의의 살인〉으루 말입니다." 한수도 한마디 했다.

"물론." 중섭이 목을 축이듯 술잔을 비우고는, "근데 공해가 무섭다는 건 어떤 해독에 의해 언제 그 결과가 나타날지 모른다는 점이죠. 우리가 잘 아는 일본의 〈미나마따병〉의 예만 봐두 그렇잖아요? 공장 폐수가 흘러든 바다의 고기를 어민들이 먹기 시작해서 20여년 후에야 발병했거든요. 손발과 혀와 입술이 마비되구, 심한 경우엔 시력상실과 호흡장애를 일으키구, 기형아를 출산하는 등 여러가지 증세가 나타난 것이 20여년 후였단 말입니다. 백십여 명의 환자가 생겨 그중 40여 명이나 사망했죠. 처음엔 병인을 몰랐다가 한 병리학자의 끈질긴 추적 끝에 폐수에 들어있는 유기수은 때문이란 게 밝혀졌죠."

한수가, 유기수은은 하수인일 뿐 진범은 따루 있는 거 아니겠어? 하려다 그만둔다. 그는 자기네의 이같은 대화와 실제 사이가 과연 어느 정도 접근될 수 있을 건가 하는 회의를 안는다.

중섭이 잔을 심읍장에게 건네고는 말을 계속했다.

"같은 바닷고기를 다른 사람들두 먹었을 텐데 왜 〈미나마따〉 어민들 가족만이 그 병에 걸렸는지 아세요? 제대루 생긴 값나가는 건 추려서 팔죠. 그리구 나서 허리가 굽거나 못생긴 걸 자기네가 먹었거든요. 그게 바루 수은에 중독돼서 형태가 이상해진 고긴 줄 모르구 말예요."

저걸 어떡허니! 색시 하나가 울상을 지었다.

"그리구 환자들과 희생자 유가족들이 폐수를 흘려보낸 회사측더러 뭐라구 했는지 아세요? 보상금은 한푼두 일없다, 그대신 회사의 맨 윗사람부터 차례루 수은모액을 먹어달라, 마누라두 같이 먹어달라, 그렇게 해서 자기네 죽은 수만큼 죽어달라, 그리구 자기네 살아남은 환자 수만큼 같은 병에 걸려달라, 이거였답니다."

모두들 잠자코 있었다.

눈에는 눈, 이에는 이, 로군. 한수는 묵묵히 담배에 불을 댕겼다.

"경우는 다르지만 우리나라에두 담양 고씨 일가족 사건 같은 게 생기구 있지 않습니까?" 병배가 다시 나섰다. "일부 학자들은……"

"담양이믄 저기 대바구리 많이 나는 담양 말이라우?" 한수 곁의 색시가 병배의 말허리를 끊었다.

"니 고향이 담양이냐?" 정소장이 물었다.

"아냐요. 지는 장성서 살았구만요. 그래두 담양은 잘 알지라우."

"고씨 가족의 일을 안다는 거지?"

"즈그 논의 쌀로 밥해 묵고 식구대로 앓아븐 일 말이야요?"

"일부 학자들은," 병배가 말을 이었다. "고씨 일가족의 전신마비는 수은중독에서 온 거라 하구, 당국에선 이를 부인하지 않았어요? 학자들이 조사한 고씨 논의 수은 오염치하구 농촌진흥청이 조사한 수치는 엄청나게 틀려요. 어쨌든……"

"그야 토양 채취 지점과 분석 방법에 따라 차이가 날 수두 있죠." 정소장이 병배의 말을 막듯 했다.

"전신마비란 반드시 수은중독으루만 생기는 게 아니죠." 윤의사가 말했다. "뇌종양, 뇌성소아마비 등으루두 그렇게 될 수 있거든요. 안 그렇습니까 소장님?"

정소장이 고개를 크게 끄덕였다.

"어쨌든 병의 원인은 시급히 규명돼야 한다구 봐요." 병배가 그냥 자기 말을 계속했다.

"그래야 또 발생할지두 모르는 그 병에 대한 대응책을 강구할 수 있잖아요? 사실 앞으로 고씨네가 지은 논농사같은 걸 다른 사람들이 짓지 않는다구 보장할 수 없는 거구, 그걸 여러 사람이 먹지 않는다는 보장두 없거든요. 근데 당국에선 너무 미온적예요. 쉬쉬 덮

어두려는 걸루 능사를 삼구 있으니 딱하죠. 그럴수록 쌀을 주식으루 삼구 있는 국민들의 의혹과 불안은 더욱 커지게 마련 아녜요?"

"근데……" 윤의사가 화제를 돌릴 참으로, "그 수은 말예요, 그 고약한 것이 피임약에두 들어있으니 조심들 하셔야 합니다."

색시들의 시선이 윤의사에게로 모였다.

"아가씨들은 걱정 안해두 돼. 남자용 피임약이니까."

"남자용 피임약이라니 그 젤리 말이우?" 정소장이 확인하듯이 물었다.

"네. ……남잔 콘돔을 사용하는 걸루 피임이 되지만 그게 터지거나 이상이 있을 경우에 대비해서 콘돔 안쪽 끝에 정충 죽이는 젤리를 넣게 돼있어요. 이 젤리에 수은이 들어있는 거죠. 그래서 이걸 자주 사용하면 임포텐쯔가 되는 수 있어요. ……너희들 임포텐쯔가 뭔지 아니? 사내 구실 못하는 거?"

"아무리 그걸 모를라고." 담양얘기가 나왔을 때 참견했던 한수 곁의 색시가 삐죽거렸다.

"그래그래 내가 실수했다." 그리고 윤의사는 좌중 전체를 향해, "근데 이 임포텐쯔가 의외루 개 세계에 많답니다." 뜸을 들이듯 말을 끊고 생률을 한 개 집어 우적우적 섭으면서, "어떻게 돼서 그렇게 되느냐 하면, 총각 수캐가 첨으루 암캐에게 기어오르다가 사나운 암캐를 만나 호되게 물릴라치면 그만 임포가 돼버리구 마는 거예요."

색시 몇이, 어머머, 하며 손으로 입을 가린다.

윤의사의 길쭉한 얼굴이 무표정인 채,

"왜들 호들갑야. 생리학적 얘길 하는데…… 그러니 너희들두 조심하라구. 누가 그러자구 하면 고분고분 응해줘야지 그러지 않구 윽박지르다간 남자 병신 만든다구. 너희들 고걸 알아둬야 해!"

색시들이 다시, 어머머, 소리를 지르는 가운데 정소장이 쿽쿽쿽 웃었다. 그 웃음이 특이했다. 보통은 숨을 내쉬며 웃게 마련인데 정소장의 웃음은 숨을 들이쉬며 웃는 듯한 인상을 주었다.

이때 다시 병배가,

"이번 출장중 심각한 얘길 하나 들었어요," 하고 입을 연다.

"야, 이젠 심각한 얘긴 좀 그만두자!" 한수가 말했다.

"아냐! 이건 정말 중대한 얘기야! 실은 어제 야외에 나갔을 때 너한테 하려던 얘긴데 말야, 이 중대한 얘기를 오늘밤 융숭하게 자리를 베풀어주신 이 읍에 대한 사례루 남겨야겠어!" 약간 높아진 어조로 병배가 좌중을 향했다. "금년 신품종 〈노풍〉이란 벼가 병충해에 작살난 까닭이 뭔지들 아십니까? 요행 이곳에선 노풍을 별루 심지 않은 것같습니다마는…… 이번에 다니면서 한 농부한테 들은 말인데요, 노풍이 그렇게 된 건 화학비료를 덜 넣줘서 그런 것두 아니구요, 농약을 많이 뿌린 탓두 아니구요, 오랜 가뭄 끝에 비가 많이 온 기후 탓두 아니라는 거예요. 농토가 워낙 쇠잔해져서 약질인 그 벼를 강하게 자라두룩 하지 못했기 때문이라는 겁니다. 아시겠어요?"

"취했구나 너. 간단히 말해, 간단히."

한수의 쐐기에도 아랑곳없이 병배는 음성을 가다듬어,

"말하자면 농토가 기진맥진 빈사상태에 빠져있다는 거죠. 그 증거루 지렁이가 살지 못하는 걸 봐두 알 수 있다나요. 지렁인 농토의 혈맥같은 거라구 하더군요. 사실 붉은지렁인 동맥이구, 푸른지렁인 정맥이라구 볼 수 있잖아요? 이 혈맥이 농약과 화학비료 땜에 경화를 일으켰다는 거예요. 그래서 벼를 힘있게 키울 수 없다는 거죠."

"진화론을 쓴 다윈이 벌써 〈부엽토와 지렁이〉라는 글에서 다 한 얘기야. 이세상에서 지렁이가 없어진다면 모든 식물은 멸종에 이를 거라구." 한수가 말했다.

"어, 그런 걸 다 알구, 법률가라두 농민출신이라 다른데?"

"상식이지."

"그 농부의 말이 농토가 아주 죽어버리기 전에 함부루 농약이나 화학비료를 쓰지 말구 퇴비를 많이 넣줘야 할 거라더군요." 병배가 다시 좌중을 향해 말했다. "그러면 지렁이가 부엽토 속에서는 왕성하게 번식하니까 다시 활기있는 혈맥 구실을 하게 되구, 농토두 생기를 되찾아 비옥해질 거라는 거예요. 그렇게 되면 우리들두 독 없는 곡식을 먹을 수 있으니 얼마나 좋습니까?"

"그러기에 관에서 극력 퇴비장려를 해오구 있잖습니까?" 심읍장이 사이를 주지 않고 말했다.

"근데 눈앞의 수확에만 정신이 팔려 손쉬운 화학비료에 의존할려구들지 어디 제대루 퇴비를 만들려구 합니까? 관에서나 농가에서 그저 형식적으루 퇴비문제를 처리하구 있는 것같애요. 아까 낮에 한 농가에 들러 마당에 쌓아논 퇴비더미를 쑤셔 봤더니 속에는 나무토막같은 잡동사니루 채워져있더군요."

심읍장이 찌푸등한 얼굴로 빈 술잔을 손끝으로 뱅글뱅글 돌리며 잠잠히 있는다.

곁의 색시를 지분거리던 윤의사가,

"자, 한선생, 이 잔 받으세요. 한선생이 세 분 중 젤 술이 세신 것같군요. 주량은 즉 남자의 능력과 비례한다는데……"

병배 곁의 색시가 잔을 받아 병배에게 건네고는 잔에 넘치도록 술을 부으면서,

"선생님은 아까부터 유식한 얘기만 하셔서 따분해 죽겠어요. 재밌는 얘기 좀 하세요."

"재밌는 얘기라, 무슨 얘기가 재밌을까……"

거기에 윤의사가 자기 술잔을 들고 와 병배 곁 색시 옆에 끼어앉는다.

"내 존 얘기 해줄까. 자, 얼굴을 이리 돌려. 내 관상 하나만은 기가 맥히지." 그리고는 윤의사가 색시의 얼굴을 손으로 움직여 눈, 코, 입, 나중엔 머리칼을 들추고 귀까지 찬찬히 뜯어보고 나서, "모든게 다 좋구먼. 아까부터 건너다보구 생각한 대루야."

"모든게 다 좋음 이런 데 나오겠어요?"

"아니지. 모든게 다 좋은데 딱 한 가지 것 땜에 운이 막혔다구."

"그게 뭔데요?"

"내 말 잘 듣구 바른대루 대답해야 해. 니 그곳 왼쪽 두덩에 콩알만한 까만 점이 하나 있지?"

색시가 입을 삐쭉 하더니 고개를 홱 돌려버린다.

"관상에 다 씌어져있는 걸 어떡허니? 잘 생각해서 대답하라구. 이건 니 일생 운명에 관한 일이니까 말야. 점이 있니 없니?"

"걸 어떻게 알아요."

"자기 몸의 것두 몰라? 그 까만 점을 없애버려야 앞일이 환히 트이게 돼있다구. 지금 당장 나하구 조용한 데 가서 거울에 비춰볼까? 그리구……"

"저어 소장님……" 심읍장은 윤의사가 저러다 나중 어떻게 나올지 불안스러워 양미를 모으고 있다가 어떻게든 말을 딴데로 돌려야겠다고 생각하며 정소장을 부르고 나서, "실례올시다마는 머리 벗겨지신 것 내력이십니까?"

"아아뇨. 우리 선친께선 칠순이 넘으시두룩 하얗게 세시긴 하셨어두 그리 머리가 빠지시진 않았거든요."

"그러세요? 머리빠지는 거나 세는 게 대강은 아버지를 닮든데?"

"소장님의 대머리는 그 호탕한 웃음 때문에 생긴 걸 겁니다." 자기 자리로 돌아와 앉으며 윤의사가 말했다.

"대머리가 돼서 웃음을 잘 웃는단 말은 들었지만서두……"

"아닙니다. 그 반댑니다. 소장님두 아시다시피 갑자기 크게 웃으면 머리의 근육이 급격히 수축되는 바람에 그 부분의 혈관을 압박하게 되지 않습니까? 그래서 머리칼루 가는 영양보급이 불충분해져 대머리가 되는 거죠."

"허, 듣구보니 그렇군요. 허지만 이제와서 웃지 않는다 해서 머리칼이 되돋아날 리 만무한 노릇이구, 지금대루 살아갈 밖에요." 정소장이 눈썹마저 엷어 더 넓어 뵈는 대머리를 손으로 쓸며 또 커커 커 웃었다.

심읍장도 비시시 웃으며,

"말할 것 있습니까. 백만불짜리 웃음인걸요."

그리고는 심읍장, 윤의사, 정소장은 머리카락 되나게 하는 약이 있다느니 없다느니, 탈모방지는 가능하다느니 불가능하다느니 하는 말들을 주고받는다.

한편에선 한수가 곁의 색시의 하라는 대로 손바닥을 펴 손금을 보이고 있는 걸 중섭과 병배가 함께 바라보고 있었다.

"아가씨 잘 봐주라구. 그친구 내년 고시에 떨어질 손금이나 없는지 말야." 병배가 취기가 돈 소리로 말했다.

색시가 그 말엔 대꾸 없이 한수에게 나이를 묻더니 고개를 갸우

뚱한다.

"낙방으루 나왔나부군."

색시가 그냥 병배의 말엔 개의치 않고 한수의 손바닥을 가만히 접으며 나지막이, 남은 올해를 조심하셔야 쓰겠구만요, 한다. 그러나 한수는 뭣을 조심하라느냐고 묻지 않는다. 손금쟁이나 관상쟁이나 점쟁이가 항용 쓰는 말을 이 색시도 한다고 넘겨버린 것이다.

"다 집어치구 노래나 불러!"

병배가 팔을 저으며 말하자 윤의사가,

"그래그래 자아 누가 노래를 잘 부르나 보자. 나중에 등급을 매겨 상을 줄 거다!"

꽤 느지막이 좌석이 끝나 집으로 돌아가며 심읍장은 몇번이고 고개를 좌우로 저었다. 윤의사 그사람 왜 그모양일까. 이건 좀 내 입장을 거들어주나 싶으면 곧 낯뜨거운 잡소리고. 유지라고 내세웠으면 그만한 체모를 지켜줘야 할 것 아냐? 우리끼리라면 또 몰라도. 그 젊은 축들이 어떻게 생각했을까? 내가 망발을 부린 건 아니더라도 전체적인 인상이 좋지 않았을 테지. 이래저래 오늘 좌석은 마련하지 않았던 편만 못해. 한수라는 청년은 법률을 공부한 사람답게 말에 뼈대가 있긴 하지만 너무 빈틈이 없더군. 환경보호연구소에서 왔다는 치는 열성스러운 데가 보이긴 하나 너무 현실을 모르고. 퇴비문제는 내일 아침 산업과장에게 농가마다 점검하도록 지시해야지. 하지만 퇴비를 많이 넣는다고 증산이 돼? 뭐니뭐니 해도 증산에는 화학비료 따를 게 없지. 증산하지 않으면 농토가 죽기 전에 사람이 먼저 굶어죽을 판이니 어떡해. 그건 그렇고, 말썽이 있고 어쩌고간에 기어코 염색공장은 꼭 들여앉혀 지역개발을 시켜야 해. 읍사무소도 신축해 놓았것다, 이렇게 하나하나 다져나가면 영전의 길도 트일 것 아닌가.

한수와 병배는 여관을 향해 가고 있었다.

"우리 입가심으루 한잔 더 할까?" 병배가 좀전 중섭과 헤어지기 전에도 했던 말이다.

한수의 반응이 없자 병배는,

"생각 없음 그만두자!"

한수는 술좌석에서 얘기된 〈미나마따병〉의 일을 떨쳐버리지 못하고 있었다. 그 병이 무섭다는 얘기는 이날밤 처음으로 듣는 게 아니나 그 병 희생자들의 유가족과 환자들이 폐수를 흘려보낸 회사측더러 보상금은 필요없으니 수은모액을 먹고 자기네가 죽은 수만큼 죽어달라, 자기네가 병든 수만큼 병들어달라고 했다는 얘기는 처음 듣는 얘기다. 이미 오래 전 남의 나라에서 있었던 사건이건만 그 정상과 절규는 시간과 공간을 뛰어넘어 지금의 한수를 붙드는 것이었다. 그 정상에 고통스런 동정이 가고, 그러한 절규를 할 수밖에 없었던 심정에 고통스런 이해가 갔다. 그러면서도 그 절규를 용납할 수 없게 하는 건 대체 무얼까. 당사자가 아니고 제삼자의 입장이라서 그럴까. 눈에는 눈, 이라는 원시적 보복이 오늘날엔 통용돼선 안된다는 뜻에서일까. 그러니 〈미필적 고의의 살인〉으로 법절차를 밟아 다스려져야 한다는 뜻에서일까. 아니다. 그 때문만은 아니다. 뭐랄까 오랫동안 인간이 가꾸어온 근원적인 사랑이랄까 혼이랄까, 그런 것을 잃을 수 없다는 데서 오는 게 아닐까.……

"니가 날보구 고골리의 〈검찰관〉 노릇을 해보라구 했지만 유지들이란 게 앉아가지구 헌다는 수작들이 원. 읍장은 소심한 데다가 무식하지, 운의사란 사람은 마치 암내 맡은 수캐꼴이지. ……그런대루 그사람이 콰앙! 하구 소리친 것만은 좋았어. 그래서 나두 같이 콰앙! 해줬지." 병배는 꽤 취해있었다.

술좌석에서 색시들의 노래가 있었고, 그리고 두서없는 얘기가 오가는 가운데 점보제트기 한 대의 이륙할 때 내뿜는 배기가스 양이 자동차 6천 대 분과 맞먹는다는 것, 제트기 한 대가 태평양 횡단하는 데 소모되는 산소의 양이 50톤이나 되어 어른 한 사람의 하루 산소호흡량을 1킬로로 잡으면 5만명의 하루 분 산소를 없애는 셈이니 언젠가는 대기의 조화가 깨질지도 모른다고 병배가 말하자 불시에 운의사가 두 팔을 치켜올리며, 콰앙! 소리를 질러 병배도 따라, 콰앙! 소리를 질렀던 것이다.

"콰앙!" 하고 병배가 다시한번 소리를 지르고는 한수에게, "너 지금 내 말 듣는 거니, 안 듣는 거니?"

"돌으나마나 그렇구 그런 소리 아냐? 정열을 애껴라. 지금 니가 할 일은 최소한 담양 고씨 일가족을 찾아가봐야 하는 거야. 그 실태를 직접 자기 눈으로 확인해봐야 하는 거야."

"알구 있어. ……자, 이젠 그런 얘기 그만하구 우리 얘기나 좀 하자. 나 낼 아침 일쩍 여길 떠날 거야. 떠나는 거 니가 보지 않아두 돼. 그대신 여관비는 니가 물어라. 너 정말 너무 하더라. 친구가 멀리서 찾아왔음 하룻밤이라두 자기 집에서 재워 보내야 할 거 아냐? 하긴 그러지 못할 사정이 있긴 하더라. 내가 여론조사를 해봤더니 니네 집안 식구들 할아버지한테 잡혀 꼼짝못하구 지낸다더구나. 니가 할 일은 그 할아버지한테서 벗어나는 일야, 알겠어?"

"나 불편없이 시험준비에 전념하구 있다구."

"요 이틀 동안 나 땜에 나다니는 것두 조심스러워 보였어. 할아버질 의식해서 그러는 거라 싶더라."

그런 빛이 내비쳤었나 하고 한수는 씁쓰레 웃었다.

"할아버지에게서 떠나라구! 서울루 오든지 다시 절간에라두 가!"

"떠나는 게 곧 벗어나는 건 아니잖어?"

"물론. 그치만 우선 그것두 중요해. ……다 왔다. 같이 들어가서 주인한테 여관비는 니가 맡는다는 말이나 하구 가. 지금 돈이 있으면 치르구."

하늘에 별이 맑게 깔려있었다. 오전중까지 드리워져있던 구름이 바람이 나오면서 말끔히 걷히고 지금은 바람도 자있었다.

제 Ⅱ 부

제 1 장
만남의 의미

낚시 두 대를 펴놓고 앉자마자 짧은 대의 찌가 쑥 물속으로 들어간다. 봉룡은 지체없이 채올린다. 꽤 큰 피라미가 달려나왔다.

"이거 담배 한대 빼물 새두 안 주네 참."

혼잣말처럼 중얼거렸으나 실은 먼저 와 아직 개시를 못하고 있는 옆의 한영아버지 들으라는 거다.

한영아버지는 그 소릴 들었는지 못 들었는지 묵묵히 낚시찌만 바라보고 있다.

봉룡이나 한영아버지나 이른바 진짜 낚시꾼은 아니었다. 진짜 낚시꾼이란 반드시 붕어만 낚아야 하고, 피라미는 말할것도 없고 아무리 큰 메기나 쏘가리라도 잡어라 하여 기피한다. 애당초 진짜 꾼은 붕어 이외의 고기가 꿰지 않게 하는 것부터가 실력으로 치부되어, 혹 잡어가 달려나올라치면 남이 볼세라 얼른 떼어 어롱에 넣거나 버린다. 그중에서도 피라미가 첫 낚시에 달려나오면 그날 낚시에 부정이나 탈 것처럼 패대기쳐버리기가 일쑤다. 그러나 봉룡과 한영아버지는 아무거나 찬거리가 될 거면 만족해한다. 맛으로 치자면 오히려 가시가 세고 별맛 없는 붕어보다 메기며 쏘가리 피라미 따위가 더 고소하고 달다.

이날 봉룡은 미끼를 달아 던지기가 바쁘게 입질이 있곤 하여 낚시 두 대를 번갈아가며 끌어올렸다. 그사이 한영아버지도 봉룡만큼은 못했지만 그런대로 여러 마리 잡았다. 그러던 것이 해가 높아지면서부터 딱 입질이 끊기고 말았다. 두 사람은 자리를 옮겼다.

둘레 3마장 가량의 길쭘한 이 저수지에 관해 두 사람은 자기들 나름의 낚싯자리를 알고 있었다. 계절에 따라, 물이 붙었을 때와 줄었을 때에 따라, 그날의 날씨에 따라, 심지어 그날의 아침과 낮과 저녁에 따라 어디가 좋은 자리라는 걸 가늠하고 있는 것이다.

두 사람은 두어 자 가량 수심이 더 먹는 좀 후미진 곳에 자리를 잡는다. 거기서 오른쪽으로 비스듬히 떨어진 곳에 오늘도 송노인이 앉아있다. 둔덕을 뒤로 한 송노인의 자리는 이 저수지에서 가장 수심이 깊은 곳이다. 송노인 외에 그 줄로 두 사람의 낚시꾼이 더 있었다.

자리를 옮긴 뒤에도 통 입질이 없었다.

"오늘은 파장인가부군."

봉룡은 물에 담가놓은 어롱을 들어 후드득거리는 고기를 들여다보고 나더니 꽁초를 붙여 문다. 그리고는 한영아버지 쪽으로 돌아앉는다.

"아저씨 여직 맘을 정하지 못하셨수?"

한영아버지는, 저 사람이 심심한가보군 그 얘길 또 꺼내니, 하며 대꾸를 않는다.

"참 아저씨두 딱하셔. 글쎄 누가 당장 들여앉히시랍니까. 인연만 맺어놓구 차차 형편 봐서 하시라는 거 아녜요?"

봉룡이 한영아버지더러 홀아비 신세를 면하라며 한 과부를 다리놓고 있었다. 아들 며느리가 열이면 무슨 소용이냐, 늙어갈수록 곁에 마누라가 있어야 한다고 성화를 대는 것이다. 상대방은 딸 둘 길러 출가시킨 후 지금은 작은딸 집에서 살고 있는 오십줄의 과수다. 현재는 어린 외손자 돌봐주니 눈칫밥은 아니지만 언제까지 사위 집에 눌러있을 처지가 못되는 여인이다.

"한영이한테두 상의해봤다니까요, 네. 그사람은 아버지 의향에 따르겠다구 했어요. 아저씨 맘만 정하믄 끝나는 일예요. 다른 거야 뭐 걸리는 게 있어야 말이죠."

한영아버지가 뭐라고 대꾸를 했으나 봉룡은 알아듣지 못한다. 한영아버지는 본디 말수가 적어 집에서 하루종일 말 한마디 없이 지내는 일이 적지 않았고, 어쩌다 하는 말도 남이 잘 알아들을 수 없이 입안에서 우물대듯 할 때가 많았다.

"뭐라구요, 아저씨?"

봉룡이 자리를 떠 한영아버지 곁에 가 웅크리고 앉는다.

"자넨 쉽게 그런 소릴 하지만……"

"아, 네, 그러니까 저쪽 편에선 어떤가 그거 땜에 그러세요? 그건 염려 안해두 돼요. 이 봉룡이두 그맛 눈친 있는 놈이라구요, 네. 그것 모르구 덤빌 제가 아니란 말입니다, 네."

"그게 아니구……"

"그게 아니믄요?"

"눈치있다믄서 참 답답하군……"

"어이구 어느 쪽이 답답한지요. 시원하게 말씀 좀 해보세요."

지금 무슨 경황에 내 재혼문제를 입밖에 낸단 말인가. 근자에 와 외출이 잦아지고 공부에 전념하지 않은 것같은 한수의 일로 걱정이 태산같은데. 이상스레 잠잠해있는 부친의 벼락이 언제 떨어질지 모르는 판국이 아니냐. 한영아버지는 그냥 낚시를 응시한 채,

"우리집엔 노인들이 계시잖나."

노인들이라지만 부친 하나를 두고 하는 말이다.

"아, 그 문제 말입니까? 존장님께서 어떻게 생각하실까 하는…… 그것두 제게 맽겨놓세요, 네. 저, 저것 보게!" 봉룡이 돌연 탄성을 올렸다.

송노인의 낚싯대가 크게 휘어 팽팽한 줄이 수면을 가르고 있다. 큰 고기가 물린 게 분명했다. 봉룡이 홀 일어나 빠른 걸음을 쳐 송노인 쪽으로 간다. 송노인이 몇 달째 한 자리만 고수하더니 드디어 큰 놈이 걸렸구나. 송노인은 늦봄철에 이 저수지에 나타난 이래 한번도 다른 자리로 옮긴 일이 없었다. 낚싯대도 두칸짜리건 두칸반짜리건 세칸짜리건 딱 한 대만으로 했고 낚시도 외낚시에 반드시 떡밥이었다. 밑밥같은 건 던지지도 않았다. 어롱을 물에 담가보지 못하는 날이 더 많았지만 일단 잡은 고기도 남에게 주었다. 아침에 나왔다 늦점심때쯤 돌아가는 그는 별로 누구와 말동무를 안해 아무도 그에 관해서 자세히 아는 사람은 없었다. 사람들은 그저 60대의 초반으로 뵈는 그가 심읍장의 연줄로 정양차 서울서 이곳에다 조그

만 집을 하나 얻어갖고 식모아주머니와 단둘이 살고 있다는 것과 그의 성이 송씨라는 것 정도만 알고 있을 따름이었다.

최후로 세차게 요동치는 붕어를 송노인은 조금도 서두름없이 찬찬히 앞으로 끌어당겨 뜰채로 떠올렸다. 형체를 드러낸 붕어가 크게 푸드득거렸다.

"월척, 월척이군요. 내 그런 줄 알았다니깐요. 노인장님 실력을 알아드려야겠습니다, 네."

봉룡이 허리를 구부려 송노인이 끌어올린 붕어를 들여다보며 벌써 웃는다. 그러면서 이 붕어를 나중에 자기가 받아가야겠다고 생각한다. 송노인이 주고 가는 고기를 봉룡이 몇번 받은 일이 있었다.

송노인은 봉룡에게 별 관심을 보이지 않은 채 조심스럽게 붕어 입에서 바늘을 떼내어 어롱에 넣고는 다시 낚시에 떡밥을 꿴다.

봉룡이 자기 자리로 돌아온다.

"정말 큰 걸 낚았든데요. 아저씨가 여름에 낚은 것보다 두 치는 실히 더 커요. 보기만 해두 신나든데요."

이래저래 봉룡은 별로 낚시질에 열을 내지 않는다. 싸갖고 온 도시락을 먹고 나서는 간간 송노인 쪽만 바라다보았다. 그러다가 송노인이 낚시 거두는 기미가 보이자 어롱을 들고 그리로 달려갔다.

송노인은 자기 어롱에서 월척짜리를 손바닥에 실어 사뿐히 물 위에 내놓은 후 봉룡의 어롱에 몇 마리 안 되는 고기를 쏟아넣는다.

"아니 노인장님, 저걸, 저걸! 저걸 왜 놔줍니까!"

송노인은 말없이 낚시를 챙겨들고 돌아선다.

봉룡은 잠시 그 자리에 못박혀있다가 번뜻 무슨 생각이 든 듯 자기 자리로 달려온다.

"가실 때 지렁이구 떡밥이구 남는 건 절 주고 가세요."

봉룡은 급히 자기의 긴 쪽 낚싯대와 받침대를 뽑아 들며 한영아버지에게 말하고는 송노인이 앉았던 자리로 횡하니 달려가는 것이었다.

수위에게 연락을 부탁해놓고 한수는 교문 앞을 서성거렸다. 학생들이 모두 하교한 듯 교사 둘레가 조용했다.

교정 가장자리의 은행나무가 잎을 떨구기 시작하고 있었다. 햇빛을 받는 각도 탓일까, 나무의 나이 때문일까, 안쪽 나무 중에 아직 덜 단풍든 잎도 있었다. 여학생 몇이 나무 밑 벤치에 앉아있는 게 보였다.

"웬일야, 전화두 없이?"

중섭이 큰 걸음으로 다가왔다. 실내화인 듯 흰 운동화를 신고 있었다.

"지금 퇴근할 수 없어?"

한수가 짤막히 말했다.

"지금 당장은 안돼. 이제부터 직원회가 있어."

"선생노릇두 바쁘구나. 얼마 전엔 연구수업인가 있다더니."

한수가 밑으로 눈을 떨구며 말했다.

"한 시간 정도면 돼. 어디 가서 좀 기다려."

"한 시간?" 한수는 잠깐 생각에 잠기더니, "관두자. 다음에 만나지 뭐."

"뭔가 할 얘기가 있는 것같은데 오늘 아니라두 되니?"

한수는 또 생각에 잠긴 듯하더니 중섭을 정면으로 바라본다.

"나 말야, 나 홍선생 만났어."

갑작스런 말에 중섭은 곧 대꾸를 못했다.

한수가 말을 이었다.

"우습게 들리겠지만 너한텐 얘길 해야 할 것같아서 왔어. 알겠니?"

"내가 알구 뭐구 없는 거 아니니." 중섭이 눈꼬리에 주름잡히는 웃음을 지으며 부드럽게 말했다. "우연히 널 길에서 만나 함께 차를 마셨다는 얘긴 홍선생한테서 들었어."

"아니. 그 후에 내가 연락해서 또 만났어. 그럼 나 간다."

한수는 급히 말을 마치자 몸을 돌려 걷는다.

거리를 지나 자기 집으로 올라가는 골목 어귀에 이르러 한수는 발걸음을 멈추고 잠시 머뭇거리다가 몸을 돌쳐 오던 길로 되걷는다. 좌우를 살피며 가다 한 양주코너가 나서자 그리로 들어간다. 고향에 돌아와 혼자 술집에 들르긴 처음이었다. 한수는 중섭에게 진희 얘기를 하느라고 자신이 약간 긴장돼있는 걸 느꼈다. 마른 안주에

위스키를 시켰다.

중섭이 그친구 내 말을 어떻게 받아들였을까. 한수는 찔끔찔끔 잔을 빨며 생각했다. 민선생, 이놈을 아주 경계해야 합니다. 병배가 이죽거렸었다. 아무리 배꼽에 참외써 붙이구 논 친구사이라 하더라두 여자문제만은 섣불리 믿어선 안됩니다. 자식! 한수는 잔을 입안에 털고 새로 술을 주문한다. 지금 현재 진희와 이렇다할 분명한 마음의 확정을 본 건 아니다. 그러나 분명치 않으면 않은 대로 그네 만난 일을 중섭한테 알리고 나니 한수의 마음은 한결 개운했다.

위스키 넉 잔째를 받아놓고 있던 한수가 벽시계를 쳐다보고는 전화 있는 데로 가 진희네 집 다이얼을 돌린다. 진희가 받았다. 한수가 자기 있는 곳을 말한 후 나오라고 하니 진희는 낮게 웃기만 했다.

자리로 돌아온 한수는 자기가 괜한 짓을 하지 않았나 하는 후회가 들었다. 상대방은 여교사인 데다가 좁은 고장이라 그동안 진희와는 같이 술집에 들른 일이 없었다. 더구나 내일 만나기로 약속이 돼있는 것을. 한수는 담배를 붙여 급히 몇 모금 연거푸 빨았다.

오륙분 뒤에 진희가 들어섰다. 청바지에 흰 니트재킷차림이었다. 한수가 들어올 때는 없었던 손님들이 몇 패 앉아있다가 진희를 쳐다봤다. 그러나 진희는 스스럼없이 한수 있는 데로 왔다.

"나오시라구 해놓구 괜한 짓을 했다싶어 후회하구 있던 참입니다."

"그럼 도루 갈까요?"

진희가 짐짓 돌아설 듯해보이다가 자리에 앉는다.

"맥주 한잔 하시죠?"

"아뇨. 주시려거든 지금 드시는 것하구 같은 거 시켜주세요."

한수가 약간 놀란 빛을 하자,

"저를 아주 모범적인 여선생 대접이시군요."

한수는 웨이터에게 위스키를 주문했다.

"실은 저 맥주 한 컵이 고작예요."

진희가 장난스런 눈빛으로 말하더니 정색을 하며,

"아까 학교에 오셨었죠? 교무실에서 내다봤어요."

"중섭이 그친구 우리가 만난 거 모르구 있더군요."

순간 진희의 입이 꼭 다물어졌다. 진희는 자기가 왜 한수와 만난 얘기를 중섭에게 하지 않는지 자신도 알 수 없었다. 처음 길거리에서 우연히 한수를 만나 차를 마셨을 때는 무슨 큰 사건이라도 되듯 다음날 출근하자마자 중섭에게 보고했던 것이, 그 뒤로는 얘기하지 않은 것이다.

"앞으루두 전 얘기하구 싶지 않으면 안 할래요. 제 자연스런 감정에 따를 테예요." 진희가 그냥 정색인 채 말했다.

한수는 잠자코 잔의 남은 술을 입안에 털어넣고는 탁자 위로 눈을 떨구었다.

조금은 완곡하게 말하는 걸 그랬나 싶으며 진희는 자기 앞에 놓인 양주잔을 가만히 한수 앞으로 밀어놓는다. 그리고 화제를 바꿨다.

"저어, 미안하지만 점퍼에다 바바리코트는 맞지 않는데요." 진희가 꼿꼿한 자세를 흩뜨리며 어세에도 장난기를 담는다.

한수는 까만 점퍼 위에 회색 바바리코트를 입고 있었다.

"이거요?" 한수가 딱딱한 표정을 풀며 두 손으로 바바리코트 자락을 쥐었다 놓는다. "난 음악에두 음치지만 색에 대해서두 음치죠. 색이니까 색친가. 하여튼 난 무슨 색 양복엔 무슨 빛깔의 넥타이를 매야 하는지 도통 깜깜이거든요."

"그게 아니구요, 점퍼에 바바리코트를 입으면 웃옷을 세 벌 입는 폭이 돼요. 점퍼 하나루서 저고리 겸 코트 구실을 하니까요."

"그런가요? 그럼 완전히 웃음치가 돼버렸군요. 앞으루 자문을 부탁합니다."

"그렇다구 전 뭐 옷차림에 센스가 있는 줄 아세요? 옷마다 커다란 주머닐 다는 못된 벽이 있는걸요. 손을 찔러넣을 수 있는 주머니 달린 옷을 입어야 마음이 편하다구요. 어릴 적부터 버릇이죠. 집안에서 손을 찌르구 다니다가 아버지한테 야단두 많이 맞았죠. 사내녀석두 아닌 계집애가 볼썽사납게 그게 뭐냐구요. 근데 안 고쳐져요. 굳이 고치려구두 안했지만요. 좀 쌀쌀한 가을철이나 눈이 내리는 날 주머니에 손을 푹 찌르구 거리를 걷는 기분은 이루 말할 수가 없거든요. 그러니 그 옷모양이 어떻겠어요. 겨울엔 그런대루 괜찮지만 여름옷은 아주 젬병이죠. 그래서 아예 드레시한 것은 입으려구두 안해요. 보세요. 밤낮 이런 차림이죠." 쿡 웃고는 두 손을 니트재킷 주머니에 찌른다. "게다가요 주머니에 손을 찌르구 급히 걸을 땐요 걸음걸이가 이상해져요."

그랬었구나. 한수는 진희와 노상에서 처음 만났을 때 저만큼 마주오는 그네의 상체가 율동적으로 흔들렸던 모습을 상기했다. 같이 야외에 나갔을 적에는 발견 못했던 면이었다.

"쎄므 점퍼가 검정색은 참 드문데…… 검정색을 좋아하시나보죠?"

한수가 자기 점퍼를 내려다보았다.

"색치가 무슨 좋구 나쁜 게 있겠어요?"

흰색은 차겁구 검정색은 따뜻하다구 생각하지만 실상은 검정색이 차겁구 냉랭한 감을 줘. 세미가 말했었다. 한번 생각해봐. 까만 양복을 입구, 까만 모자에 까만 구두를 신구, 까만 스틱을 짚구 서있는 신사를 상상해봐. 싸늘한 느낌을 주지 않나. 오싹하두룩 말야.

"검정색을 좋아하는 사람은 마음이 차겁다죠? 그래서 이렇게 술루 데우구 있답니다."

진희가 짧게 소리내어 웃었다. 가지런한 진희의 잇바디가 유난히 윤기있어 보였다.

술집을 나와 헤어지는 자리에서 진희는,

"저 걸어가는 뒷모양 바라보지 말기요."

"그러죠. 맘놓구 주머니에 두 손 푹 찌르구 가세요." 돌아서는 진희를 한수는 불러세웠다. "주말에 만날 수 있을까요? 군청이 있는 거리루 멀리 나가요."

희미한 불빛 속에서 진희가 머리를 까딱했다.

"토요일 오후 세시 고향다방으루요." 한수가 다지듯 말했다.

학력고사 채점을 해나가던 중섭이 명애의 답안지가 나오자 답을 살피기 전에 전체를 쭈욱 훑어본다. 그렇게 봐서 그런지 글씨가 전보다 깨끗해진 것같았다. 답 하나하나를 매겨가며 중섭은 흐뭇해진다. 틀린 답이 몇개 안 되는 것이다. 안경을 낀 지 얼마 안 됐는데도 이만큼 실력을 올리는 애를 그냥 버려두었었다니. 중섭은 명애가 처음으로 안경을 쓰고 찾아왔던 일을 생각했다. 2차 검안 때도 중섭이 명애를 데리고 갔고, 안경 찾아오는 것만을 명재를 달려보냈다. 그날 오후 중섭을 찾아온 명애가 몸을 꼿꼿이하고 쳐다보기만 해 안경이 잘 안 맞는가보다 싶어, 똑똑히 안 뵈니? 했더니 명애가 갑자기 중섭의 가슴에 이마를 박으며 울음을 터뜨렸다. 그리고 울음 속에 말하는 것이었다. 보여요, 보여요, 다아 보여요. 이런 걸 이애는 미처 자기 눈이 나빠졌다는 말을 못했으니. 눈이 잘 보이지 않았을 때 했던 엉뚱한 공상도 이제는 안할 테지.

담배를 한대 피우고 나서 다시 채점을 해나가다 중섭은 한 답안지에 이르러 손을 멈춘다. 답안지 앞뒷면 가득 글이 씌어져있었다. 애가 또 장난을 쳤군, 그러나 이번만은 어떤 낙서를 했는지 보고 단단히 혼을 내줘야겠다고 마음에 벼른다.

《선생님, 문제를 보니 다 쓸 수 있는 것들이네요. 그동안 저 열심히 공부했거든요. 이점은 믿어주셔요. 그런데 선생님, 공부는 열심히 해 뭘하죠? 시험을 잘 쳐서 성적이 좋으면 뭐하냐구요. 공부 잘하고 머리 좋다고 인생을 제대로 살아가나요?

우리 언니는 IQ도 높고 공부도 열심히 하여 대학 졸업할 때까지 상도 많이 탔어요. 주위에서 선망의 대상이었죠. 저도 우리 언니 땜에 코가 높아진 적도 많았어요.

학교 졸업후 언니는 건축과 출신 바지씨 (현재 군청소재지의 한 건축사무소 설계사)와 데이트, 연애, 결혼, 이렇게 스무드하게 진행됐어요. 누가 보나 행복스런 커플이었어요.

근데 선생님, 좀 보셔요. 애를 하나 생산한 뒤로 언니는 자주 친정엘 왔어요. 허즈에게 얻어맞고였죠. 보다못해 엄마아빠가 아예 결판을 지으라고 해도 언니는 멍든 데가 좀 가실만 하면 허즈라는 작자에게로 가곤 했어요.

그러다가 몸이 약하지도 않던 언니가 위장병에 걸렸어요. 신경성 위염이래요. 물론 속이 상해서 생긴 병이죠. 병원에 입원했다가 퇴원 길로 집에 와서 오랫동안 있었죠. 누워 약을 먹으면서요. 한번은 위경련을 일으켜 약을 오버되게 먹고 의사를 불러오고 어쩌고 난리를 치른 일도 있어요. 그동안 허즈라는 작자는 한번도 와 들여다보지 않았어요. 그래서 언니가 남편과 헤어졌다는 소문까지 났었어요. 저는 이번에야말로 끝장이라고 은근히 기뻐했죠. 서로 좋아서 결혼했다가도 싫어지면 산뜻하게 헤어지는 거 아네요?

그런데 선생님, 이 언니가 어제 또 그 비문화인에게로 갔어요. 병이 좀 나아지자 간 거예요. 부모들이 좀더 요양해야 된다는 말도 듣지 않고요. 자기가 무슨 인내의 화신이라고.

이제 보셔요 선생님. 또 올 거예요 우리 언니. 왕창 얻어맞아 눈 뜨고 볼 수 없는 몰골을 해가지고 말예요. 이제 오면 말도 안 붙일래요. 자기의 인생을 자기가 당당하게 헤쳐나가지 못하고 질질 끌려가는 바보! 시시한 여자! 껄렁한 여자! 자존심도 없는 여자! 머리가 좋으면 뭘해요. 공부를 잘해봤자 뭐하냐구요. 안 그래요 선생님?》

언니의 일을 어린 창숙으로서는 소화하기가 벅찬 모양이었다. 그럴 수 있을 것이었다. 인간관계의 미묘하고 복잡함이 어디 그 정도일까마는. 그건 그렇고, 창숙이 시험의 답은 쓰지 않고 딴짓을 한 소행은 문제이나 그래도 자기폐쇄증에 빠지지 않고 그런 얘기를 털어놓았다는 사실이 퍽 다행스럽게 여겨지는 한편 어떻게 처리할 문젠가 생각한다. 내일 당장 면담을 해줘야겠지. 그러자 자연 진희에게로 생각이 뻗어갔다. 그동안 학교생활의 많은 일들을 그네와 더불어 얘기해왔고, 더구나 창숙의 일이니 의당 그네에게 말해야 할 것같은데 선뜻 내켜지지가 않는 것이었다. 진희가 한수와 만난 걸 내게 숨기다니. 그리고 그때 난 한수의 그 말 앞에서 얼마나 허전하고 복잡한 기분이 되었던 것인가. 짜장 인간관계란 별난 거야. 그때그때 경우에 따라.

중섭은 몸을 일으켜 창가로 가 문을 열었다. 밤공기가 얼굴에 시원했다. 옆집 마당의 빈나뭇가지가 어둠속에 흔들리고 있다. 잠시 멎었다가는 흔들리고 잠시 멎었다가는 흔들리곤 한다. 그건 바람에 흔들리면서도 나무 자신의 자연스런 움직임으로 보였다. 한동안 중섭은 흔들리는 나뭇가지에서 눈을 떼지 않고 있었다. 아마 그럴 수밖에 없었던 진희의 입장에서 이해해주자. 그리고 전처럼 이번 일을 애기하자. 그래서 의견도 듣자.

중섭은 창가에서 물러나 다시 채점을 하기 시작했다.

도망치시는 건가요? 한수는 진희의 말을 다시한번 속으로 되새긴다. 버스를 타기 전 한수는 학교로 진희에게 전화를 걸었다. 전화에 나온 진희한테 서울 가는 길이라고 했더니, 서울은 왜요? 하고 놀라는 어조였다. 가서 누구 만날 사람이 있어서 그럽니다. 진희는 잠시 숨을 죽인 듯하다가 나지막하나 또렷한 언성으로 말했다. 도망치시는 건가요? 내일 군청 소재지로 같이 가기로 한 약속을 앞두고 서울 가는 걸 말하는 것이리라. 한수에게 진희의 도망친다는 말과 병배의 이곳을 떠나라는 말이 이상한 음영을 갖고 겹쳐져 왔다. 한수는 자기가 지금 무엇에서 도망치려는 건지 뭔지 모르겠으나 우선 세미를 한번 만나야 한다는 생각만은 분명히 머리에 자리잡고 있었다.

버스가 굽잇길을 도는 듯 창밖 가을걷이 끝난 논밭이 휘엇하니 뒤로 물러난다.

형, 미안해요. 한수는 속으로 중얼거렸다. 병배가 왔을 때의 **여관비**와 그동안의 용돈도 형이 마련해주었고, 이번 급작스런 서울행 여비도 형이 꾸려준 것이다. 형은 무슨 구실을 대어 할아버지에게서 타내었을까. 성미에 맞지 않는 구구한 사정애기를 했을 것이다. 그것도 섭사리 되지 않아 이렇게 오후 버스를 타야 했다. 언제고 이런 일이 들통나면 할아버지한테 형은 닦달을 받겠지. 왜 여관비는 물어주었으며 한수는 서울 보냈느냐고. 그런데도 형은 돈부탁을 할라치면 군말없이 들어주곤 했다. 이 형이 요즈음은 밤중에, 관계없다아! 소리를 지르지 않게 됐다. 얼마 전 밤이었다. 그날 한수는 대문 밖에서 지르는 형의 소리를 듣자 자기도 모르게 뛰쳐나가 형 곁으로 갔다. 그리고는 형과 함께 소리를 질러댔다. 관계없다아, 관계없다아! 둘이의 고함소리가 하나로 되어 어둠속을 퍼져나갔다. 그러는 동안 한수는 지금 형과 자기는 어렸을 때로 돌아가 둘이 장난을 치고 있는 듯함을 느꼈다. 형이 먼저 소리치는 걸 멈추고 어둠속에서 웃음을 지어 보이고는 대문 안으로 들어갔다. 그 뒤로 형은 술을 마시고도 소리지르는 일이 없었다.

서울 시외버스 터미널에 닿자 한수는 공중전화 있는 데로 가 줄을 섰다가 세미한테 전화를 걸었다. 출타하고 집에 없었다. 이어서 병배한테 걸었다. 전화받는 편에서 이쪽 말을 잘못 알아듣는 것같았다. 한수는 병배의 이름을 한 자 한 자 떼어 똑똑히 발음했다. 상대방이 짜증을 내며 같은 말을 되뇌고는 수화기를 탁 내려놓는다. 벌써 일주일 전에 병배가 연구소를 그만뒀다는 것이다. 병배가 한수 자기한테 들른 것이 불과 20여일밖에 되지 않는다. 그러니 취직한 지 석달도 못돼서 그만둔 셈이다.

어차피 세미를 기다려야 하니 그동안 병배의 하숙을 찾아가보기로 한다. 도중에 버스를 한번 갈아타고 연희동에서 내렸다. 청소부 한 사람이 길가 플라타너스에 기어올라가 나뭇가지를 흔들어대고 있다. 잎 몇개가 떨어지며 약간한 바람에 빙그르르 돈다. 청소부가 다른 가지를 잡고 또 흔든다.

병배 하숙집 뚱보아주머니의 말이 며칠 전에 다른 데로 옮겨갔다는 것이었다. 어디로 갔는지는 모르나 다음에 가져간다고 책들은 자기네에게 맡겨놓고 가방 하나만 가지고 갔다는 것이다. 떠돌이같은 것!

다시 버스를 타고 비원 앞까지 가 한 음식점으로 들어간다. 식사를 주문한 후 세미에게 전화를 걸었다. 아직 집에 돌아와있지 않았다.

식사를 마치고 밖으로 나오니 가로등이 켜져있었다. 그 가로등 불빛이 한 자 가량의 바깥 둘레에 희뿌연 무리를 짓고 있다. 안개로 인한 현상일까, 스모그로 인한 현상일까. 끝내는 가로등 불빛이 이 무리에게 흡수되어 제빛을 잃어버릴 것만 같다.

근처의 한 다방으로 간다. 세미나 병배와 함께 들르곤 한 곳으로, 클래식 음악을 위주로 하는 다방이다. 자리에 앉기 전에 아직 돌아오지 않은 세미 집에 전화를 걸어 다방 이름을 일러논다.

한 시간이 지나도 세미는 나타나지 않는다. 무료함에 한수는 자기가 앉아있는 쪽 벽면 위의 사진을 쳐다본다. 교향악단의 연주 장면을 찍은 사진이었다. 지휘자는 로린 마젤이라고 세미가 알으켜주었었다. 한수는 이 사진을 볼 때마다 교향악단원 중에 대머리 노인이 적지않다는 데 흥미를 느끼곤 한다. 마치 인생의 교향악을 눈으로 보는 듯했다.

레지 하나가 돌아가며 화분에 물을 주고 있다. ……나는 꽃을 보면 꽃잎을 따 씹구 싶어져. 세미가 말했었다. 껌 씹듯이 오래오래 씹는 거야. 쓴물이 입안에 괴는 것두 역하질 않어. 근데 일단 꽃병에 꽂아놓으면 그럴 맘이 일지 않거든. 그뿐 아냐. 시들다못해 바싹 말라 손으루 비비면 가루가 될 때까지두 그냥 내버려둬. 게을러서 그런 것두 아냐. 내가 생각하기에두 난 꽤 바지런한 편이거든. 겨울철에두 머릴 이틀거리루 감아. 내 성미를 나두 모르겠어. …… 전 맑은 가을 하늘을 좋아했어요. 진희가 말했었다. 시원하면서두 산뜻하구, 깨끗하면서 어떤 강직한 느낌을 주는 가을 하늘을요. 근데 언제부턴가 저녁놀을 좋아하게 됐어요. 저녁놀은 종말을 알리면서 뭔가 새 생명을 품구 있는 것같애서 좋아요. 그리구 순간이라는 것과 영원이라는 걸 함께 느끼게 해줘서 좋아요. ……어느 책에서 본 건데 말야, 투우할 때 투우사가 붉은 보자기를 흔들지 않어? 세미가 또 말했었다. 그건 소가 붉은색을 보구 흥분하라구 그러는 게 아니래. 소는 색맹이어서 색 구분을 못한대. 그저 앞에서 보자기 흔들어대는 걸 보구 화를 내는 거지. 붉은 보자길 흔드는 건 구경꾼들을 시각적으루 흥분시키기 위한 거래. 근데 투우사가 소 등덜미에 칼을 꽂아 쓰러뜨리면 구경꾼들이 열광하지 않어? 여자들 중엔 흥분해서 자기 브래지어를 풀어 투우사에게 던지기두 한대. 나두 브래지어를 풀어 던질 여잘 것같애. ……한수는 신문팔이에게서 석간을 하나 산다. 관심 없는 기사까지 본다.

다방 손님들이 점점 줄어든다. 종업원이 홀 안을 소제한다. 시계를 보니 열시가 지났다. 오늘 세미 만나기는 틀린가보다. 여관에 가 자고 내일 아침에 연락할밖에. 그래도 다시한번 전화를 걸어봐야 하지 않나 하고 있는데, 베이지색 슈트 밖으로 드러난 희고 긴 목 위 얼굴에 미소를 담은 세미가 앞에 와 앉는다.

"오래 기다렸지? 진작 집에다 전활 해봤더면 좋았을껄 집에 들어가서야 알았지 뭐야."

"오전에 외출했다던데?……"

"그럴 일이 있었어. 그래 고향에서 지내는 생활이 어때?"

"생각했던 것보다 마음이 잡혔다구 할까. 근데 병배라는 친구 연구솔 그만뒀드군."

"그래 그만뒀대."

주문 온 레지에게 세미가 사이다를 시킨다.

"그럼 뭘한대? 하숙두 옮겼던데."

"연구솔 그만뒀다는 연락 있구선 그 다음엔 아무 소식두 없어."

"그친구 서울에 없는 것 아냐?"

"글쎄, 그러다가 또 불쑥 나타나겠지 뭐."

"혹시 탄광촌같은 데서 편지가 날아올지두 모르지."

병배애긴 그만하고 자기자신들에게로 돌아가자는 듯 세미가 잠시 목에 짓고 있던 주름을 펴 무엇을 더듬는 듯한 시선을 한수의 좀 깊숙한 눈에 머물렸다.

"오길 잘했어!" 세미가 전처럼 한수의 목을 끌어안았다. "사실 나 오늘밤 나오지 말구 내일 낮에 만날까 했었어. 근데 그게 마음대루 돼야지." 세미의 목소리가 젖어있었다. "나 그동안 무척 헤맸어. 거기를 만나구 싶은 간절한 바램하구 다시는 거기가 내 앞에 나타나지 않기를 바라는 마음하구……"

세미는 한수의 입술을 깊이깊이 받아들였다. 한수는 세미가 전과 변함없다는 걸 느꼈다. 한수의 온몸이 달아올랐다. 그런데 정작 행위로 들어가려 하자 세미가, 가만! 하고 한수를 밀어냈다. 강한 손길은 아니었으나 단호한 빛이 어려있었다.

"역시 안되겠어. 두려워." 세미가 조그맣게 말했다. "거기를 실망 시킬 거야 종당엔. 그래서 밤을 피하려구 했었어."

"뭘 그렇게 심각하게 생각하지? 애정 표시의 한 부분일 뿐이야. 마음으루 받아들이면 그만야."

"거긴 아직 몰라서 그래. 언젠가 거긴 고민하게 될 거야."

"쓸데없는 소리! 그따위 자기학댄 집어쳐!"

한수는 다시 행위로 들어갈 태세를 취했다. 그러자 세미의 손이

다급히 한수의 남성을 와 붙들었다. 꽤 단단한 그러쥠이었다. 그러나 곧 손아귀를 풀었다. 한수의 욕망이 북돋워졌다. 다시 세미의 손이 한수의 남성을 좀더 단단히 그러쥐었다. 이번엔 시간을 좀 두어 손아귀를 풀었다. 한수는 어두운 계단을 달려올라가는 느낌이면서 전신에 짜릿한 쾌감을 감지하고 있었다. 점점 강도가 세진 세미의 그러쥠이 몇번 더 계속됐다. 이놈이 왜 잠잠히 있지 못하고 기승을 부리느냐는 듯이. 한수는 그만 헐떡이며 어두운 계단을 더 올라갈 수가 없어 세미의 손을 뿌리쳤다. 그리고 곧바로 밑으로 뛰어내렸다. 잠시 허공에 붕 떠있는 느낌이었다. 밑으로 떨어져 한수는 긴 한숨을 토해냈다. 세미가 화장지를 집어다 젖은 데를 훔쳐냈다.

한동안 꼼짝않고 있던 한수가 담배를 찾아 피워물고 반듯이 누웠다.

세미가 조용한 손놀림으로 위축된 한수의 남성을 손바닥에 받쳐들고는, 미안해, 하고 속삭였다.

한수는 묵묵히 담배만 빨아댔다.

"뭘 생각하지?" 세미가 한수의 손에서 담배를 옮겨다 한 모금 빨며, "나두모르게 한 행동야. 계획적은 아냐. 불쾌해?"

"딴걸 생각하구 있었어. 네 발 가진 짐승이 걸을 땐 어떤 순서루 발을 옮겨놓나 하는 걸 생각하구 있었어."

어느날 밤이었다. 둘이서 나란히 걸어가다 한수가 우뚝 멈춰섰다. 세미가 한수의 시선이 간 곳을 보니 개 한 마리가 번잡히 오가는 차량의 헤드라이트 사이를 피해 차도를 횡단하고 있었다. 금방 둘이는 영화관에서 한 청년의 자동차 사고를 보고 나오는 참이었다. 어쩔수없는 사정으로 범죄를 저지른 청년이 숱한 곤경을 겪으며 숨어있다가 이제 사랑하는 여자와 함께 국외로 탈출할 준비를 갖춰놓고 여자의 집으로 가는 길이었다. 길 건너편 저만큼 여자의 집 창문에 불빛이 비치고 있었다. 청년이 헤드라이트 사이를 달음박질쳐 거의 길을 다 건넜다싶을 때 스크린 가득히 헤드라이트가 달겨들면서 청년의 실루엣을 덮쳐버리는 것이었다. 그런데 지금 눈앞의 개는 헤드라이트 사이를 용하게 달려 차도를 무사히 건넌다. 한수가 말했다. 저 짐승은 네 발을 가졌는데두 저렇게 유연한데 사람은 왜 그모양일까?

"지금 왜 그 생각이 나지?" 세미가 한수에게 담배를 돌려주었다.

"나두 모르겠어." 한수는 자기도 목적지를 향해 차도를 횡단하다가 차에 치인 기분이라는 건 말하지 않았다.

세미는 그러나 한수의 심중을 알아차린 듯,

"서둘 것 없어. 거긴 신호등을 보구 건너, 응?"

조금 뒤 한수가 담배꽁다리를 재떨이에 버리면서 세미 쪽이 너무 조용해 봤더니 어느새 그네는 잠이 들어있었다. 편안한 숨결이었다. 어스레한 속에서 모로 누워 턱을 안으로 당긴 자세로 잠들어있는 세미의 얼굴이 어린 소녀의 얼굴모양 자그마해 보였다.

곧 떠나야 해? 세미가 한수에게 물었다.

음, 낼 아침. 한수는 원양어선을 타고 나갔다가 돌아와있었다.

너무 빠르다. 그곳엔 햇볕이 뜨겁다메? 얼굴이 좀 상한 것같다아.

예서 생각하는 것과는 달러. 해풍이 불어서 견딜 만해.

그곳엔 하이비스커스란 꽃이 일년 내내 핀다메?

한수가, 그런 걸 어떻게 아느냐는 듯이 이쪽을 바라본다.

책에서 안 거야. 그 꽃이 무궁화와 같은 종류라메? 하지만 우리나라 것하군 모양두 다르구, 꽃송이가 우리 것보다 두 배 이상 크다메? 반나체의 섬여자들이 그꽃으루 만든 화환을 머리와 목에 두른다지? 그곳 여자들의 피부색은 올리브빛깔이라더라. 그리구 살갗이 유난히 보드랍구 매끄럽구. 살을 대봤어?

음.

벌거숭이 여자들이 바닷가 백사장에 빙 둘러서서 훌라댄스를 추고 있다. 그속에 세미도 벌거숭이로 끼어있었다. 그러나 세미는 조금도 부끄럽지가 않았다. 그리고 어찌나 몸이 마음대로 잘 흔들어지는지 저절로 춤이 추어졌다. 태양이 중천에서 내리쬐고 있었으나 해풍이 불어와 적당히 시원했다. 한창 신명이 나 몸을 흔들며 돌아가다 세미는 언뜻 자기가 위 아래 옷을 다 입고 있는 걸 깨닫는다. 이게 웬일이지? 어서 옷을 다시 벗어야지. 그러면서 바다 쪽을 보니 한수가 물 위에 떠있다. 높은 파도에 휩쓸려 오르락내리락 하고 있다. 빨리 부이를 던져줘서 건져내야지. 그런데 한수는 파도에 실려어있는 걸 태평스럽게 즐기고 있는 것만 같다.

한수는 거뜬히 수많은 차량의 헤드라이트 사이를 지나쳐 건너편에 도달할 수 있었다. 그런데 자기가 찾고 있는 목적지가 생각나지 않았다. 또 무수한 헤드라이트 사이를 무사히 거쳐 건너편에 갈 수 있었다. 역시 자기가 찾고 있는 목적지가 생각나지 않았다. 한수는 그짓을 몇번이고 반복하고 있었다.

제 2 장
변 주

"아예 잘라버리시라구 해!" 윤의사가 예의 무표정한 얼굴로 말을 던졌다.

한영이 깜짝 놀란다.

"잘라버리다뇨? 발가락을요?"

"누가 발가락이래. 그걸 잘라버리라는 거지."

"아니……"

한영은 어이가 없었다. 지금 할아버지는 발가락 때문에 고통을 당하고 있는데 대체 발가락하고 그것하고 무슨 관련이 있다고 그런 소린가.

두식영감은 사흘 전 한밤중에 느닷없이 오른쪽 엄지발가락에 통증이 들이닥쳤다. 다음날 새벽같이 한영이 달려가 봤을 땐 아픈 발가락 안쪽 마디를 중심하여 벌겋게 부어올라 번드러운 빛을 발하고 있었다. 한영이 손을 대보니 열이 있었다. 단골 한의를 데려다 침을 맞고 부항을 붙였으나 통증은 조금도 가시는 기미가 없고 더해만 갔다. 환부가 쑤시고 아파 노인은 이틀 밤을 꼬박 새우다시피, 아이구, 아이구, 하는 신음소리만 질러댔다. 한수가 양의에게 진찰을 받아보시라고 권했다. 두식영감은 신음소리만 지를 뿐 들은체만 체였다. 한수의 말이니 들은체만체로 넘겨버렸지 다른 사람이 그런 말을 꺼냈다면, 그까짓 양의가 뭘 안다고 그러느냐고 야단을 맞았을 게 뻔했다. 어디가 부러졌다거나 배라도 갈라야 할 병이라면 몰라도 그 외에는 양의가 한의를 못따른다는 생각이 굳게 박혀있는 것이다. 그러나 한방을 써보아도 아무런 차도가 없자 마지못한 듯 양의를 대볼 뜻을 비췄다. 그만큼 통증이 격심했던 것이다. 윤의사는 왕진을 청하러 온 한영한테 증상을 듣고 이미 무슨 병이라는 걸 짐작하고 있었던 듯이 이제는 자색으로 변해있는 환부를 만져보는 일도 없이 한동안 바라보고만 있다가 한영을 병원으로 데리고 왔던 것이다.

"농담은 그만하시구, 대체 무슨 병입니까?"

"농담? 내가 아무리 농담을 좋아하지만 천만에지." 윤의사가 천천히 담배를 피워물더니, "그 병이 가우트라는 건데, 아주 얄궂은 병이야. 우리 말루는 통풍이라구 하지."

"통풍요?"

"아플 통痛자, 바람 풍風자. 풍자가 붙었다구 한방에서 말하는 바람증세는 아냐. 말하자면 바람에 스쳐두 통증이 온다구 그런 병명이 붙었는지 모르지."

한영은 그렇구나 싶었다. 할아버지는 방문을 열지 못하게 했다. 오줌똥을 받아내기 때문에 방안에 악취가 풍겼지만 환기도 못하게 했다. 바람을 꺼려하는 눈치가 역력했다. 어쩌다 할머니가 발치를 지나쳐도 할아버지는 꽥 소리를 질렀다. 환부를 닿친 것도 아닌데 치마가 일으키는 바람조차 아픔을 더해주는 모양이었다.

"우리나라에 이 병이 상륙한 건 과히 오래지 않어. 내 자랑은 아니지만 웬만한 의사 이 병을 알아내지두 못할걸." 윤의사가 말했다. "서양에선 아주 옛날부터 있었던 병이지만 말야. 의학의 시조인 히포크라테스 때부터 있었던 병이니까."

"그럼 기원 훨씬 전이군요."

어, 이치 봐라, 혼자 공부 좀 했다지만 그런 걸 다 알다니. 윤의사는 의외로워한다.

"그 병의 원인은요?"

"원인은 요산의 침전물 때문이라구 돼있는데…… 영감님께선 어떤 음식을 좋아하시나?"

"글쎄요, 아무거나 가리시지 않는 편예요."

"육류 중에서 특히 좋아하시는 것 없나?"

"돼지고기를 잘 잡숫는데요."

할아버지가 돼지고기 중에서도 비계 부분을 특히 좋아했지만 입 삐뚤어진 게 풍에 의한 것이니 돼지고기를 삼가라는 한방의의 주의를 받고는 한동안 입에 대지 않다가 다시 비계가 덜한 것으로 자주 잡숫는다고 한영은 설명했다.

"앞으룬 될수록 채소를 많이 섭취하시두룩 하게. 그리구 좀전에 조부님의 거길 잘라버리시라구 한 건 농담의 소리가 아냐, 이사람아."

한영이 윤의사가 또 무슨 소리를 하려나 하고 있는데,

"히포크라테스의 연구에 의하면 말야, 이 가우트는 남자만이 걸리는 병으루 돼있어. 갖출 것을 다 갖춘 남자만이…… 그 사람이 3천명의 환관을 상대루 조사한 결과 한 명두 통풍에 걸린 사람이 없었다는 게 밝혀졌거든. 그러니까 이 병에 안 걸리려면 환관같이 되면 그만일 거 아니겠나. 그리구 이 병은 아주 고약해서 약을 써서 나았다가두 일년이나 반년, 빠르면 석 달만에 재발하는 수가 많어. 그렇게 고통을 받을 바엔 자네 조부께서는 써두 받을대루 다 받으셨겠다, 이젠 남자구실두 못하실 거구 하니 그까짓거 썩둑 잘라버리면 그만 아니냐 이거야. 알겠나, 이사람아."

"어서 약이나 지어주세요."

한영은 윤의사의 말에 더 대거리를 하지 않았다.

"그게 근데, 조제해서 되는 약이 아니야. 우선 진통제를 지어줄 테니까 갖다 써봐. 별 효과가 없을 테지만. 그리구 내 약명을 써줄 테니 약국에 가서 사."

윤의사가 처방을 약제사에게 넘겨주고 나서 쪽지에다 Zyloprim 이라는 약명을 써 한영에게 주며,

"이게 그 병에 특효약야."

"자일로프림."

한영이 쪽지를 받아 한번 뇌어본 후 접어 주머니에 넣는다.

"그 약은 이곳 약국엔 물론 없구, 서울에두 웬만한 약국엔 없을 거야. 명동에 있는 수입약품 파는 데 가보라구. 약값이 꽤 비쌀 거야. 백알들이 한 병에 아마 만오천원에서 이만원 정도 할껄. 그

걸 사다가 네 시간마다 한 알씩 복용하시두룩 해. 통증이 나으면 그다음부턴 아주 낫기까지 아침저녁 식후에 한 알씩만."

진통제 약봉지를 받아들고 병원을 나서는 한영에겐 큰 걱정이 앞섰다. 약값이 이만저만하다고 할아버지한테 곧이곧대로 여쭈어야 하나 어쩌나. 여간 고통을 당하고 계시지 않으니까 약값같은 걸 따지시지는 않을 것같기도 하지만, 내키지 않는 양약인 데다가 확실히 효험이 있을지 어떨지도 알 수 없는 비싼 약을 교통비를 들여가며 서울까지 가 사오게 하실지 의심스러웠다. 한영은 차라리 약값을 줄여서 말씀드리기로 마음먹는다. 어쩔수없이 할아버지의 존재는 한영에게 큰 바윗덩어리였고, 어쩔수없이 한영은 이 바윗덩어리를 피해 에돌아다녀야 한다는 데 이르는 것이다.

이번엔 누구한테 셋돈을 미리 좀 받아내나 하고 머리를 짜낸다. 그동안 한수 때문에 몇번 앞당겨 받아온 것도 앞으로 어떻게 막아야 할지 막막한 판국이다. 막는 것도 한두 달이지 언제고 들통이 나고 말 게 아닌가. 그러나 들통이 나면 그때 가서 어떻게 할 일이고 지금은 지금대로 돈을 꾸려내야 한다고 생각하며 셋돈 받을 날짜가 가장 가까운 집을 향해 내키지 않는 발길을 옮겼다.

대문께에서 두런두런 인기척이 다가오더니, 얘, 민선생 왔다아, 하는 형의 말과 함께 방문이 열렸다.
"어따, 이렇게 찾아올 줄을 다 알구……"
한수가 벌떡 일어나 중섭을 맞아들였다.
"네녀석 공부 제대루 하구 있나 살피려구 왔다."
"야아 짜장 요즘 공부 안 돼 큰일이다."
"엄살 마. 네 머리가지구 그정도 했으면 내년엔 틀림없어."
"남들은 논다던?" 하며 한수가 커피포트의 코드를 꽂으려 하자,
"아니, 그만둬. 차는 그만두구 너 시간 좀 못 내겠니? 울남이한테 같이 좀 가자."
"왜, 걔한테 무슨 일이 있니?"
"아니, 난 가끔 걔하구 만나지 않니. 그때마다 네 소식 묻는다. 너 공부 방해될까봐 찾아오지 못한다면서 말야."

"사실 진작 한번 찾아갔어야지. 근데……"

"공부에 지장있음 관둬. 난 오늘 토요일이라 일찍 끝났길래……"

한수는 내일 오후에 진희와 만나기로 약속이 돼있었다. 저번 서울 다녀온 지도 얼마 안됐는데 또 이틀씩이나 계속해서 외출하기가 곤란했지만 따라나서기로 한다.

"가자. 이왕 말이 난 김에 같이 가보자."

한수가 옷을 갈아입고 둘이 방을 나서는데 한영이 달려나왔다.

"아니, 민선생 왜 벌써 가? 저녁 준비를 하려던 참인데……"

"감사합니다 형님." 중섭이 정중히 말했다. "다음에 다시 들르겠습니다."

"오랜만에 왔다가……" 한영이 몹시 섭섭해하는 표정을 지었다.

"오늘은 그냥 보내야겠어요." 한수가 대신 말했다. "같이 좀 다녀올 데가 있어서 그럽니다."

중섭과 한수는 읍내를 벗어나 비닐하우스들이 늘어선 지대의 한 집으로 들어섰다. 한수의 기억으로는 옛날의 참외밭 근처인 듯싶은데 집은 개량 주택으로 변해있었다.

한수는 건호의 손을 잡고 한참 놓지 않았다. 건호의 면모는 많이 달라져있었다. 그을은 얼굴은 옛모습을 얼른 찾아보기 힘들 정도였다. 그리고 이런 외양의 변함보다도 울남이란 별명으로 불리울 때에 지녔던 어수룩한 구석이라고는 찾아볼 수 없는, 틀이 꽉 잡힌 태도가 한수에겐 더 두드러진 변모로 느껴졌다. 전에 중섭한테 그에 대해 들은 얘기가 실감돼왔다. 한수는 건호의 그런 변모가 퍽 믿음직스럽게 받아들여지는 것이었다.

"자, 들어들 가자."

건호를 따라 둘은 마루로 올라갔다.

자리를 잡고 한수가 주머니에서 담배를 꺼내자 건호가 텔레비전이 놓여있는 탁자 밑에서 재떨이와 담뱃갑을 가져다 놓는다. 한수는 자기 담배를 건호에게 내밀었다.

"나 담배 안 펴."

"입지전 까머리라구." 중섭이 웃으며 한수의 내민 담배를 빼문다.

한수가 중섭의 담배에 불을 댕겨주며 건호에게 말했다.

"어때, 비닐하우스가? 수익성이 많다구 너두나두 달겨들어서 처음처럼은 재미를 못 본다지?"

"누가 아니래. 요즘은 그저 품값 뜯어먹는 폭이지 뭐. 허지만 일단 벌여논 일이니까 하는 데까지 해보는 거야."

건호의 아내가 커피를 내왔다.

중섭이 커피는 들지 않고 담배만 피우고 있다가,

"실은 나 너희들하구 의논할 일이 있어. 그래서 오늘 이런 자릴 만든 거야." 담배를 재떨이에 비벼끈다. "나 학교를 그만둘까 해."

의외의 말에 한수는 물론이고 건호도 중섭을 어리뻥뻥한 눈으로 바라본다.

"아니 별안간 그게 무슨 소리니?" 한수가 말했다.

"말은 오늘 처음 꺼내지만 벌써부터 생각해오던 일야."

"다른 학교루 옮기려구?" 건호가 물었다.

"아니. 대학 동창 하나가 대구에서 아버지 기업체를 맡게 됐는데 같이 손잡구 해보자는 거야."

"아주 작정했니?" 한수가 물었다.

"아니 좀처럼 결정이 지어지질 않어 이러는 거야."

"그렇다믄 좀더 두구 생각해봐. 경제적 장래성은 그쪽이 나을지 모르지만 난 니가 교육자루 더 뻗어나갔으믄 싶어." 건호가 말했다.

"경제적 장래성같은 걸 생각해서 그러는 건 아냐. 그야 나을 수두 있는 거구, 못할 수두 있는 거지. 그런 걸 떠나서 선생노릇이 자꾸 힘들게 여겨져서 그래."

"그야 무슨 일이나 쓸렁쓸렁 적당히 넘겨버리지 못하는 데서 비롯된 거 아니겠니?" 건호가 말했다.

"어떤 한계같은 걸 느끼는 거야. 애들 가르친다는 사실이 두렵구 힘에 부치구…… 날이 갈수록 더해만 가."

"나하군 물론 경우가 다르지만 누구나 때때루 자기 능력에 대해 회의를 느낄 때가 있는 거 아니겠니? 극복해나가자꾸나. 더구나 넌 좋은 의미의 회의같다."

"건호 말이 맞어. 그리구 이건 내 개인의 의견이지만 넌 고향에 있어줬음 해. 건호하구 같이 말야. 난 그동안 고향을 떠나 살았구,

또 앞으루두 그래야 할 놈이니 이런 말을 할 자격이 없을는지 모르지만 말야."

"아닌게아니라 막상 여길 떠난다는 생각을 하니 유난히 어렸을 적 일이 떠오르더라. 더운 여름인데 학교에서 돌아오다가 옷 벗기두 급해서 그냥 입은 채 냇물루 들어갔지 않었니 우리. 그래놓구 집에 들어가면 야단맞을 테니까 빨리 말리겠다구 뛰구. 그러니 먼지범벅 땀범벅 그 꼴들 참 볼 만했지."

"바루 그게 고향이란 거지!" 한수가 큰 소리로 말했다.

이때 네댓살난 사내애가 안방에서 뛰쳐나오더니 건호에게 매달리며 텔레비젼을 켜달라고 한다. 애어머니가 쫓아나와 아직 시간이 안됐다고 달랜다. 그러나 애는 켜달라고 그냥 조른다.

건호가 자리에서 일어나며,

"갑자기 집에 준비된 것두 없구 하니 나가서 저녁이나 같이 하자."

건호가 나갈 채비를 하는 동안 중섭과 한수는 마당에서 기다렸다.

"쩨쩨하는 저 친구가 저녁을 산다는 건 순전히 한수 니 덕분이다."

둘이 소리없이 웃었다.

대문을 나선 한수는 새삼 부근의 집들을 둘러보았다. 간간 초가집이 끼어있으나 대개가 파랑 빨강의 슬레이트 지붕인 개량주택이고, 텔레비젼 안테나가 거의 매집 세워져있었다.

한 초가집 앞을 지나다 중섭이, 멍석에 널었던 고추를 거두는 여인과 소년한테서 인사를 받는다. 중섭이 그들에게 다가갔다.

"저 아주머니하구 사내애가 누군지 모르니 너?" 건호가 한수에게 물었다.

한수가 그쪽을 눈여겨보며 고개를 옆으로 저었다.

"저 애가 유복자루 태어난 월남이야."

"월남이?"

"왜 있잖어. 남편이 돈 벌어다 논밭 산다구 월남전쟁 때 노무자루 갔다가 지뢰를 밟어 죽구, 저 아주머니 혼자 앨 났지 않어. 콩마당 질인가 하다가 산기가 있어서 집에 들어가 애를 낳아놓구 바루 또 나와서 마당질을 계속했다지 않어? 바루 저 아주머니가 그사람이구, 저 애가 그때의 유복자야. 아버지 월남갔었다구 월남이란 애명

이 붙었었지. 그래서 느이들이 나보구 동생 생겼다구 얼마나 놀려
댔니."
　그제야 한수도 생각이 떠올랐다. 국민학교 6학년 때 동네에 퍼
졌던 소문이다.
　한수가 여인 쪽에 그냥 시선을 준 채,
　"보기엔 몸두 작구 튼튼해 븨지 않는데."
　"누가 아니래. 오죽했으면 그랬을라구. 악으루 한 거지."
　중섭이 돌아오더니,
　"하여간 보통부인이 아냐. 쟬 내년에 중학교 넣겠대. 그동안 재가
일한 몫을 품삯 따져서 꼬박꼬박 모아뒀다면서 말야."
　"그렇다니까." 건호는 이미 알고 있는 듯했다.
　"쉬운 일이 아니지." 한수는 그러나 두 친구와는 달리 형 한영을
생각하고 있었다. 그처럼 공부하고 싶어한 형을.
　셋은 읍내로 들어갔다.

　한증막 일로 한영은 이른 새벽부터 바삐 돌아가야 했다. 어젯저
녁 아버지와 함께 소달구지로 장작을 실어다 놓고 밤에 초벌은 때
놓았지만 이날 일이 더 많은 것이다.
　할아버지의 발가락 통증은 윤의사가 지시한 약을 사다 복용해 한
결 가라앉았으나 노인의 생각으로는 병의 원인이 아무래도 풍으로
인해 생긴 것으로 믿고 있었기 때문에 한증을 하여 몸속의 풍기를
뽑아내야 한다는 결정을 내린 것이다. 그러지 않아도 두식영감은
입이 삐뚤어지는 병을 앓고 나서는 전에 기왓가마로 쓰던 곳을 한
쪽 부분을 막고 안을 돌로 쌓아 한증막을 만들어놓고 매해 봄부터
가을에 걸쳐 한 달에 한 번 꼴로 한증을 해오던 것을 금년에 들어
와서는 봄철에 두 차례, 그리고 초복 때 한 차례 하고는 이래저래
걸렀던 것인데, 그래서 좋잖은 풍기가 체내에 쌓여서 이번 발병이
났다고 여기고 있었다. 더구나 한증은 복때 하는 게 가장 효험을
보는 것인데도 올해는 중복 말복을 그냥 넘겨버린 걸 못내 후회로
워했다.
　한영은 한증막 안으로 마냥 장작더미를 들이쌓는다. 어젯밤 초벌

을 땠다 해도 안 쓰던 한증막 달구는 데에는 웬만큼 불을 때야 하는 게 아니다. 장작에 불을 질러놓고 한영은 집으로 돌아가 아침을 먹고는 필요한 물건들을 챙겨갖고 다시 온다. 장작이 다 타자 좁다란 출입문짝 위의 구멍을 열어 연기를 뽑아내고 막은 뒤, 흙바닥의 숯과 재를 쇠고무래로 긁어 출입문에 붙여 지은 두어 평쯤 되는 마루방 드럼통 화덕으로 옮긴다. 마루방에 온기를 있게 하고, 나중 한증을 끝내고 나서 몸셋을 물이나 음식같은 걸 데우기 위해서다. 그리고는 솔잎향기가 풍기게끔 한증막 안 가장자리에 생솔가지를 넣어놓고, 바닥에 가마니때기를 깐 다음, 공기가 건조하지 않도록 소금물을 흠뻑 뿌리고는 출입문짝을 닫고, 그 위에 거적을 쳐 열기가 새어나오지 못하게 한다. 이러한 일을 하는 동안 팬티바람인 한영은 몸에 불이 붙는 것같고 숨이 탁탁 막혀 몇번이나 밖으로 뛰쳐나왔다 다시 들어가야 했다.

준비가 끝날 때쯤 한영아버지의 부축을 받고 두식영감이 도착했다. 그리고 조금 뒤에 문진영감이 한증하면서 쓸 자기 물건과 음식물을 지게꾼에게 지워가지고 왔다. 두식영감이 한증을 할 때마다 문진영감도 한몫 끼곤 했는데, 두식영감이 한증막을 제공하는 대신 문진영감은 식사를 장만해오곤 했다.

"어제 들으니 형장님께서 발병이루 신고하셨다구요? 그런데두 신관은 여전하십니다." 문진영감의 끝의 말은 두식영감 듣기 좋으라는 말이었다.

본시 살거리가 없던 두식영감의 얼굴은 며칠 동안에 아주 초췌해 있었다.

"바람 증세의 장난이었던가부죠?"

"그동안 한증을 해서 풍기를 뽑아야 허는 건데 그만……"

"사실 뭐니뭐니해두 잡병 범접 못하게 하는 덴 한증 따를 게 없습죠. 더구나 나이 들어서는 더한 것같애요. 저두 요즘 공연히 몸이 찌뿌드드하고 무겁든 찬데 큰 덕 입습니다."

한증막에 붙은 마루방에서 두식영감과 문진영감은 옷을 벗은 후, 수건 하나로는 머리와 얼굴을 가리고 또 수건 하나는 목에 두르고, 두세 겹으로 된 부대로 아랫도리와 어깨를 감싸고는 짚신을 신는다.

한영은 남포등을 켜 출입문짝 안 한쪽에 들여다 놓으며 소금물 뿌린 게 말랐나를 살핀다. 소금물기가 마른 다음에야 들어가게 돼있다.

두식영감이 먼저 막 안으로 들어가 깔아놓은 가마니때기 위에 얼굴을 아래로 하고 웅크려 엎드리며, 에 시원하다, 소리를 중얼거리자 뒤따라 들어온 문진영감도 같은 자세로 같은 소리를 중얼거린다. 한증막 안에서는 뜨겁다는 말은 금기로 돼있는 것이다. 곧 두 노인은 목에 둘렀던 수건으로 얼굴의 땀을 훔치기 시작한다.

막 안 돌벽에 그을음불꽃이 생겨 소위 〈꽃탕〉이라고 불리는 이 첫탕은 5분 전후해서 나오게 마련이다. 이날도 문진영감이 먼저 나와 부대를 두른 채 마루 위에 목침을 베고 누워 한참 얼굴의 땀을 닦아내고 있을 때 두식영감이 나온다.

"정말 형장님께선 기력이 이만저만이 아니셔. 틀림없이 장수하실 겁니다. 제 말이 맞나 안 맞나 두구 보십쇼." 문진영감이 감탄조로 두식영감에게 말하며 옆의 목침을 밀어준다.

두식영감은 문진영감의 장수하리라는 말을 시인이라도 하듯 좀 배뚤어진 입을 다문 채 말없이 목침을 베고 눕는다.

쪽창 밑에서 책을 보고 있던 한영이 드럼통 화덕에 올려놓았던 주전자의 보리차를 대접에 부어 두 노인 앞에 각각 놓아준다.

한 시간 가까이 누워있다가 다시 막 안으로 들어들 간다. 이번은 첫탕 때보다 좀 오래 있다가 나온다. 그리고 쉬었다가는 또 들어들 간다. 횟수가 거듭될수록 들어가 있는 시간이 길어진다. 매번 두식영감이 더 오래 있다가 나온다. 나와 쉬는 동안에는 문진영감네가 준비해온 간식거리를 먹기도 하지만 거반 잠을 잔다.

오후 한 시가 퍽 지나 문진영감의 채근으로 두 노인은 점심을 든다. 곰국에 갈비찜 그리고 각가지 나물 등 푸짐한 음식이다.

그동안 한영은 한증막 안에 소금물을 다시 뿌린다.

버스에서 내린 한수와 진희는 중심가인 듯싶은 곳을 향해 행인 속에 섞였다. 딴 고장에 왔다는 해방감같은 걸 느끼며 둘이는 천천히 걸음을 옮긴다.

날씨는 읍 날씨처럼 맑은데 이곳 군청 소재지에는 바람이 있었다.

아스팔트의 먼지와 함께 종이조각이 공중에 떠올랐다가 둘이 걷고 있는 인도로 날려왔다.

진희가 백에서 선글라스를 꺼내 쓴다.

횡단도로도 아닌 데로 젊은 여자가 머리에 큼직한 보따리를 이고 길을 건너간다. 저쪽에서 교통순경이 뭐라고 야단을 친다. 그래도 여자는 모른 체 그냥 건넌다.

먼지바람이 또 일었다. 한수는 바바리의 단추를 채웠다.

소년 하나가 자전거를 배우고 있는 듯 비틀비틀 차도로 타고 오다가 인도 쪽 둔덕을 받고 모로 쓰러진다. 쓰고 있던 운동모가 벗겨져 떨어졌다. 소년은 곧 일어나 자전거를 세워놓고 바람에 구르는 운동모를 집어쓰고는 다시 올라탄다.

"자전거 처음 배울 때는 참 이상하죠. 피하려구 마음먹은 쪽으루 자꾸만 들어가게 마련이거든요." 한수가 소년에게서 시선을 거두며 말했다.

"차도에서 자전거 타는 걸 보면 이쪽이 조마조마할 때가 많아요." 진희가 백을 다른 어깨로 옮겨 메고는 코트 주머니에 다시 손을 찌른다.

한증막 안 열기가 적잖이 가셔져 두 노인은 목침을 베고 누워 몸에 두른 부대를 헤치고 있다가 나오기도 했다. 그리고 쉬러 나와서도 벽에 기대앉아 세상얘기를 주고받기도 했다.

"서울서는 부동산 투긴지 뭔지를 막은 후부텀 집값이 막 떨어지는 모양이드군. 그통에 크게 물린 어떤 부인이 빚독촉 온 사람을 죽여서 지하실에 묻었다 들켰다나요. 사람 목숨을 파리 잡듯 허니 원."

한영은 속으로 웃는다. 할아버지 얘긴 모두가 신문에서 본 사회면 기사다.

"그나저나 집값 떨어지는 것두 한동안이겠지. 자재값이 다락같이 치솟는데 그게 말이 되나."

"제가 형장님이라믄 이런 때 나오는 부동산을 잡아두는 거예요." 문진영감이 부추긴다.

"그럴 현금두 없지만, 값이 오르건 내리건 난 관심없수다. 내가

은제 샀다 팔았다 장사하는 사람인가." 두식영감이 약간 정색이 된
다. "아우님이야말루 이 판국에 한몫 보시구랴. 돈을 딴데 놀리지
말구."

"저야 뭘……"

문진영감은 나름대로 궁리가 서있었다. 정부에서는 반드시 인플
레를 막기 위해 멀지않아 긴축정책을 쓸 것이다. 그러면 자연 돈줄
이 발라질 것이고, 그에 따라 사업체들의 사채 이용이 불가피하게
될 것이고, 따라서 사채의 금리가 오를 것이다.

"이러구저러구간에 서울이 어디 사람 살 데요. 이런 데 사는 우리
가 속편하지, 속편하구말구." 두식영감이 도로 목침을 베고 눕는다.
"게다가 핵가족이라든가 뭔가 그 서양풍조가 들어와가지구 요즘 되
지못한 젊은놈들이 늙은이들을 내버려두구 즈이끼리 나가 사는 게
유행이라지 않소? 그래서 늙은이들이 하두 외롭구 쓸쓸해 스스루
목숨을 끊는 수두 있는가 붑디다."

한영은 할아버지가 신문을 통해 모르는 게 없다고 또 속으로 웃
는다.

"아무리 자식들과 따루 살구 외롭기루서니 죽기까지 할 게 뭐 있
담." 두식영감이 목침을 고쳐 벤다.

문진영감은 슬그머니 부아가 오른다. 두식영감이 자손들과 따로
산다고 해도 지척간에 두고 있고, 가산도 풍족하니까 그런 얘길 섭
게 하는 게 아닌가. 그러면서 새삼 자기에겐 후사가 없다는 걸 속
으로 한탄한다. 그러나 문진영감은 그런체없이,

"형장님야 무슨 걱정이 있으십니까. 재산 많으시겠다, 장성한 손
주를 둘씩이나 두셨겠다, 뭐 세상 부러울 게 있겠습니까?"

"그러지 않아두 내 불원간 애들헌테 모든걸 넘겨줄려구 하우. 그
리구 나서 나두 얼마 살지 모르는 여생을 좀 홀가분하게 살아야 하
지 않겠소."

할아버지의 얘기를 들으며 한영은 쓴웃음을 짓는다. 과연 할아버
지가 돌아가시기 전에 재산 실권을 손에서 놓으실 날이 있을까?
당신밖에는 재산을 관리할 능력을 가진 사람이 없다고 믿고 있는
한 그건 어렵겠지. 언제 어떤 계기로 이 굳고 단단한 할아버지의

고질이 깨어질 것인가. 할아버지의 이런 독단과 독선이 자식들로 하여금 생활에 부딪혀볼 기회를 박탈하고 있다는 걸 그렇게 모르실까? 한영은 늘 이런 생각 끝엔 늘 그렇듯이 그저 막막함만 남을 따름이었다.

"이만 돌아가시지 않겠습니까?"

저녁때가 가까워 문진영감이 언제나처럼 먼저 입을 열었다.

"그럴까요." 전같으면 자기는 한두 탕 더하고 가겠다고 했을 두식영감도 며칠 동안 발병으로 쇠약해져있었던 터라 동의를 한다. "근데 이봐요, 달궈논 김에 빌 한번 더 헐 생각인데 안 나오겠수?"

오늘의 열기가 남아있어서 내일은 땔감이 덜 들기도 하고 그밖의 것도 수월할 것이었다. 이참에 두식영감은 몸속의 풍기를 아주 뽑을 작정이었다.

"형장님께서나 하십쇼. 전 지쳐서 안되겠는데요."

다방에서 나와 어스레해오는 속을 걷던 둘이는 마주 불어오는 바람을 피해 옆길로 꺾여들었다.

아쉬웠던 만남이건만 진희는 왠지 확 풀려들지 않았다. 읍을 며나면서부터 많은 대화를 했지만 줄곧 어딘가 공소하고 겉도는 느낌을 지울 수가 없었다.

좀 가느라니까 하수구가에 어린애들이 모여 서서 밑을 내려다보고 있다. 하수구에서 종아리와 팔을 걷어붙인 한 아낙네가 무엇을 찾는 듯 막대기로 여기저기 들춰내며 푸념을 하고 있다. 오래 신으라구 일껏 신을 사줬더니⋯⋯오살할 녀석같으니라구. 니 애비가 쥐뿔이나 벌어야 또 사주든지 어쩌든지 할 것 아냐? 모여선 애들 중 한 애가 손에 고무신 한 짝을 쥐고 훌쩍이고 있다. 아마 발에 맞지 않는 큰 고무신이어서 뛰놀다가 벗겨져나갔나보다.

"엄마를 나무랄 수두 없구." 진희가 먼저 발걸음을 떼며 혼잣말처럼 말했다. "그렇다구 애를 나무랄 수두 없구."

"그러게 말입니다. 어느 쪽두 나무랄 수가 없군요."

그러다 한수는 퍼뜩 자기네 가족들 생각에 붙들린다. 할아버지와 우리. 이 상태대로 놔둬도 좋은가. 한수는 크게 머리를 흔들었다.

뭔가 달라져야 해. 그는 내뱉듯,

"아뇨! 어른들 사정 볼 것 없이 발에 꼭 맞는 신발을 사달라구 떼를 써야 해요! 바보같은 놈!"

한수의 격한 소리에 진희는 멈칫 바라본다. 한수는 자기 안으로 침잠해들어가듯 깊은 눈을 먼 곳에 주고 있다. 아까 이곳으로 오는 버스 안에서도 한수는 이런 갑작스런 변화를 보였었다.

민중섭이가 학교를 그만두겠다구 하던데요. 한수가 말했었다.

진희는 놀라지 않을 수 없었다.

확실히 결정한 일은 아니라지만요.

근데 왜 그만두신대요?

대구에 가서 어떤 친구와 사업을 하겠다나요.

민선생님 그만두시면 어떡하죠. 뭐든 상의하구 잘 통했는데. 제겐 타격이네요.

아마 떠난대두 이번 학기는 마치구 떠날 겁니다. 그친구의 성격으루 중도에 그만두진 않을 겁니다.

민선생같은 분 학교 떠나시는 건 큰 손실예요. 어느 면으루 보나요.

고향에 남아달라구 말하긴 했죠.

친구루서 강력히 만류해야 해요.

그러자 한수는 정면으로 진희를 보며, 아네요. 말릴 필요가 없어요.

진희는 돌연한 한수의 감정 변화에 그저 얼떨떨했다.

자기 가구 싶은 길루 가게 해야죠. 자기가 가야 할 길은 자기가 젤 잘 알구 있을 테니까요. 실상 고향이란 뭡니까. 그저 자기 마음속에 미화시켜 간직하구 있으면 되는 거 아녜요? 그리고 한수는 여전히 깊은 눈을 먼 한 곳에 주고 있었다.

어리둥절하여 진희는 그러한 한수를 지켜보고만 있었다.

둘이는 얼마를 더 걷다 저녁식사를 마친 뒤 시간을 맞춰 버스 차부로 갔다. 가보니 차가 고장나 갈 수 없게 됐다는 뜻밖의 일에 맞닥뜨렸다. 한수네의 읍으로 가는 차는 이것이 막차였다. 한수가, 고장을 고치면 떠날 수 있지 않느냐고 해보았으나 버스정류소측은 대꾸조차 하지 않았다.

손님 하나가 왔다가 고장이란 말을 듣고는, 그 방면 승객이 적은 모양이군, 하고 투덜거리며 가버린다.

"아니 이런 법이 어됐어요? 책임자 좀 봅시다!"

한수가 따지고들었다.

진희가 한수를 막고 나섰다.

"내일 아침 첫차가 몇 시에 있죠?"

"다섯시에 있어요."

진희가 난감해하는 한수에게로 돌아섰다.

"그럼 됐어요. 내일 아침에 가요."

시내로 들어와 우체국에 들러 진희는 집에다 오늘밤 돌아가지 못한다는 걸 알렸다. 한수도 형이 기다릴 일이 걱정됐으나 전화가 없으니 어쩌는 도리 없었다.

둘이는 시간을 보내기 위해 영화관엘 갔다. 말로만 들어온 〈쿵후〉라는 중국 특유의 무술로 하는 난투극이 한창 벌어지고 있었다. 중간에서 보는 것이라 줄거리를 제대로 알 수 없었으나 두 패의 사나이들이 걸핏하면 난투극을 벌이는 것이었다. 양팔과 양다리로 몇 명의 상대방을 한꺼번에 쓰러뜨리기도 하고, 훌쩍 몸을 날려 상대방 어깨에 올라섰다가 내려오면서 팔딱팔딱 살판뜀을 하여 상대방의 공격을 피하기도 하고, 상대방이 휘두르는 검을 아슬아슬하게 피하며 어느 틈에 손으로 검을 쳐 동강나게 하는 등, 별의별 묘기를 다 부리는 것이었다.

"만화네요, 만화."

영화관을 나오며 진희가 말하자 한수는,

"왜 재있잖아요?" 하고 만청을 부려본다. "처음부터 못 본 게 억울한데요."

"전 저런 영화 딱 질색예요. 왜 이쪽은 안 죽구, 저쪽만 죽어요? 넌센스야."

"허지만 일종의 스포츠루 생각하구 보면 되잖아요?"

"싸우구 칼부림하는 게 스포츠예요?"

"아니죠. 검으루 하는 펜싱이라는 스포츠두 있구, 총으루 하는 사격경기라는 것두 있잖아요?"

"그렇게 재밌다면서 몇번씩이나 하품을 해요?"

"난 재밌을 때 하품을 하는 버릇이 있어요."

맥빠진 웃음을 마주보며 웃는다.

"아, 저기 여관 있네요."

한수가 한 네온사인 간판을 손가락질했다. 제법 큰 여관이었다.

한수가 방 둘 잡을 얘기를 않자 진희도 다른 의견을 내지 않았다. 종업원에게 인도돼 들어간 방은 꽤 깨끗한 온돌방이었다. 머리맡 구석 쪽에 경대가 놓여있고, 좀 떨어진 이쪽 탁자 위에 어항이 하나 놓여있었다. 두세 마리의 금붕어가 들어있었다.

한수가 종업원에게 과자종류와 맥주 두 병을 시킨 후 바바리를 벗어 걸었다. 그동안 주머니에 손을 찌르고 뭔가 불안한 듯 서있던 진희도 코트를 벗었다.

"앉읍시다."

그리고 한수는 서먹한 분위기를 털어버리려는 듯 담배를 피워물고는,

"내 친구 하나가 순경으루 있는데 말이죠, 권총을 처음 찼을 땐 마음이 든든하구 우쭐한 기분이 들었는데 차츰 권총을 차구 있다는 게 되레 불안스러워지더라나요. 묘한 심리죠?"

친구가 아니라 한수 자신이 군에 입대하여 처음으로 실탄이 든 카빈총을 들었을 때의 기분을 말한 것이다.

"왜 그럴까요?" 진희도 짐짓 억양을 높여 한수의 말에 관심을 가지려 한다.

"그 친구 말이 혹시 오발이라두 일어나면 어쩌나 하는 걱정두 들구, 자기만 아니구 다른 사람두 무기를 가졌다는 의식이 머리에서 떠나지 않아서 그렇다나요. 알 만하죠?"

진희가 고개를 끄덕였다. 그러면서 진희 자신도 무슨 얘기고 해야겠다고 생각하면서도 당최 얘기가 찾아지질 않았다.

종업원이 가져온 맥주를 한수가 두 컵을 비우는 동안 진희는 컵에 한두 번 입만 대보고 이따금 과자만 씹는다. 어딘가 조심해하는 눈치다. 선선히 내일 떠나잘 때완 다르군. 진희, 그러나 불안해하지 않아도 돼. 난 오늘밤 너와 합쳐질 마음이 없어. 버스가 고장나

돌아가지 못했다는 우연한 기회를 이용해 둘이 결합되고 싶지는 않아. 그러다가 한수는 택시로 돌아갈 수도 있지 않았을까 하는 생각이 퍼뜩 났다. 그걸 진희 편에서도 전혀 생각하지 못했을까.

바람소리 사이로 누가 라디오의 다이얼을 맞추느라고 그러는지 잠깐 잡음이 멀리 들리고는 그친다. 파리 한 마리가 과자에 와 앉는다. 진희가 손을 저어 쫓는다. 그러나 좀처럼 날지 않고 있다가 몇번 손을 저으니까 날아난다. 나는데 힘이 없다. 오래 앉아있었던 것도 먹을것에 탐나서가 아니고 몸 동작이 둔해져서인가. 겨울철도 아닌데. 파리가 또 과자에 날아와 앉는다. 그렇게 보아서 그런지 앉는 품도 동작도 느리다. 진희가 또 손을 몇번 저어 쫓는다. 어디선가 다시 라디오 소리가 찍찍 들리다 멎는다. 다이얼 맞추는 게 아니고 라디오의 잘못된 곳을 손보고 있는 것같았다.

한수가 맥주를 쭉 들이켜고 나서,

"우리 게임이나 하나 합시다. 〈끝말잇기〉 있잖아요? 만약 말 잇지 못할 때는 벌주를 들기루요."

진희는 잠시 눈을 내리깔고 있다가,

"좋아요. 그럼 최선생님부터 시작해보세요."

"아니 진희씨가 먼저 하세요."

"가만있어봐요. ……그럼 시작할까요. 라디오."

"오, 오케스트라."

"라스트."

"트럼프."

"프라이드."

"드? ……드릴."

"릴? 릴이라, 릴, 릴 릴에 뭐가 있더라? 릴……"

"땡! 시간이 넘었어요. 자, 벌주!"

"릴루 되는 말이 뭐죠?"

"왜 있잖아요. 릴리, 그리구 릴레이……"

"아, 참……"

진희가 컵을 내밀었다.

"남은 맥줄 다 비우구 벌주를 받어야죠."

진희의 비운 컵에 한수가 맥주를 치는데 파리가 끼어나왔다. 맥
주병 주둥이에 앉으려다가 힘이 없어 속으로 빠진 모양인가. 한수
가 진희 잔의 맥주를 재떨이에 쏟게 한 후 새로 따르고 나서,
　"이번엔 내가 시작할 차례죠. 자, 준비. 술병."
　"병신."
　"신기루."
　"루？…… 루브르."
　"르네상스."
　"스피치."
　"치한."
　"한라산."
　"산호도."
　"산호도라뇨？"
　"산호로 된 섬 말예요."
　진희는 잠시 생각하다가,
　"도킹."
　"킹덤."
　"덤불."
　"불경기."
　"기악."
　"악마."
　"마술사."
　"사기꾼."
　"꾼？…… 꾼짜에 붙는 말은 없잖아요？"
　"그럼 진 거죠. 자 벌주！"
　그러나 한수는 실제로 맥주를 붓지는 않았다. 그리고 좀전에 진
희가 벌주로 받아놓은 채로 있는 컵까지 자기 앞으로 당겨놓는다.
　그러는 한수를 이윽히 바라보고 있던 진희가,
　"한수씨," 하고 불렀다. 착 가라앉은 목소리였다.
　컵을 들어올리던 한수가 의아스런 표정으로 진희를 건너다봤다.
　"서울 가셔서 여러날 계셨어요？"

아, 종내 그 말이 나오는구나. 한수는 이왕 지나간 일이니 그냥 지나쳐버렸으면 하기도 하고, 얼른 그 말을 서로가 해치웠으면 하기도 했었더니.

　한수가 들었던 컵을 도로 내려놓으며,

"다음날 돌아왔습니다."

"그런데 그렇게 연락이 없으셨어요? 일주일이 지나두룩."

"마음이 좀 복잡해서요."

"서울 가셨던 일 때문인가요? 따지는 것같애서 우습지만……"

"네. 서울 가서 어떤 여자를 만나구 왔습니다."

"세미씨란 분?"

　한수가, 어떻게 그걸 아느냐는 낯빛을 하자,

"전에 왜 야외루 놀러갔을 때 한선생이라는 분하구 두 분이 얘기하셨잖아요?"

"맞습니다. 그 여잡니다. 꽤 오래 줄다리기를 했죠, 그 여자와. 이제 손을 놓구 말았습니다."

"어느 쪽인가요? 손을 놓은 쪽이?"

"그건 설명할 수가 없는데요."

"다시 줄을 잡을 수두 있잖아요?"

"글쎄요, 서루 상대방을 위하는 마음은 계속되리라구 봅니다."

"친구처럼요?"

"그렇다구 할 수 있겠죠." 그리고 한수는 열쩍게 웃으며, "이제 심문은 그 정도루 끝내죠."

　진희도 짧게 웃었다. 일시에 긴장감이 풀린 듯했다.

"저 졸려워요."

"남을 심문하자니까 고단할밖에요. 그럼 자요. 내가 이쪽에서 보초서구 있을 테니 염려 말구."

　진희가 옷을 입은 채 미리 깔아져있는 자리 속으로 들어가 저쪽을 향해 눕는다. 이불 위로 몸매의 굴곡이 두드러지게 확대돼 드러났다. 한수는 눈길을 거둬들이며 어서 진희가 잠들어주기를 바랐다.

"전등은 켜놓은 대루 그냥 두겠습니다."

　그리고는 되도록 진희 쪽은 보지 않고 한수는 맥주를 마셨다. 맥주가 다 떨어지자 한수는 밖으로 나가 소주 한 병과 오징어를 들고 돌아왔다. 내일 아침 떠날 때까지 술을 마시며 밤을 새울 요량으로. 그런데 술을 반병 남짓 비웠을 때부터 한수는 정신이 몽롱해지기 시작했다.

한수가 눈을 떴을 땐 날이 환히 밝아져있었다. 그리고 어젯밤 앉 아있었던 자리에 누워있는데 베개를 베고 이불도 덮여져있었다. 한 수는 이불을 박차고 벌떡 일어나며 손목시계를 봤다.
"인제 깨셨군요?" 저만큼 앉아있던 진희가 이쪽을 바라보며 입가에 맑은 미소를 띠운다. "코를 고시면서 깊은 잠을 주무시던데요."
"학교는 어떡허죠? 왜 깨우지 않았어요?"
진희는 잠잠히 미소를 짓고만 있다.
한수는 우선 찬물로 세수를 하여 멍한 머리를 식혀야겠다고 몸을 일으켰다. 그러자 진희도 따라 일어나 한수에게로 다가오더니 가볍게 자기 입술을 한수의 입술에 대었다 뗀다.
"입에서 이상한 냄새가 나네요."
그걸 말이라고 해? 그만큼 술을 먹고 잔 사람의 입에서 그럼 향기로운 냄새가 날까.
진희가 미소를 띤 채 말을 이었다.
"금붕어 냄새가 나니 말예요."
금붕어 냄새가 나다니? 한수는 후딱 머리맡 탁자에 놓인 어항을 바라보았다. 그리고 술이 덜 깬 텁텁한 눈을 비벼댔다. 어항 속에 는 금붕어가 한 마리도 없었다. 화장실에 한번 다녀온 생각은 나나 금붕어를 안주삼아 먹은 기억은 전혀 나지 않았다. 어항 속에서 살 랑살랑 헤엄치는 금붕어가 눈에 거슬렸던 것인가.
"아마 금붕어들두 술을 좋아해서 내 뱃속으루 헤엄쳐 들어왔나부죠."
그러면서 그는 양팔로 엉거주춤하고 있는 진희의 어깨를 안아당 겼다. 그리고는 자기의 입술을 그네의 입술에 밀착시켰다. 한참만 에 진희가 숨이 가쁜 듯 입술을 비키려는 기미를 보이자 한수는 그 네의 양뺨을 손으로 감싸쥐고 움직이지 못하게 했다.

제 3 장
깃 그림자

　어제에 이어 오늘도 한영은 한밤중 집을 빠져나와 옆집과의 사이에 난 고샅길을 올라간다. 이집 저집에서 개들이 짖어댔다. 집들의 전등이 꺼져있어 발밑이 어두웠다. 얼마쯤 가면 인가가 그치고 듬성듬성 소나무가 서있는 산자락에 이른다.

　한영은 거기 아무데나 가 앉아 무릎을 세워 깍지를 낀다. 달 없는 하늘엔 총총한 별들이 차갑게 반짝이고, 읍내 쪽 불빛들도 차게 보였다. 크지 않은 새 두서너 마리가 잠깐 별빛을 지우며 어둠속을 가로질러 날아간다.

　곧 냉기가 궁둥이를 타고 올라오고, 바람은 없는데 냉랭한 밤공기가 온몸을 파고든다. 오늘밤엔 된서리라도 내릴 모양인가. 멀리서 개짖는 소리가 들려오는가 싶더니 이내 멎어버린다. 한영은 몸을 움츠리며 눈을 감는다. 사위는 사뭇 고즈넉했다. 오직 자신의 가슴속에서만 여러 소리들이 부글거렸다. 그 소리들이란 게 자기자신도 가릴 수 없을 정도로 뒤범벅이다. 한영은 어둠속에서 눈을 감은 채 그 소리들을 가려내려고 애를 쓰고 있었다.

　한수가 옆에 다가왔을 때까지 한영은 인기척을 깨닫지 못하고 있었다.

　한수는 형이 뭐라고 말하기 전에 앞질러,

　"형하구 같이 있어보구 싶어서요." 그리고는 무턱대고 한영 옆에 와 앉는다.

　한수는 오늘밤 형과 함께 지낼 심산이었다. 한영이 어둠속에서 동생을 한번 힐끔 바라본다. 밤중에 여기까지 따라오게 한 게 민망스러워진다.

그런 채로 둘이는 오랜 동안 말이 없었다. 서로 입밖에 내어 말은 하지 않아도 자기네 집안 앞일에 대한 걱정들이 오가고 있었다고나 할까.

한수가 주위에 깔린 어둠을 새삼스레 둘러보며 입을 열었다.

"전에는 여기 산중턱에 진달래꽃이 지천으루 피군 했는데 지금두 그래요 형?"

"웬걸, 그동안 사람들이 덩치덩치 파다가 도시에 내다 팔아서 지금은 거의 없어지다시피 됐지."

"옛날에 심심할 때면 여기 올라와서 진달래꽃잎두 엔간히 따먹었었는데…… 한번은 너무 따먹구 취해서 혼난 적두 있는데……"

그리고 둘이는 또 한참 말없이 있다 한수가,

"저 날아가는 새가 박쥘까?"

한영이 나직이 웃는다.

"이 계절에 박쥐는."

"참, 지금쯤 굴속같은 데 들어가 동면을 시작했겠구나. ……아, 동면을 할 수 있다는 건 참 괜찮다. 인간두 그럴 수 있다면 좋겠지 형?"

한영은 동생이 하는 말의 내용보다도 그 음성이 얼어있다는 데 마음이 쓰인다. 한영이 몸을 일으켰다.

"그만 집으루 돌아가자. 추워서 안되겠다." 마치 자기자신이 추위에 못견디겠다는 듯한 어투였다.

그러나 한수는 형이 자기를 생각해서 그런다는 것을 피부로 느끼고 있었다.

한수는 얼마간 형의 오늘밤같은 행동의 내면을 헤아리고 있었다. 그것은 할아버지에 대한 저항의 표시도 아니고 자학하는 것도 아니다. 자기 육신을 괴롭혀 고뇌를 견뎌내려는 일종의 고행인 것이다. 서울 가있는 동안의 집안 사정을 한수는 너무나 모르고 지냈다. 학비와 용돈이 형의 손을 통해 그달그달 늦는 법 없이 부쳐왔었고, 부정기적인 돈의 요구도 형을 통해 조달되었기에 집안살림을 형이 장악하고 있는 줄로만 여겨왔었다. 그것이 집에 돌아와 보고 비로소 실상을 알게 됐다. 가계비는 말할것없고 자질구레한 푼돈마저도 할아버지의 손을 거치게끔 돼있는 것이다. 비단 돈 지출에 한한 것만이 아니었다. 그외의 모든 크고 작은 제반사가 할아버지에 의해 진행되고 결정되고 있었다. 집안일이 이대로 나가다가는 걷잡을 수 없는 지경에까지 이르고 말 것만 같았다. 그러지 않아도 이미 아버지는 무위의 인간이 돼버렸고, 형마저 제 2 의 아버지 꼴이 되어가고 있는 것이다. 그러나 형은 아버지처럼 될 수 없다는 자각을 갖는 데에 형의 고뇌가 있는 것이다. 가업을 이을 놈이 공부는 많이 해서 뭐하느냐고 하고 싶은 공부도 못하게 된 형. 그리고 집안 꾸려가는 법 가르쳐 재산관리 맡기겠다는 게 고작 지금까지 셋돈이나 거둬들이는 심부름에 그치고 있다. 그속에서 한수 자기만이 태평한 입장으로 비켜서있는 것이다. 게다가 그런 형에게 자기는 누차 용돈을 부탁해서 쓰곤 했다. 형의 위신을 생각해서 한 것이라고는 하나 결과적으로 형을 궁지에 몰리게 한 것밖에 더 되지 않지 않은가. 그럴 수는 없다. 우선 내일 할아버지를 찾아가 형에 대한 일을 건의하고 저간의 일도 여쭙자. 그렇게 해서 어떤 돌파구를 찾아보자.

"어서 방으루 들어가거라."

집에 당도하자 한영이 말했다.

"안녕히 주무세요, 형."

한수는 안채로 들어가는 형을 어둠속에서 지켰다.

퇴침을 베고 누워있던 두식영감이 방에 들어서는 한수를 보고 일어나 앉는다.

"음, 니가 웬일이냐."

할아버지의 얼굴은 수척했으나 안색은 맑았다.

한수는 무릎을 꿇고 할아버지 앞에 앉는다.

"병환은 이제 깨끗하시죠?"

"이틀을 곱박아 한증을 했잖니. 이제 괜찮겠지."

두식영감은 그러나 한수가 단순히 문안 온 게 아님을 직감하고 한수에게서 눈을 떼지 않는다.

앉음새를 고치면서 한수도 할아버지를 정시한 채,

"할아버님께 여쭐 말씀이 있어서 왔습니다."

"내게 할 말? 그래 말해보렴."

"저어, 다름아니구, 형에 관한 일인데요……"

"형에 관한 일?"

"이제는 형한테 집안살림을 맡기십시요."

"갑자기 그게 무슨 소리냐? 걔한테 집안살림을 맽겨?"

"네, 할아버님."

"그 혼나간 놈한테 집안살림을 맽기라구? 요즈막엔 셋돈두 제대루 못 걷어와서 그마저 내가 나설 판이다."

아, 그럼 그동안 형이 조달한 돈이 셋돈이었던가. 한수가 말했다.

"그건 그런 게 아닐 겁니다, 할아버님."

"그런 게 아니라믄?"

"제가 셋돈을 미리 받아다 용돈에 썼기 때문입니다." 한수는 분명한 확신을 갖고 대답했다.

"뭐라구!"

"제가 용돈이 좀 필요해서 형더러 셋돈을 미리 받아오게 한 겁니다. 그러니까 형에겐 아무 잘못두 없습니다. 꾸중 들을 놈은 접니다."

두식영감의 관자놀이께에 푸른 정맥이 드러났다.

"그렇드래두 그렇지, 그런 일이 있으믄 먼저 내게 알려야 헐 거지, 지가 뭐라구 가루맡누? 언제구 들통이 날 일을 가지구."

"절 감싸주느라구 그랬을 겁니다."

"감싸줘? 날 속이믄서까지?"

"속이려는 게 아니구 할아버님께 말씀드려두 들어주시지 않을 테니까 할수없이…… 형은 보통 형제의 우애와는 다르게 저를 위해주구 있습니다."

"우애두 좋다만, 어쩌자구 내 허락없이 돈을 축내, 축내길! 아무두 내 허락없인 일전한푼 손 못대! 그랬다간 집안 법도가 무너져!"

"그 집안의 법도 말씀인데요," 한수는 마음을 가다듬어 되도록 차분히, "우리 집안은 어딘가 잘못돼있습니다. 이런 식으루 나가다가는 어떤 돌이킬 수 없는 사태에 부닥치게 될는지 모릅니다."

"그따위 사위스런 소린 작작해!"

"아닙니다. 할아버님께서 가도를 바루 잡으시려면 이제부터라두 하나하나 형에게 일을 넘기셔야 합니다. 그래서 가산을 관리해 나갈 능력을 개발시켜야 합니다. 형은 착실한 사람이니까 충분히 해낼 겁니다. 그리구, 죄송스런 말씀이지만 할아버님께서 언제까지나 앉아계실 것 아니지 않습니까?"

두식영감이 숨을 크게 쉬며 잠시 묵묵히 있더니,

"그러니까 내 속이 더 타지. 나두 니 형한테 집안 일을 모두 맽기구 남은 여생을 편히 보내구 싶다. 그날이 빨리 왔으면 오죽 좋겠니? 헌데 니 형이란 게 점점 더 멍청이짓만 하니 어떻게 맽긴단 말이냐. 우선 야무지지가 못해. 그건 너보다 내가 오래 두구 봐서 잘 안다. 그래서 내가 데리구 가르치구 있는 중 아니냐. 사람구실을 제대루 허두룩 말이다. 자나깨나 느이들 둘 잘되길 바라구 사는 나다. 내 심정두 좀 알아다우. 이만큼이라두 가산을 모으느라구 니 할미하구 내가 먹을걸 제대루 먹었냐, 입을걸 제대루 입었냐, 밤잠을 제대루 잤냐. 허지만 그런 고생 인제 다 잊구, 보람으루 생각허구 사는 나단 말이다." 두식영감의 어조가 타이르는 조로 좀 누그러졌다.

"그걸 누가 모릅니까. 그 보람을 지키시려면 제 말씀대루 하셔야 합니다. 형을 못 미더워하시는 건 할아버님의 지나친 걱정이십니다. 일단 맽겨보십쇼. 책임이 주어지면 형은 달라질 겁니다. 할아버님의 그 보람을 넉넉히 지켜나갈 겁니다. 그리구 큰일이 있을 땐 할아버님이 뒤에서 돌봐주시면 되지 않습니까?"

금세 두식영감의 배뚤어진 입이 일그러지며,

"그게 그렇지 않대두 그래! 여러 소리 말구 니 헐 공부나 해!"

맥이 빠졌으나 한수는 하려고 마음먹고 온 말을 마저 했다.

"그리구 할아버님, 전에두 한번 말씀드렸지만 형수를 아랫집으루 돌려보내십시요. 시킬 일이 있으실 때 부르면 되지 않습니까?"

"왜, 니 형이 뭐라구 그러든?"

"아아뇨. 형이 무슨 말을 하는 사람입니까."

"니 공부에 방해가 될까봐 그러는 거 아냐? 무슨 놈의 기집애가 그리 보채대는지."

"애 운다구 공부 안되는 거 아닙니다. 그런 염련 않으셔두 됩니다. 형두 자기 가정생활을 영위해야 하지 않겠습니까?"

두식영감이 그 말에는 대꾸를 하지 않고,

"그러나저러나 도대체 넌 무슨 외출이 그리 잦냐? 서울엔 또 뭣 허러 갔었누? 책 사러 갔었냐?"

한수는 할아버지가 그런것까지 일일이 알고 계시는구나 하며,

"아닙니다. 좀 볼일이 있어서 갔었습니다."

"니 스스루 잘 알어서 공부하라구 그동안 내 내려가 보지 않는 거 알지? 앞으루두 내 간섭 안할 테니 잘 알어서 해! 그리구 다음부텀은 용돈이 필요하믄 직접 나한테 얘기허구! 지금까지 니가 썼다는 돈은 니형하구 해결할 테니!"

한수는 그정도로 할아버지에게서 물러나올 수밖에 없었다.

그날 저녁 형수만은 갓난애를 데리고 아랫집으로 내려왔다. 그나마라도 할아버지가 좀 풀리는 징조가 아닌가 하고 한수는 자위를 해본다.

이튿날 아침 할아버지에게 신문을 전하고 내려온 형이 할아버지께서 부르신다는 전갈을 한수에게 했다.

"형 꾸중들었죠?"

한영은 말없이 상기된 얼굴에 빙긋 웃음기만 떠었다. 별다른 성과도 얻지 못하고 결과적으로 형만 또 곤욕을 치르게 한 폭이 되지 않았는가. 그러나 한수는 어제 할아버지를 찾아갔던 일을 후회하지는 않았다. 비록 당장 이렇다할 성과는 거두지 못했다 하더라도 일단 하고 싶은 말을 드렸고, 형을 통해 자기가 돈을 썼다는 것도 밝힌 계기가 됐으니 말이다.

한수가 윗집으로 올라가 방에 들어서니 할아버지는 잔뜩 화난 일그러진 얼굴이 되어있었다.

"니 형이란 거 그게 사람놈이냐!" 첫마디부터 험악했다. "글쎄 제놈을 고용인으루 써달라는구나! 일정한 월급을 주는 고용인으루 말야! 세상에 원! 그게 어디 정신있는 놈의 수작이냐? 정신이

나가두 아주 나간 놈야, 그놈은!" 할아버지는 헉헉 숨을 모아쉬며, "모두가 나 망신시키려는 수작밖에 더 돼? 아무개 영감은 맏손자를 고용인으루 쓰구 있다구! 허는 것이 모두 그 모양이니 원!" 화에 못이겨 턱까지 떨었다.

한수는 할아버지의 흥분과는 달리 속으로 웃음을 누르고 있었다. 그랬을 테지. 형으로서는 그런 식으로나마 자신의 의사를 나타낼 수밖에 없었겠지.

"형이 말한 뜻은 그런 게 아닐 겁니다." 한수가 할아버지를 위로하듯 말했다.

"그런 게 아니믄 뭐란 말야?"

"자기자신의 생활을 갖구 싶다는 표시일 겁니다."

"자기자신의 생활? 그래 지금 뭐 굶기라두 허구, 헐벗기라두 했단 말이냐? 뭐가 부족해서 투정이야, 투정이!"

"할아버님 말씀대루 투정이라 치시구, 그런 투정을 안하게끔 이참에 형에게 실권을 넘기세요, 글쎄."

"아니, 니녀석들이 아주 작당을 한 게로구나. 동생으루서 형의 틀린 점을 알으켜줄 생각은 않구!" 두식영감이 소리쳤다.

"할아버님두 참." 한수는 웃었다. "제가 형하구 작당을 하구 말구가 있습니까. 솔직히 제 생각을 말씀드리는 것뿐이지…… 형이 그토록 못 믿기우시면 최소한 형이 하구 싶어하는 일이라두 하게끔 해주십시요. 그렇잖구 이대루 나가다간 어쩌면 형을 폐인으루 만들지두 모릅니다." 차마, 현재의 아버지처럼, 이란 말을 할 수가 없었다. "그렇게 되면 할아버님이 생각하구 계신 보람은 뭐가 됩니까?" 한수는 또박또박 말했다.

"뭐가 어쩌구 어째!" 두식영감의 입꼬리가 썰룩거렸다. "그걸 수작이라구 해?" 두식영감은 숨 돌리느라고 잠시 말을 멈췄다가, "어쨌건 니 형의 일은 내게 맡기구, 넌 다시 절간에 가 공부나 허두룩 해! 널 그냥 절간에 있게 헐껄 괘니 몸보신 시킨다구 불러들였어! 내일이라두 떠나!"

"그 문젠 생각해보겠습니다."

"생각해보다니?"

"어디루 가야 할지 알아봐야 하니까요."

"전에 갔던 절루 가믄 될 게 아니냐?"

"계절에 따라 공부하기에 적당한 절이 따루 있으니까요."

빈말이나 다름없었다. 한수는 집을 떠나지 않고 남아있으리라 마음먹고 있었다. 집안의 이런 상황을 알고서 절간으로 가봤자 공부가 될 것같지도 않았지만 지금부터라도 자기가 여기 있으면서 할아버지의 아집을 부드럽혀야겠다는 생각에서였다. 그래서 그는 할아버지에게 한마디 더했다.

"외람된 말씀같지만 누구나 다 할아버님과 같을 수는 없잖습니까. 그점 할아버님께서두 잘 좀 생각해봐주셨으면 합니다. 우리집 장래는 할아버님 결단 여하에 달려있으니까요."

할아버지 집을 나온 한수는 곧장 아랫집 자기 방으로 내려가지 않고 거리로 나섰다. 울적했다. 진희라도 만날까 싶었으나, 학교 파할 시간이 멀기도 했지만 설사 학교가 끝날 시간이 다 됐다고 해도 왠지 그네를 불러내어 풀 수 있는 기분이 아니라는 생각이 들었다. 향방없이 걸음을 내디뎠다. 그럴싸라 해서 그런지 오가는 사람들이 모두 어떤 목적을 향해 움직이고 있는 것처럼 느껴지면서 그 속에 자기만 혼자 제외된 것같았다.

그러다가 한수는 한 자전거포 앞에 여러 대 줄지어 서있는 자전거에 시선이 갔다. 저거라도 타고 어디로든 달려볼까 하는 마음이 일었다. 가까이 다가가자 가게 안에서 한 소년이 튀어나온다.

"어서 오십쇼. 새 자전거는 안에 있습니다. 아주 최신형으로 성능이 좋습니다." 밝은 음성이다.

"아니, 살 게 아니구 좀 빌려 탈까 싶은데."

"그러세요, 시간제로 빌려드립니다." 소년이 밖에 놓인 중고자전거 곁으로 가더니, "이중에서 맘에 드시는 걸로 고르세요."

한수는 그것들을 훑어보다가 끝에 놓인 오토바이에 눈길을 멈춘다.

"저 오토바이는 어떻게 하는 거냐?"

"어떻게 하다뇨?"

"저것두 시간제루 빌릴 수 있는 거냐구?"

"아뇨. 저건 안돼요. 우리 주인께서 타시는 오토바인걸요."

"그래? 그럼 할수없구."

"저어……" 가게 안쪽 걸상에 앉아있던 주인 남자가 나오더니, "타 보실려구요?"

"네, 좀 타보구 싶어서요."

"얼마 동안이나요?"

"글쎄요……" 이때 문득 한수는 타고 갔다 올 데가 생각났다. 폭 포가 있는 데를 다녀오리라는 생각이었다. 국민학교 때 소풍갔던 곳이다. "한 시간 내외면 될 겁니다."

"그럼 타구 갔다 오세요."

"뭐 주민등록증같은 거라두 맡겨봐야 하지 않어요?"

"괜찮습니다. 그냥 타구 갔다 오세요."

"그럼 요금이라두 미리……"

"요금을 바래서 빌려드리는 게 아닙니다. 나중 기름값이나 주세요."

"감사합니다."

주인이 소년에게 눈짓을 하여 오토바이를 내주도록 했다.

소년이 오토바이 안장의 먼지를 털어낸 후 끌고 와 발동을 걸어 보고 나서 한수에게 넘겼다.

"헬멧을 쓰셔야죠?"

"필요없어."

명재소년은 한수가 오토바이를 타고 떠나는 걸 바라보며 타는 품 이 그다지 익숙하지 못하다고 생각한다. 저 사람이 누구길래 주인 은 그냥 선뜻 오토바이를 빌려주는 것일까. 보통 자전거도 처음 빌 려줄 때는 주민등록증을 맡기게 하거나 보증금을 얼마큼 받곤 했는 데. 게다가 오토바이를 빌려주면서 운전면허증이 있느냐의 여부도 묻지 않고. 아, 손님은 주인을 모르지만 주인은 손님이 누구라는 걸 아는가보다. 누군지 주인한테 물어봐야지.

명재소년이 본 대로 한수는 오토바이가 서툴렀다. 서울서 병배가 오토바이를 타고다닐 시절 그저 조작하는 법을 알아뒀을 정도였으 니까. 한수는 조심스레 오토바이를 몰았다. 그래도 자전거를 탔던 솜씨 탓인지 과히 힘들게는 느껴지지 않았다.

146

읍내를 벗어나 폭포가 있는 데로 가는 비포장인 도로는 양쪽에 야산을 끼고 꾸불꾸불 굽이친, 소달구지 하나가 다닐 만한 노폭밖에 되지 않는 데다가 울퉁불퉁 노면이 고르지 않아 노상 오토바이가 까불어댔다. 행인이라도 만나면 속도를 줄여야 하곤 했다. 그런대로 늦가을 시원한 공기 속을 달리는 동안 울적했던 기분이 적이 가셔짐을 느꼈다. 그러면서 자기네 집안일도 좀 두고 시간을 벌어가노라면 할아버지의 마음이 달라지리라는 생각을 해본다.

국민학교 때 소풍갔을 적보다 길이 퍽 가까워보였다. 같은 10여 리 길이지만 어렸을 때는 야산을 낀 굽이길이 아주 먼 걸로 느껴졌었는데.

한길 오른쪽 오솔길로 들어섰다. 온통 돌자갈이 깔려있어 한수는 오토바이에서 내려 끌고 가야 했다. 한 50미터쯤 들어간 데서부터 물줄기 쏟아져 떨어지는 소리가 들리더니 이내 폭포의 모습이 나타났다. 폭포를 보는 순간 한수는 뜻밖이라는 느낌을 받았다. 이런 폭포가 아니었는데. 폭포의 높이나 넓이가 한수의 기억하고 있는 것보다 너무도 낮고 좁아보였다. 그런대로 오토바이를 세워놓고 폭포수가 떨어져 이룬 웅덩이가에 가 앉는다. 하기야 대개가 어렸을 때 본 것을 어른이 되어 접하면 대수롭지 않은 수가 많지. 어렸을 때 그처럼 커 뵈던 국민학교 교사가 얼마나 조그마하게 느껴지고, 앞 벌판의 갯물도 옛날엔 수심이 깊고 넓다고 생각했던 것이 형편없이 줄어 뵈지 않던가. 더구나 이 폭포는 어려서 소풍왔을 때는 한창 신록의 계절이어서 주위가 푸르름에 싸여있었던 것이 지금은 나뭇잎들이 다 져버려 더 초라해 뵈는지도 몰랐다. 다만 흰 물줄기가 밑의 웅덩이에 쏟아져 부어지면서 내는 소리는 꽤나 요란스럽게 들렸다.

한수는 일어나 폭포가 떨어지는 꼭대기로 올라가 보기로 했다. 어려서 소풍왔을 때는 위험하다고 선생이 못 올라가게 했던 곳이다. 길이 나있지 않은 데를 나뭇줄기와 바위모서리를 붙들어가며 힘들여 올라가 폭포가 떨어지기 시작하는 언저리에 섰다. 물줄기가 낙하하는 굴절면에 비낀 햇살이 반사되어 크나큰 비늘처럼 번들거렸다. 눈이 시렸다. 밑에서 볼 때와는 확실히 다른 맛이 있었다. 언젠가 읽은 한 시인의 〈폭포〉라는 시의 구절이 머리에 떠올랐다.

　　폭포는 곧은 절벽을 무서운 기색도 없이 떨어진다……
　　무엇을 향하여 떨어진다는 의미도 없이……
　　고매한 정신처럼 쉴사이없이 떨어진다……

그건 정말 거침새없이 밀려오던 물줄기가 아무런 무서운 기색도 없이 줄기차게 낙하하고 있었다. 무엇을 향해 떨어진다는 의미도 없이, 그러니까 더욱 커다란 의지를 안고 낙하하는 것만 같았다. 그래서 힘이 있어 보였다.

겁없는 낙하, 겁없는 낙하, 아니 이것은 차라리 겁없는 비상! 한수는 폭포의 아무 망설임없는 낙하를 지켜보며 취한 듯 한동안 거기 서있었다.

귀로 때는 제법 오토바이의 조종이 익숙해진 것을 느끼며 한수는 핸들을 잡고 있었다. 울퉁불퉁한 길을 큰 바운드도 일으키지 않고 속력을 낼 수 있었다.

약간 속력을 늦춘 채 굽이길을 돌아 다시 속력을 가하려는데 맞은편에서 한 남자가 술이 취한 듯 비틀거리며 길 한복판을 걸어오는 게 보였다. 한수는 급히 속력을 죽였다. 그런데 오토바이가 다가가는데도 사내는 피할 생각은 않고 도리어 양팔을 좌우로 짝 벌려 앞을 떡 막아섰다. 한수는 오토바이를 세웠다.

농부 티의 중년남자는 뭐라고 혼자 주절대고 있었다. ……삼신산이 어디메뇨 죽장망혜 삿갓 쓰고……

한수는 사내의 옆으로 오토바이를 끌고 피해 지나가려 했다. 그러자 사내가 오토바이의 핸들을 거머쥐더니,

"나 좀 뒷자리에 태워주우, 젊은양반."

"방향이 다르지 않아요?"

"방향이 무슨 상관야. 그저 타구 아무데루나 가믄 되는 거지."

"이러지 마시구 어서 집으루 돌아가십쇼."

"젊은양반, 난 돌아가지 않구 곧장 갈 테란 말야."

한수는 더 대거리를 하고 싶지 않았다. 핸들 잡은 사내의 팔을 세게 잡아젖혔다. 사내가 휘청 하고 뒤로 풀썩 주저앉아버린다. 한수는 오토바이에 올라타며 발동을 걸었다. 뒤에서 사내가 뭐라고

욕지거리를 했으나 한수는 뒤돌아보지 않고 오른쪽 손잡이의 액셀러레이터를 안쪽으로 돌렸다.

아침엔 자욱한 안개가 끼더니 그게 걷히면서 햇빛이 났다가 부슬부슬 비를 뿌리고, 다시 햇빛이 났다가는 부슬부슬 비를 뿌리곤 했다.

한영이 봉룡을 찾아 집을 나설 때는 햇빛이 쨍앵 내리쬐고 있었다. 봉룡은 집에 없었다. 한영이 곽씨네 복덕방에 가 안을 들여다보니 여럿 속에 봉룡이 끼어있었다. 화투라도 치고 있는 기색이다가 유리창으로 한영을 알아보고는 봉룡이 급히 신발을 꿰신고 나왔다.

한영은 봉룡을 복덕방 옆집 모퉁이로 이끌고 갔다.

"아저씨 그 과수댁 아직 이곳 사위 집에 있겠죠?"

"그 과수댁?" 봉룡은 옳다 싶으면서도 짐짓 무슨 말인지 모르겠다는 듯 눈을 몇번 껌뻑거렸다.

한영은 봉룡이 괜히 능청을 부리고 있다는 걸 알면서,

"왜 있잖아요, 집의 아버님하구 말해오던……"

"아, 그 합죽이의 장모? 그럼 사위네 집에 그냥 있지. 근데?"

"지금두 개가할 생각으루 있겠죠?"

"글쎄……" 한영아버지더러는 과수 쪽은 염려 말라고 장담했던 봉룡이건만 말을 흐렸다. 그러나 곧, "자, 어디라두 가 앉음세. 이렇게 서서 할 얘긴가, 그 일이?"

근처 다방으로 가 봉룡이 자기는 계란반숙을 시키더니,

"그 일이야 내 수단 여하에 달린 거 아니겠나."

봉룡은 속셈이 있었다. 무슨 일에나 신실한 한영이가 부친의 재혼문제를 꺼내는 걸로 보아 한갓 지나가는말이 아닐 터인즉 자기가 나서야 성사시킬 수 있다는 걸 과시해서 중매술이라도 몇 차례 울궈낼 참인 것이다.

"비용이 얼마나 들까요?"

"저쪽의 요구조건 말인가?"

"이것저것 모두 합해서요."

"글쎄……" 봉룡은 손가락을 꼽아가며, "우선 금반지는 하나 끼워 줘야 할 거구, 저쪽 옷가지도 몇 벌 만들어야 할 거구……"

"그보다두 전셋집을 하나 얻어야 해요. 일단 그렇게 했다가……"

"그래?" 봉룡은 찔끔한다. 이 친구가 할아버지 모르게 일을 치를 모양이구나. 그렇다면 역시 할아버지와의 문제가 여의치 않은 거겠지. 지난번 한영아버지에겐 노인의 허락도 자기에게 맡기라고 큰소리 쳤으나 섣불리 나서지 않기를 잘했다 싶었다. "그렇다믄 장롱 하나에 경대, 그리구 부엌 살림두 장만해야겠구먼. 셋집이라두 깨끗한 왼채 집이라믄 오륙십은 나가겠구, 줄잡아두 백은 넘게 들겠는데."

"백이 넘는다?"

"전셋값이야 뭐 죽는 돈인가. 마냥 셋집살이만 할 게 아니구 언젠가는 본집에 들어가게 될 거 아닌가."

"아저씨 문진영감 아시죠?"

"이 고장에 어디 나 모르는 사람 있나. 근데 그 영감은 왜?"

"돈을 빌리려면 그 영감한테……"

"그럼 돈을 빌리게?"

"네, 우선은요. 우선은 빌려서 이 일두 치르구 또 좀 메꿔야 할 것두 있으니까 백30은 돌리두룩 해야겠어요."

봉룡은 잠시 망설인다. 이 친구가 짜장 혼자 일을 벌이려는 모양인데 도와서 괜찮을까. 그러나 곧, 내 알 바 뭐냐는 생각에 이르른다.

"담보가 있어야 할걸."

"할아버지 이름으루 빌려두요?"

"글쎄, 그건 가봐야 알지." 봉룡이 엽차를 들이마시더니 자리에서 일어나며, "어쨌든 쇠뿔두 단김에 빼랬다구 내 가서 과수댁 확답 얻구, 그길루 문진영감한테 다녀옴세. 그럼 한 시간쯤 뒤에 예서 또 만남세. 아무튼 자넨 효자야, 그럼." 그리고 횅하니 다방을 나가버린다.

효자? 한영은 속으로 고개를 흔든다. 물론 아버지가 재취를 원하신다니 소원대로 해드리려는 동기에서 나온 것이긴 하지만 한영이 이번 일을 성사시키려는 데에는 또 한가지 목적이 있었다. 새어머니를 들여 지금의 살림을 넘긴 다음 자기는 처자식을 데리고 어디 딴데로 가 자기 나름대로의 생활을 시작해볼 생각이었다. 하지만 아버지의 재취문제부터가 할아버지에게서 걸릴 게 뻔한 일이므로 궁리 끝에 우선 일을 터뜨려놓기로 한 것이다.

"그러니까 최영감님네 맏손자가 싼 집이 있어 사려는데 백여만원이 부족해서 나한테 빌려가겠다 이건데, 그 댁에 그만한 돈이 없을리 없을 텐데요."

한영이가 집장사를 해보려는다는 말을 문진영감에게 한 건 봉룡이 임시응변으로 둘러댄 말이었다. 봉룡은 부스스한 고수머리를 쓸어올리며, "자기 할아버지에게 돈이 있으시믄야 왜 그러겠습니까. 아시다시피 그댁엔 현금 위주가 아니잖습니까. 게다가 얼마 전 춘길이네 집을 맡느라구 돈이 나가기두 했구요, 네."

"허기야 요즘 집값 떨어졌을 때 사둘 만두 하죠." 그러면서 문진영감은 속으로, 그러면 그렇지, 한다. 한증막에서 두식영감더러 이런 때 부동산을 잡아두라고 하니까 자기는 부동산 샀다 팔았다 하는 장사꾼이 아니라고 하더니 은근히 내 말을 귀담아 들었다가 표면에 맏손자를 내세우는 거구나.

"그렇다마다요. 요즘처럼 집값 폭락할 때 사둘 만하구 말구요." 봉룡은 맞장구를 쳤다.

"헌데 물론 최영감님이 채무자가 되는 거죠? 맏손자가 아닌."

"여부있습니까."

"그렇다믄 담보는 잡지 않는다구 그러슈. 그 영감님 낯을 봐서라두."

"고마운 말씀 전하겠습니다." 봉룡은 이게 웬떡이냐 싶었다.

"돈이 필요할 때가 언제라든가요?"

"당장이라두 좋답니다."

"그렇다믄," 문진영감이 서서히 말했다. "내가 최영감님의 맏손자라믄 직접 찾아오는 건데. 피차 모르는 사이두 아니구."

"어르신네두 참." 봉룡이 벌썬 웃고는, "직접 거래하시믄 제게 뭐 떨어지는 게 없지 않습니까. 어르신네께서두 구문을 넉넉히 생각해 주셔야 합니다, 네. 부끄러운 얘기여서 여쭙기 뭣하지만 글쎄 예펜네라는 게 이달 있을 게 뵈지 않는다지 뭐예요. 그러니 쭈르르 애새끼가 다섯이나 되는데 또 낳아놓믄 어떡헙니까. 그래서 병원에 가 떼버릴 참루 있는데, 그 비용멜 일이 난감합니다요, 네.” 봉룡은 뒤통수를 북적북적 긁었다. 여편네의 이달 경도가 없다는 건 사실이지만 병원에 가 떼어버릴 참이라는 건 구전 좀 잘 생각해 달라는 헛말이었다.

봉룡의 말을 듣고 있던 문진영감이 저도모르게 책상 위 전자계산기를 움켜쥐었다. 어떤 생각이 번개처럼 문진영감의 머리를 스쳤던 것이다. 이야말로 천재일우의 기회가 자기에게 닥쳐온 게 아닐까. 그렇다! 이 기회를 놓치지 않도록 하자!

무슨 생각에 골똘한 듯한 문진영감에게 봉룡은 다시,

“제 딱한 사정을 생각하셔서 어르신네께서 구문이라구 여기지 마시구 잘 좀 봐주십쇼. 사실 돈줄 놔달라는데두 있는데 제가 일루 온 겁니다, 네.”

“좌우간 가서 본인을 데리구 오슈. 채용증서는 직접 그 사람하구 작성해야 하는 거니까. 그동안 돈을 준비해 놓겠소.”

다방으로 들어선 봉룡은, 무슨 놈의 날씨가 이리 변덕을 부리는지 모르겠다고 주절거리며 머리와 어깨의 빗물을 털어내면서 한영 앞자리에 와 털썩 앉는다.

“에이 힘들어!” 갔던 일이 잘 됐다는 말이나 다름없었다.

한영은 잠자코 봉룡의 다음 보고를 기다렸다.

“좌우간 내 수완은 알아줘야 해, 그럼. 과수댁두 데꺼덕, 그리구 돈두 당장 빌려주겠다는 다짐받구 왔네. ……이거 목타 죽겠구먼. 그 뭐 시원한 것 한잔 시키지.”

한영이 레지를 시켜 사이다를 가져오게 한다.

“게다가 담보두 잡히지 않게끔 만들어놨지 내가. 그 영감쟁이가 단돈 백원인들 그냥 빌려준다든가. 그러니 자네 구문 톡톡히 내야 해, 그럼. 근데 할아버지 인장 갖구 있겠지?”

한영은 고개를 끄덕였다. 셋돈 받을 때 영수증통장에 적기 위한 할아버지의 목도장을 갖고 있었다.

"그럼 됐어. 지금 당장 가봄세. 만약 그 영감이 돈을 뭣에다 쓰려느냐구 묻거들랑 말이지, 부동산 사두는 데 좀 모자라 그런다구 하라구. 딴 얘길 했다간 파이야. 보통 의심이 많은 영감쟁이여야 말이지. 돌다리두 두드려보구 건너는 영감이니까. 자, 가보자구."

밖은 또 어느새 햇살이 내리쬐고 있었다.

한영은 봉룡을 따라 문진영감한테 가 문진영감이 제시한 대로 5푼 5리 이자에 한 달 기한으로 증서를 작성한 뒤 할아버지 성함을 쓰고 그 밑에 붉은 인주를 묻혀 도장을 눌렀다.

한영이 돈을 받아 챙겨가지고 일어서는데 봉룡이 한영더러 밖에 나가 잠깐 기다리라고 한다. 문진영감에게서 구문을 받아가지고 같이 가자는 것이리라. 그런데 잠시 후에 봉룡이 방문을 열어잡고 한영더러 먼저 다방에 가 있으라고 한다.

한영이 문진영감의 집을 나와 혼자 길을 걷자니 비로소 일은 시작됐구나 하는 실감이 갔다. 그런데 처음 일을 계획할 때보다 오히려 마음은 잔잔했다.

다방에서 한 시간 남아 기다렸으나 봉룡이 나타나지 않아 한영은 집으로 돌아오고 말았다. 전세방 얻는다든가 그밖의 일들은 내일 다시 봉룡과 만나 상의하면 될 것이었다.

저녁때가 다 되어 봉룡이 한영을 집으로 찾아왔다. 그리고는 밖으로 나가잔다. 봉룡은 뭔가 들떠있는 상태였다. 그러나 술을 마신 기색은 없었다.

한영이 내일 아침에 만나 상의하자고 해도 봉룡이 한사코 밖으로 나가잔다. 낮과는 달리 굵은 빗줄기가 주룩주룩 소리내며 내리고 있었다. 둘이는 우산을 받쳐들고 거리로 나섰다.

"오늘은 내가 술 한잔 삼세."

한영은 봉룡에게 줄 구문을 생각했다.

"나라구 밤낮 깡소주만 먹으란 법 있나." 봉룡이 한 통닭집으로 호기있게 앞장서 들어간다. "우리 닭고기나 뜯으믄서 한잔 함세."

그리고 술을 한잔 들고 나더니 봉룡은,

"오늘 자네가 낼 수고비는 그만두게. 다음에 전세방 얻을 때나 얼마든 주구 싶은 대루 주구." 우쭐거리는 말투였다.

한영은 영문을 알 수 없었다. 문진영감한테 구문을 받았댔자 몇 푼 안될 게 뻔한데, 그걸로 기분이 들떠 이럴 사람이 아니라 싶었다.

"무슨 좋은 일이 있었나보군요?"

"음, 있었지, 그럼." 그러나 그게 뭐라는 건 밝히지 않고, "자넨 술이 세지 못하니까 닭고기나 많이 뜯으라구."

그러다가 봉룡은 술이 몇 잔 들어가자 노래까지 흥얼거리는 것이었다.

──세상만사 둥굴둥굴 호박같은 세상…… 그리고 술을 들이켜고는 벌쭉벌쭉 웃다가 다시, 둥굴둥굴 돌고도는 물레방아 인생……

"단단히 좋은 일이 생겼나본데요?"

"암, 좋은 일이 생기구 말구. 내 말해줄까?" 봉룡은 자기 잔에 손수 술을 따라 훌쩍 들이켜고는, "우리 예펜네가 말야, 취직을 했어!"

"취직을요?"

"문진영감네 가정부루! 어엿이 월급을 받으니 취직이 아니구 뭐겠나?"

그런데 봉룡의 여편네 취직건에는 절대 다른 사람이 알아서는 안될 내막이 들어있었다. 아까 낮에 한영을 먼저 돌려보낸 다음 문진영감과 봉룡 사이에는 실로 기이한 흥정이 오갔던 것이었다. 봉룡의 아내를 문진영감네 식모로 들여보낸다. 그 대가로 문진영감은 매달 봉룡에게 3만 5천원씩을 지급한다. 그러나 거기에는 묘한 조건이 붙어있었다. 봉룡의 아내가 식모로 들어오고 나선 잠시나마 자기 집에 가서는 안되고, 봉룡도 문진영감네 집에 드나들어서는 안된다. 그리고 석 달 동안 지나봐서 봉룡이 아내의 임신이 헛것이 판명되면 이 약조는 파기되고 임신이 확실해지면 애를 낳기까지 식모로 있되 낳은 애는 문진영감과 관계해서 된 애로 한다. 나중 어떤 일이 있어도 봉룡은 이의를 제기 못한다. 다만 낳은 애가 사내애일 경우에는 30만, 계집애일 경우에는 10만원을 문진영감이 봉룡에게 준다. 두 사람이 다 이 흥정을 만족스럽게 생각했다. 문진영감으로서는 돈이 들더라도 자기의 씨를 얻는 게 되어 아들이면 더할나위없지만 딸이라도 데릴사위를 맞으면 그만 아니냐는 생각이었고, 봉룡은 봉룡대로 현재 아들 셋에 딸 둘인 데다 하나가 더 붙어나면 어떡하나 하던 판국에 앞으로 열 달 동안 일정한 수입까지 확보됐으니 다시없는 횡재로 생각했다. 더구나 아들을 낳으면 30만원, 딸을 낳아도 10만원의 공돈이 생기지 않느냐. 설사 아내가 다른 남자의 애를 낳았다는 소문이 나더라도 실상은 자기가 만든 애니 세상 체면같은 걸 따져서 뭣하느냐. 체면이 밥 먹여주나. 이렇게 두 사람이 다 만족한 약정서를 두 통 작성해서 각기 한 통썩 지니고 있기로 했다. 그래 이날로 봉룡의 아내는 문진영감네 식모로 들어가고, 한 달 월급 3만 5천원의 선불과 함께 구문조로 특별히 4천원을 받았던 것이다.

"살림은 어떡하구요? 애들두 어린데." 한영은 납득이 가지 않았다.

"그건 문제될 게 없어. 맨 윗놈이 기집애 아닌가. 열두살짜리지만 날 닮어 눈썰미가 있어서 곧잘 꾸려나가지. 꼭 날 닮었다니까, 그럼. 지금까지두 즈이 에미 품팔이 나가믄 집안일을 걔가 도맡아 해왔는걸." 봉룡이 닭모가지살을 뜯으며, "글쎄 보라구. 문진영감네 마누라가 몸이 약해 도와달라는데 인정상 거절할 수가 있어? 편의를 봐줘야지. 안 그래? 우리 예펜네가 몸사리지 않구 일은 잘 하거든. 남을 도와준다는 게 얼마나 좋은 일인가. 그러니 내 기분이 좋을밖에. 생각해보믄 이게 다 인연이라는 거지. 하늘이 맺어준 인연이 아니구서야 이럴 수가 있어? 안 그래? 자, 한 잔만 더 하게."

"난 그만하겠습니다." 한영은 봉룡이 그런 일을 가지고 마치 경사나 난 듯이 들떠있는 심중을 몰라하며, 그렇다고 더 캐어묻고 싶지도 않았고 그럴 흥미도 없었다.

"낼부터라두 전셋집을 얻어야 하지 않겠어요?"

"암, 그래야지. 근데 말야, 날 만날려구 복덕방엔 찾아오지 말라구. 곽씨가 눈치라두 채믄 일이 복잡해지니까. 알겠지? 내 깨끗하구 존 걸루 하나 구해놓구 알릴 테니 그리 알구 마음놓구 있으라구."

그리고 봉룡은 다시, 둥굴둥굴 돌고 도는……하고 흥얼거리기 시작했다.

한영이 봉룡을 통해 상대방 과수댁과 접촉을 한다, 전셋집을 얻는다, 하여 아버지로 하여금 과수댁과 새 인연을 맺게 하는 데에는 일 주일 가량 걸렸다. 할아버지 모르게 하는 일이라 자연 비밀리에 일을 치르었고, 그러자니 다른 사람들의 눈도 피해야 했으므로 한영아버지는 며칠에 한번씩 한밤중에 갔다가 신새벽에 돌아와야만 했다.

그러한 어느날 이른 아침, 이번 한영 집안의 일로 누구보다도 바빴던 봉룡이 오랜만에 낚시질 나갈 채비를 하고 있는데 문진영감이 불쑥 찾아왔다.

"아니 어떻게 예까지 어려우신 걸음을……" 봉룡은 가슴이 덜컥 내려앉았다. 필시 여편네의 일이 잘못됐구나. 낚시질 도구를 아무데나 내려놓았다. "누추하지만 방으루 들어가시죠."

"아니 예가 괜찮소."

"그럼 이 마루에라두…… 얘야, 여기 좀 훔쳐라."

부엌에서 계집아이가 나와 수돗가로 간다. 거기에는 요강, 걸레, 빨랫감들이 너더분하게 널려있다.

"괜찮대두…… 쟤가 몇쨀가요?" 문진영감은 쪽마루 걸레질하는 계집아이를 유심히 바라본다.

"큰애입죠." 봉룡은 머리를 긁적인다.

"똑똑하게 생겼군요." 문진영감은 봉룡의 처가 저만큼 똑똑하게 생긴 사내애를 하나 낳아준다면 여한이 없겠는데 하고 생각한다.

문진영감이 쪽마루 끝에 걸터앉고, 그 앞에 봉룡이 서서 조심스레 묻는다.

"무슨 일이 있었습니까?"

"아니 그사람이 집장사를 한다드니 딴짓을 했드군요."

이 영감이 뒷조사를 했구나 하고 놀라는 속에서도 봉룡은 자기 여편네에 관한 일은 아니어서 안도의 숨을 내쉰다.

"글쎄 그게……"

"글쎄 그게라니, 이선 그것두 모르구 소갤 하셨소? 내가 이써라믄 그런 걸 죄 알구 난 연후에 소갤 하드래두 했을 텐데."

"죄송스럽기 짝이없지만 전 전혀 몰랐습죠. 집장사를 해보겠다기에 그런 줄만 알았습죠." 봉룡은 시치미를 뗐다.

"사람이란 말에 신용이 있어야 하는 법 아니요? 한자의 믿을 신信자를 봐요. 사람인 변에 말씀언으루 돼있지 않나. 사람의 말엔 믿음성이 있어야 한다는 뜻이 아니구 뭐겠소?"

그러나 문진영감은 더이상 따지지는 않았다. 그걸 따져나가다보면 자기에게 이로울 게 없다는 걸 너무나 잘 알기 때문이었다. 한영아버지가 재취를 하고도 집에 들여앉히지 않고 셋집에 놔두고 쉬쉬 드나드는 걸 보면 두식영감의 허락을 얻어서 한 게 아닌 건 자명한 일이다. 그렇다면 채용증서에는 두식영감의 이름으로 돼있지만 실상은 그 영감은 모르는 일일지 모르니 그걸 까발릴 필요가 없다는 생각이었다. 그저 문진영감으로서는 두식영감이 돈을 빌려간 걸로 묻어두면 그만이었다.

"제가 사이에 들어서 한 일이 그리 돼놔서 면목없구면요, 네." 봉룡이 두 손을 앞으로 모았다.

"그야 돈을 빌려다 허튼 데 쓴 건 아니니까 나무랄 수 없긴 하죠. 근데 내가 한가지 잊어버린 게 있어요. 담보물을 잡지 않을 땐 인감증명을 받게 돼있는 걸 그만 잊어버렸지 뭐요." 물론 잊어버린 게 아니었다. 담보물도 인감도 안 받으려던 것인데 일 돼나가는 품이 탐탁지 않아 이참에 채용증서만이라도 든든히 보완해둘 참이었다. "이써가 중간에 나섰었으니까 이것까진 수고 좀 해줘야겠소."

"네……"

한데 그사람이 혹시 자기 할아버지의 인감증명을 못 떼오면? 하고 문진영감은 생각한다. 못 떼오면 못 떼오는 대로 상관없지. 나중 그 영감이 자기 맏손자의 한 일을 모른다고 내버려두지는 못할 걸. 모르는 일이라고 잡아떼면 맏손자가 민사 아닌 형사에 걸리게 되고 말 테니까. 그런데 문진영감이 이날 봉룡을 찾아와 추궁한 데에는 딴 겨눔도 곁들어있었다. 무슨 일이건 자기 모르게 숨기려 해도 숨길 수 없다는 걸 봉룡에게 인식시킴으로써 자기와의 비밀스런 약조를 누설하거나 딴 궁리를 할 엄두를 내지 못하도록 경고를 주기 위함이었다.

"내가 이써라믄 이런 일은 서둘러 할께요. 인감증명 메거들랑 그 사람이 직접 내게 가져오두룩 하오."

"네……"

봉룡은 아내가 문진영감네 집에 가있는 동안 거기 드나들지 못하게 된 점을 상기했다. 그래서 매달 월급도 문진영감 편에서 전하기로 돼있고, 오늘만 해도 사람을 시켜 봉룡 자기를 부를 수도 있었을 것을 몸소 오지 않았는가.

"빠르면 빠를수룩 좋다구 하슈."

"네……"

네, 라고는 했지만 문진영감을 배웅하고 나서 한영의 집으로 향하는 봉룡은 걱정이 안 될 수 없었다. 저번 목도장이 인감도장이 아님은 분명하고, 그렇다고 한영이 자기 할아버지의 인감도장을 간수하고 있을 리 만무한 일. 결국 한영이 자기 할아버지한테서 인감도장을 달래와야 할 일인데 그게 불가능한 건 뻔한 거 아닌가. 어떻게든 문진영감의 요구대로 일이 잘 풀려야 할 텐데 이 일을 어쩐다? 내 여편네 일도 있고 한데…… 그러다가 갑자기 봉룡은, 옳지, 하고 자기 허벅다리를 탁 쳤다.

한영을 불러내어 뒤란으로 가 봉룡은 문진영감이 찾아왔던 얘기를 다 하고는,

"그러니 이 일을 어떡하믄 좋지?"

"그러게요."

"아무리 생각해봐두 좋은 수가 떠오르지 않는구먼."

"그러게요." 그러면서 의외로 한영은 담담한 마음이 된다. 어차피 아버지의 일이 탄로나거나 문진영감과의 금전거래가 드러나 조만간 겪어야 할 일인 것이다. 그러니 얼마 동안 뒤로 미루거나 당장이거나 매한가지가 아닌가. "할수없죠 뭐. 할아버지한테 올라가 털어놓는 수밖에요."

"털어놓다니?"

"사실대루 말씀드려보는 거죠."

"그럴 게 아니라, 이력허믄 좋겠군." 봉룡이 금세 좋은 생각이라도 떠오른 듯 한영에게 얼굴을 들이밀었다. "자네 동생 있잖나. 그 사람을 시켜서 존장님의 인감도장을 가져오게 하자구. 적당한 구실을 만들어서, 이러이러한 데 할아버님의 인감이 필요읍니다아, 하구 여쭈믄 두말없이 내놓으실 게 아닌가. 내 기맥힌 생각을 해냈지? 안 그런가?" 실은 봉룡이 좀 아까 이리로 오면서, 옳지, 하고 허벅다리를 탁 쳤던 일을 이제야 꺼낸 것이다. 한영의 마음을 안달나게 해놓은 연후에 말하여 더 큰 생색을 내보자는 심산인 것이다.

"한수를 시켜서요?"

"그렇다니까. 그게 젤 확실성이 있지 뭔가? 내 말대루 해! 그게 되믄 읍사무소 증명계에 있는 조서기를 찾아가라구. 왜 조서기란 치 있잖어? 땅딸보."

한영은 듣고만 있었다.

"그치한테 가서 할아버님께서 몸이 편찮어 대신 왔노라구 하라구. 눈치봐서 담뱃값이나 집어주게나. 원래 그런 걸 바라는 치니까. 그래 인감증명서 떼거들랑 곧장 문진영감한테 가져다주라구. 난 오늘 볼일이 있어서 이만 가봐야겠어."

바쁜 걸음으로 돌아가는 봉룡의 등을 향해 한영은 중얼거렸다. 안될 소리. 동생을 이 일에 개입시키다니 말도 안될 소리. 그러면서 한영은 잠시 생각에 잠긴다. 한 길밖에 없는 거다!

여느날처럼 한영은 조간신문을 갖고 할아버지 집으로 올라갔다.

할아버지가 신문을 받아놓고는 돋보기를 꺼내 낀다.

"할아버님, 문갑 열쇠 주세요."

"문갑 열쇠? 건 왜?"

"시계포집 갱신 날짜가 언젠가 보려구요."

"그거 하나는 제대루 허는 것같더니 이젠 그것두 기억 못하니? 만사가 이 모양이니 원. 쯧쯧……"

두식영감이 못마땅해하는 얼굴로 호주머니에서 열쇠꾸러미를 꺼내 건넨다.

한영은 문갑 문을 열고 머뭇댐없이 안쪽에 있는 인감도장집을 집어내어 주머니에 질러넣는다. 순간 한영은 바랐다. 제발 할아버지에게 발각되기를. 그래서 대화를 나눌 수 있게 되기를. 그러나 할아버지는 신문 보기에 열중해있을 따름이었다.

한영은 그길로 읍사무소로 갔다. 봉룡의 말대로 조서기에게 천원을 쥐어주고 곧 인감증명서를 떼어냈다. 곧장 문진영감한테로 갔다. "오해 마시우, 한영씨." 문진영감은 부드럽게 말했다. "한영씨 할아버님을 못 믿어서가 아니라 담보를 잡지 않는 대신 인감증명서를 첨부하게 돼있는 원칙을 내가 깜빡 잊었었지 뭐요. 뭐든 원칙대루 하는 낸데 요즘 부쩍 건망증이 심해져서 당최……"

한영은 새로 채용증서를 쓰고 인감도장을 찍은 후 인감증명서를 거기 첨부했다.

혹시나 했던 대로 저번 도장이 인감도장은 아니었군. 근데 인감증명을 제꺽 떼온 걸 보니 별탈은 없는 모양이지만 어쨌든 챙기길 잘했어. 뭐든 원칙대로 하는 게 제일이야. 문진영감은 흡족스러웠다.

먼젓 채용증서를 뭉뚱그려 주머니에 쑤셔넣고 그곳을 나온 한영은 별 마음의 동요를 느끼지 않았다. 일은 저 갈 길을 가고 있으니 얼마 있지 않아 결판이 나겠지.

그동안의 집안에서 생긴 일을 모르는 채 할아버지 마음에 어떤 변화가 일기를 기대하며 한수는 그런대로 공부에 열중하면서 시간을 내어 진희를 만나고 있었다.

제 Ⅲ 부

제 1 장
점과 점

　중심가를 좀 벗어난 곳이어서 그런가. 제과점의 홀은 탁자들이 넓찍한 간격을 두고 자리를 잡고 있고, 천장도 유별나게 높아 사람들의 말소리가 나직나직 울려 조용하고 한갓졌다. 손님들로는 구석지에 고교생 티의 두 소년이 앉아있을 뿐, 그밖에는 대부분 나이가 지긋한 사람들이었다. 병배와 세미가 앉아있는 오른쪽 탁자의 남녀도 중년이고, 왼쪽 탁자의 세 여자도 50 전후로 보였다.

　병배는 그동안 새 일자리를 잡은 후 세미에게 몇 차례 전화를 했으나 그때마다 출타중으로 소식이 닿지 않다가 이날 세미 편에서의 연락으로, 세미가 지정한 이 장소에서 만나게 된 것이다.

　"가정교사가 직성에 맞으세요?"

　"뭐 그저……"

　병배가 콜라잔을 내려놓고 새삼스럽게 세미를 바라보았다. 세미의 깍듯한 존대말이 자꾸 걸렸다. 이랬니 저랬니 하는 사이는 아니었지만 이렇게까지 정중했던가.

　"비꼬는 뜻으루 물은 거 아녜요." 세미가 의외로운 표정을 하고 있는 병배에게 말했다.

　"애는 잘 따라와요?"

　"네 그런대루……"

　병배가 그냥 어정쩡해있자,

　"그러구만 있지 말구 나한테두 물어봐야 하지 않아요? 그동안 왜 늘 집에 없었느냐, 또 무슨 까닭에 이런 곳으루 불러냈느냐 어쩌구요."

세미가 뾰족한 송곳니를 조금 드러내며 미소를 지었다. 병배는 비로소 옛날의 세미답다고 생각한다.

"저 그동안 아주 기진맥진이었었죠."

병배는 다시 새삼 굵은 털실로 짠 목도리를 두른 세미의 모습을 살핀다. 옷차림도 옛날과는 많이 달라져있었다. 수수한 밤색 코트를 풍신하게 입고 있었다. 늘 화려한 색깔의 옷으로 멋을 내는 편이었는데. 그러고 보면 가늘고 길게 그리던 눈썹도 그리지 않았고 화장기도 별로 없어 보였다.

"얼굴은 되레 전보다 나아진 것같은데요." 병배도 자연 웃자까지 붙이게 된다.

"요즘 좀 살이 붙은 편예요." 세미가 양손을 자기 뺨에 갖다댔다. "한때는 형편없었어요. 원인두 없이 하루종일 머리가 멍하구, 소화가 안 되구, 잠두 안 오구요. 만사가 시들하구 귀찮기만 했어요. 견디다 못해 병원에 가서 체크를 해봤죠. 아무 병두 아니니 무조건 정신안정만 하라는 거예요. 말하자면 노이로제라는 거죠."

"노이로제?" 예민하고 섬세한 성격이니 그럴 만도 하다고 병배는 생각한다. 그런데 무슨 원인으로 그리 된 것인가.

"마음먹은 대루 정신안정이 어디 되나요. 병배씨두 내 버릇 아시잖아요. 속상하거나 우울한 일이 있을 때면 크게 볼륨을 올려놓구 한차례 음악을 듣구 나면 깨끗이 풀려버리는 걸요. 그런데 전혀 효력이 없는 거예요. 그것마저 소음처럼 신경을 건드릴 정도였다니까요."

병배는 전에없이 다변해진 세미의 말을 가만히 듣고만 있었다. 그러면서 그 노이로제의 원인이 한수로 해서 비롯된 것은 아닐까 하는 생각을 해본다. 그래 그 몹쓸 놈이 무슨 일루 세미씰 그렇게 괴롭혔나요? 하고 이죽거려볼까도 했으나 그만뒀다. 말씨 때문인지 세미의 이야기는 어딘지 진지하게 들렸고, 함부로 농담을 던지지 못하게 하는 무엇인가를 분위기에 지니고 있었다.

세미는 잠시 말을 끊고 탁자 한 곳에 시선을 고정시키고 있었다. 마음을 고정시키려는 것같았다. 그네가 다시 입을 열었다.

"그러다가 우연히 신문에 난 조그만 광고문을 발견하게 된 거예요. 운명의 만남처럼요. 불안하구 자신없는 사람은 오라는 문구였어요."

병배는 유심히 세미를 건너다보며,

"그러니까 무슨 종교단체……"

"아뇨." 세미는 얼른 병배의 추측을 잘랐다. 그리고 단호한 어조로 말했다. "극히 과학적인 치료원이에요. 자력개발원이라구 하는데죠."

"처음 듣는데요."

"그러실 거예요. 저두 몰랐던 분야였으니까요. 글자 그대루 자기 스스루 힘을 개발하는 곳이에요."

"힘을 개발해요?"

"간단히 말해서 자기암시를 통해 잃어버렸던 자신감과 용기를 갖게 하는 거죠."

"도통 모를 소리군요."

세미는 자력개발원을 찾아가서의 일들을 얘기했다. 먼저 원장과 주고받은 상담——부모형제, 교우관계, 결혼문제를 위시해서 남편과 사별 후의 남자관계 등 지나온 과거를 상세히 물은 다음 인쇄된 앙케이트 용지를 내주고 그 자리에서 쓰게 한 일. 꼭 하고 싶은 일은 무엇인가, 제일 두려워하는 것은 무엇인가, 외로울 때는 어떻게 하는가, 가장 행복한 때는 언제인가, 하늘이나 바다를 보면 어떤 느낌이 드는가 하는 물음에서부터, 어떤 빛깔을 좋아하고 어떤 빛깔을 싫어하는가, 심지어 개를 좋아하는가 고양이를 좋아하는가 하는 등등의 50가지가 넘는 설문이 있었다는 것. 그런 후에 수강을 받게 됐는데 처음엔 수강생끼리 둘씩 짝을 지어 서로 상대방의 눈을 똑바로 마주보며, 당신을 만나 이처럼 반가울 수가 없다는 인사로 시작해서, 한 사람 한 사람 일어나, 나는 희망을 먹고 산다, 내게는 불가능이란 없다, 미래는 내것이며 내 뜻으로 만들 자신이 있다, 식의 자기암시를 거듭 반복시킨다는 것. 따라서 원장의 강의 내용도 만일이라든가 혹시라는 부정적인 말은 일체 사용하지 않고 항상 긍정적인 말과 함께 소극적이 아닌 적극적인, 그리고 수동적이 아닌 능동적인 마음가짐을 갖게 하는 말만 한다는 것들을 차근

차근 설명했다.

"일종의 최면요법같은 거군요?" 병배가 물었다.

"그렇게 보는 사람들이 있는 모양이지만 절대루 달라요."

"대체 어떤 사람들이 모이는데요?"

"대중없어요. 중고교생에서부터 대학생, 가정주부, 샐러리맨, 사업가, 각계각층 사람들이 다 있어요."

"수강자가 많나부죠?"

"세 반인데 한 반이 20명 가량 돼요."

"그러니까 요는 그곳에서 세미씨의 노이로제 증상을 고쳤다는 거죠?"

세미가 그 말엔 대답을 않고 자기 상념에 또 침잠해있는 표정이다가,

"그런 곳이 있다는 게 좀더 널리 알려져야 해요. 그래서 많은 사람이 원장의 혜택을 받을 수 있었으면 해요. 불안과 자신감 상설루 고민하는 사람이 얼마나 많아요. 더구나 원장 자신이 과거에 심한 무력증에 걸려가지구 고통을 겪어본 분이어서 아주 열심이세요."

"몇 살이나 된 사람인데요, 그 원장이란 사람이?"

"마흔둘요."

"의욕에 찰 나이군요."

"그분과 같이 있는 것만으루두 마음이 편해요." 세미가 약간 얼굴을 상기시키며 말했다.

"가정은 가졌겠죠?"

"아뇨. 여태 미혼으루 있어요."

여태 미혼으루 있대요 가 아니고, 여태 미혼으루 있어요 라는 말의 어감이 병배에겐 묘하게 들렸다. 이 여자가 아무래도 그 원장이라는 남자한테 상당히 관심이 가있는 거구나. 병배는 담배를 피워 물었다. 도대체 한수 그 친구와는 어떻게 된 건가.

"그건 이성간의 애정하군 달라요." 병배의 심중을 헤아리기라도 한 듯 세미가 변명같은 말을 했다.

그리고 세미가 무언가 더 말을 하려는데 여자 둘이 탁자와 탁자 사이의 통로를 지나가다 세미에게 알은체를 해 서로 인사말을 주고

받았다. 여자들이 간 뒤에도 세미는 자기가 하려던 말을 정리라도 하듯이 잠시 눈을 내리깔고 있다가,

"그 기분을 어떻게 말해야 좋을지…… 서루의 단점이나 허물을 다 받아줄 수 있는 상대루 여기게 됐다구나 할까요. ……저두 두 달 가까이 거기서 일을 거들어주구 있어요. 바루 이 옆 빌딩예요. 아침 열시부터 오전반이 있구요, 오후 두시부터 있는 낮반 끝내구 나온 길예요. 이따 여섯시부터 두 시간 동안 저녁반 수강생을 또 봐줘야 해요."

그랬었구나. 그래서 세미는 늘 집에 없었고, 또 이런 데서 만나자고 한 거구나.

"한수씨와 연락 있어요, 요즈막에?" 지금까지완 다른 억양이 되어 세미가 물었다.

"아뇨. 지금 나 있는 델 알리는 엽서만 띄웠죠. 그친구 방해될까봐 편지두 자주 하지 않구 있어요." 병배는 엉거주춤한 웃음을 입가에 지었다.

"그렇죠……" 세미가 시선을 아래로 깔았다. "방해해선 안되죠. 방해해선……"

둘 사이엔 잠시 말이 끊겼다.

세미가 시선을 들었다.

"병배씨, 나 부탁 하나 있어요." 세미가 탁자 위의 핸드백을 자기 무릎으로 옮겨 안았다.

"병배씨가 한수씨한테 연락해서 서울 한번 올라오두룩 해주세요. 마지막 방해가 될는지두 몰라요. 왜 내가 직접 연락하지 그러느냐는 소린 하지 마세요. 편지가 써지질 않아요." 간절한 표정으로 병배를 응시한 채 말했다.

제과점을 나와 세미와 헤어진 병배는 얼떨떨했다. 세미는 내게 자기의 근황을 보고하는 동시에 간접적으로 그걸 한수에게 알리자는 심산인가. 어쨌든 한수에게 세미 얘기를 써보내야겠다는 생각은 하고 있었다.

저녁반의 스케줄이 끝나 테이블 위의 것들을 정돈한 세미가 백을

들고 의자에서 일어나자 원장도 따라 일어나 손을 내민다. 유원장의 큰 손이 언제나처럼 가늘게 떨렸다.

"오늘두 꼭 돌아가셔야 합니까?" 어제도 한 말이다. 아니 일 주일 전부터 해오는 말이다. 세미가 잠자코 있자 유원장은 또,

"네 좋습니다, 좋습니다. 세미씨 스스루 마음이 내킬 때까지 언제까지라두 기다리겠습니다." 말하며 세미의 눈을 응시한다. 수강과정의 한 기본패턴인 서로의 눈을 똑바로 마주보며, 당신을 만나 참 말루 반갑습니다, 할 때의 자세로.

어둑신한 계단을 내려와 세미는 한길로 나선다. 그리고 버스정류장까지 걷는다. 그러는 세미는 4층 원장실 겸 상담실로 사용하고 있는 방의 창문을 조금 열고 자기를 내려다보고 있을 유원장의 시선을 감지한다. 한 번도 확인해보지는 않았지만 그럴 것이 틀림없다고 여긴다. 내가 시야에서 사라진 후에 원장은 하던 일을 계속하겠지. 그리고 일이 일단락 끝나는 대로 밤늦게까지 브라질 이민가기 위한 포르투갈어를 공부하겠지. 그리고는 약간 저는 다리로 서무실과 교실을 둘러보고 원장실 옆 침실로 가리라.

세미는 이 자력개발원의 과정을 밟기 시작하면서부터 항상 유원장의 무심한 듯한 숨겨진 시선 속에 들어있는 자신을 느껴왔다. 그것이 어느날 구체적인 것으로 나타났다. 세미의 수강과정이 거의 끝나갈 무렵이었다. 하루는 방에 단둘이 됐을 때 유원장이 불쑥, 난 미스 박같은 분이 언제구 내 앞에 나타나길 기다리구 있었습니다, 하고는 그걸 굳게 믿어왔다는 투의 시선을 세미의 눈에 부으면서, 내게는 당신이 꼭 필요합니다, 하는 것이었다. 이어서 유원장은 지금까지의 자기를 털어놨다. 열한살 때 고아가 됐다는 것에서부터, 껌팔이를 하면서 야학에 다닐 무렵 교통사고로 다리를 다쳤다는 것, 20대에 무력증에서 온 심한 신경쇠약에 걸려 자살 직전까지 갔었다는 것, 그러다가 우연히 거울에 비친 자기 얼굴을 보고, 너는 자신있다, 너는 자신있다를 수없이 뇌이다가 이상스레 실제로 자신을 갖게 되어 고비를 극복했다는 것, 그 이후로 어떤 고난 속에서도 좌절 없이 오늘날까지 자신을 지탱해왔다는 것, 앞으로도 자기에겐 오직 전진만 있을 뿐이라는 것 등을. 그 얘기들은 또 한번

세미에게 유원장을 신뢰하고 의지하게 만들었다. 이건 한갓 남녀의 애정과는 다른 감정이라고 생각됐다. 세미는 수강과정을 다 마친 뒤 자진해서 유원장의 일을 거들겠다고 했다. 그리하여 보조강의도 하고 수강생들과의 상담도 맡으면서 마음의 안정을 유지해갔다. 그러던 어느날 유원장은 세미에게 24시간 함께 있기를 원한다고 했다. 그 말 앞에서 세미는 주춤했다. 비로소 자기의 위치를 둘러보고 무언가 생각해야 할 시점에 와있다는 걸 알았다. 그런 그네 앞에 한수의 존재가 크게 막아섰다. 원의 업무에 몰입하다가도 문득문득 한수에게로 생각이 달리고, 그럴 때마다 새삼스레 아픔이 밀려오는 것이었다. 그런 그네의 마음을 용케 알아맞추듯 유원장은 한수를 한번 만나게 해달라고 했다. 처음엔 당치도 않은 간섭같이 여겨져 불쾌감을 느꼈으나 왜 그런지 차츰 세미도 유원장의 제의를 받아들이는 쪽으로 기울어졌다. 그렇게 하면 자기 생활에 어떤 매듭이 지어질 수도 있지 않을까 하는 마음과 함께.

세미는 자기 집 방향으로 가는 버스가 와 올라탄다.

"어, 이녀석 봐라!" 진희 맞은편 테이블에 자리잡고 있는 물상선생이 월정고사 답안을 채점하다 어이없다는 듯 소리를 지르고는 껄껄 웃는다. "요 전번엔 2번에다 전부 동그라미를 쳤더니 이번엔 3번에다 모주리 쳤네, 이녀석이!"

진희도 따라 웃는다. 진희는 진희대로 각연필 각면에 1, 2, 3, 4를 새겨넣어 굴려가지고 나오는 숫자대로 답안에 표시하는 애를 본 일이 있었던 것이다.

"그래두 정답이 꽤 여럿 나왔죠?" 물상선생 옆의 선생이 답안지를 넘겨다보며 물었다.

"누가 아니랍니까. 뭔가 잘못돼있어요. 이런 사지선다형 출제두 그렇구, 학교평준화 문제두 그렇구, 교사의 잡무 문제두 그렇구, 여러가지루 개선 검토돼야 할 게 많다구 봐요."

그러나 문제점이 그뿐이랴. 진희는 요즘 부쩍 애들 지도에 어려움을 절감하고 있었다. 언젠가 자기는 중섭더러 학교생활이 재밌다고 한 적이 있는데, 그게 교사 초년생으로 얼마나 멋모르고 한 얘기인가 하는 것을 요즘 절실히 깨닫고 있었다. 정열이나 성의만으로 되지 않는 일이 너무나 많았다. 교사생활이란 최초엔 재미있다가 다음엔 침체상태를 거쳐야 한다고 중섭이 말했었는데 난 몇 달만에 벌써 침체상태에 빠진 건가. 중섭은 또 그 침체상태를 거치고 나야 제대로 보람을 느끼는 단계에 이른다고 했었지만 도저히 그 단계에 이르를 수 있을 것같지 않았다. 그러나저러나 중섭이 대구에서 친구와 함께 무슨 기업체를 경영한다며 학교를 떠난 다음엔 의논할 상대도 없어 더 답답했다.

심부름하는 소녀가 와 진희에게 전화 받으라고 한다. 전화는 한수한테서였다. 한수는 진희더러 오늘 저녁 사정이 어떠냐고 묻지도 않고 댓바람에 여섯시반까지 간편한 차림을 하고 나오라고 하면서 만날 장소를 일러준다. 바로 어제 만났는데 무슨 일이냐고 물으려는데 전화가 끊겼다. 수화기를 놓으면서 하기야 그쪽 형편만 괜찮으면 날마단들 어떠랴 싶었다.

"이거 만나게 되니 자주 만나네."

한영 앞에 봉룡이 벌씬벌씬 웃고 있다. 어제 문진영감의 전갈이 있어서 돈 반제 문제로 봉룡은 한영을 찾아갔었는데 오늘 또 만난 것이다. 봉룡의 좌우엔 애들이 올망졸망 붙어있었다. 한영은 변두리에 있는 대지세를 수금하러 가는 길이었다.

"무슨 나들이세요? 애들을 데리구."

"곡마단 구경시킬려구. 어떻게들 졸라대는지 견뎌낼 수가 있어야지."

저쪽 공터에 친 천막에서 확성기를 통해 조잡스런 음악 소리가 울려오는 걸 벌써부터 한영은 듣고 있었다.

"자네두 같이 가보지 않겠나? 옛날 우리때 곡마단 같지는 않겠지만 눈요기야 되겠지."

"아뇨." 한영은 고개를 저었다.

애들 중 제일 작은 사내애가 봉룡의 손을 잡아끌며 어서 가자고 재촉한다.

"응, 가자 가자." 봉룡이 걸음을 떼다 말고 한영에게 "어제두 말했지만 돈 갚을 날짜가 이젠 사흘밖에 남지 않았어."

"알구 있어요."

"그럼 또 봄세."

쪼르르 애들이 곡마단 천막 쪽으로 달려가는 뒤로 봉룡이 의젓한 걸음을 옮긴다.

큰딸애가 보이지 않는 걸 보니 그애에게 집을 보게 하고 나선 나들이일 것이다. 한영은 그들을 바라보며 사람 사는 것도 여러가지구나 하고 미소를 머금는다. 애들이 곡마단 구경시켜달라고 졸라대서 나왔는지, 혹은 애들이 엄마를 찾아대니까 봉룡이 편에서 달래느라고 구경을 시켜주마 데리고 나왔는지 어쩐지는 모르지만 일단 지금 그들의 모양은 퍽 화기에 차있어 보였다.

한영은 가던 길을 간다. 봉룡의 말이 아니더라도 요즘의 곡마단은 별 구경거리가 없을 거다. 천막의 규모도 형편없이 작고, 천막밖에 코끼리라든가 말이라든가 원숭이같은 동물도 보이지 않는 걸 보면. 그래도 봉룡의 애들은 대단치 않은 곡예에 손뼉을 치며 좋아라 하겠지. 아니, 애들의 흥을 돋구기 위해 봉룡이 먼저 박수를 칠는지 모르지. 그러는 한영의 뇌리에 예전에 본 공중곡예의 한 장면이 떠오른다. 무릎을 그네에 걸고 거꾸로 왔다갔다 하던 양쪽 곡예사 중 한쪽 곡예사가 그네에서 벗어나면서 맞은쪽 곡예사의 손목을 붙잡는 찰나 그만 놓쳐 아래로 떨어졌다. 밑에 그물이 쳐있었지만 관중들은 앗 소리를 토했다. 그 실수는 두 사람 중 어느 한 쪽의 기술의 미숙에서 온 것일까, 아니면 그 찰나 두 사람의 호흡의 불일치 때문이었을까.

목적하는 집이 저만큼 보인다. 방을 두 칸이나 늘려 지난달부터 세를 올려 받는 집인데 제날짜에 내본 적이 없다. 오늘 못 받으면 또 다음에 올 수밖에.

저녁 여섯시반이 이렇게 밤중처럼 어두울 줄 진희는 미처 몰랐다. 약속한 장소가 이쯤일까 하고 인가가 끊긴 길목에서 어름거리는데 얼마 안 떨어진 앞쪽에서 플래시 불빛같은 게 확 켜졌다. 반대쪽을 향해 켜졌지만 진희는 깜짝 놀라 뒤로 물러섰다.

"나요."

한수가 먼저 와있다가 어둠속에서도 진희인 걸 알고 오토바이의 라이트를 켠 것이다.

"이게 뭐예요?" 진희가 한수에게로 다가갔다. "웬 오토바이죠?"

"훔쳐온 건 아니니까 안심해요." 이날은 명재소년이 혼자 가게에 있다가 두말없이 오토바이를 빌려주었다. 주인한테 물어 한수가 누구라는 걸 알고 있는 모양이었다.

"그게 아니구요, 뭣하러 오토바이를 갖구 왔느냐구요?"

"알다시피 이건 타는 거 아닌가요."

"그걸 타구 어딜 가게요?"

"타구 나면 알게 됩니다. 자, 타세요."

이래서 간편한 차림을 하고 나오라고 했구나. 그러나저러나 이 밤중에 어딜 가려는 것일까. 참 알 수 없는 사람. 진희는 잠시 머뭇대다가 올라탔다.

"떨어지지 않으려면 날 꽉 잡아요." 한수가 발동을 걸며 말했다.

진희가 한수의 점퍼 양옆을 잡았다.

"허리를 단단히 잡아야 할걸요."

진희는 그 말에 응하지 않았다. 한수도 더 어떻게 하라는 말을 하지 않았다.

오토바이가 얼마 달리지 않아 안장이 들춰대 진희는 그제야 한수의 허리 양쪽을 붙든다.

왼쪽 야산머리에 걸려있는 초승달이 보였다. 꼭 주황빛 색종이를 오려 붙여놓은 것만 같다. 이 초승달이 달리는 오토바이의 방향에 따라 야산에 가려졌다 나타났다 한다. 어떤 때는 가려졌다가 엉뚱한 위치에 나타나기도 했다.

며칠째 계속되는 포근하고 잔풍한 날씨였으나 달리는 오토바이로 해서 일어나는 쌀쌀한 바람결에 두 사람의 머리카락이 흩날렸다. 진희의 긴 머리카락이 흩날리면서 얼굴을 때릴 때는 따끔따끔 아팠다.

"어딜 가는 거죠?" 진희가 궁금한 듯 다시 물었다.

오토바이의 배기폭음과 속력으로 일어나는 바람결에 먹혀 진희의 말소리가 잘 들리지 않는 듯 한수는 고개를 약간 뒤로 돌리며,

"뭐라구요?"

"어딜 가냐구요?" 진희가 크게 소리쳤다.

"폭포 구경!"

한수의 말소리를 그런대로 진희는 알아들을 수 있었다.

"이 밤중에 폭포 구경을 가요?"

한수는 대꾸하지 않았다.

밤중에 폭포에 가다니 정말 알 수 없는 사람. 그러나 진희는 더 말하지 않고 한수의 허리를 잡은 두 팔을 다시 추스르며 한쪽 뺨을 한수의 등에 가득히 밀착시켰다. 오토바이의 달리는 방향 때문인지, 아주 야산 너머로 져버렸는지 초승달은 시야에 나타나지 않았다.

"졸면 안돼요." 한수가 고개를 약간 뒤로 틀며 말했다. "이제부터 길이 더 사납다구!"

누가 이런 때 졸아. 졸립기는커녕 진희는 좀전부터 무엇에 쪼들리고 있었다. 어둠속을 달리는 속도에서 오는 긴장과 추위가 가져다주는 생리현상일까.

"잠깐요." 종내 진희가 한수의 등에 붙였던 뺨을 떼며, "좀 멈춰 달라구요."

한수가 속력을 늦췄다.

"왜 그래?"

"글쎄 빨리요."

한수가 오토바이를 세웠다.

진희가 내리더니,

"오토바이 불 끄구요, 그리구 저쪽 보구 계세요."

한수가 라이트를 껐다.

진희는 잰걸음으로 길을 벗어나 완만한 경사로 이어진 둔덕 쪽으로 간다. 발소리가 멎으며 진희의 쪼그리고 앉는 모양이 어리숭하게 보였다. 상당히 급했던 모양이군. 한수는 진희가 잠깐만 멈춰달라고 한 이유를 알아차리면서 담배를 피워물며 고갤 거둔다.

"엇 춰." 진희가 좀만에 돌아오는 기색이다.

한수는 오토바이의 라이트를 다시 켰다.

"폭포에 가는 거 그만둬요. 추워서 안되겠어요. 밤에 그런 데 가려면 좀더 준빌 해야죠."

"준비?"

"좀더 두꺼운 옷두 입구 편한 신발두 신구…… 진작 목적질 말하시잖구." 진희는 주머니에 양손을 찌르고 움츠린 자세다.

한수는 오늘 문득 밤에 폭포를 가 보고 싶은 생각이 났다. 바위나 산은 어둠속에 묻혀버리고 단지 물줄기만 떠있을 것같은 폭포의 낙하를 보고 싶었다.

"이제 조금만 더 가면 되는데."

"그치만 오늘밤은 그만둬요."

한수는 오토바이를 길 밖으로 내다 세우고 라이트를 껐다. 그리고 진희의 손을 잡고 야산 쪽으로 들어섰다. 진희도 폭포엔 못 가지만 이왕 야외까지 왔다가 이대로 돌아가기는 아까웠던 차였다. 한수하는 대로 따랐다.

"이쯤에 앉아요." 얼마큼 올라가다 진희가 말했다.

둘이는 길 쪽을 향해 마른 잡초 위에 앉았다. 정적이 둘의 주위를 둘러쌌다. 어둠도 아무런 파문을 일으키지 않고 한자리에 정지돼있었다. 한수가 피우는 담배의 불꽃만이 피어났다 사그라졌다 하며 살아 움직였다.

"저 길루 가면……" 진희가 입을 열었다. "어디루 통하는가요?"

길은 차곡이 괴인 어둠속에 파묻혀있었다.

"폭포 있는 데까지만 가봐서 모르겠는데." 한수가 담배를 땅에 눌러 껐다. "차차 좁아지다가 한 오두막집 앞에서 끊어지겠지 뭐."

"아무리 그럴까. 다른 길을 만나 이어진다구 생각되지 않아요? 전 산골짝길이나 보리밭 사잇길같은 것두 끝없이 미지의 세계루 펼쳐질 것같은 느낌을 받는데."

한수는 어둠속에서 혼자 빙긋이 웃는다. 이 여자가 언젠가는 말했지. 저녁놀은 종말을 알리면서 뭔가 새 생명을 품구 있는 것같애서 좋아요, 그리구 순간이란 것과 영원이라는 걸 함께 느끼게 해줘서 좋아요, 라고.

"끝없이라든가 영원이란 말은 인간이 만들어낸 아름다운 추상명사 중의 하나일 뿐." 한수가 하늘로 눈을 주며 말했다. 하늘엔 운애가 끼어있어 별빛이 또렷하지 않고 어룽신하게 번져있었다. "이세상엔 과정이 있을 따름인 거요."

"과정…… 그 과정을 거쳐 어떤 종착점에 도달한다는 건가요?"

"도달할 종착점이란 없는 거 아니겠소? 도달한 종착점 또한 하나의 과정에 지나지않는 게 돼버리니까."

"그러니까 한수씨 얘긴 인간에겐 한정된 과정이 있을 뿐이라는 거군요?"

"그런 생각이 늘 들어요. 허지만 이 과정이 인간만이 누릴 수 있는 특권인지 모르지. 과정 속에서 울구 웃구 넘어지구 일어나구 하면서 말이오. 문제는 어떻게 울구 어떻게 일어나는가가 중요하겠지."

아랫길 쪽에 달구지가 지나가는지 덜커덕덜커덕 하는 소리가 들려왔다. 그것은 어둠을 헤집는다느니보다 어둠에 번지어 오는 소리였다. 소 옆에 걷는 듯한 궁글은 남자의 말소리와 달구지에 탄 듯싶은 어린 계집애의 목소리도 들려왔다. 부녀가 읍에 들어갔다 길이 늦어진 것인가.

"춥잖어요?" 한수가 팔을 내밀어 진희의 어깨를 감아 안았다.

"이젠 괜찮아요. 아까 오토바이 타구 달릴 땐 추워서 혼났어요."

한수가 진희의 어깨에 감은 손에 힘을 주며 자기 쪽으로 당겼다. 아무 저항없이 기울어져왔다. 입술이 닿았다. 진희 입술은 메마르고 차가웠다.

"우리 내려가요." 진희가 몸을 일으켰다.

한수가 같이 일어나며 진희를 감싸안았다. 바로 눈앞 어둠속에 진희의 눈이 있었다. 눈시울이 어둠에 번져 크게 보였다. 한수는 진희 이마에 흘러내린 몇가닥 머리칼을 쓸어올린 후 입술로 그네의 두 눈을 감겼다. 온기있는 눈꺼풀이 입술 밑에서 하느르르 떨었다. 그 떨림이 풍기는 듯한 엷은 향기가 입술에 묻어나는 느낌이었다. 뺨을 훑어 내려와 입술을 포갰다. 보드랍고 매끄럽고 촉촉한 속입술이었다. 한수가 진희의 잇사이로 혀를 디밀었다. 진희의 이가 한수의 혀를 자근자근 가볍게 물었다. 그리고는 한수에게서 입을 떼었다.

"그만 내려가요."

진희가 한수의 품에서 몸을 빼내려는 순간 발밑이 불안정해 비틀

했다. 한수의 발밑도 안정돼있지 않아 따라 비트적거렸다. 그러나 그는 팔을 풀지는 않았다. 그는 말없이 그네를 안은 채 나무 있는 데로 밀고나갔다. 그네가 뒷걸음질치며 뒤뚱거리곤 했고 그때마다 그도 비틀거렸으나 그네를 안은 팔은 여전히 풀지 않았다. 나무는 잎새를 떨군 꽤 큰 잡목이었다. 한수는 그 나무에 진희를 기대어 세웠다.

"우리 그만 내려가요."

한수가 진희의 말을 막기라도 하듯이 자기의 입술로 그네의 입술을 덮었다. 진희는 눈을 감고 있었다. 그의 혀가 그네의 닫힌 이의 문을 밀어 열었다. 그네의 입속은 뜨거웠다. 그의 혀끝이 그네의 입속을 휘둘렀다. 서로의 혀가 엉겼다. 그네의 혀가 그의 입안으로 들어왔다. 그는 그걸 놓치지 않으려는 듯 입속 깊숙이 빨아들였다. 그런 채로 둘이는 나무 밑으로 흘러내렸다.

"답답하게 굴지 말구 딱 부러지게 말 좀 하라구. 틀림없이 돈 준빈 돼있겠지?"

봉룡은 이날 아침 한영에게 다음날 문진영감네 돈 갚을 일로 찾아왔다가 토지 경계 측량할 데가 있어 외출하는 한영을 길거리까지 따라나서서 다짐을 하고 있었다.

"그건 내일 일 아네요?" 한영은 같은 말을 되풀이했다.

"그러니까 하는 말 아냐? 내일이 그래 일년 후라두 된단 말야? 눈 한번 감았다 뜨믄 낼야, 낼."

"글쎄 내일 일은 내일 봅시다."

"그 영감쟁이가 얼마큼 지독하다는 걸 잘 알지? 하루두 연기가 안돼. 연길 받을래두 일단 갚을 돈을 가지구 가서 얘기해야 한단 말야."

"알구 있어요."

봉룡으로서는 이번 문진영감과 한영의 금전 대차 문제는 자기가 두식영감의 인감증명서 떼다 주게 한 것으로 책임이 끝난 걸로 여기고 있었으나 문진영감이 사람을 보내어 한영의 채용금 반제에 차질이 없도록 해달라는 당부가 있은 데다가 오늘은 또 아침 일찍 아내의 다음달 월급을 미리 보내면서 재차 독촉이 있었으니 봉룡은 급해지지 않을 수 없었다.

"그러니까 자네 동생을 통해서 할아버지한테 내일 돈이 나오두룩 해놨다는 거지?"

한영은 속으로 우스웠다. 이 사람은 춘길의 집 사들인 것이나 할아버지 인감증명서 떼낸 것 등이 전부 내가 동생에게 부탁하여 된 줄로 아는 모양이군.

"동생이 이 일하구 무슨 상관이 있어요?"

"아니 그럼?" 봉룡은 너무나 뜻밖의 말에 놀란다.

"내가 한 일인데 내가 책임져야죠."

봉룡은 그 자리에 우뚝 선다. 이거 큰일났구나. 이 일을 어쩐다? 멈춰선 채 생각에 잠겼던 봉룡이, 오라, 하고 발길을 돌려 오던 길을 되짚는다. 이제야말로 한수가 나서야 할 때인 거다. 내가 직접 가서 해결을 짓는 수밖에 없다. 저 친구 믿다 일이 틀어지는 날엔 내 형편이 뭐가 되는가. 더구나 아내의 일도 있고 한 판에! 봉룡은 걸음을 빨리했다.

한수의 방문을 두드리자 안에서, 네, 하는 소리가 나왔다. 봉룡이 지체없이 방문을 열고 들어섰다.

한수가 책상에서 돌아앉는다.

"이렇게 불쑥 찾아와서 죄송하구먼요. 본 지가 오래돼서 내가 누군지 잘 모를 거구먼."

"아무럼 봉룡이아저씰 몰라볼라구요."

"잊지 않구 기억해줘 고맙구먼. 실은 급히 상의할 일이 있어서 왔는데……"

"거기 앉으세요."

봉룡이 몸을 사리고 앉는다.

"상의하실 일이라뇨?"

"바쁠 텐데 요점만 얘기하지. 저어, 딴게 아니구 말씀야……" 봉룡은 한수에게 경어와 반말을 어중간하게 섞어쓰고 있었다.

"말씀해 보세요."

"저어, 형한테서 무슨 얘기 듣지 못했는지……"

"형한테서요? 아뇨. 무슨 얘긴데요?"

"저어, 아버지 재취시키느라구 돈 빌린 일……"

한수는 멍멍한 얼굴로 무겁게 고개를 좌우로 저었다.

한영이 그치가 짜장 동생에게 아무말도 하지 않았구나, 어쨌든 직접 찾아오길 백번 잘했지, 내 하는 일에 어디 틀린 게 있남. 그러면서 봉룡은 저간의 일을 자초지종 얘기했다. 사이에 낀 자기의 고충도 요소요소에 빠짐없이 집어넣었다. 아무 막힘 없이 말이 술술 풀려나옴에 봉룡은 스스로 만족스러웠다. 그래 처음엔 한수가 권하는 담배를 한 대 피우고 나서 다음엔 제손으로 다시 한 대를 더 피웠다.

"그러니까……" 봉룡은 결론을 짓듯 말했다. "할아버님께 말씀을 잘 드려서 말썽없이 해결하는 길밖에 없다구 보는데…… 그러지 않았다가는 돈은 돈대루 물구 망신은 망신대루 할 거란 말씀야, 그럼. 사이에 낀 난 또 뭐가 되나. 잘해주려던 일인데, 그럼…… 난 동생 두 간여된 일인 줄 알구 마음놓구 도와줬지 뭐요. 형만 믿구야 어디 그런 일을……"

"알았습니다."

한수는 그동안 집안에 벌어진 일을 봉룡으로부터 들으면서 의외의 사실 앞에 놀라움보다도 형에 대한 측은함이 가슴을 짓눌렀다. 형의 한 일이 어느 면으로 보나 무모한 짓인 것만은 틀림없었으나 형으로선 그럴 수밖에 없었을 것같았다. 그러나 이 일을 어떻게 처리해야 할지는 쉬 갈피가 잡히지지 않았다. 할아버지에게 알린다? 한수는 속으로 머리를 크게 흔들었다. 무턱대고 할아버지에게 알렸다간 소란만 일 것이 뻔했다. 한수의 눈앞 가득히 시커먼 바다가 펼쳐졌다. 쉬지 않고 출렁대고 있었다. 시커먼 물두렁 위로 희끗희끗 물머리가 드러났다가는 사라지곤 했다. 이제 희끗거리는 물머리까지 시커먼 물두렁에 아주 삼켜져버릴 것만 같았다. 지난 여름 서해안 가마미 해수욕장에서 본 밤바다는 시커맸지만 거기에는 물결에 자극받은 야광충들이 무수히 반짝거려댔었다. 이윽고 한수의 좀 깊숙한 눈이 빛났다. 한 가지 방도가 떠오른 것이다.

"제가 책임을 지구 빚을 갚두록 하겠습니다."

"그래야죠. 내 그럴 줄 알았지, 그럼. 역시 법을 공부한 분이라 사리판단이 빠르구먼." 봉룡은 비로소 마음을 놓으며 한수를 치켰다.

"근데 얼마간 날짜를 줘야겠습니다."

순간 봉룡이 난색을 보이며,

"내일 아니믄 안되는데. 그 영감이 말을 안들을 거요."

"사정이 사정인 만큼 어떡헙니까. 사오일 걸릴는지 좀더 걸릴는지는 딱이 말씀드릴 수 없지만 될수록 빠른 시일 안에 해결해드리겠습니다."

"글쎄 그게……"

봉룡은 속으로 계산한다. 이 정도라도 해결의 길이 열린 게 어디냐. 만약 더 다그치다가 그럼 난 모르겠다고 뒤로 나자빠지면 그 낭패를 어쩔 것인가. 문진영감에게 사정을 얘기해 봐서 그렇게 할 수 없다면 까짓것 자기 하고 싶은 대로 하라지 뭐. 그래서 또 내 여편네 건이 틀어져버린다면 틀어져버린 대로 살아가지 뭐. 언제 내가 장래 보장받고 살아왔나.

"그럼 동생만 믿구 가우."

"네, 안녕히 가세요."

봉룡이 돌아가기가 바쁘게 한수는 옷을 갈아입고 거리로 나가 진희에게 전화를 걸어 5만원만 학교에서 가불을 해서라도 마련해달라고 부탁을 했다. 그리고 학교로 찾아가니 진희가 이미 수위실 앞에 나와 기다리고 있었다.

"무슨 일이죠?" 진희는 한수의 얼굴을 살핀다.

"서울 갔다 와야 할 일이 있어서……"

뭔가 중대한 일인 것만은 한수의 표정에서 읽을 수 있었지만 진희는 더 묻지 않았다.

"자세한 얘긴 나중에 하지. 다녀오는 길루 전화할께."

집에 돌아오니 아직 형은 들어와있지 않았다. 종이쪽지에 형한테 몇자 적었다.

《채용금은 걱정 마세요. 서울 집 처분하겠어요. 계약금 받는 대로 곧 돌아오겠습니다.》

제 2 장
하나의 과정

서울에 닿은 한수는 곧장 동숭동 집으로 향했다. 한길에서 버스를 내려 과일을 사들고 동네 안을 한참 올라가 집으로 들어서니 아주머니와 국민학교 다니는 딸애가 반긴다. 동대문 시장에서 의류상을 하는 남편 신씨는 물론 집에 있을 리 없고, 중학교 다니는 아들애도 학교에서 돌아와있지 않았다.

마루에 올라가 서로 집안 안부를 묻고 난 뒤 한수는 아주머니에게 급히 집을 팔아야 할 일이 생겨서 올라왔다는 말을 했다.

아주머니는 별 새삼스런 얘기가 아닌 듯이,

"그럼 그렇게 해야죠. 너무 오래 신세졌어요."

"그동안 제 뒷바라지하시느라구 고생하신 건 어쩌구요. 집두 내 집처럼 보살펴주셨잖습니까."

"원 조카님두 별말을…… 정말 오랫동안 신세 많이 졌어요. 그래 복덕방엔 들르셨수?"

"아뇨. 우선 아저씨께 말씀을 드려야죠."

"말씀은 무슨 말씀을……" 그리고 생각난 듯, "어서 연탄 넣구 방 소제해야겠네." 가볍게 일어난다.

집 계약될 때까지 여기 묵어야 할 거라고 생각하며 한수도 따라 일어서는데 딸애가 한수의 손을 잡아 흔든다.

"공부방아저씨 금방 안 가는 거지? 아이 좋아라."

한수가 딸애를 안아올렸다 내려놓으며 아주머니에게 오늘 저녁은 먹고 들어오겠노라고 하고 집을 나섰다.

골목을 벗어난 한수는 과일을 산 가게에서 전화를 빌려 시장의 신씨한테 집 팔린다는 얘기를 하고 나서 복덕방을 찾았다. 거의가 부동산 소개소라는 명칭으로 바뀐 복덕방을 몇 군데 들러보니 한결같이, 부동산 투기 억제 시책이 나온 후로는 집 매매가 뚝 끊겼다면서 내놓은 집은 많아도 사려는 사람은 없다고들 했다. 한수는 시세보다 싸게 내놓겠다는 말과 구문도 보통 경우보다 더 주겠다는 조건을 붙여 중개를 부탁했다.

대지 35평, 건평 18평 가량의 시멘트 가옥이었지만 십여년 전 살 때는 당시의 시세치고는 센 값을 주고 산 집이었다. 한수를 서울대학에 입학시키는 게 목표인 두식영감은 애당초 학교 근처에 자리잡게 하려고 차도 제대로 못 들어가는 이 언덕배기 집이 나오자마자 사버린 것이다.

두식영감 생각으론 대학 근처이니 앞으로 집이 낡더라도 제값은 지니리라는 계산에다가 한수에게 꼭 서울대학에 들어가야 한다는 마음을 다져먹게 할 양으로 명의마저 한수 앞으로 해 이 집을 마련했던 것이다. 그랬던 것이 서울대학 캠퍼스가 관악산 밑으로 이전한 데다 요즘들어 부동산 매기가 없는 터에 돈이 급하고보니 제값을 받자고 할 수는 없었다.

복덕방 돌기를 끝낸 한수는 길가의 공중전화로 가 세미한테 전화를 걸었다. 집에 없었다. 이어 병배가 가정교사로 있는 집으로 다이얼을 돌리니 병배가 마침 있다가 전화를 바꿔 받는다. 긴 말 하지 않고 비원 앞 다방에서 만나기로 한다.

한수가 도착한 지 얼마 되지 않아 병배가 다방으로 들어섰다.

"역시 너답구나, 너다워. 여자 일이라니까 일각을 지체않구 올라오는구나." 병배가 한수 앞에 앉으며 이죽거렸다. "세상에 너같은 놈두 흔치 않을 거다."

"너 지금 무슨 소릴 하는 거니?"

"무슨 소리? 그럼 편지 내용을 꼭 내 육성으루 재방송 하라는 거냐?"

"편지?"

"어, 너 내 편지 못 받어봤니?"

"무슨 편진데?"

비로소 병배는 한수가 자기의 편지를 받지 못했다는 걸 안다.

"닷새가 지나두룩 우편이 안 들어갔다? 말두 안돼. 그게 어디 문화인 살 곳이니? 어쨌든 올라왔으니 됐어. 무슨 텔레파시가 작용하든? 이 페미니스트야!"

"대체 무슨 일인데 혼자 열을 올리는 거니?"

"가만있자." 병배가 손목시계를 본다. "너 딴 볼일 없지 오늘? 우선 세미에게 전활 걸어야지."

"집에 없던데?"

"넌 가만있어. 근황에 어두운 주제에."

병배가 뒷주머니에서 수첩을 꺼내 전화번호를 찾는 눈치면서 전화통 있는 데로 간다. 그리고 전화를 걸고 돌아와 앉으며,

"세미 깨끗이 변했다. 몸차림부터 표정, 얘기하는 투까지 옛날같지 않어. 글쎄 나한테 병배씨 이러셨어요 저러셨어요 하구 말끝마다 웃자를 꼭꼭 붙여. 어쨌거나 너 어떻게 굴다가 세밀 새치기당했니? 세밀 노이로제 걸리게 한 장본인이 너지?"

"정말 아까부터 너 무슨 횡설수설이냐? 얘길 하려거든 순설 좀 잡아라, 순설."

"이거 무슨 팔자에 두번씩이나 정보 제공을 해야 한담. 잘 들어. 세미씨께서 심한 노이로제에 걸려가지구 자력개발원인가 뭔가 하는 델 다녀서 고쳤다는 사실. 자력개발원이라는 데루 말할 것같으면 모든 고민을 정신요법으루 치료하는 곳. 그곳에서 세미가 노이로제를 고치긴 고쳤는데 그게 너무 지나쳐서 그만 그곳 원장이란 작자에게 아주 빠져버렸다 이거야. 그래가지군 얼마 전부터는 전적으루 그곳 일을 돕나봐. 그래서 너하구 마지막 굿빠이를 하려구 나더러 연락을 해달란 거야. 어때, 이젠 윤곽이 잡히니?"

이어서 병배는 지금 자력개발원으로 전화를 걸었더니 세미가 저번 병배 자기와 만났던 제과점에서 다섯시 정각에 꼭 한수를 만나도록 해 달라더라는 말까지 전하고는 제과점의 위치를 그려가며 상세히 가르쳐준다.

"아마 그 원장이란 작자하구 같이 나올 모양이더라. 어떤 족속인지 잘 살펴서 결투를 청하시든 양보를 하시든 좋두룩 하라구. 이걸

루 내 임무 끝!"

한수는 저번 서울 올라와 만났을 때의 세미를 되새겨본다. 그때의 그네의 말이나 거동에서 별다른 변화를 못 느꼈으니, 그렇다면 그 이후의 변화인가.

"그래 니 얘기 알았다, 알았어. 그건 그렇구, 니 근황두 피력해야지. 어째서 환경보호연구소에선 쫓겨났니? 엽서엔 뭐 흥미가 없어 그만뒀다구?"

"쫓겨난 게 아니구 내가 차버렸지. 얼마 전에 경기도 양주군에서 또 전신마비 사건이 났었어. 그게 겨우 신문 사회면에 몇 줄루 처리되구 쓱싹됐지. 내가 널 시골루 찾아갔을 때 담양 고써 가족사건을 유야무야해선 안된다구 너한테 한방 얻어맞았지만, 사실 자꾸 이런 식으루 적당히 넘겨가다간 계속 희생자가 나오게 될 건 뻔하지 않어? 사건두 대형화루 악화될 거구. 그래서 내가 직접 현지에 가서 세밀히 조사를 해 정확한 상황을 파악해야 한다구 주장했거든. 그랬더니 소장이란 작자 하는 말 좀 들어보라구. 당국에서 이미 종결을 진 일을 가지구 무엇 땜에 평지풍팔 일으키려 하느냐는 거야. 이런 안일주의가 어딨어? 우리가 독자적으루 조사해서 그 병의 원인 규명을 촉구해보자는 건데 말야. 그렇게 해서 앞으루 같은 사건의 발생을 막는 게 그 연구소의 임무가 아니겠어? 그길루 사표를 써 던지구 말았지."

"제법 니녀석두 쓸 만한 구석이 있긴 있구나."

"이거 왜 이래. 사람을 우습게 보지 말라구." 병배가 손목시계를 들여다보며, "너 일어나야겠다. 너같은 페미니스트가 약속시간 어겨서 되겠니?…… 근데 참, 내 편지 받구 올라온 게 아니면 무슨 일루 왔니?"

"좀 볼일이 있어서……"

"볼일 보구 낼루 내려가는 거야, 집으루?"

"아마 며칠 걸릴 것같애."

"그럼 됐어. 낼 저녁에 우리 숨통 좀 트자. 애 밤공부두 봐주게 돼있지만 주인한테 양헬 구할 테니 오후 여섯시 무교동 초원다방에서 만나자."

"무리하다 떨려날라."

"사람 우습게 보지 말라니까. 이래 배두 한번 한다하면 알지? 그동안 열심히 해줬으니까 하룻밤쯤 염려 없어."

"잘 해봐. 이 도깨비같은 친구."

"어서 오십쇼." 어둑스레한 홀 안쪽에 모여섰던 웨이터 중 한 얼굴이 다가오며 한수를 맞았다. "오래간만에 오셨네요."

카운터 앞 한쪽 스툴에 말쑥한 양복차림의, 이 집엔 어울리지 않는 중년신사가 한 사람 앉아있을 뿐, 잔잔한 음악이 깔린 홀 안은 한산했다. 낮에는 차와 간이식사를 팔고, 저녁때부터 술을 파는 이 경양식집은 한수가 전에 이따금 들르곤 한 곳이다.

한수는 중년신사와 몇 자리 떨어진 스툴에 걸터앉는다. 바텐더는 모르는 얼굴로 바뀌어있었다.

한수가 맥주를 시키자 바텐더는 요란스레게 병마개를 따고는 거품을 돋궈 가득 붓는다. 컵을 당겨 한수는 천천히 마신다. 세미가 무엇 때문에 그 원장이란 사람을 나와 만나게 하려는 걸까? 좀전에 떠벌려댄 병배의 전갈을 생각해본다. 마지막 굿빠이를 하련다고? 무슨 신판가? 한수는 컵에 맥주를 채운다. 무슨 일로 만나자는지는 모르나 분명한 건 내가 등장할 무대가 아니라는 사실이다.

맥주를 세 병째 시켜 마실 즈음에는 적잖이 손님들이 들어왔다. 대개 남녀 동반의 젊은 축들이다. 하긴 나도 여기 올 적마다 세미와 아니면 병배와 동행이었지.

"실례합시다." 중년신사가 양주병과 잔을 들고 한수 옆 스툴로 옮겨 와 앉는다. "선생두 울적해 뵈구, 나두 울적하구…… 자, 이 술 한잔 드세요."

"아니, 싫습니다."

한수가 손으로 막으며 사양하자 중년신사는 잔을 자기 앞에다 놓고 따르고 나서,

"무릇 와이프란 부류를 어떻게 생각하십니까?" 상당히 취한 말투다. "와이프란 부류는 항상 경계하지 않으면 큰일날 존잽니다."

"난 아직 결혼 안한 사람입니다." 한수는 중년신사와 대화할 기

분이 되지 않아 퉁기듯 말했다.

그러나 중년신사는 아랑곳않고,

"아, 그래요? 그거 다행입니다. 숫제 일생 독신으루 지내구 마세요. 그게 홀가분하구 자유롭습니다. 괜히 결혼이란 걸 해가지구 자승자박할 필요가 뭐냐 이겁니다. 이세상에 이해심있는 **여자**가 있는 줄 아십니까. 모두 뱁댕이 소갈딱지지. 어쩌다 쬐끄만 약점을 쥐었다 싶으면 바득바득 물구늘어져서는 놓아주질 않거든요. 에이 끔쩍해. 양처라는 레테르가 붙은 내 와이프라는 것두 예외가 아닙니다. 아니, 아주 표본적인 예라 할 수 있죠." 중년신사가 술을 입 안에 털어넣는다. "글쎄 사람이란 가다가 실수를 할 수두 있는 거 아닙니까? 안그래요?……"

역시 세미가 원했다면 그 자리가 어떤 자리건 나타나줘야 하지 않았을까. 그 정도는 세밀 위해 해줄 수 있는 게 아닌가.

"내 말 듣구 있지 않군요. 아직 미혼이라구 남의 일처럼 듣다가는 큰코 다치지, 큰코 다쳐요." 중년신사가 힘들게 몸을 일으키더니 술병을 바텐더에게 넘긴다.

"가시게요? 조심해서 가십쇼." 바텐더가 병을 받아들며 상체를 굽신한다.

중년신사가 비트적거리는 걸음으로 사라지자 바텐더는 받아쥔 술병을 들어 흔들어본다.

"오늘 기록 깼셨는데. 매번 석 잔을 넘기지 않던 양반인데." 그리고 기다리고 있었던 듯 중년신사의 얘기를 한수에게 늘어놓는다. "참 웃기는 양반이라구요. 남자의 오입 원칙 1, 원칙 2, 하구 맨날 우릴 교육시킨다구 웃겼어요. 부인 이외의 **여자**관계는 한 여자하구 딱 한 번만 관계하구선 끝내야 한다, 암만 상대 여자가 맘에 들드락두 그 원칙을 깨선 안된다, 그러다가 혹시 부인한테 눈치채이드락두 절대 그런 일 없다구 부인해야 한다, 하다못해 현장에서 들켰드락두 그것을 하려던 게 아니라구 딱 잡아떼야 한다. 그래야 가정의 평화가 유지된다나요. 그렇게 큰소리치던 양반인데 자기가 그만 걸려뿌렸어요." 웨이터들이 맡아오는 주문을 이것저것 처리해가며 지껄이던 바텐더가 재밌어 못견디겠다는 듯 낄낄 웃더니, "어제 자기

부인의 덫에 걸렸다구요. 그것두 아주 허술한 덫에 걸렸다구요. 부인이 말이죠, 아침에 새 빤쯔를 줄 때 일부러 뒤집어준 걸 모르구 입구 나갔다가요 어떤 여자하구 재밀 보구는 점잖게 바루 입구 들어왔으니 일이 터질 밖에요. 처음엔요, 아침에 입구 나간 그대루라구 깡을 부렸대요. 근데 끝내 부인한테 실토를 당했나봐요. 그래놓구는 저렇게 질질매구 있지 뭡니까. 그 여잘 데려다 자기 앞에서 사과시키구 다신 그런 일 없겠다는 각서를 쓰기 전엔 집에 들이지 않겠다구 부인이 쎄게 나온대요. 깡있는 남자건 없는 남자건 여자한텐 못당하게 돼 있나부죠?"

한수는 딴 생각에 잠겨 건성 고개를 끄덕였다. 집 살 작자가 나서기만 하면 아주 헐값에라도 흥정을 해야겠는데. 그러나 그건 어디까지나 살 사람이 나설 경우고 그렇지 않으면? 은행에 저당을 잡힌다? 그게 또 쉽게 될까?

"일루 앉으십쇼." 바텐더가 스툴 쪽으로 오는 두 청년을 맞는다.

세미는 초조해있었다. 다섯시 반이 지났는데도 한수가 나타나지 않는 것이다. 이곳을 못찾는 건 아닐까.

"좀 늦을 수두 있죠 뭐." 유원장이 세미가 초조해하는 듯한 기색을 넌지시 건너다보았다.

"기다려 봅시다. 약속시간은 지났지만……"

"전달이 잘못돼서 딴 데루 가셨나? 본인하구 직접 약속한 게 아니거든요."

"하여간 좀더 기다려봅시다." 잠시 유원장은 말을 끊었다가, "지금 생각해보니 괜한 부탁을 한 것같애요. 늦더라두 세미씨의 결정을 기다릴껄 그랬어요. 아무리 늦더라두 난 기다리겠습니다." 말하면서 유원장은 세미를 응시했다. 나는 아무런데도 자신이 있습니다, 하는 투로.

세미는 유원장의 시선에서 얼굴을 비꼈다. 어떻게든 한수를 만나고 싶다. 한수가 서울 왔다면 그를 만나야 한다는 생각으로 세미의 마음은 달리고 있었다.

"이젠 세미씨두 지금까지 노력해서 얻은 자신의 자신감으루 결단을 내릴 수 있으리라구 봅니다." 유원장이 강의 때의 억양이 되었다.

아녜요. 세미는 속으로 고개를 크게 저었다. 전 원장님이 생각하는 것처럼 자신감이 굳지 못해요. 이렇게 쉬 허물어지니 말예요. 그렇지만 이전과 달라진 게 하나 깨달아지네요. 내 스스루 허물어졌다는 걸 외면 않구 인정할 만큼의 자신은 생겼거든요. 내가 이만한 자신을 갖게 된 건 원장님 덕택에요. 감사해요. 진정예요. 하지만 한수를 찾아나서야겠어요. 그이가 서울에 온 이상 만나야 해요. 지금와서 보니 원장님의 간청으루 그이와 대면시키려던 것두 결국 그이를 만나구 싶어한 데서 비롯된 게 아닌가 하는 생각이 들어요.

세미가 고개를 들어 벽시계를 본다.

"저녁반 시작할 시간 됐어요."

유원장도 따라 벽시계를 바라봤다.

"그렇군요. 돌아갑시다."

그러나 제과점을 나온 세미는 원장을 따르지 않았다.

앞장서 가던 유원장이 뒤돌아보며,

"기분이 언짢아 그러십니까? 그분이 안 온 건 사정이 있어서겠죠."

세미는 아무말도 않고 인사를 대신하듯 유원장을 쳐다봤다.

"집에 가시게요? 좋두룩 하세요. 기분 언짢아하시지 말구 가셔서 푹 쉬세요."

세미는 돌아서 횡단로를 건너 공중전화박스로 들어갔다. 핸드백에서 수첩을 꺼내 병배의 가정교사 집 전화번호를 찾았다. 한수가 묵을지도 모르는 동숭동 집에는 전화가 없다는 걸 알고 있었다. 하기는 지금쯤 한수와 병배는 같이 어울려 술을 마시고 있을지 모른다 싶으면서도 다이얼을 돌렸다. 전화를 받는 병배 쪽에서 도리어 의아해했다. 병배는 한수가 세미를 만나러 갔을 줄 알고 있었으니 말이다. 그 못 만난 연유는 나중 듣기로 하고 우선 세미에게 한수를 만나려거든 내일 오후 여섯시에 무교동 초원다방으로 오면 될 거라고 했다.

공중전화박스에서 나와 무심코 바라본 세미의 시야에 이쪽을 보고 있던 유원장이 급히 절뚝이는 걸음으로 빌딩 현관을 들어서는 모습이 희미한 불빛 속에 비쳤다.

취기는 돌았으나 머리는 무겁지 않았다.

한수가 화장실에 가려고 몸을 일으키는데 바깥 한길로 구급차 사이렌이 울리며 지나갔다. 위급한 사람을 싣고가는 건가, 실으러 가는 건가. 비명같은 사이렌의 단속음이 사라진 다음에도 한수의 가슴에는 여운이 남았다. 그것이 한수를 좀 초조하게 했다. 내가 집을 나온 뒤 누가 보러 온 사람이 있었으면 좋으련만.

화장실에서 돌아온 한수는 저녁식사를 하고 돌아갈 참으로 바텐더를 손짓으로 불렀다.

"저녁요기할 결루……"

한수의 말이 채 끝나기 전에,

"맥주를 더 주세요," 하면서 세미가 한수 곁에 와 섰다.

한수는 예기치 않았던 세미의 출현에 어리둥절 말을 잃는다. 세미에게 인도돼 둘이는 홀 탁자로 가 마주앉는다.

"내 예감이 이렇게 맞다니." 세미의 언성이 약간 들떠있었다. "기다리다가 이리루 직행해 왔어요."

물끄러미 세미를 마주보는 한수의 가슴은 반가움으로 출렁였다. 지난번에도 홀연히 나타나더니. 한수는 담배에 불을 붙인다.

"지금 근무시간일 텐데?" 담배를 몇 모금 빨고 나서야 비로소 한수는 말문을 튼다.

"숨 돌리구 내 얘기 다 할께요."

세미의 존대말하며, 화장기 없는 얼굴하며, 수수한 옷차림 등에서 예전과 달라진 일면을 보면서도 병배의 말대로 많이 변했다는 느낌을 한수는 받지 않았다.

웨이터가 맥주를 가져왔다.

세미는 한수가 따르는 맥주를 받아 한수의 컵에 살그머니 댔다가 입으로 가져간다. 그 잔을 세미는 쉬지 않고 단숨에 마셔버렸다. 그리고 컵을 내밀어 한수한테 또 따르게 한 걸 반쯤 비우고야 컵을 내려놨다.

한수는 세미의 하는 행동을 조용히 바라보고만 있었다. 세미가 전혀 술을 못하지 않는다는 건 알지만 이런 식으로 마시는 건 처음 보는 것이다. 한수는 왠지 가슴이 정했다.

"얼굴이 왜 그렇게 껴칠해요?" 세미가 차분한 눈길을 한수에게 보냈다. "공부하기처럼 힘든 건 없나보죠? 미안해요. 그런 사람을 오너라 가너라 해서."

"병배 편지 받구 온 거 아냐." 한수는 존대말을 쓰지 않았다. "딴 볼일이 있어서 올라왔어."

"그럼 다행예요." 세미가 편안한 표정을 지었다. "어쨌든 아까 그 자리에 나타나지 않길 잘했어요. 처음엔 좀 섭섭했지만요. 근데 기다리는 동안 차차 한수씨가 왜 원장과 만나야 하는가 하는 생각이 들드라구요. 원장이 한수씨를 만나려구 한 까닭은 알 수 있어요. 이민은 빨리 가야겠구 나는 결정을 내려주지 않구 하니까 한수씨의 도움을 받으려 한 거죠."

"세미의 망설임이 나 때문이라는 거군?"

"아주 단정적으루요. 그러니까 한수씨에게 자기의 포부를 얘기하구 내가 자기에게 필요한 존재라는 걸 강조했겠죠. 그 포부라는 게 뭔 줄 아세요? 이민의 구상예요."

원장이 이민가게 된 동기가 유원장다웠다.

유원장의 종조부가 어린 나이로 하와이에 이민을 갔다. 남자들만 가는 최초의 이민이었다. 그런데 여의치 못한 일에 부닥쳐 뜻을 이루지 못하고 중도에 자살을 하고 말았다. 이런 사실을 원장은 고아가 되기 전 부친한테서 들었다. 까마득히 잊어버렸던 그 얘기가 자력개발원이 제 궤도에 오르자 원장의 머리에 되살아났다. 이를 원장은 자기에게 주어진 하늘의 계시로 받아들였다. 조사해보니 종조부가 이민간 건 1905년. 무진 고생을 해서 번 돈으로 땅을 사 그당시 전망이 좋다고 판단된 파인애플을 재배했다. 그런데 현재 Dole이라는 상표로써 세계적으로 파인애플계를 석권하고 있는 미국인 Dole이 당시의 하와이 파인애플계를 독점하기 위해 자기 농장에서 소출하는 파인애플을 몇 년에 걸쳐 덤핑으로 팔아버리는 바람에 종조부는 끝내 파산을 하고서 자살하고 말았다는 것이다. 유원장은 종조부의 뜻을 잇기로 결심했다. 이민지만은 하와이가 아닌 넓은 브라질을 택했다. 브라질에 가 대나무를 대대적으로 재배해서 건축자재

와 실내장식물 등의 생산을 기계화할 계획까지 세워놓고 있었다.

"그 얘길 한수씨가 들어야 할 까닭이 뭐 있어요?" 세미가 유원장에 관한 얘기의 끝을 맺었다.

"결국 세미가 원장이 필요한가 아닌가에 달려있군 그래?"

"사실 그분한테서 내가 얻은 것두 많아요."

"우선 안색이 좋아졌구." 한수는 웃으며 말했다. "그리구 예의바른 말씨."

세미가 어깨를 움츠리며 입을 오므려 다물었다가,

"한수씬 내가 이상하게 뵐 거예요. 하지만 내 자신을 피하지 않구 정직하게 바라볼 용기를 얻게 된 건 분명해요. 어떤 약점까지두요."

"그럼 대답은 다 나온 거 아냐?"

세미는 그 말에 대꾸없이 한수의 머리 너머로 눈길을 던진 채 잠잠해진다.

한수도 세미에게서 눈을 거두고 담배를 새로 꺼내어 붙여문다.

웨이터가 와 그만 식사를 가져오려느냐고 묻는다. 한수가 그러라고 한다.

"근데 한수씰 만나니까……" 세미가 이 자리에서 처음 뾰족한 송곳니 드러내는 웃음을 지으며 입을 열었다. "뭔가가 한꺼번에 걸혀지는 기분, 그런 기분이 들어요. 여태까지의 그 노력마저두 하나의 방황이 아니었나 싶어지구 이제 제자리에 온 것같애요."

"그렇게 쉽게?" 한수가 담배연기를 서서히 내뿜었다.

"네, 쉽게요. 나를 쉽게 그러게끔 한 게 누굴까요?"

"자기자신이겠지."

"그 자신을 되찾게 한 사람은요?"

전과 달리 조금도 서두르지 않았다. 세미는 모로 누운 한수의 목에 감은 손으로 그의 목덜미를 차근차근 쓰다듬었다.

"돌아온 탕아야 난." 어느새 세미의 말투가 옛날로 돌아가있었다. "이젠 자기 학대두 않을 거야."

한수는 세미의 젖가슴으로 손을 가져갔다. 한 주먹이 될까말까 하던 유방이 전보다 한결 부피져있었다. 유방을 가만가만 주무르다

가 손바닥으로 지그시 눌렀다. 젖꼭지가 손바닥에 딱딱하게 맞서왔
다. 집 보러 온 사람이 있었을까. 쉬 작자가 안 나서면 어쩐다?
그렇게 되면 무슨 수를 써서라도 저당을 잡혀야지. 저당 액수가 적
다 하더라도 빚 갚을 돈이야 안 되려고? 그리고 나서 시일을 두고
집을 처분할 수밖에. 어쨌든 이 집에서 나온 돈으로 빚 갚고 남은
것을 형에게 주어 뭐든 하고 싶은 일을 하게 해야지.
"빨아줘." 세미가 어둠속에서 속삭였다.
　모든게 잘 되겠지. 지금은 세미만 생각하자. 한수는 모로 누운 세
미를 반듯한 자세로 하게 한 후, 양쪽 젖통을 번갈아가며 빨아댔다.
팽팽한 젖봉우리가 타액에 젖어 미끄러웠다.
　그냥 세게 빨아댔다.
"좀 살살……" 세미가 숨결을 헝클이며 속삭였다.
　한수는 젖꼭지만 입술 안에 넣고 혀끝으로 굴렸다. 형이 몹시 기
다릴 테지. 오늘이라도 집 보러 온 사람이 있었으면 작히나 좋을까.
　세미가 아, 아, 하는 신음같은 소리와 함께 한수의 머리를 힘껏
부둥켜안으며 몸을 뒤틀었다. 한수의 손이 세미의 옆 허리를 쓸어
내려갔다. 세미의 옹골차게 융기된 아랫도리가 열렸다.
　그런데 어떻게 된 셈일까. 힘을 주는 단계에서 한수의 남성이 갑
작스레 시들어버리는 것이었다. 어? 한수는 세미의 가슴에 얼굴
을 묻었다. 조금만 기다려, 조금만 기다리면 돼. 형에겐지 세미에겐
지 모를 소리를 속으로 중얼거리며 긴 숨을 토해냈다. 좀처럼 한수
의 남성은 다시 되살아날 기미를 보이지 않았다. 한수는 자기의 남
성을 세미의 하복부 밑에 대고 문질러댔다. 세미는 모든걸 한수에게
내맡기고 있었다. 한수는 부질없는 동작만 반복했다. 한수의 땀에
젖은 가슴이 세미의 가슴과 밀착되어 미끈덕거렸다.
"애쓰지 마." 세미가 드디어 입을 열었다.
　한수는 헛되이 세미에게서 떨어져내렸다.
　한동안 잠잠히 있던 세미가 머리맡을 더듬어 담배를 찾아 불을
붙여가지고 한수의 입에 물려주었다. 한수는 길게 누운 채 담배를
연거푸 빨아댔다.
"우습다." 세미가 숨죽인 어조로 말했다. "참 우습다. 오늘은 내

가 바랬는데."

한수로선 처음 겪는 일이었다. 마신 술 때문일까. 그건 아닐 거다. 아무리 많이 마셨대도 약한 맥주인걸.

"나 때문야." 세미가 같은 숨죽인 어조로 말했다. "나한테서 실망하지 않으려는 사전의 예방 심리……"

"아냐." 한수는 몸을 뒤채어 재떨이에 담뱃불을 눌러 껐다. "그게 아냐. 무슨 생각에 내가 너무 골몰했던 것같애."

"무슨 생각인데?"

"설명하긴 힘들어."

"골똘형이거든 거긴."

"그럴까. 별루 그렇지두 않은 편인데."

"아까 경양식집에서 나 거기한테서 그늘을 보았어. 난 그걸 나하구만 연관시켰었지."

"내 표정에 그런 게 나타났었나?"

"아니 그런 건 아니지만 막연히 느껴지던데."

"예민하긴!"

"무슨 걱정거린진 몰라두 내게 말할 수 없어?"

"집안일인걸."

"볼일이 있다는 게 그거야?"

"음."

"내가 힘이 돼줄 수 있는 일은 아냐?"

"전혀."

"얼마나 걸릴 일인데?"

"딱인 몰라."

"그럼……" 세미가 머뭇거리다가, "그 일 끝날 때까지 우리집에 와 있음 안돼?"

"그게……"

"부담스러우면 그만둬."

"그게 아니구, 내가 볼일이란 게 동숭동 집에 있어야 할 일이라구."

"그렇다면 오늘두 동숭동에 있어야 할껄 나 땜에 괜히……"

"아냐. 오늘밤 세미와 함께 있기루 작정한 건 나야."

"그렇잖아. 나야. 내가 그러두룩 만든 거야."

"세미!……"

"말해."

"나 세미한테 한 가지 알려둘 게 있어." 한수의 음성이 좀 굳어져 있었다.

"말해봐."

한수가 한동안 입을 다문 채로 있자,

"여자 얘기지? 괜찮아, 무슨 말이든," 하고 세미 편에서 말했다.

한수는 세미 쪽으로 고개를 돌렸다. 넌 좋은 여자야. 한수는 속으로 말하고 있었다.

세미가 자신을 견제하듯 잠잠히 있다가,

"특별한 사이?" 나직한 말소리가 좀 떨려나왔다.

"응, 어느 정도."

"어떤 여잔진 묻지 않을래. 저쪽에선 날 알구 있어?"

"숨기구 싶지 않았어."

"우리가 어떤 사이라구?"

"사실대루."

"우정이라구?"

한수는 멋적게 짤막히 웃었다.

그러나 세미는 따라 웃지 않았다. 그리고 말했다.

"얼마나 맞는 말야. 오늘밤 그게 증명됐지 뭐야?"

"또, 또, 또. 오늘밤 내 몸의 이상은 세미에게서 온 것두 아니구, 그 여자와 관련된 것두 아니라니깐. 그것만은 단정해서 말할 수 있어."

"하여튼 앞으루 우리 친구루 지내, 응?"

"내가 자신이 없다면?"

"그런 우려는 내게나 해당돼."

"오늘 세밀 만나니까 이젠 내가 방황할 것 같은걸."

"아니, 거기한텐 방황같은 게 발붙이질 못해. ……고단할 텐데 그만 자. 자기 전 키스해주겠어? 우정의 표시루."

한수가 세미의 입술에 입을 맞추었다. 세미의 입술은 메말라있었으나 열기를 띠고 있었다. 한수가 자세를 다시하며 짙은 입맞춤을 하려 하자 그네가 고개를 돌려버렸다.

잠이 들어 얼마 뒤였을까. 한수는 잠결에 세미의 흐느끼는 소리를 들었다. 소리를 억누른 조그마한 흐느낌이었다. 그 소리에 한수는 잠이 깼다. 세미는 저쪽을 향해 웅숭그린 자세로 누워있었다. 한수는 손을 내밀어 세미의 등을 도닥거려주었다. 얼마 뒤 한수는 같은 흐느낌소리에 또 잠이 깼다. 역시 세미는 같은 자세대로 있었다. 혹시 꿈결에 자기자신이 흐느낀 거나 아닐까 생각다가 한수는 다시 잠속으로 빠져들어갔다.

아침에 한수가 눈을 떴을 때는 세미의 자리가 비어있었다.

동숭동 자기 방에 드러누워 한수는 묵은 잡지를 뒤적이며 한나절 가까이 보냈다. 아침에 호텔에서 돌아오는 길에 어제 들렀던 부동산소개소를 찾아다니며 다시한번 채근을 하고 나서 누구 집 보러 오는 사람이 있기를 기다리고 있는 것이다.

집안은 조용했다. 이집 가장인 신씨는 시장에 나가고, 애들은 학교에 가고, 아주머니가 차와 과일을 가져오느라고 한두 번 방에 드나들고는 수돗가에서 빨래하는 소리가 나더니 나중엔 무얼하고 있는지 아무 소리도 들리지 않았다.

거의 점심때가 되었을 때 부자가 울리고 아주머니가 달려나가는 소리에 이어 누구와 주고받는 말소리가 들렸다. 직감적으로 누가 집을 보러 왔다는 걸 알아차릴 수 있었다. 마루에 올라서 안방을 둘러보는 기척이 나더니, 조카님, 하고 아주머니가 한수의 방을 열었다. 옆에 집 보러 온 여인과 소개소 사내. 한수는 소개소 사내에게 목례를 던진다. 다시 마당으로 내려가는 소리. 이어서 아주머니의, 지대가 좀 높지만 물 안 나와본 적이 없다는 둥, 이만큼 넓은 부엌도 쉽지 않으리라는 둥, 열심히 설명하는 소리가 들렸다. 뒤껼을 돌아보는 것같더니 다시 앞마당으로 나와 집 보러 온 여인의 작은 소리가 알아들을 수 없게 들리다가 소개소 사람 소리가 크게 들려왔다. 집이 그렇기에 땅값도 못 되는 값에 내놓은 게 아니냐, 남이 살던 집 꼭 마음에 들기 쉬우냐, 사가지고 자기 살기 좋도록 뜯어고

치든가 터가 반듯하니까 헐어버리고 새로 지으면 좋을 거라는 등.

　그들이 돌아간 뒤 오후 한나절을 기다렸으나 아무 소식도 없었다.
값 조정을 위해 소개소 사람이 오면 내놓은 가격보다 덜한 값으로
라도 성사시킬 마음으로 있었으나 허사였다. 집 팔기가 힘들다는 게
실감되며 다급해지는 마음을 누를 수 없었다.

　오후 다섯시쯤 한수는 집을 나섰다. 겨울철이라 이렇게 늦은 시
각에 누가 집 보러 올 사람도 없겠지만 병배와 약속한 시간에 대기
위해서였다. 저녁 무렵의 밖은 아주 겨울로 다가선 느낌을 주었다.

　"너 정말 왜 세미한테 안 갔니?" 웬만큼 쌀막걸리잔이 오가고 나
서 병배가 또 아까 한 말을 되씹는다.

　"넌 뭘 그리 남의 일에 자꾸 파구들려구 하니? 술잔이나 받아라."
한수가 핀잔을 주듯 말했다.

　"어, 이것봐. 바쁜 사람 기껏 연락책 노릇 시켜놓구들 남의 일에
파구든다구?"

　"짜식 생색은…… 그래 속시원히 말해주지. 오붓하게 둘이서만 만
났다, 만났어."

　"아, 그러니까 마련된 회담장소에 안 나타나자 세미가 동숭동 집
으루 찾아왔더라 이거지?"

　"그 머리루 그래두 뭘 추릴 하시겠다구."

　"그러나저러나 그 원장이 널 왜 만나자구 하는 거래?"

　"그걸 물을 바에야 내가 직접 거길 가지."

　"에에, 나는 세미씰 깊이 사랑하구 있습니다, 그러니 당신은 손을
떼시오! 하려구 했겠지. 하여튼 날 만났을 때 세미씨 꽤나 심각해
있던데. 어쨌거나 둘이 만나 일이 잘 됐니?"

　"그래 잘 됐다, 잘 됐어."

　"니녀석은 무슨 일이나 솔직치가 못해 글렀어. 말하기 싫음 그만
둬라. 자, 술이나 마시자."

　술잔을 주고받고 나서 한수는,

　"그래 솔직한 니 얘길 듣자 그럼. 너 밥 먹여주는 애가 고 I 이라
면서? 가르칠 만해?"

"머린 나쁘지 않은데 잠이 많어." 병배가 무엇을 생각했는지 혼자 써익 웃더니, "녀석이 아주 괴짜야. 죽자하구 이발소엔 안 가는 거야. 이발사가 머릴 깎을 때 고개를 아래루 콱 눌렀다 턱을 치켰다 하잖니? 그게 기분 나쁘다는 거야. 지가 뭔데 남의 머릴 함부루 다루느냐는 거지. 조끄만 게 밸이 보통이 아냐. 할수없이 바리깡을 사놓구 집에서 깎는데 내가 들어간 다음부턴 학교에서 머리 길다구 주월 들으면 엄마에게 안 가구 내게 들러붙어 졸라댄다구. 귀찮 게!"

한수도 절로 웃음이 지어졌다.

"그것두 우습지만 그녀석이 아주 엉뚱한 소릴 잘 하거든. 글쎄 어른들이 저 갈길을 옳게 가야 자기네 세대두 바루 따라 갈 텐데 그렇지가 못하대나. 그러면서 한다는 소리가 자기네들이 하는 말장난만 봐두 안다는 거야. 왜 참새가 전선줄에 앉았는데 사냥꾼이 총을 쏘니까 참새가 어쩌구저쩌구 했다는 얘기 있잖어? 전엔 사냥꾼이 전선줄에 앉아있는 참새를 쏴 맞히자 그 참새가 죽으며 하는 말이, 난 윙크하는 줄 알았는데, 했다든가. 또……"

"윙크하는 줄 알다니?"

"사냥꾼이 총을 쏠 땐 한쪽 눈을 감잖어?…… 그리구 또 전선줄에 앉아있는 두 마리 참새 중 한 마리를 사냥꾼이 쏴 맞히자 총에 맞은 참새가 떨어지면서 살아남은 참새에게, 내 몫까지 살아주오, 하니까 살아남은 참새가 날아가면서, 떠날 때는 말없이, 했다지 않어?"

"잘두 지어내는군."

"근데 지금 한 얘긴 어딘가 애교나 있지. 요즘 걔네들이 만들어낸 얘긴 또 달러. 참새 두 마리가 앉아있는 걸 사냥꾼이 그중 한 마리를 쏴 맞히자 그 참새가 떨어지면서, 쟤두 참새래요, 했다는 거야. 그러니까 살아남아 날아가던 참새가, 아저씨 쟤 아직 안 죽었대요, 했다나. 그래서 내가, 무슨 우스갯소리가 그렇게 섬뜩하니, 했더니 이게 다 어른들 세계의 한 반영이 아니구 뭐겠느냐구 되레 반격야. 참 기가 차서. 그래 내가 한마디 해줬지. 산골짝 물을 보니까 위에서 흐려놔두 곧 아랫물이 맑아지더라구 말야. 그랬더니 그녀석 지체없이, 물이 아래에서 위루 흐른다구 안 하시니 그래두 선생님은 양심이 좀 남으셨네요, 하는 거야. 할 말 있어? 손들어야지 뭐."

"그러구보니까 니가 걔한테 학과공부는 얼마큼 가르쳐주는진 몰라두 되레 니가 여러가지루 배우는 편이구나."

"학과두 옛날하구 달라서 수학이나 과학같은 건 미리 참고서 들춰보구 준비해두지 않으면 가르치기 힘들어."

"알 만하구나."

"그러지 마. 이래봬두 나 성심성의를 다하는 그야말루 양심적 가정교사다."

"알았다. 니 그 얄량한 가정교사 모습."

"야, 그러나저러나 이거 막걸리 싱거워 어디 먹겠니. 우리 자리 옮기자. 그리구 오늘 술값은 모두 이몸이 맡는다!"

그 집에서 소주를 청해 못 마실 건 없지만 둘이는 그곳을 나와 다른 술집으로 간다. 둘이 술을 마신다 하면 대개 한 술집에서 끝나는 법이 없었다. 처음엔 너무 취하지 말자고 1차로 끝내기로 하고 시작하는 것이나 좀 취기가 돌면 2차, 3차로 번지기가 일쑤인 것이다.

새로 들어간 술집에서는 거의 단숨에 비우는 소주잔이 오갔다. 지칠 줄 모르고 병배는 지껄여댔다. 잠깐 병배의 말이 중단됐다 싶어 한수가 보니, 병배가 옆자리에 귀를 기울이고 있다. 한수도 옆자리로 눈을 준다. 대학생 티의 애 셋이 앉아서 떠들어대고 있다. ……이런 멍청이, 그건 달걀루 바위 치기야. 달걀루 바위를 깨뜨리려는 건 실속없는 짓이지 뭐야. ……그래두 뭔가 달라지는 게 있을 거 아냐? 눈엔 뵈지 않더라두 달걀을 던지기 전과 후는 말야. ……달라진 거란 바위에 계란이 묻어있는 거겠지. 그리고는 셋이 크게 웃어젖힌다.

병배가 인상을 쓰고 그 쪽을 노리고 있다.

"야 임마, 술자리에서 남의 일에 신경쓸 것 없어." 한수가 병배에게 주의를 주었다.

"애놈들이 정의감두 패기두 아예 외면야. 그저 안일과 이기심만 더럽두룩 걸치구 있으니."

"난 이런 데서 말썽 생기는 것 질색야. 너 괜히 시비 붙어가지구 그 잘생긴 코 묵사발 될라."

"내 코가 어떻다구 그래?" 병배가 표정을 누그러뜨리며 벌렁한 자기 코를 손등으로 문댄다. "남자 코란 이쯤 콧날개가 벌어져야 심장이 강한 법야. 말하자면 남성적 성격의 상징이라구 할 수 있지."

"남성적 성격 좋아하네. 떠버리 주제에."

"홈이라면 콧구멍이 넓어서 가스 중독같은 때 곤란하다는 거지. 남보다 들이마시는 분량이 많을 테니까. 요즘같이 가스 질식사가 허다한 판엔 말야." 병배가 잔을 비우고 새삼스레 크으 소리를 내고는, "어젯밤에두 화재루 인해 질식사가 두 명이나 생겼어. 서대문에 있는 큰 캬바레에서 불이 났는데 내가 지금 있는 천연동에서 빤히 보이드라. 오늘 아침 신문에 보니까 빨리 손을 써서 건물은 전소를 면했다는데 말야, 손님 한 사람은 타죽구 두 사람은 질식사래. 초저녁이라 손님이 들끓지두 않았다는데 말야."

문득 어젯저녁 경양식집에서 들은 구급차의 사이렌소리가 한수의 머리에 되살아났다.

"어쨌든 불이란 무서워." 병배가 머리를 흔들며 한수에게 잔을 건넸다. "죽는 것두 차에 치어 죽는다든가, 물에 빠져 죽는다든가 하는 것보다 불에 타 죽는 게 젤 끔찍해. 자살만 해두 그렇잖어? 분신자살하는 것 상상 좀 해봐."

한수가 잔을 입으로 가져가다가 후딱 멈췄다. 관계없다아! 하는 형의 소리, 형의 영상.

"목을 매련다……"

"목을 매? 허지만 그것두 분신자살에 비하면 아무것도 아냐."

어딘지는 모르겠다. 어둠속에 형이 줄의 힘이 견딜 만한지 잡아당겨보는 모양이 한수에게 보였다. 거기 아무두 없소? 빨리 와서 말려주시오!

"왜 그러니?"

병배가 한수의 갑작스레 창백해진 굳은 얼굴을 어정쩡히 건너다보았다.

형이 줄 끝 올가미에 머리를 꿰고 있다. 어서 와서 말리라니까!

"너 어디 통증이라두 오니?"

형이 완전히 올가미에 목을 걸고 발밑에 괴었던 걸 발로 밀어낸다. 어서 누가 와서 줄을 풀어내려!

병배가 더 말을 않고 눈여겨 한수를 지켜본다.

공중에 늘어진 형의 홀쭉이 키큰 몸이 약간 흔들거리고 있다. 아직 늦지 않다! 누구든 와서 줄을 풀어내라! 어서! 어서! 잠시후, 늘어져 흔들거리던 몸뚱이가 정지되더니 뻣뻣해진다. 한수는 꼬꾸라지듯 탁자 위에 엎어졌다.

"왜 그래?" 병배는 한수가 무슨 위경련이라도 일으키지 않았나싶었다. "병원에 갈까?"

그냥 한수는 탁자에 엎어진 채로 있다가 상체를 일으켰다. 그의좀 깊숙한 눈에 물기가 껴있었다.

"나 지금 시골 내려가야겠다!"

"미쳤어? 지금이 몇신데 어딜 간다는 거야?"

"아냐. 가야 돼."

한수가 일어나자 병배도 따라 일어나며,

"글쎄 갑자기 왜 그러는 거야?" 큰소리로 외쳤다.

"똑똑히 봤어. 목을 매구 늘어져있는 걸."

"누가?"

"내가!"

"무슨 헛소릴 하는 거야? 술이 설 취했구나. 어디가서 시원한 걸루 한잔 더 마시자. 그럼 정신이 들 거다."

병배는 한수를 끌고 맥주홀로 갔다.

중낮이 되어 한수는 눈을 떴다. 동숭동 자기 방이었다. 잠이 깨고보니 골머리가 지끈거리고 속이 메슥메슥 뒤집혀 견딜 수가 없었다. 간신히 몸을 가누어 변소로 가 토해봤으나 시큼털털한 누런액체만이 좀 나올 뿐 시원스레 토해지지도 않았다.

방으로 돌아와 다시 자릿속으로 들어갔다.

방문 열리는 소리가 나고 쟁반을 든 아주머니가 들어왔다. 한수는 겨우 몸을 일으켜 앉는다.

"정신이 좀 들어요?" 아주머니는 걱정스런 낯으로 쟁반을 한수 앞으로 밀어놓는다. "어젯밤처럼 취한 건 처음 봤어요. 이걸 들구 속을 좀 앙구어봐요. 싫드래두 어제 뭘 좀 요길 하구 주무셨드믄 좋은걸. 저녁식사를 안했다믄서두 막무가내루 아무것두 안들겠다니…… 어서 식기 전에 들어봐요."

깨죽이었다. 한수는 아주머니가 방을 나간 뒤 쟁반을 무릎 위에 놓고 쉬엄쉬엄 죽을 다 먹고 나니까 적이 속이 진정되고 정신도 어느 정도 맑아왔다.

맥주홀에 들른 것까지는 기억에 뚜렷했다. 그리고 맥주 대여섯 병까지 마신 생각은 나나 그 후 몇 병을 더 마셨는지, 무슨 얘길 했는지 전혀 기억에 없었다. 다만 몇번인가 자기가 오늘은 웬일인지 술이 취하지 않는다는 말을 해, 그때마다 병배에게 투박을 맞았던 기억은 났다. 병배는 나더러 뭔가 속에 꿍치고 있는 걸 풀어놔야 술이 제대로 받아들여진다고 했지? 병배 자기처럼 사람은 소탈해야 공해가 없다고도 하고. 하긴 내가 너무 한곳에 신경을 쓴 탓에 그젯밤은 세미와의 일이 그렇게 되고, 어젯밤엔 또 형의 목매 죽는 환영까지 본 걸 거야. 사위스럽게 형이 왜 목을 매? 과민야, 과민.

한수는 하루종일 누워있다시피 지냈다. 다른 사람은 고사하고 어제 집을 보고 간 여인한테서도 아무 연락이 없고, 도통 소개소 사람조차 발걸음이 없었다. 암만해도 은행에 저당잡히는 길밖에 없다고 마음을 굳혔다.

저녁때 시장에서 늦게 돌아온 신씨와 상의를 했다. 신씨도 한수의 의견에 찬동이었다. 그리고 신씨가 아는 은행에 알아봐주기로 했다.

그런데 다음날 아침 신씨가 시장에 나가기 전 한수의 방에 들어오더니 딴 제의를 했다.

"달리 듣진 말게. 조건에 맞을지 어떨지는 몰라두 이 집을 내가 맡으면 어떨까?"

"그렇다면야 더 바랄 게 있습니까?" 한수는 대번 찬의를 표했다.

"밤새 생각해봤는데, 나두 언제까지나 이 집에서 신세만 지구 있을 수는 없는 노릇이구 해서 시장 아파트라두 하나 장만할려구 모아온 돈이 조금 있거든. 집값에 충당할 금액은 못 되지만……"

"좋습니다." 무슨 일이나 분명하고 근실한 신세인지라 보통 매매계약에 준하지 않더라두 절대 잘못될 일은 없을 거라고 생각하며 한수는 말했다. "우선 되는 대루 주시구 차차 갚으셔두 돼요."

"근데 집값 조정이 문제야."

"부동산 매기가 없는데 시세대루 맡으시게 할 순 없잖어요?"

"한창 부동산 경기가 좋았을 땐 천삼사백두 뉘돈 받을지 몰랐는데……"

"요즘은 어림두 없습니다. 그래 천만원 안팎이면 처분하려던 참이었어요. 그것두 작자가 나서야 흥정이구 뭐구 해보지 않습니까. 제가 돈 쓸 데가 바쁜 데다 아저씨께 넘기는 거니 적당선에서 정하죠."

"근데 부동산 경기가 이대루 침체만 돼있을 리가 없을 거야. 모든 자재 값이 오르구 있는데 집값만 떨어진 채루 있을 리 만무하거든. 언제구 경기가 되살아날 거야. 웬만하면 그때까지 기다리는 게 제일 좋은데."

"하시는 말씀은 잘 알겠습니다. 허지만 좀전에두 말씀드렸듯이 제가 좀 급하기두 하구, 게다가 아저씨께 넘기는 거니 9백으로 하면 어떨까요?"

"그렇게까지? 일시불두 못할 텐데. 현재 4백여만원은 은행에 있구, 이것저것 긁어 모아두 5백정도밖에 안될 거야."

"우선 그거면 됩니다."

"자네 호의엔 미치지 못하겠지만 50이래두 더 얹음세. 9백50으루. 보름쯤 뒤믄 시장에서 하구 있는 계를 백 타게 되니까 3백50만 어떻게 은행에 저당 잡히믄 그 정돈 채워주게 돼. 헌데 너무 염치없는 짓이 아닌가 모르겠어."

"아닙니다. 그렇게 해주시면 됩니다."

"고맙군 그래."

"제가 오히려……"

한수는 일이 풀려나가는 데 한숨 놓으며 천장을 바라봤다.

제 3 장
후 렴

　일시에 모든 신체의 기관이 정지된 듯 한수는 그자리에 서버렸다.
소복한 형수의 모습이 공중에 둥 떠 어른거렸다.
　"도련님 이럴 수가…… 세상에 이럴 수가……" 형수가 울부짖었다.
　정말 이럴 수가. 형이 죽다니. 집으로 돌아오는 버스 안에서 한수
는 줄곧 졸았었다. 좌석이 옹색하고 포장도로를 벗어나면서 차체가
크게 진동했으나 나른한 졸음기는 그를 붙들고 놓아주지 않았다. 그
런대로 목적한 일이 풀려 이제 집에 도착하기만 하면 된다는 안도
감에서였을 것이다. 읍내 버스정류소에서 내린 한수는 소변을 본
후 홀가분한 마음으로 집을 향해 발걸음을 재촉했었다. 집 매매가
하루이틀에 안 된다는 걸 알면서도 그동안 형이 기다렸을 생각에
자연 서둘러졌다. 그런데 집 근처에 다다르면서부터 한수는 뭔지
모를 심상찮은 예감에 부딪혔다. 동네사람을 만나 인사를 나누는데
어딘가 안돼하는 표정같은 걸 읽었던 것이다. 대문을 들어서자 한
수의 예감은 사실로 나타났다. 마당 안이 어질러져 있고, 대청마루
에 아버지와 남녀 몇이 앉아있다가 한수의 들어서는 걸 보고는 몸
을 일으켰다. 뒤이어 소복차림의 형수가 맨발로 달려나오고. 형이
목을 맸다는 거고. 오늘 이미 장사를 치렀다는 거고.
　정말 어디 이럴 수가. 한수는 다리가 후들거려 더 서있을 수가
없었다. 자기 방으로 들어가 무너지듯 주저앉았다.
　문 밖에서 코풀어대는 소리가 나더니 아버지가 들어와 한수 맞은
편에 앉는다. 아버지의 얼굴은 수염과 주름으로 뒤덮여 갑자기 확

늙어 보였다.

"대체 이게 어떻게 된 일입니까?"

아버지는 곧 말이 안 나오는 듯 멍청히 있다가,

"글쎄 내가 어제 아침에 뭘 가지러 헛간엘 갔다가……"

한수는 숨을 안으로 삼켰다. 뜨거운 것이 가슴으로 해서 전신에 퍼졌다. 형수의 울음소리가 계속 들렸다.

"니가 어딜 가있는질 알아야 전보라두 치지." 아버지가 먹먹한 목소리로 말했다. "……건호라는 니 친구가 와서 사망진단서두 떼오구 이것저것 다 해줬다."

"유서같은 건요?"

아버지는 머릴 흔들었다.

"그럼 아무말두 안 남기구 죽었단 말예요?"

"나한텐 아무말두……"

"제가 써놓구 떠난 쪽진 봤어요 형이?"

"내 앞에서 펴 보더라."

"이상하게 뵌 점두 없었구요?"

"글쎄 뭐 별루. ……여느날처럼 아침 일찍 마당 쓸구, 할아버지한테 신문을 갖구 올라갔었지. 그리구 점심 먹구 나갔다가 해지기 전에 들어오드라."

"누가 형 찾아오지두 않았어요?"

"참, 니 형 나간 댐에 봉룡이가 와서 나더러 펑덫 놓으러 가자구 하더라만 사실은 니 형 만나러 왔다가 집에 없으니까 그냥 돌아가는 것같드라."

봉룡이란 사람이 왔었다면 혹 문진영감이 단 하루도 연기를 해줄 수 없다고 해 그걸 알리러 온 것이었을까.

"다급해 보이던가요, 그 아저씨가?"

"아니, 별루."

그렇다면 형보다도 한수 자기의 동정을 살피러 왔었겠지.

"들어가 쉬세요, 아버님."

무슨 말을 더 묻고 무슨 말을 더 들으랴. 한수는 식사도 마다하고 자기 방에 틀어박혀버렸다. 전혀 식욕도 공복도 느끼지 못했다.

그는 넋나간 사람처럼 멍하니 누워있었다. 그러한 그의 귀에 간간 형수의 울음소리와 함께 애의 보채는 소리가 들렸다.

이튿날 아침 아버지가 한수의 방문을 열고 할아버지가 부른다는 말을 전했다. 형 대신 할아버지한테 신문을 갖고 갔다가 전갈을 받아가지고 온 것이리라.

한수는 아버지의 말을 못 들은 체 움직이려 하지 않았다. 그러는 그는 할아버지에 대한 분노가 새삼 끓어올랐다. 동시에 할아버지의 그 아집과 정면대결을 피하고 서울로 갔기 때문에 이런 불행을 초래하게 됐다는 회한이 거기 뒤따랐다. 한수는 장승처럼 꼼짝않고 누워있다가 벌떡 일어나 앉기도 했다.

아침상과 점심상이 그냥 물려지고 저녁상을 들여놓는 형수 뒤에서 아버지가 근심스레, 죽은 사람은 죽은 사람이고 무어든 목에 넘겨야지 너마저 형을 좇을 작정이냐고 했으나 상 앞에 앉으려 하지도 않았다.

한밤중 집안이 조용해지기를 기다려 한수는 방을 나와 헛간으로 갔다. 다리가 허든거렸다.

본디 외양간으로 사용했던 헛간은 지금 어둠으로 가득 차있었다. 한수는 헛간 안을 무겁게 둘러보았다. 어둠에 용해된 잡동사니들이 어렴풋이 모양을 드러내고 있었다. 드디어 한수는 위를 올려다보았다. 가운데를 가로지른 대들보가 있었다. 대들보가 저렇게 가늘었던가. 형은 어디쯤에다 줄을 늘였었을까. 한수는 어둠속 대들보의 이 끝에서 저 끝까지를 더듬었다. 형은 무슨 생각을 하면서 올가미에 목을 걸었을까. 식구들 모두가 야속하고 섭섭하다고 생각했을까? 같은 형제인 내게는 그런 감정이 더 많았을까? 아니 그럴 리가 없어. 반대로 형은 내게 누를 끼친다고 생각했을 거야. 누를 끼치고 뭐고가 없는데.……

한수가 고개를 떨구고 헛간을 나서는데, 한수야, 하고 부르는 소리가 낮게 울려왔다. 형의 목소리였다. 한수는 얼핏 헛간 쪽으로 돌아섰다. 그리고 어둠속을 눈여겨 살폈다. 한수야, 형의 음성이 다시 들렸다. 한수는 형의 목소리의 방향을 겨냥해 시선을 꽂았다. 나 여겼어요, 형. 한수야, 너한텐 정말 미안하다. 형, 제발 그런 말은 말아줘요. 한수는 화를 내며 형의 말에 대답했다. 아냐. 형이 평상시의 온화한 음성으로 말을 이었다. 뒷일을 너한테 맡기게 됐으니 미안하지 않구. 그따위 문젠 아무것두 아니잖어요? 왜 날 기다리지 않은 거예요? 그러니까 네가 돌아올 때까지 기다리지 않은 게 불만이라는 거구나. 물론이죠. 한수는 곧 대답했다. 형이 잠시 사이를 두고 말했다. 나를 한번 던져보구 싶었다. 그게 무슨 뜻이죠? 한수가 얼른 물었다. 형이 천천히 말했다. 처음으루 나 자신을 사랑해보구 싶었어, 이윤 오직 그거야, 그 때를 놓치구 싶지 않은 거다, 내가 너무 사치를 한 것같지? 한수는 형의 말뜻을 알 것 같았다. 그날 내가 형 곁에 있었어야 했어요, 그래가지구 할아버지와 결판을 내는 거였어요, 형은 내가 죽인 거예요, 내가! 그러자 형이 커다랗게 소리쳤다. 관계없다아, 관계없다아! 그리고는 형의 음성은 다시 들려오지 않았다. 한수는 그자리에 못박힌 채 힘없이 두어 번 형을 불렀다.

삼우젯날에 비로소 한수는 세수를 하고 조반을 먹었다. 산소에는 형수와 둘이서만 갔다.

형의 무덤은 어머니의 분묘 아래 쪽에 있었다. 봉분에 멧장을 입히긴 했으나 그냥 뻘건 흙이 드러난 무덤은 쓸쓸하고 초라해 보였다.

무덤 앞에 자리를 깔고 술을 따라놓은 뒤 한수와 형수는 재배했다. 형수는 통곡을 터뜨렸다. 한수는 술을 무덤에 뿌렸다. 형수는 두 손을 짚고 앉아 등허리를 들먹이며 좀처럼 통곡을 그치지 않았다. 한수는 고개를 꺾고 서서 설움을 목안으로 삼키며 형수를 달랠 말을 잃고 있었다.

집으로 돌아오는 길로 한수는 아버지에게 봉룡일 어디 가면 만날 수 있느냐고 물었다.

아버지는 한수가 왜 봉룡을 만나려 하나 싶은 표정으로 잠깐 아들 쪽을 보고 나서,

"글쎄다…… 곽씨네 복덕방에 가믄 있을까."

한수는 곽씨네 복덕방 있는 데를 알아가지고 집을 나섰다.

"아, 최선생이시구먼." 복덕방에서 허적허적 나온 봉룡은 한수의 출현에 거북한 듯 시선을 이리저리 바꿔가며, "집안에 그런 일이 생기다니 뭐라구 할 말이 없구먼. 산역일이랑 내 좀 거들었수. 아버지가 영 맥을 못추구 계셔서 산엔 아예 올라오시두 못하게 했지, 그럼."

한수는 고맙다는 말을 한마디 하고는,

"아저씨, 김문진노인 댁에 지금 좀 같이 가주시죠."

봉룡이 여전히 시선을 바로하지 못한 채 뒤로 움츠리는 빛이다가 마지못한 듯 앞장서 걸음을 옮긴다.

걸으면서 봉룡은 혼잣소리처럼 그 무던한 사람이 어째서 그런 일을 저질렀는지 모르겠다는 말을 하고 나서,

"까놓구 말해서 난 형한테 돈 반제 날짜만 일깨워줬을 뿐이우. 최선생이 책임지겠댔는데 내 뭣 땜에 그랬겠어? 하나두 형에게 닦달질 안했다구." 봉룡은 열심히 변명을 한다. "그저 난 중간에 서서 잘해줄려구 한 짓인데 점점해 죽겠구먼. 이제 만나보믄 알겠지만 보통 지독한 영감쟁이가 아니라구. 지면있는 자리엔 안 놓는다는 걸 내 얼마나 애걸해서 얻어낸건데…… 근데 내 꼴이 이게 뭐냐구."

"형이 죽은 건 그 빚 때문이 아닙니다." 한수가 잘라 말했다.

"암, 암, 그렇겠지."

봉룡은 적이 마음이 놓였다. 그는 아무래도 한영이 돈 반제 날짜에 죽었으니 자기가 혹여 심하게 독촉이라도 해서 그런 일이 생기지 않았나 하는 원망을 한영이네 가족에게 들을 일이 지레 걱정되었었는데 한수의 말을 듣고는 마음이 놓일밖에. 그런데, 지금 한수가 문진영감을 찾아가는 의중이 뭔지 봉룡은 궁금했다. 복덕방에서들 하는 얘기론 이번 금전거래는 두식영감이 간여한 일이 아닌데다가 한영이 죽었으니 법적으로 대차관계는 무효라고 했고, 그점 채권자인 문진영감 편에서도 체념하고 있을 터라고들 하지 않았던가. 그러나 곧 봉룡은, 에라 내가 알게 뭐냐, 이제 한수가 문진영감을 만나게 되면 자기는 이 일에서 아주 빠져나가게 될 걸 골칠 썩힐 게 뭐 있어.

"일루 들어가믄 되우." 봉룡이 한 골목 앞에서 걸음을 멈추었다.

"이리루 들어가다 오른쪽으루 넷째 집이지."

그리고는 한수가 무슨 말을 하기 전에 돌아섰다. 이제 봉룡은 곽씨네 복덕방으로 돌아가지 않고 어디 만데 가서 시간을 보낼 참이었다. 문진영감과 한수 사이에 어떤 말썽이 생겨 자기를 찾을지도 모르니 피해있는 게 상책이라는 생각이 들었던 것이다.

한수는 봉룡이 끝까지 같이 가주리라 여기고 있었으나 굳이 동행해야 할 필요도 없다고 생각하며 골목으로 들어섰다. 그리고 봉룡이 가르쳐준 집으로 가 문패를 확인한 뒤 지쳐둔 대문을 밀고 들어갔다. 사랑방 문 앞에서, 계십니까, 하자 좀만에 미닫이가 열리며 한 노인의 얼굴이 내밀어졌다. 까만 머리에 가운데 가리마를 탄 둥근 얼굴이었다.

"편장되십니까?"

"뉘시죠?"

"최한영이란 사람의 동생입니다."

"아, 네." 문진영감은 의외의 일에 놀라는 듯했으나 이내 평정한 얼굴로, "말씀은 많이 들어 잘 알구 있습니다. 들어오시지요."

그리고 안으로 사라진다. 전화를 하고 있던 중인 듯, 이따가 자기 편에서 걸겠다는 말과 함께 전화기 놓는 소리가 났다.

"어서 들어오십시요." 문진영감이 미닫이를 좌우로 열었다.

"아뇨, 괜찮습니다." 한수는 사무적으로 일을 빨리 끝내고 싶었다. "저희 형이 빌린 돈 있죠?"

"이번 불행한 일루 댁에서 얼마나 상심하시구들 계십니까. 문상을 갔어야 옳은데 호된 감기에 걸려가지구 그만……"

"본금이 백30만원이라죠? 청산해드리러구 왔습니다."

"뭘 그렇게까지 셔두르실 거야…… 언제구 최선생이 대신 청산해주실 걸루 알구 있었는걸요."

안으로 들어가는 문진영감에게 한수가 한마디 덧붙였다.

"복리루 계산하십쇼."

잠시 후에 문진영감이 채용증서와 인감증명서와 원금에다 이자를 적은 쪽지를 들고 나왔다.

"복리는 계산치 않았습니다. 최선생의 성의를 봐서라두 그럴 수야……"

한수는 말없이 쪽지에 적힌 금액을, 갖고 온 현찰로 건네고 상대방이 돈 세는 것 끝나는 걸 보고는 채용증서와 인감증명서를 들고 몸을 돌렸다.

"모처럼 오셨다가 차 한잔두 안 드시구 그냥 이렇게……"

문진영감의 말을 등뒤로 들으며 그곳을 나온 한수는 대문 밖 쓰레기통에 채용증서와 인감증명서를 찢어 던졌다.

"아니 넌 그동안 어딜 또 갔었니? 엉? 그리구 왜 올라오라는데두 안 와!" 퇴침을 베고 있던 두식영감이 한수의 인사를 받는 둥 마는 둥 소리치듯 말했다. "그래 이 할애비가 니 형을 죽이기라두 했다는 게냐! 이 고얀 놈들!"

한수는 할아버지의 역정과는 달리 마음이 가라앉아있었다. 할아버지를 만나면 형의 일로 어떤 격돌이 있을지도 모른다고 생각해왔던 한수로서는 스스로 의외롭게 느꼈다.

"이제 모든건 끝났습니다." 한수가 차분히 말했다.

"모든게 끝나?"

"그날 형이 할아버님께 아무말두 없었습니까?"

"왜 없어!" 두식영감은 써근거렸다. "백만원이 넘는 돈을 갚어달라는 게야."

"형이 분명히 그랬습니까?" 다짐이라도 하듯 한수가 다시 물었다.

"그랬다니까! 아침에 신문 갖구 올라와서는 당장 그날루 해달라는 거야. 제멋대루 인감까지 훔쳐내다가 돈 빚내 쓰구 뒤가 밀리니까 이 할애비더러 갚어달래? 집안 망할 놈! 백번 죽어두 싸!"

"그 돈 지금 제가 갚구 오는 길입니다."

"뭐, 뭐라구?"

"우연히 형의 일을 알게 돼서 서울 집을 처분해가지구 돌아오니까 이미 일이 일어난 뒤였습니다."

"아니, 서울 집을 처분해?" 두식영감이 버럭 소리를 지르며 팔꿈치로 몸을 일으켜 일어나 앉는다. "니 몫으루 사논 집이지만 그 집이 어떤 집인데 니 맘대루 팔어버려? 당장 가서 물러와!" 배뚤어

208

진 입술을 씰룩거렸다. "그리구! 너나 내가 낸 빚두 아닌데 그건 왜 갚어? 법적으루두 걸릴 게 없잖어?"

"법은 어떻든간에 갚어야 합니다. 죽은 형이지만 위신은 살려줘야 합니다."

형의 위신은 곧 할아버지의 위신이기도 하다는 말은 그만두었다. 그만둔 말이 어디 그뿐이랴. 제나름대로 뭔가 해보고 싶어하는 형에게 조금의 자리도 내주지 않았다는 점. 형이 이번에 돈을 빌린 것도 허튼 데 쓴 게 아니고 집안을 제 궤도에 올려놓아보려는 한 시도에서 비롯됐었다는 점. 결국 할아버지의 틀에서 벗어나려는 형의 첫 몸짓이었지만 그만 일보도 밀고 나가지 못한 채 마지막 몸짓이 되고 말았다는 점.

"앞으루 어떻게 하시렵니까?" 한수는 겨우 이 말만을 했다.

두식영감이 한쪽 눈 좀 감긴 눈초리로 한동안 한수를 노려보다가, "어떡허긴 뭘 어떡해? 니가 걱정할 것 없다. 니는 니 할 공부만 하믄 돼."

"한 가지만 더 말씀드릴 게 있습니다." 한수가 여전히 차분한 어조로, "이제부터 전 할아버님 뒷바라지를 안 받겠습니다. 아직 구체적인 계획은 없습니다만 어떻게든 혼잣힘으루 해보겠습니다."

두식영감의 안면에 경련이 일었다.

할아버지에게서 눈을 떼며 한수는,

"저 이만 물러가겠습니다."

한수가 무릎을 세워 일어났다. 돌아서는 한수의 뒤로 할아버지의, 애야, 하고 부르는 소리가 들렸다. 너무나 비통한 음성이어서 한수는 순간 멈추어섰다.

"좀 앉거라."

한수는 그만 무엇에 이끌리듯 다시 할아버지 앞에 무릎을 꿇었다. 그리고 할아버지를 바라보았다. 여태껏 보지 못한 할아버지의 모습이었다. 이토록 왜소해 보일 수가 있을까.

"너두 알다시피 이제 우리 집안엔 너 하나뿐이다." 할아버지의 입꼬리가 마구 씰룩거렸다. "너마저 그런다믄 우리 집안이 어떻게 되겠니? 니 형이란 건 이 할애빌 두구 먼저 가구.…… 내 저를 을마나 생각했는데……"

한수는 눈을 감아버렸다.

"그저 너무 물러빠진 게 흠이었지. 그래두 그날 오후에 이발소집 세전 떨어진 것 받아다 들였뜨리구 갔다. 이번에 니 형이 한 소행이 괘씸해서 내 호통을 치긴 했지만 왜 나대루 생각이 없었겠니? 글쎄 죽긴 왜 죽어?……" 두식영감의 빨갛게 충혈된 눈에 물기가 어리면서 잠시 뭣을 생각하는 빛이다가, "그 니 애비의 마누란지 뭔지 집에 들여오두룩 해라. 예는 지금 못하드라두."

"네." 한수가 눈을 뜨며 짤막히 대답했다.

이걸로 형에 대한 아픈 감정이 가셔진 건 아나나 그렇다고 지금 눈앞의 그 누구보다도 약하고 측은한 모습의 할아버지를 더 어쩌랴. 그러한 할아버지의 모습이 곧 자기자신의 모습으로 비치어왔다. 한수는 조용히 자리에서 일어났다.

할아버지 방을 나온 한수는 아랫방 할머니한테 들렀다.

할머니 역시 할아버지의 아집에 짓눌려 꼼짝 못하고 평생을 살아온 터다. 그러면서도 건강면에서 할아버지보다 월등하게 정정했었는데 며칠 새에 몰라보게 수척해있었다.

우두커니 앉아있던 할머니가 한수를 보더니 금세 눈물을 주르르 흘렸다.

"이 늙은 게 죽어야 하는데…… 무슨 죄가 많아 죽지 않구 이런 꼴을 보게 되는지." 그러면서 할머니는 눈물을 닦으려고도 하지 않았다.

한수는 할머니 얼굴의 깊은 주름살에 번져 흐르는 눈물을 외면하며, 두분께서 병 나시지 않게끔 몸조리 잘 하시라는 말을 남기고 그 앞을 떠났다.

밖으로 나온 한수는 몹시 피곤을 느꼈다. 거리로 나서서 눈에 띄는 과자점에 들어가 찬 우유를 마시고 진희의 학교로 전화를 걸었다.

퇴근 길에 고향다방에서 한수와 마주한 진희는 형의 죽음에 대한 위로의 말부터 했다. 한수는 진희가 형의 죽음을 알고 있다는 걸 조금도 이상하게 여기지 않았다. 형의 죽음이 보통 죽음이 아니니 읍내에 소문이 퍼져있을 것은 뻔했다.

한수는 진희에게 빌린 돈을 내놓았다.

"이걸 갚으러 이렇게 급히 나왔어요?"

"아니, 잠시라두 보구 가려구."

잠깐 둘의 시선이 부딪쳤다. 한수가 먼저 시선을 진희에게서 거두었다.

"형 땜에 빌린 돈이거든. 형과 연관된 건 무어든 빨리 정리해놓구 싶은 심정이야. 모르겠어?"

이이를 무얼로 당장 위안을 줄 수 있단 말인가. 진희는 아픈 마음으로 한수가 내준 돈을 핸드백에 넣고는 준비해 온 흰 봉투를 한수 앞에 꺼내놓는다.

"늦었지만……"

"아니, 이건 뭘. 삼우제까지 다 지냈는데." 한수가 봉투를 도로 진희 앞으로 밀어놓는다. "가지구 있다가 나중 저녁이나 사. 나 오늘은 이만 갈께."

"그러세요." 진희는 오래간만에 만나자마자 헤어지는 게 아쉬웠으나 선선히 받아들였다. 그리고 한수를 감싸듯 바라보며 말했다. "기운 차리셔야 해요."

나중 연락하기로 하고 진희와 헤어진 한수는 발길을 건호의 집으로 향했다. 바쁜지 건호가 삼우제엔 오지 않았지만 형 때문에 수고한 데 대한 고맙다는 말도 이날로 해놓고 싶었다.

"새 어머님 집으루 모셔오두룩 하세요."

다음날 아침 한수는 안방으로 들어가 아버지에게 말했다.

아버지는 뚱한 얼굴로 대답이 없었다.

"할아버님께서두 그렇게 하시라던데요."

"안 데려올란다." 전에없이 아버지의 말투가 단호했다.

"왔다갔다 하시는 게 불편하잖습니까? 새 어머님이 오시면 형수두 좀 수월할 거구요."

"나 다 관둘란다."

아버지의 말이 한수에겐 뜻밖이었다.

"그건 또 무슨 말씀이세요?"

"그 여잘 보구 나서 집안에 이런 일이 생겼잖니."

"그러니까 더더구나 모셔와야죠. 형의 뜻을 생각해서라두 말입니다. 그리구 저쪽 사정두 있지 않습니까. 애들 장난두 아니시구요."

한영아버지는 다시 뚱한 채 말이 없다가,

"그 여자에게 살이 꼈나봐. 그렇지 않구서야 이런 일이 생길 수가 있니?"

"참, 아버님두. 요즘 세상에 그런 게 어딨습니까?"

이때 대청마루 밖에서 봉룡의 서두르는 목소리가 들렸다.

"아저씨 어서 좀 나오세요."

한영아버지가 마루로 나갔다 들어오더니,

"주책없는 사람. 손서방네가 산밑 밭에 거름을 냈다구 꿩덫 놓으러 가자나? 주책없는 사람. 내가 지금 그런 것 하게 됐어."

"왜 가보시지 그러세요. 앉아만 계시면 뭘합니까." 한수가 권했다. "이럴 땔수록 바깥 바람을 쐬셔야 합니다."

그러나 한영아버지는 마냥 움직이려 하지 않았다.

저런다고 죽은 사람 되살아오나? 봉룡은 돌아서 나오며 속으로 중얼거린다. 다 제 명인 걸. 허긴 억지루 끊은 목숨이니 제 명이라구 할 수두 없지. 정말 순해빠진 그사람이 그런 모진 일을 저지르다니 알다가두 모를 일이야. 죽기 전에 효자 노릇은 했지. 즈이 아버지 장가 들여놓구 갔으니 효자가 아니구 뭐야. 심청이가 따루 있나. 그러지 않았어봐. 남은 여생을 궁상떼이 홀아비 신세루 지낼 뻔했지. 아무튼 한영아버지 팔자 고치게 하기까지 이 봉룡의 힘두 적잖이 들었다는 걸 알기나 하는지.

거름을 낸 산밑 손서방네 보리밭에 이르니 이리저리 먹이를 찾고 있는 꿩들이 보였다. 장끼 한 마리에 까투리가 두 마리. 봉룡이 벌썬 웃으며 가까이 가자 꿩들이 푸드득 날아난다.

밭으로 들어선 봉룡이 덫 놓을 자리를 물색한다. 땅에 스며들고 난 거름 찌꺼기가 가장 많이 남아있는 곳을 골라 덫 몸체를 묻고, 덫과 연결된 끈에 꿴 불린 콩 서너 알만 지면에 드러나게 한다. 그리고는 밖으로 나와 꿩들의 눈에 띄지 않을 만큼 멀리 떨어진 솔포기 뒤에 가 숨는다.

좀 있으려니까 까막까치와 참새들이 날아와 앉는다. 그 뒤로 꿩서너 마리가 날아오더니 그중 장끼가 까막까치와 참새들을 쫓아버린다. 그리고는 이리저리 먹이를 찾아다니던 장끼가 콩알을 보고 막 찍어먹을 자세이다가 사면을 두룩두룩 둘러보고는 그 언저리를 빙 돈다. 그러다 딴 데로 가서 먹이를 찾으며 날아오는 다른 새들을 쫓는가 싶더니 도로 와서는 콩알 주위를 또 빙빙 돌기만 한다. 의심이 대단한 것이다.

솔포기 뒤에 숨어 이를 지켜보고 있던 봉룡은 안달이 난다. 제기랄, 왜 콱 찍어먹지 않고 사람 부아통만 터지게 하노.

콩알 앞에서 장끼가 꾸꾸꾸꾸 까투리들을 부른다. 그러나 모여든 까투리들도 콩알 주위를 빙빙 돌 뿐 쪼지를 않는다. 장끼보다 더 의심이 많달까, 영리하달까, 지금까지 덫을 놓아보았지만 까투리는 잡아본 적이 없었다.

이러다가 오늘은 허탕을 칠지 모르겠다고 조바심하며 봉룡이 주머니에서 꽁초를 꺼내 불을 붙이려는데 갑자기 푸드득 꿩들이 튕겨 날아난다. 봉룡이 꽁초를 도로 주머니에 집어넣으며 얼씨구나 하고 급히 달려 내려간다.

그러면 그렇지. 봉룡이 덫에서 장끼를 뽑아냈다. 목뼈가 부러져 거의 죽어있었다.

오늘은 이만했으면 됐다고, 여봐란 듯이 장끼의 목을 거머쥐고 집으로 돌아오며 봉룡은 앞으로 거름을 내는 곳이 있는 대로 어떻게든 한영아버지를 끌어내리라 생각한다.

집에 돌아온 봉룡은 생으로 꿩 털을 뽑고 배를 갈라 내장을 꺼낸 후 도마 위에 올려놓고 토막을 낸다. 큰딸애에게 물을 끓여 꿩 모가지와 발목을 튀해서 똥집과 간 등과 함께 국을 끓여 저녁에 먹으라고 이른다. 그리고 다른 토막들은 비닐봉지에 넣는다. 이따 저녁때 자기는 꿩안주를 내고 윤의사더러는 술을 사게 하여 한영아버지와 자리를 같이할 참이다. 본시 술담배를 못하는 한영아버지지만 꿩고기라도 먹게 하면서 상심도 덜어줄 겸 한영의 죽음에 관한 여러 가지 궁금증도 알아내볼 셈인 것이다.

"한영부친이 온대더니?" 윤의사가 자릴 잡으며 봉룡에게 물었다.
"화난 사람같이 부어가지구 꿈쩍을 안해. 까짓것 술두 못 먹는 사람 곁에 있는 것보담 우리 둘이 먹는 게 오붓해서 좋지 뭐. 자, 먹음세."
윤의사가 술을 한 모금 마신 뒤 꿩탕을 젓가락으로 뒤적이며,
"이 꿩 사이나루 잡은 것 아닌가?"
"이사람이! 내가 언제 사이나루 꿩 잡든가?" 봉룡이 한 손으론 술잔을 입으로 가져가고 한 손으론 앞 허공을 휘휘 내젓는다. "안심하구 들어두 돼."
"사이나루 잡았대면 큰일 나나. 그것두 내장만 말끔히 긁어내버리면 아무 상관없어. ……근데 고기가 좀 질기군."
"잘 볶으라구 했는데……" 봉룡이 꿩토막을 하나 집어 이빨로 뜯으며 이만하면 먹을 만하다고 생각하는데 윤의사 옆에 앉았던 색시가,
"더 끓여오랠까요?" 하고 윤의사의 눈치를 살핀다.
"그냥 둬. 너두 한점 들어봐. 근데 이거 수꿩인가부지?"
"까투리야 어디 덫에 걸려주나."
"어쩐지. 수꿩은 걸 보기엔 좋지만 고기 맛은 암꿩만 못해."
"고 까투리란 놈이 엔간히 약아야 말이지. 덫 둘레만 뱅뱅 돌믄서 남의 속만 태운다구."
"그게 자연의 섭리지. 암컷이 남어야 종족이 소멸되지 않으니까. ……너두 오래 살어야 한다." 윤의사가 색시의 등을 두드린다.
"오래 살기만 하믄 뭘해요. 짝이 있어야지." 색시가 윤의사의 말을 받는다.
"알긴 아는구나." 윤의사가 이렇게 말하고 봉룡을 향해, "그런데 한영부친이 제대루 남자구실이나 하는지 원."
"나이가 아직 있잖어?"
"반드시 나이대루만 가나 어디? 너무 오래 여자를 가까이하지 않으던 그것이 퇴화하는 법인걸. 남자의 물건은 적당히 쓸 땐 써야지

그렇잖음 제구실을 못하는 수가 있단 말야. 2차대전 때 종전이 돼서 집으루 돌아온 병사 중에 제구실을 못하는 병사가 많아서 미국선 그거 재생시켜 주는 병원까지 생겼었다구. 자네두 해당되는 거 아닌지 모르겠네. 마누라 남의 집 가정부루 들여앉혀놓구 그렇게 지내서 괜찮겠어?"

"원 사람두……"

"여편네 생각 안 나냐 말야?"

"외려 홀가분해서 좋든데."

"역시 낙천가라 틀려. 내 오늘 오입 한번 시켜줄까?"

"싫으이." 열쩍은 듯 봉룡이 부스스한 고수머리를 쓸어넘기며, "그럴 생각이 있으믄 그 돈으루 담배나 몇 갑 사주게."

윤의사가 색시에게 담배 다섯 갑을 사오라고 돈을 꺼내준다.

돈을 받아들고 나가는 색시의 뒷모습이 사라지자 봉룡은,

"원장, 색시 바꾸는 게 어때? 술맛 떨어지지 않어?" 한다.

처음부터 봉룡이 생각해오던 바다. 전에 이 오복정에서 본, 얼굴이 오목하고 코끝이 쫑긋한 색시는 어디로 가버린 지 오래지만 다른 색시도 있는데 하필이면 저런 여자가 걸려들었을까. 못생긴 얼굴에 그 화장꼴이라니. 처음으로 이런 데 나온 여자임이 분명했다. 자기야 코쟁쟁이건 뭐건 상관없지만 윤의사 보기가 안된 것이었다.

"그냥 내버려둬." 윤의사가 예의 무표정한 얼굴로 말했다.

"원장 취밀 모르겠네."

"그러나저러나 두식영감네 큰손자가 왜 자살을 한 거래?"

술잔을 주고받다 윤의사가 말을 꺼냈다.

봉룡이 곧,

"난들 아나. 이건 원장에게만 하는 얘긴데 처음 그소식 듣구 나 진땀뺐네. 내가 중간에 서서 돈 빚내주구 한영아버지 새 마누라 물색해주구 하잖았겠어? 근데 바루 돈 갚을 날 죽었으니 내 맘이 어땠겠나. 잘못 생각하믄 내가 중간에서 돈 독촉이나 심히 해서 그런 줄 알지 않겠냐구."

"딴은."

"근데 아무래두 한영이 그치가 미덥지 않드라구. 그래서 바루 전

날 그 동생을 찾아가서 책임지겠다는 언질을 받아냈지. 그래 갖구 돈 준 사람에게 양해를 얻어 놨었기망정이지…… 허긴 한수두 형이 죽은 건 돈 때문이 아니라구 하더구먼. 그러니 당최 왜 죽었는지 짐작이 안 간다구."

"결국 그 옹고집 할아버지의 편애 때문이지 뭐."

"아닌게아니라 그 영감이 입으루는 두 손자를 똑같이 애지중지한다구 했지만 실제루는 둘째손자만 끔찍이 위했지. 둘째는 중학교 때부터 집 딸리구 사람 딸려서 서울 보내 공부시키믄서 어쩌자구 한영은 국민학교만 마치게 하구선 애애비가 되두룩 사환부리듯 했는지 원."

"한영이가 그 폭 치군 꽤 유식하데."

"사실 머리 좋기루야 한영 편이 한수보담 윗줄이었지. 전에두 말했지만 어려선 신동이란 말까지 들었었다니까, 그럼."

색시가 담배를 갖고 들어왔다. 다섯 갑 중 한 갑만 윤의사가 갖고 나머지를 봉룡에게 넘겨준다.

봉룡이 담배를 두 갑씩 움켜 주머니에 넣으며,

"이번 사건 때만 해두 그래. 영감이 내려와 보지두 않구 시첼 그날루 내다 묻어버리라는 걸 검시두 해야 하구 이것저것 절차가 있어서 다음날 아침까지 미뤘다는 거야."

"그건 다른 문제지. 영감으루서야 그런 악상을 당했으니 한시바삐 집안에서 치워버리구 싶었겠지. 결국 그 큰손자는 집안에서의 자기 위치에 대한 콤플렉스를 극복하지 못하구 만 거야. 전에두 말했지만 그치가 술먹구 밤중에 어쩌구저쩌구 소릴 질러댈 땐 발산이 됐지만 그 버릇이 근자엔 없어졌다면서?"

"그것두 따져보믄 동생한테 억눌린 증거야. 한수가 집에 들어오구서부터 그 버릇이 없어진 거라구. 형 쪽은 동생을 끔찍이 위해주구 온갖 수발 다해줬지만 동생은 어림두 없었어. 형이 할아버지 밑에서 얼마나 빌빌하구 있다는 걸 뻔히 알구 있으면서두 고등고시 공부합네 하구 돈이나 쓰구…… 집안일은 내 몰라라 했지. 형이 죽을 때두 집에 없었다구. 형의 빚을 책임지겠으니 며칠만 말미를 달란 사람이 돈줄인 할아버질 놔두구 서울은 왜 갔었느냐 말야. 말루는 형의 빚 책임지겠다구 해놓구는 내 알 게 뭐냐구 서울루 피신해버렸든 것 아닌가 몰라. 그 매정한 놈이!……" 봉룡은 여태 한수한테 대해 가졌던 생각과는 판이한 방향으로 마구 지껄여댔다.

"아니지. 할아버지에게 사정하기 싫으니까 돈 변통하리 서울 갔었을지두 모르지. 그친구 겉만 매정해 뵈지 의외루 정이 많을 것같애."

"그럴까."

봉룡은 고개를 기우뚱한다. 하긴 윤의사의 말이 옳은 것도 같았다. 그럼 한수가 문진영감을 찾은 건 서울에서 마련해 온 돈으로 형의 빚을 청산하기 위해서였던가. 그런데도 구렁이같은 문진영감이 내게는 소식도 안 전해주는 건가.

"그렇다믄 더구나 한영이 왜 죽느냔 말야. 꾹 참구 있기만 하믄 장차 자기 몫으루 많은 재산이 굴러들어올 판인데." 봉룡이 다시 또 고개를 기우뚱거렸다.

"그야 진짜 원인은 죽은 본인밖에 알 수 없지. 세상에 모를 일이 어디 한두 가질라구. 하여튼 아까운 치가 죽었어."

"산 사람 얘기보담 죽은 사람 얘기가 재미있나보죠?" 색시가 엉뚱한 소리를 한다.

"그래 그래 맞다 맞다. 자, 술이나 먹자." 한영의 죽음에 대한 궁금증을 풀지 못한 채 봉룡은 색시에게 술잔을 건넨다. "한잔 하구 노래라두 불러라. 네 말마따나 산 사람 기분 내자."

색시가 맹맹한 얼굴로 노래를 할 줄 모른다고 한다. 그러다가 술이 떨어지자 주전자를 들고 나간다.

"저 꼴루 술상엔 왜 나와 앉었누. 부엌에나 틀어박힐 일이지." 봉룡이 다시 윤의사에게 말했다. "원장, 색시 바꾸자구."

윤의사의 길쭉한 얼굴이 그냥 무표정하다.

봉룡은 이사람이 오늘밤엔 별로 여자 생각이 없는가보다 하고 있는데 윤의사가,

"내버려두라니까. 불고기는 불고기 맛이 있구, 비지찌갠 비지찌개 맛이 있는 법야, 이 사람아. 불고기만 자꾸 먹어봐. 비지찌개 생각 날 때가 있지."

"그야 그렇지만……"

색시가 술주전자를 가져왔다. 새로이 술잔을 몇번 주고받다가 불쑥 윤의사가 노래를 부르기 시작한다. 봉룡은 점점 더 윤의사의 속을 가늠잡을 수 없어진다.

——네가 먼저 살자구우 옆구리 쿡쿡 절렀지이 내가 먼저 살자구우 옆구리 콱콱 절렀나아, 어허란다 디어야 모두 내 사라앙아……뒷동사안 딱따구리는 생나무 구멍두 뚫으는데 우리집 저 멍텅구린……

윤의사가 부르던 노래를 중단하고 색시의 손을 끌어다 손등을 들여다본다.

"손금을 보려믄 손바닥을 봐야지 손등은 왜 보누?"

봉룡이 핀둥이를 주자,

"모르면 잠자쿠 있어." 윤의사가 색시의 손을 놓으며, "손등의 정맥이 얼마큼 두드러지게 나타나있나를 보는 거라구."

"그걸루 무슨 병이 있나 없나를 알아낸다는 건가?"

"의사는 술 먹으면서까지 진찰만 하는 줄 알어? 잘 들어봐." 윤의사가 느릿한 어투로, "젊은 여자의 손등에 정맥이 두드러지게 나타나있을수록 말야, 남자를 많이 상대했다는 표야. 생리학적으루 그렇게 돼있어."

그래 이 여자는 어떠냐고 봉룡이 물으려는데 별안간 윤의사가 재채기를 잇달아 하기 시작했다.

밤들면서 첫눈이 내렸다. 진눈깨비였다.

예기치 않았던 중섭이 한수를 찾아왔다. 진눈깨비로 옷이 젖어있었다.

"홍선생이 전보를 쳐줬어. 세상에 이런 변이 어뎄니."

한수는 말없이 중섭의 손을 붙잡고 왈칵 울음을 터뜨렸다. 형의 일로 처음 소리내어 우는 울음이었다.

제 4 장
구르는 돌

　코트와 모자를 벗어 들고 허둥지둥 들어서는 강사장을 비서는 곧장 회장실로 안내했다.
　"기다렸습니다." 회장 송노인이 조용히 일어서며 강사장에게 손을 내민다. "좀 늦으셨군요. 자, 앉으십쇼."
　"처, 처, 첫 뻐스가 고, 고장이 나서요. ……으, 읍장께서 여, 연락이 없었나요?"
　"아뇨. 어디 시외전화를 믿을 수 있습니까."
　송회장은 테이블 모서리에 붙은 부자를 눌러 소녀애를 불러놓고는 강사장을 향해,
　"귤차 어떠세요?" 하고 묻는다.
　"가, 감사합니다."
　소녀애가 나가자 송회장은 담배를 권하며,
　"심 읍장에게서 들으셨겠지만 일을 좀 시작해볼까 해서 올라오시라구 했습니다."
　"고, 고, 공장 들어선다는 소문만은 싸, 싹 없어졌습니다."
　"소문두 소문이지만 그당시는 부지 매입에 적당한 시기가 아니었지요. 추수가 끝나지 않은 때가 돼놔서……"
　"그, 그걸 이제부터 시작하자시는 거, 건가요?"
　"그렇습니다."
　소녀애가 차를 갖고 들어와 두 사람 앞에 각각 놓고 나간다. 소녀애가 나가자 강사장은,

"그, 근데 회, 회장님, 제, 제 소견으루선 이왕 미뤄오든 거 조, 좀더 뒀다가 시작하믄 어, 어떻습니까?"

송회장이 정중한 어조로,

"어떤 연유로 강사장께서는 그런 생각을 하시는지요?"

"서, 설이나 쇠구 나서 시작해두 되, 되지 않겠습니까?"

"공사는 당장 시작 못하지만 부지 매입은 지금부터 해두려는 겁니다. 설이 지나면 사람들이 자연히 그해 농사 지을 궁리를 하게 되거든요. 그러니 심리적으루 사구 팔구 하는 데 주저하게 되는 경우가 있죠."

"네, 네……"

"매입가 책정은 다 끝났죠?"

"네, 네. 지, 진입로가 되는 큰길가 땅은 이, 이, 일등지루 기준을 하구서 사, 사등급으루 갈라서 저, 정해놨습니다."

송회장이 고개를 두어 번 끄덕이고 나서,

"근데 한 가지……"

강사장은 송회장의 얼굴을 지켜본다. 볕에 그을은 깡마른 얼굴에 표정은 없었다. 강사장은 송회장의 별 감정이 담기지 않은 말씨와 그때그때의 기분을 얼굴에 표출치 않는 담담함에 도리어 믿음성과 친근감마저 느껴오고 있었다.

"최두식영감님의 소유 있잖습니까? 전에 기와를 구웠다는 터 말입니다. 그 터는 우선적으루 확보해놓는 게 좋을 겁니다."

"아, 아니 그 땅을요?"

"네. 최두식영감님의 그 땅요."

"그, 그건 좀…… 제, 제 소견으른 그, 그, 그……"

"말씀하세요."

"그, 그, 영감님이 호락호락 파, 팔 것같지 않구먼요."

"팔 것같지 않은 걸 사들이는 게 강사장의 수완 아닙니까." 송회장은 말끝에 허허 웃듯 하고는, "아니, 농담입니다. 잘 성취시키두룩 해보세요."

"사, 사들인다구 해두 땅값을 지, 지, 지독하게 달랠 겁니다."

"그것만은 등급에 구애되지 말구 사놔야 할 겁니다."

"그, 그렇게 되믄 다, 다른 땅 매입가가 전체적으루 높아질 우려가 있습니다."
"그럴 수두 있겠지요. 허지만 그 필지부터 해결해놓구 시작하는 게 일이 순조로울 겁니다. 내가 거기 내려가 있는 동안에 얻은 상황판단으루 봐선 그게 순서같습니다."
강사장은 납득이 안 간 대로,
"네, 네……" 한다.
"그리구 또 한가지, 계약할 때 중도금 날짜를 될수룩 짧게 잡두룩 하십쇼. 완전매매를 해놓구 봐야 하니까요."
"네, 네…… 그, 근데 계약 때 매수인 명의는 어, 어떻게 할깝쇼?"
"모두 강사장 이름으루 해두세요. 곧 다 드러날 일이지만……"
"네, 네, 자, 자알 알았습니다, 회장님."
계약 지불금조로 이미 송금된 천만원의 송금수표를 받아가지고 물러나오면서 강사장은 암만해도 송회장의 분부가 석연치 않았다. 왜 하필 평수도 대단찮은 최영감네 땅부터 사들이라는 걸까. 사기 힘든 땅부터 사라는 거겠지. 그러나 그 힘든 흥정을 피해가면서 공장부지 매입을 할 수 있는 방도를 강구할 일이 아닌가.
강사장은 집에 돌아오는 참 캐비닛에서 지적도를 꺼내어 폈다. 그리고는 접혔던 자국을 두 손바닥으로 싹싹 훑어가며 골똘한 생각에 잠긴다. 그러던 강사장의 한 손끝이 두식영감네 땅을 중심하여 둘레에 동그라미를 그렸다. 옳지, 사방으로 둘린 가운데라! 강사장은 저도모르게 입속으로 탄성을 질렀다. 이 작전으로 나가자! 먼저 최영감네 땅 둘레의 논밭을 모조리 사들이는 거다. 그렇게 하면 제아무리 최영감이라도 자기네 땅을 팔지 않고는 못배길 거 아닌가. 통로가 없어지면 그 땅은 죽고 말 것이고, 자연 땅값도 처질 거다. 그리 되면 나는 또 나대로 송회장의 하는 일에 공로를 세우는 게 될 거고!

"이제 형님 생각 좀 잊어버리세요." 아직도 아픔을 지닌 기색인 한수의 얼굴을 살피며 진희가 입을 열었다.
"차차 잊어지겠지." 한수는 이런 대꾸를 뱉으면서 시간에 의탁하여 아픔을 잊는다는 게 그럴수없이 야속하게 생각됐다.

"그래요. 세월이 해결해줄 거예요."

"물론……" 한수가 그동안 더 모진 듯한 턱을 치켜들며, "어차피 모든 과걸 주렁주렁 짊어지구 살 수는 없는 거구, 적당히 망각한다는 게 신이 인간에게 준 큰 은총의 하나인지 모르지. 허지만 그 망각을 감사하게 여기구 있는 인간이 무척 잔인한 것같애."

"잔인한 게 아니구 약한 거겠죠 뭐."

"그럴까."

그렇지, 인간이란 약한 거지. 지극히 약한 거지. 근데 약한 인간이 어떤 상황에 놓이게 되면 또한 지극히 잔인해지는 건 뭔가.

"오늘 이자리에서만이라두 형님 생각 좀 떠나봐요. 그리구 나 좀 바라봐줘. 얼마나 보구 싶었다구."

그러고보니 아까부터 진희와 시선이 마주치는 걸 피하고 있는 자신을 깨달으며 한수는 진희에게로 눈을 들었다.

진희가 한수의 시선에다 자기의 시선을 맞추며,

"나두 위로받구 싶어, 한수씨한테."

"무슨 일이 있었어?"

"조금 아퍼. 내 얼굴 엉망이죠?"

"좀 부었나?"

"며칠째 머리가 무겁구 식욕두 없구…… 꼼짝을 하기가 싫어. 감기는 아닌 것같은데." 진희가 두 손바닥으로 자기 얼굴을 쓸어내리며, "그치만 한수씰 만났으니까 인제 괜찮을 거야."

형의 죽음 때문에 가려졌던 이번 서울에서의 세미와의 만남. 한수씰 만나니까 뭔가 한꺼번에 걷혀지는 기분이 들어요. 뾰족한 송곳니를 드러내며 웃는 세미의 얼굴이 진희의 얼굴과 겹쳐졌다.

"그렇게 몸이 불편하면 일적 들어가 쉬어야지."

"어머, 이대루 헤어지자는 거예요? 오랜만에 만났는데, 그 무슨 잔인한 말예요?"

"잔인?" 그렇게 쉽게 잔인이라는 말을 쓰나 싶어 한수는 실소한다.

"그렇잖아요? 보구 싶었다는 사람더러 금방 가라니요? 자, 일어나세요. 전에 약속한 대루 제가 저녁을 살께요."

다방을 나와 진희가 앞장서 길 건너의 식당으로 갔다.

자리를 정해 앉자 진희는 가지런한 잇바디를 드러내고 즐거운 표정을 지으며,

"여기 민선생님과 같이 왔던 생각 나요? 제가 한수씨 처음 만난 날."

한수도 따라 기분을 내려 하며,

"그것두 이젠 추억거리가 됐나."

진희와의 첫 만남. 그날 나는 중섭과 꽤나 떠들어댔지. 별 흥미도 없을 자기들의 화제에 그런 빛 없이 미소를 머금고 들어주던 진희에게 그 순간부터 관심을 갖게 되고.

"그때 두 분이 주고받은 얘기보다 한수씨의 표정이 더 생생해."

남자들의 표정이 목으로 나타나는 걸 그때 난 보았다구. 국민학교 선배라고 하면서 어떤 사람이 우리 자리에 와서 떠들 때, 비닐하우스 해서 돈 좀 벌었다는 그사람이 거드름피면서 한수씨 형님얘기를 들출 때 한수씨 목이 많은 불만을 말하고 있었어. 나 그때 한수씨 목을 그러안아주고 싶다고 느낀 거 모를 거야.

"근데 민선생님 아직두 그쪽 일에 적응이 안 되나봐요. 한수씨네 문상 왔을 때 전화루 잠깐 얘기했는데 그런 느낌이 들던데요."

"누가 아니래. 새 일에 자기를 전부 내던져지지 않구 갈등이 많은 모양이야. 허지만 해나가느라면 적응이 되겠지."

"그렇지만두 않죠. 선천적이건 후천적이건 사람이란 각자의 자질이란 걸 지니게 마련 아녜요? 한수씨와 법률과의 관계같이."

"법과를 택한 건 할아버지구, 난 그저 할아버지의 뜻에 좇은 것뿐이라는 말 내 안했던가?"

"어쨌든 법과와 최한수는 자연스러워."

"사람이 비정해서?"

"그런 면두 없지 않죠."

"법이란 원래 진희가 생각하는 그런 건 아닐 텐데. 아니구 말구. 상식적인 얘기지만 법이란 차겁구 딱딱한 수갑같은 게 아니었어. 오히려 인간의 자유를 부당한 것으루부터 침해당하지 않게끔 보호하

기 위해 둘려진 울타리지. 물론 그 울타리의 이미지가 차츰 변질된 것만은 사실이지만 말야. 하여튼 선천적이건 후천적이건 법학이 내 성격에 맞지 않는다는 걸 난 알구 있어."

"이제 적응이 되겠죠."

한수는 중섭이 해나가느라면 새 직업에 적응될 거라고 한 자기 말을 그대로 진희가 되짚는 것같아 쓴웃음이 나왔다.

"아무튼 민선생님은 어느 측면으루 보나 교직생활이 맞는 분 같애 요. 어떻게 다시 학교루 돌아오게 했음 좋은데 안될까요?"

퍼뜩 이상한 생각이 한수의 머리를 스쳤다. 혹시 중섭이 나와 진 희를 생각해서 여기를 떠난 거나 아닐까.

"불고기루 하죠?" 주문받으러 온 애의 독촉을 받고 진희가 한수에 게 물었다.

한수는 그냥 자기 생각에 잠긴 채 고개를 끄덕인다. ……그래서 중섭이 적성에도 맞지 않는 사업이지만 여기를 떠난다는 생각만으 로 그 길을 택한 거나 아닐까.

"술은요?"

"술?" ……아냐. 중섭이 네가 그런 일을 내게 말 못할 리 없지. 이 건 한갓 내 과민이야.

"또 무슨 생각? 술 한잔 하겠느냐구요?"

"좀 할까." ……미안하다 중섭이. 괜한 너를 들먹였어. 요즘 내 신 경이 왜 이렇지?

진희가 애에게 불고기와 소주 한 병을 시키고 나서,

"나두 오늘 좀 마실까봐."

"아프다면서 할 줄두 모르는 술을 마신다구?"

"왠지 취해보구 싶네요."

"무리하지 않는 게 좋아."

"감사합니다. 염려해주셔서." 진희의 입가에 야릇한 웃음기가 떠 어졌다. "근데 염려가 염려루 받아들여지질 않으니 이상한 일이네 요. 바루 앞에 앉아있는 한수씨가 왜 오늘 이렇게 멀리 느껴지는지 모르겠어요."

"우리 정말 이자리에서만이라두 복잡한 생각은 말자구."

"한수씨 내게 숨기구 있는 게 있죠?" 진희의 입가에서 웃음기가 걷혀졌다.

한수는 애가 가져다 놓은 빈 잔을 저도모르게 한번 들었다 놓는다.

"이번 서울 가서 무슨 일 있었죠?"

한수가 진희의 말을 막기라도 하려는 듯이 한 손을 앞으로 내밀며 진희를 건너다보았다. 진희의 눈망울에 열이 떠오려있었다.

"세미씰 만났죠? 그죠? 친구루서 만난 게 아니죠?"

한수는 내밀었던 손을 거둬들이며 진희의 눈길을 외면했다. 여자들이란 육감의 덩어리로군. 세미도 진희의 존재를 알아맞히더니. 한수는 담배에 불을 붙였다.

"응, 맞어."

한수로서도 물론 숨겨두려던 건 아니었다. 오늘 말을 안하려던 것뿐이다.

진희의 눈앞의 것들이 모두 어지러이 혼들렸다. 뭔가 자꾸 소원하게 느껴지는 걸 형을 잃은 아픔 때문이지 싶으면서도 혹시나 하고 물은 말에 듣게 된 한수의 뜻밖의 고백 앞에서 진희는 자신을 어떻게 수습해야 할지 갈피를 잡지 못했다. 쓰러지려는 몸을 지탱이라도 하듯이 두 팔꿈치를 상 위에 짚고 시선을 떨구었다. 바른대로 말해준 걸 고맙게 여기자는 생각만으로 마음을 돌리고자 안간힘을 다했다. 진희는 시선을 들었다.

애가 석쇠에 올려놓고 간 고기가 비직비직 타고 있고, 한수는 고개를 꺾고 있어 표정은 읽을 수 없었다. 그저 어깻죽지가 사뭇 공허하고 쓸쓸해 보였다. 그것은 형을 잃음으로써 받는 아픔과는 또다른 괴로움의 그늘이 서린 모습이었다. 이 남자도 지금 괴로워하고 있구나. 아니, 그전부터 괴로워하고 있었구나. 그래서 나와의 시선 마주치는 걸 피했고, 나와 오래 같이 있기를 꺼렸구나.

"내게 생각할 시간 좀 줘 진희."

한수의 음성은 어둡고 무거웠다. 가슴 안쪽 깊이에서 우러나오는 신음소리와도 같았다. 아무도 관여할 수 없는 세계처럼 비쳤다. 진희는 그런 그에게 절대로 용서 못하겠다는 말로 비수를 꽂을 수 없다고 생각했다. 그러한 자신의 심정을 자신도 이해되지 않은 채 진희는 마른 입안을 침으로 축이며 몸을 일으켰다.

"이만 가볼래요."

다리가 휘뚱거렸다.

가지 마 진희! 날 떠나지 말아줘 제발!

시커먼 바다가 한수의 눈앞에 펼쳐졌다. 자꾸만 출렁대며 희끗희끗 물머리가 어둠을 핥고 있었다. 그는 시커먼 바다와 희끗거리는 물머리를 한 시야에 담아 지켜보고 있었다.

뜰 안을 둘러봐도 한영아버지가 눈에 띄지 않자 봉룡은 부리나케 대청마루로 올라서 기척도 없이 안방문을 열고 들어선다.

어둑신한 방에서 노끈을 꼬고 있던 한영아버지는 이 사람이 왜 이리 덤벙대나 하고 봉룡을 쳐다본다.

"아저씨한테 누구 찾아온 사람 없었죠?"

한영아버지는 멍뚱히 고개를 젓는다.

"땅 흥정하자구 누구 안 왔었느냐구요?"

"도대체 무슨 소리야? 우선 좀 앉기나 해."

"그럼 존장님한테루 직접 찾아갔나." 봉룡이 혼잣말처럼 중얼거리고는 한영아버지 곁으로 바짝 다가가 앉는다. "윗댁에서 무슨 말씀 없으셨나요?"

한영아버지가 다시 멍뚱히 고개를 젓자,

"읍내에 큰 공장 들어서는 건 아시죠?"

"전에 그런 소문이 있었지."

"그게 소문이 아니었다구요. 이제 진짜 들어서게 됐단 말예요. 그래가지구 지금 읍내가 벌집 쑤셔놓듯 난리예요, 난리."

"원 사람두. 공장이 들어서믄 들어섰지 자네야말루 왜 이리 난리야?"

"아이구 답답해라. 아저씨네와 관계가 있으니 내 이러는 거 아네요?"

그제서야 한영아버지는 귀가 뜨이는 모양으로,

"우리와 관계가 있다니, 무슨 관계?"

226

“장안건재의 강사장 있죠? 말 더듬는?”

“그래 강사장……”

“그 강사장이 앞벌의 논밭을 몽조리 사들이구 있는데요, 지가 쇠
푼깨나 가지구 있다지만 그렇게 많은 땅을 한꺼번에 사들일 재산은
없거든요, 네. 설사 그럴 만한 재산이 있다구 치드래두 지금 세상
에 논밭을 그렇게 사놔서 뭘해요. 그래 내막을 알아봤더니 공장 질
사람한테 위임을 받아가지구 하는 일이래요, 네.”

“그게 우리하구 무슨 관계가 있다는 거야 글쎄.”

“관계가 있어두 보통 있는 게 아니라구요. 아저씨 제 말 잘 들으
세요.” 봉룡은 마음이 급해 못견디겠다는 듯 마른침을 한번 크게 삼
키고 나서, “아저씨네 기왓가마 땅 있잖어요? 그 부근의 논밭을 몽
조리 사들이구 있다구요, 네. 그러니 기왓가마 땅을 남겨둘 리 없
는 거 아닙니까. 허니까 누가 와서 흥정하자는 걸 안 판다구 하지
않었나 해서 달려온 거예요, 네.”

“생판 처음 듣는 소린데.”

“어쨌건 아직 계약이 안 된 것만은 분명하니 팔 땐 꼭 이 봉룡이
가 중간에 서게끔 하세요. 아시겠어요? 존장님한테두 꼭 그렇게 말
씀드려놓으세요. 이 봉룡이 중간에 서서 손해보실 것 없거든요.
값두 최고루 따내두룩 내 손을 쓸 테니까요, 네. 알아들으시겠어
요?”

봉룡이 돌아가자 한영아버지는 윗집으로 올라갔다.

한영아버지의 얘기를 다 듣고 나서도 두식영감은 신문만 들여다
볼 뿐 아무말도 하지 않았다.

갈등. 두 진실 사이에서의 이 갈등을 어쩔 것인가. 한수는 때없
이 생각에 잠기곤 했다. 이 갈등이 두 여자에겐 다 같이 불성실과
독선으로 보일 밖에 없을 것이다. 그때그때 자기의 갈등을 그대로
내보인 정직함에 조금은 구원받는 심정이 되기도 했으나, 그 정직
의 내세움도 결국 일시적 자기합리화였을 뿐 자기는 어느 쪽에도
순수하지도 정직하지도 않았던 게 아닐까.

어쨌든 이로 인해 받게 될 어떠한 비난이나 고통도 피하지는 않을

것이다. 그러나 그로 인해 안겨준 그네들의 괴로움을 어쩔 것인가.

그런 속에서 한수는 계모를 집으로 들어오게 했다. 세 얻었던 집 내놓기, 자기네 안방의 간단한 도배, 이삿짐 나르기, 할아버지와 할머니에게 인사드리기 등을 순서밟아 해내었다. 어지러운 머릿속을 이러한 가정의 일이나마 해결지음으로써 좀 잊어보려는 심정이었는지 몰랐다.

계모는 예기치 않았던 일에 송구스러워하며 조심조심 한수의 지시에 따라주었다. 형수와는 곧 트는 것같았고, 낯가림하는 어린애를 용케 달래서 업어주기도 하며 소리없이 지내나갔다.

마침내 한수는 두 여자에 대한 갈등에 결정을 내렸다. 자기는 두 여자 모두에게서 떠나야 한다는 결정을.

진희의 자존심의 상처는 너무도 큰 것이었다. 앞으로 한수를 잊어야 하는 아픔같은 건 생각할 겨를도 없을 만큼 그네는 꺾인 자존심으로 고통스러워했다.

머리는 하루종일 무겁고 식욕은 더 없어져갔다. 그러면서도 학교 수업만은 태만하지 않으려 전력을 다했다.

"요즘 왜 그리 기운이 없어 뵙니까?" 맹선생이 염려스레 말하며 진희 곁으로 왔다.

"머리가 자주 아파요. 여기 앉으세요." 진희가 의자를 끌어다 놓았다.

모두 수업에 들어가고 교무실엔 저쪽에 수학선생이 하나 있을 뿐이었다.

"좀 쉬시지 그래요. 건강이 젤입니다. 건강이 없으면 마음에두 병이 생기니까요. ……그럼 오늘 현선생 초대에 못 가시겠네요?"

"생물선생 초대요? 여선생들은 다 빠지기루 했어요. 술자리가 크게 벌어질 모양이던데요. 생각해보면 우스운 일이죠. 땅이 팔렸다구 뭐 그렇게 자축할 것까지야……"

"그만큼 농사에 혼이 난 거죠. 조상으루부터 물려받은 논이라는데 해를 거듭할수록 들인 비용두 뽑지 못할 정도루 수지가 안 맞는답니다. 그렇다구 맨판 땅을 놀려둘 수두 없는 노릇이구, 남의 손 들여서 하자니 오그랑장사구……"

진희는 알 수 있을 것같았다.

"이제 제 2 제 3 의 현선생이 나오겠죠?"

"물론이죠. 벌써 우리 동네 사는 토백이 농사꾼두 이번에 땅이 팔렸다구 좋아하드라구 마누라가 그럽디다. 이제 땅 판 돈으루 서울 가서 구멍가게라두 벌여놓겠다구요. 그러지 않아두 이농하는 사람이 해마다 늘어가는데 이 고장두 거기에 숫자를 더해주게 되는 폭이죠."

"그러나저러나 이 조용한 곳에 공장이 들어선다는 건 큰 사건이에요. 지역개발에 도움두 되겠지만 잃는 게 더 많을 것같애요."

수업 끝나는 벨이 울려 맹선생이 자기 자리로 돌아간 뒤에도 진희는 맹선생에게 한 자기의 끝말을 입안에서 되굴리고 있었다. 잃는 게 많을 것같애요. 그러면서 진희는 자기가 한수를 잃는다는 것은 곧 자기를 잃는 걸로 생각됐다.

수업시간이 되어 진희는 교무실을 나와 2 층으로 올라갔다. 복도를 걸어가는데 저만큼 교실 밖에 영란이가 웬 여인과 마주 서있는 게 눈에 들어왔다. 영란이는 고개를 숙이고 있고, 여인이 무슨 말인가 열심히 하고 있는 중이었다.

진희가 가까이 가자 여인이 허리를 굽혀 인사를 한다. 중년여인의 머리와 옷매무시가 여염집 여자같지 않았다.

"영란이 집에서 오신 건 아니신가본데?" 진희가 물었다.

"네, 아네요. 이 앤……"

영란이 여인의 말이 채 끝나기 전에 교실 안으로 뛰어들어가버린다.

"쟤가 그냥 들어가믄 어떡해……" 여인이 영란의 뒤로 소리를 지르고는, "쟨 우리집 애 친군데요 선생님…… 우리집 애가 열흘째 집에 들어오지 않지 뭐예요."

"이름이 뭔데요?"

"이 학교에 댕기지 않아요."

"네에."

"저기 수문 쪽 학교 댕기다가 공부하기 싫다구 금년 봄에 그만뒀어요. 아무리 야단쳐두 공부하기 싫다는 걸 어떡합니까? 학굘 그만두구선 집에서 하는 장사를 거들구 잘 있었죠. 저희가 음식점을 하구 있거든요. 심부름이랑 참 잘해서 큰 일손노릇을 했었는데……근데 얼마 전부터 저 계집애가 드나들더니……"

"영란이하구 댁의 애하군 어떻게 친구가 됐죠?"

"국민학굘 같이 댕겼어요."

"그러니까 댁의 애가 집을 나간 게 영란의 탓이란 말씀이군요?"

"그래요. 저 계집애가 충동이질해서 나간 거예요. 그런데두 어디 갔는지 모른다구 딱 잡아떼드라니까요. 조 앙큼한 것이!"

"나중 제가 한번 물어보죠."

"조년은 틀림없이 알구 있을 거예요. 우리집 복주가 없어진 바루 그날부터 조년이 집에 얼씬두 않는 걸 봐두 빤하지 않아요? 매일같이 드나들든 년인데…… 앙큼한 년같으니라구!"

버릇처럼 한 손으로 입을 가리듯 하고 말하던 여인은 자기가 〈년〉자를 붙인 게 지나쳤다 싶었는지 후딱 입을 가렸다.

"가 계세요. 이따 제가 알아볼 테니."

진희가 교실로 들어가는데도 여인은 계속,

"꼭 알아봐주세요. 쟨 우리집 복주가 어디 갔는지 알구 있어요. 알구 있다 마다요. 웬만큼 다구쳐선 불지 않을 거예요. 애가 보통 앙큼해야죠."

진희가 교실로 들어서자 이쪽 창에 붙어있던 아이들이 우르르 자리에 가 앉는다.

영란에게 시선을 주지 않은 채 진희는 출석을 불러나갔다. 영란이가 또 어떤 사건에 끼어들었는지, 쉽게 풀릴 일이기나 한지, 그 생각이 진희의 머리를 더 무겁게 만들었다.

봉룡은 이날도 한영아버지를 찾아와 방문을 벌컥 열었다가 한영의 계모를 발견하고 주춤 물러난다. 이거 옛날 생각만 허구…… 봉룡은 헛기침을 두어 번 한다.

계모가 안방을 나와 봉룡에게 고개인사를 하고는 건넌방으로 간 다음 봉룡이 방으로 들어간다.

"너무 급해놔서 이거 큰 실술 했구먼요."

한영아버지는 이사람이 오늘은 또 무슨 소식을 갖고 와서 이 수선인가 하며 쳐다보지도 않는다.

"세상에 놀랄 일두 많지만 글쎄 이럴 수가…… 좀 들어보시라구요. 아마 아저씨두 들으믄 기절초풍할 거예요, 네. 그 왜 송노인이란 영감 있잖수? 낚시터에서 만나군 하든 빼빼 마른 영감 말예요. 그 영감이 보통영감이 아니라구요."

한영아버지는 그 영감이 보통 사람이 아니면 어쨌다는 거냐는 듯 관심이 없었다.

"글쎄 그 영감이요 굉장한 재벌의 우두머리지 뭐예요, 네. 난 그 영감이 심읍장 연줄루 왔다기에 그저 심읍장의 옛날 상관이거나 은 사이겠거니 생각하구 있었죠. 생김새두 그렇구, 행색두 그렇구 해서…… 근데 그 영감이 큰 기업체의 회장님이시라구요. 그것두 내 노라 하는 회사의 회장요. 바루 그 회사에서 공장을 들여앉히는 거구, 그 영감님이 말더듬이 강사장을 시켜 앞벌의 논밭을 사들이구 있다 그 말씀예요, 네."

한영아버지는 앞벌의 땅이 매매되고 있다는 사실을 이미 부친한테 보고한 일과, 그 보고를 듣고도 부친이 아무말 없었던 걸 상기하며,

"누가 뭣을 사들이건 우리하구 무슨 상관이야?"

"왜 상관이 없어요. 손해를 보는데두 상관이 없어요?"

"손해를 보다니 무슨 손해?"

"아이구 답답해라. 아저씨네 기왓가마 땅만 댕그마니 빼놓구 그 일대의 논밭을 몽조리 사들이는데 무슨 손해를 보는지 모른단 말예요?"

"일전에 와서두 그 비슷한 말은 했잖어?"

"근데 말예요, 그 회장 영감의 꿍꿍잇속어 뭔지 아세요? 일부러 아저씨네 땅만 살짝 빼놓구 그 일대의 논밭을 사들이는 속셈을 말예요?"

"그건 알어 뭐해?"

"아이구 코 안 막구 답답해 죽겠네. ……어디 아저씨 겨드랑 밑이

나 좀 봅시다. 날개가 돋아있나.”

“이 사람이 왜 이래!” 한영아버지가 자기 겨드랑 밑을 더듬는 봉룡의 손을 뿌리친다.

“장차 기왓가마 땅에 어떻게 드나들죠? 새처럼 날아서 드나들어야겠는데 날개가 없으시니.”

딴은, 하고 한영아버지는 비로소 봉룡의 말이 사실이라면 큰일이라 싶었다.

“그래서 말인데요, 내가 나서서 그 땅을 어떻게 해서든지 팔아드릴까 하는 거라구요, 네.”

한영아버지는 그래야 할 것같다고 생각한다.

“물론 아저씨 맘대룬 못할 거구, 빨리 존장님한테 그렇게 여쭈시라구요. 이 봉룡이가 나서지 않으믄 그 땅 처분 못한다구요. 이참에 처분 못하믄 아주 내버리는 땅 되구 만다구요. 아마 존장님께선 대번 알아들으실 거예요, 네. 그럼 빨리 올라가 말씀드리세요. 내 여기서 기둘릴 테니요.”

한영아버지는 곧 윗집으로 올라가 봉룡이 알려준 얘기를 다 하고 나서,

“아무래두 봉룡이 신세를 져야 할 것같애요.”

두식영감이 아들의 말을 잠자코 듣고 있다가,

“어떻게 말이냐?” 한다.

“봉룡이더러 그 땅을 팔아달래는 수밖에 없잖습니까?”

“저쪽에서 그 땅을 사잔다드냐?”

“그건……”

“그럼 봉룡이가 무슨 재주루 팔어?”

“시세보다 좀 싸게 내놔보는 거죠.”

“멍청이같은 소리!” 두식영감의 한쪽 입꼬리가 일그러지며, “살 사람은 꿈두 안 꾸는데 싸게 내놓는다구 팔려? 더구나 날아서야 드나들 수 있는 땅을 누가 사?”

“그래두 내놔봐야지 이러다간……”

“모르는 소리 작작허구 나 하라는 대루나 해!”

한영아버지가 쭈그리고 앉아 비스듬히 고개를 내밀고 부친의 분

부를 기다린다.

"아랫동네 임서방한테 가서 집을 비워달라구 해라."

한영아버지가, 그건 왜요? 하는 낯빛으로 부친의 눈치를 살핀다.

"그사람이 제 날짜에 집세를 내본 적이 없잖니?"

한영아버지는 짜장 부친이 임서방네 셋집을 비우게 하랄 만도 하다고 생각한다.

"집 비우거든 거기다 한증막을 만들두룩 해라. 한증막은 있어야 허지 않겠니?"

한증막을 옮긴다? 그러면 역시 기왓가마 땅을 처분하긴 하려는 가보다고 생각하며 한영아버지는,

"그 땅 팔 땐 봉룡을 시키는 게 좋을 것같습니다. 뭐니뭐니 해두 그사람은 우리 편이 돼서 흥정을 할 게 아닙니까?"

멍청이같은 것! 덩치만 커가지고 어쩌면 속이 저렇듯 꽉 막혔을까. 두식영감은 내뱉듯 말했다.

"다시는 그 땅얘긴 입밖에두 내지 말어! 알겠냐?"

한영아버지는 뭐가 뭔지 몰라한다.

두식영감이 말머리를 돌렸다.

"한수 요새는 어떠냐?"

"자리잡은 것같습니다."

"넌 은제나 같습니다야. 잡았으믄 잡았구, 안 잡았으믄 안 잡았지."

한영아버지는 머리를 푹 숙인다.

"공부에 방해 안 되두룩 조심들 해. 애 울리지 말구. 그동안 애비 일루두 걔가 시간깨나 허비했을 테니."

"네에."

"그럼 가봐라. 이 길루 임서방한테 가서 집 비우라구 해놔. 단단히…… 아니다. 임서방더러 내가 보잔다구 해라."

두식영감은 그만한 심부름에도 아들이 미덥지가 않은 것이었다.

한영아버지가 부스스 일어나 방을 나간다.

저것하고 집안일을 꾸려나가야 하니! 두식영감은 속으로 혀를 찼다. 한영이녀석만 살아있어도 힘이 덜 들 텐데. 새삼스레 두식영감은 죽은 맏손자 생각을 한다. 그러나 곧 생각을 돌린다. 이 늙은

할애비를 두고 간 불효막심한 놈을 생각해서 뭘 하느냐. 앞으로는 이 늙은이 혼자의 힘으로 집안일을 꾸려나가는 수밖에 없다. 이번 기왓가마 땅 일만 해도 그렇다. 이건 숫제 싸움을 걸어온 게 아니냐. 내가 아무리 촌늙은이라도 너희들한테 지진 않는다. 지금 너희들은 우리 땅 주위의 토지를 모두 사놓으면 별수없이 내가 항복하고 땅을 헐값에 내놓으리라고 계산하고 있다만 안될 말이다. 그 얕은 꾀에 넘어갈 내가 아니다. 토지 사들이는 품으로 보아 우리 땅도 공장 부지에 필요한 것이 분명하다. 그러면 어디 견디어봐라. 우리 땅은 돈이 아니라 금을 덩이째 안겨준대도 팔지 않을 테니⋯⋯
　두식영감은 한동안 신문 들여다보는 것도 잊고 있었다.

제 5 장
길

    한수는 형이 자기 곁에 없다는 실감, 그리고 두 여자로부터 떠나야 한다는 결정 앞에서 자리를 잡지 못하고 있었다. 한수에게 있어서 형을 잃었다는 것은 생활의 기틀을 상실한 게 되고, 두 여자를 떠나야 한다는 것은 생활의 빛깔을 버리는 게 된다고나 할까.
    그런 중에 서울집 대금 2차분 백만원이 부쳐져오자 절간으로 들어가보리라는 생각을 굳혔다. 우선 절간에 들어감으로써 외적인 환경이라도 바꿔보려는 심산이었다. 그러한 변화가 과연 한수에게 어떤 안정을 가져다줄 거라는 기대보다도 지금 현재 그외의 다른 방도가 없다고 하는 편이 옳을지 몰랐다. 물론 그동안 절로 가라는 할아버지의 재촉은 한번도 없었다. 그뿐 아니라 서울집 판 일이나 그 돈에 대해서도 할아버지는 아무말 없었다. 한수 자신이 알아서 하라는 속셈같았다. 그러면서도 할아버지의 감시가 항상 이쪽을 지키고 있음이 느껴지지 않는 건 아니었다. 그러나 지금의 한수에게 있어 그건 문제가 되지 않았다. 그토록 벗어나려고 했던 할아버지의 시선도 이제는 아주 작은 일에 지나지않았다.
    한수는 부쳐져온 송금수표를 갖고 은행으로 나갔다. 저번 1차분으로 받은 5백만원은 문진영감에게 진 죽은 형의 빚을 갚고 나머지를 형수의 이름으로 저금해놓았고, 절에 들어갈 계획이 있기 전부터도 이번 것 백만원은 자기가 쓰기로 예정하고 있었다.
    은행에 이르러 셔터가 내려져있는 걸 보고야 한수는 이날이 토요일이어서 오전으로 끝난다는 걸 알았다. 요일도 모르고 사는군. 한수는 은행 앞에서 잠시 망설이다 돌쳐설 수밖에 없었다. 돈을 찾으면 버스정류소로 가 차시간을 알아두고, 그리고 나서 진희에게 여길 떠난다고 전화를 걸고, 끝으로 건호를 찾아가 자기 없는 동안의 연락같은 것을 부탁하려던 오늘의 일이 막혀버린 것이다.

한수는 자기 집 방향으로 걸음을 옮기며 월요일까지 늦춰야 한다는 사실이 퍽 견디기 어렵게 느껴졌다. 그러다가 한수는 생각했다. 돈을 못 찾았다고 해서 진희와 건호에게 알리는 것마저 오늘 못할 건 없지 않은가.

한수는 눈에 띄는 은행 곁 한 다방으로 들어갔다. 자리에 앉아 차를 시키고 다방 안의 어둠에 눈을 익히면서 전화를 찾았다. 출입문 쪽에 공중전화가 있었다. 토요일이니까 진희가 집에 돌아와있을 것같아 일단 집으로 걸었다. 진희의 여동생이 전화를 받았다. 언니는 서울 가고 없다는 것이었다. 학교에서 곧장 떠났다는 것이다. 그리고 묻지도 않는 말에, 내일 늦게야 돌아온다는 것이다. 한수는 어떤 마지막 걸었던 기대가 어그러졌을 때같은 허전함을 안고 수화기를 놓았다.

오늘은 왜 모든게 예상 밖으로만 되어갈까. 그런데 진희는 무슨 일로 서울 갔을까. 한수는 이미 진희의 행동반경 밖으로 떨어져나와있다는 사실을 실감하면서 자리로 돌아와 앉는다.

이러한 한수를 한쪽 구석자리에서 강사장과 동석하고 있던 봉룡이 발견하고 눈을 번쩍 떴다.

"강사장, 저 사람이 누군지 아시지요?"

강사장이 봉룡이 가리키는 데를 바라본다.

"저 잠바 입은 사람 말요."

강사장이 자기는 모르는 사람이라고 머리를 흔든다.

"아니 이고장 토백이가 최영감네 둘째손자를 모르시다니. 장차 판검사가 될 사람인데…… 가만있자…… 강사장, 돈 가지신 것 좀 있죠?"

강사장은 영문을 몰라,

"베, 베란간 돈은 왜, 왜요?"

"저 사람과 술을 한잔 할려구요. 이런 천재일우의 기회에 한잔 하

236

믄서 저 사람에게 기왓가마 땅 얘길 조여본다 이 말씀예요, 네. 저 사람 말이믄 최영감두 따르게 마련이니까요. 그동안에두 몇가지 어려운 일들을 저 사람이 다 해결했다구요, 네."

이날 강사장은 두식영감네 기왓가마 땅 사들이는 데 협조를 해달라고 봉룡을 불러냈던 것이다. 강사장의 뜻을 알자 봉룡은, 그러면 그렇지, 날 빼놓고 그 땅 해결은 어림도 없지, 하고 기고해있던 참이었다.

강사장은 두말않고 주머니에서 5천원을 꺼내 봉룡에게 건넸다.

"이걸룬 안되죠. 저 사람하구 어떻게 막소주집에야 갈 수 있어요?"

강사장이 5천원을 더 봉룡에게 건넸다.

봉룡이 출입구 쪽에 앉아있는 한수 앞으로 갔다.

"이거 최선생 아니우?"

한수가 고개를 들어 봉룡을 알아보고는 들었던 찻잔을 내려놓는다.

"안녕하세요."

봉룡이 선 채로,

"최선생, 바쁘지 않으믄 시간 좀 내줄 수 없겠수?"

"무슨 일인데요?"

"예서 뭣하니까 잠깐만 자릴 옮겼으면 하는데……"

혹 형의 생전에 무슨 미해결의 일이라도 있었나 하고 한수는,

"무슨 일인지 말씀해보세요."

"어디 가서 약주라두 한잔 들믄서……"

"생각 없습니다."

"그래두……"

"할 얘기가 있으면 예서 하세요."

봉룡은 더 어쩌는 수 없어,

"저어, 최선생네 기왓가마 땅 있잖수?" 하며 한수 앞 자리에 걸터앉는다.

"네."

"그 땅이 최선생네게는 그다지 요긴하지 않은 땅이거든." 그 땅이 다른 땅한테 둘러싸이게 됐으니 못쓰게 된 땅이라는 말 대신에 봉

룡은 이렇게 말했다.

"그래서요?"

"내 까놓구 말하지. 공장이 들어서게 돼서 그러는데, 그 땅만큼의 다른 땅하구 바꾸믄 어떻수?"

봉룡의 이 말은 실은 강사장에게 제의하려고 마음먹고 있던 말이다. 전에 두식영감이 읍사무소 이전 때 취한 토지끼리의 교환방법을 강사장측에서 제의하도록 권하려는 것이다. 이 묘안을 송회장은 물론, 두식영감도 마다할 리 없을 거라고 봉룡은 궁리해놓고 있었다. 두식영감이 제아무리 한증막을 딴 데로 옮기고 그 땅은 안 팔 것처럼 하지만, 그건 보통 매매를 통해서 그 땅을 놓아주지 않겠다는 심산일 따름인 것이다. 그렇지 않고 그 땅을 그냥 내버려둔다면 결국 자기네에게 아무 이득이 없다는 걸 두식영감이 알고도 남을 터이니 말이다. 그래서 한수를 만난 김에 자기가 직접 토지교환 문제를 제의하여 일을 성사시킴으로써 자기의 중개 솜씨를 내세워 크게 구문을 받아낼 셈인 것이다.

그러나 한수는 별 반응이 없이 찻잔을 들어 한모금 마시고 나서,

"그 얘기면 할아버님께 말씀하세요," 한다.

"그 땅값 이상의 좋은 자리 땅하구 맞바꾸두룩 내가 주선할 수 있수. 내가 최선생댁 손해볼 일 할 사람 아니라구, 그럼."

"글쎄 그 얘긴 직접 할아버님께 말씀드리래두요." 한수는 더 말할 것이 없다는 듯 자리에서 일어난다.

"그러지 말구 내 지금 한 얘기 잘 생각해서 존장님과 상의해봐요."

한수는 이렇다저렇다 대꾸를 하지 않았다.

강사장은 봉룡이 한수와 헤어져 돌아오는 걸 바라보며 일이 순조롭게 풀리지 않았는가보다고 짐작한다. 공장부지 매입을 개시할 때 최영감네 땅부터 사들이자고 한 송회장의 말을 좇았다면 이런 곤경에 빠지지 않았을 게 아닌가. 하기야 내 작전도 괜찮기야 했지. 웬만한 사람이면 그 포위작전에 손들지 않고는 못배겼을 건데. 기는 놈 위에 나는 놈 있다고 최영감의 수가 이만저만 세야 말이지. 그 땅이 공장부지로 들어갈 걸 눈치채고 숫제 팔지 않겠다고 역습을 해오니 난감한 노릇이 아니고 뭔가. 어제 최영감을 찾아갔을 때 하

는 소리 좀 보지. 자기네 땅 침범 않도록 경계측량이나 분명히 하
라고? 사람 간 졸이게 하는 소리가 아니고 뭐냐. 어쩌자고 내가
이런 지경에 빠졌지? 문득 송회장의 모습이 떠올랐다. 정중한 말
씨와 그때그때의 기분을 얼굴에 표출치 않는 담담한 모습이었다.
이 미덥고 친근스럽게까지 느껴지던 모습이 이상스런 위압감을 갖
고 앞을 막아서는 것이었다. 일간 송회장에게 현황보고를 해야 할
판인데 어쩐다?
"모, 모, 못 들어주겠답디까?" 봉룡이 가까이 오기가 바쁘게 강
사장이 물었다.
봉룡이 부스스한 고수머리를 한번 크게 쓸어올리며,
"내가 누군데 못 들어주겠다는 말이 나오게 하겠습니까."
"왜, 왜 술집엔 안……"
"대낮이라구 술은 사양합디다. 원래 깔끔한 사람이 돼놔서…… 난
사람이지, 난 사람이야. 글쎄 말귀가 그렇게 빠를 수가 없다구. 내
말을 앞질러 알아듣드라니까. 역시 사람이 달러."
"무, 무슨 말을 했길래요?"
"내 기맥힌 묘안을 제시했죠. 그 얘긴 우리 어디 가서 한잔 하믄
서 합시다. 배두 출출하구 하니."
강사장이 손목시계를 들여다본다.
"우리야 술 마시는 데 때 가릴 것 없잖아요? 술값은 좀전에 강사
장이 내논 돈으루 치를 테니까 갑시다. 조금만 쓰구 남겼다가 내
최영감님 찾아갈 때 뭘 좀 사갈랍니다. 내 남의 돈 십원 한장두 허
투루 안 쓴다구, 안 써요."
봉룡의 말이 어이없었으나 그에게 일루의 희망을 걸고 있는 강사
장은 봉룡이 하자는 대로 좇는 도리밖에 없었다.

내가 여기를 떠났다 돌아오면 공장이 한창 들어서고 있을 거라.
한수는 건호네 집을 향해 들판을 걸으며 생각했다. 심읍장의 말이
아니더라도 지역발전을 위해 공장이 들어선다는 건 바람직한 일이
나 이 고장의 환경이 어떤 양상으로 파괴되어 갈 것인가 하는 데 이
르르면 역시 단순하게 여길 문제만은 아니라는 생각을 떨쳐버릴 수

없었다. 언젠가 외국잡지에서 읽은 글이 되새겨졌다. 병배가 왔을 때 여럿이 모인 자리에서도 말하려고 했던 글이었다. 그러나 그때 이 이야기를 하지 않은 건 이런 얘기도 한갓 공해에 관한 탁상공론에 지나지않지 않을까 하는 느낌이 들었기 때문이었다.

70년 미국 플로리다 반도의 한 해변 도시에서 있었던 일. 어느 날 어린 소녀 하나가 물오리 한 마리를 안고 해변에서 돌아왔다. 온통 시커먼 중유로 매대기쳐져 죽어가는 물오리였다. 이를 본 사람들은 놀라 해변가로 달려갔다. 해변가 바다는 온통 중유로 덮여있고, 거기에 수천 마리의 물새가 허비적거리고 있지 않은가. 누가 먼저랄것없이 물새들의 구조작업이 시작됐다. 남녀노소 할것없이 구조작업에 참가했다. 물새들을 씻어내는 데 필요한 물건들이 여기 저기 상점에서 제공되고, 학교의 사육실이라든가 개인집의 욕조라든가가 새들의 보호소가 됐다. 그리고 기름투성이가 돼 구조작업을 하고 있는 사람들을 위해 음식점에서는 음료수와 음식물이 트럭으로 제공되고, 구조작업은 밤이 되어 횃불을 밝히면서까지 계속됐다. 이렇게 구조작업을 하는 동안 너나없이 한결같이 느낀 게 있었다. 어떻게든 살아있는 것들을 파괴하려는 것으로부터 보호해야 한다는 것이었다. 전력을 다해 구조작업을 폈지만 죽어간 물새가 적지 않았다. 물새들을 그 지경에 이르게 한 중유는 좌초된 유조선에서 흘러나온 것이라는 게 판명됐다. 한 달쯤 뒤 해변이 예전대로 돌아갔을 때 시당국은 뉴욕타임즈의 한 페이지 전면을 사가지고 사건의 전모를 전국민에게 알리면서 이렇게 호소했다. 《괴로워하며 죽어간 많은 물새들은 환경 파괴가 어떤 것인가를 우리들에게 일깨워주었다. 이것은 곧 내일의 우리들의 모습이다. 내일이면 늦는다!》하고.

죽어가는 물새들을 건져내고 씻어주고 있는 사람들의 모습이 한수의 눈앞에서 바삐 움직이고 있었다. 그 시커먼 기름투성이의 해변가 남녀노소들의 모습은 그림처럼 아름다웠다. 그것은 물새들의 당한 일을 장차 자기네도 당할지 모른다는 의식에서가 아니고, 그저 살아있는 것을 파괴로부터 보호해야 한다는 일념에서 나온 작업이기 때문에 더욱 귀하고 아름답게 여겨지는 게 아닐까. 일본에서 있은 〈미나마따병〉을 겁내하고 무서워하기에 앞서 우리도 좀더 개개인이 환경에 대해 자각을 갖는 마음자세가 필요한 게 아닐까.

당분간 떠나있어야 할 고향의 들판을 한수는 멀리멀리까지 둘러보았다.

핸드백을 어깨에 메고 코트에 두 손을 찌른 채 진희는 나붙은 간판을 훑어보며 걸었다. 얼마 가지 않아 찾던 간판이 눈에 띄었다. 그러나 진희는 그냥 지나쳐버렸다. 뭐 그렇게 서두를 게 없지 않느냐고 자신에게 일렀다. 그러면서 지금 들려나온 이라라는 친구의 생각을 되살리고 있었다.

대학 때의 세 친구 중 이라는 별난 애였다. 이미 대학 2학년 때 그룹데이트로 안 상대의 애를 지운 적이 있었다. 결혼약속도 없이 쉽게 어울려 애가 생기자, 학교에서 피임약을 상비해놓지 않은 제도를 탓하면서 두 친구를 대동해서 병원 근처에 기다리게 한 후 수술을 마치고 나왔다. 그리고 진희의 하숙으로 와 수술 후의 안정을 잠시 취한 뒤 예사롭게 집으로 돌아간 애였다. 너무도 망설임없이 처리해버리는 이라를 진희는 그때 사뭇 황홀하게 느꼈었다.

찾는 간판이 또 눈에 들어왔으나 다시 지나쳐버린다. 내가 왜 이럴까. 그만큼 다지고 온 일이 아닌가.

진희의 생리일은 매달 며칠씩 늦는 편이었다. 그러던 것이 지난 달에는 그 며칠씩 늦는 날이 지나도 소식이 없었다. 좀더 날짜가 뒤로 밀리는가보다 했으나 끝내 깨끗한 채 달을 넘긴 것이다. 이달에도 마찬가지였다. 그제서야 깨달아졌다. 생리일도 생리일이지만 그동안의 원인없는 두통이나 몸의 컨디션으로 보아 의심할 여지없이 임신이었다. 한수의 존재가 다가왔다. 어두운 모습이었다. 이쪽에서 상의해보리라는 생각을 일으킬 수 없을 만큼 한수의 모습은 한껏 어두웠다. 고통이 왔다. 이 진희의 고통은 임신이라는 사실보다도, 또 그것의 처리 문제보다도 그처럼 절대로 용서할 수 없는 한수의 존재를 떼어버리지 못하고 있는 자신에 대한 고통이었다.

진희는 계속 간판을 훑으며 걸어갔다. 셋이라는 수가 길조니까 다음번엔 결정하자. 산부인과의 간판이 또 눈에 띄었다. 걸음을 멈

추었다. 남자의사인가 여자의사인가 살피는데 진희에게 혼드는 손
이 있었다. 빠이 빠이. 조그마한 손이었다. 이라의 애기의 손. 좀
전에 헤어지고 온 이라의 애기의 손이었다. 엄마를 따라 현관까지
기어나온 아기가 진희가 빠이 빠이를 하기 전에 먼저 흔들어대던
손.

　이라는 일찍 결혼했었다. 4학년 등록을 앞두고 자퇴하고서는 별
특징없는 수수한 공무원과 결혼을 하여 또 한번 친구들을 놀라게
했다. 놀랄 게 뭐 있니? 이라는 말했었다. 나처럼 보통으루 생각
하구 보통으루 사는 사람을 왜 엉뚱하다구들 그러니? 생각해봐. 내
가 대학 졸업장을 손에 쥐었대서 뭘 하겠어? 졸업하구 나서 특별
히 어느 분야루 뛰어볼 목적이 있는 것두 아닌 바에야 졸업장을 타
나 안 타나 내겐 마찬가진 거야. 대학의 추억을 듬뿍 남겼구, 친구
생겼구, 그러다가 쓸 만한 상대가 나타나니 결혼하는 거 극히 자연
스런 길 아니니? 너희들처럼 머리가 뛰어나지두 않구 뚜렷한 목표
두 없는 주제에 덥석거리는 것두 공해다 공해.

　진희가 산부인과를 찾기 전에 이라 집에 들른 것은 전혀 까닭이
없는 것은 아니었다. 아무리 몇번씩 다져먹은 길이었지만 막상 버
스에서 내려 방향을 잡으려는 순간 막막했다. 그 즉시 생각해낸 것
이 이라와 동행을 부탁해볼까 하는 것이었다. 꼭 동행은 아니더라
도 이라를 만나면 모든걸 수월하게 해치우고 심각한 생각에서 놓여
날 수 있을 것같았다.

　그러나 만난 결과는 딴판이었다. 한 마디의 고백도 못하고 오히
려 마음을 헝클리고 만 셈이 되었다. 이라는 진희의 기분같은 건
살필 겨를 없이 애에게만 빠져 돌아갔다. 차츰 이라뿐 아니고 진희
의 관심도 아이에게로 갔다.

　네 이름이 뭐니?

　성일이에요오 하구 대답해야지.

　성일아 이리 온.

　진희가 손을 내미니까 애가 까만 눈을 이리 향한 채 이라의 품에
찰싹 달라붙는 것이다.

　사내애가 왜 그리 이뻐.

애가 엄마의 앞가슴을 헤친다. 젖을 찾는 모양이다.

애가 누가 오면 더 이래.

그러면서 이라는 스웨터의 앞단추를 따고 젖을 내어 애에게 물린다. 서슴없이 젖통이를 내어 아이에게 젖을 물리는 이라의 행동이 너무도 자연스러웠다. 스웨터의 쑥색깔과 흰 살결, 갈색 젖꼭지가 눈부셨다.

애가 쪽쪽 소리가 나게 몇번 젖을 빨다가 입을 떼고 고개를 돌려 진희를 또 바라본다. 까만 빛나는 눈으로.

이라는 앞단추를 채우고 애를 내려놓으며 말했다.

너 이건 조물주의 조화치구두 또 조화다. 애하구 나 사인 일체야. 모든 이론을 초월해. 이건 여태까지 내가 경험했던 모든걸 뒤엎는 사건야. 나 결혼하구 나서 남편하구 적당한 선을 유지하며 균형을 이룰 수 있었다구. 합리적이라구 생각되는 규정같은 걸 세워가지구 그걸 지키두룩 한다든가 말야. 일테면 남편이 직장에서 파하구 곧 장 집으루 돌아오지 않아두 된다, 그치만 열시 전에는 돌아와야 한다, 남편이 직장에 있는 동안 내 시간 갖는 것에 간섭받지 않는다, 하는 따위. 근데 이애하군 어떤 규정같은 게 성립되질 않아. 그대루 몰입이구 일체야.

진희는 산부인과 입구의 계단을 밟았다. 핸드백이 문설주에 부딪혔다 다시 몸에 와 정지됐다.

진찰의 결과는 예상대로였다. 예상을 했던 결과인데도 진희는 현기증같은 걸 느껴 잠시 몸을 가누어야 했다.

병원을 나와 진희는 또 걷기 시작했다. 왜 수술을 하지 않고 나왔느냐. 여의사를 찾으려고? 무슨 일에나 꽤 결단성이 있던 네가 왜 이모양이냐.

얼마를 걸었을까. 한 횡단로에서 푸른 신호등을 기다리는데 한 이야기가 머리를 스쳤다. 이세상 모든 기차정거장의 냄새는 한가지 다. 우리나라의 어느 역이나, 북미의 어느 역이나, 유럽의 어느 역이나 냄새는 한가지다. 거기에는 마찬가지로 이별이 있고, 만남이 있고, 기다림이 있어서 서로 상통하는 모양이다. 대학 때 세계 일주를 하고 돌아온 교육학 교수의 말이다. 지금 왜 이런 엉뚱한 생각을 하고 있는지 자신도 알 수 없었다. 문득 세미란 여자를 한 번 만나봤으면 싶었다. 그러면 마음의 결정이 쉬워질까. 그러나 세미의 거처를 알고 있어서 만난다 한들 어떡하겠다는 건가. 서로 아무말 하지 않아도 좋다. 잠시 동안 보기만 하면 된다. 그여자를 질투하는 마음도 아니었다. 도리어 만나면 뭔가 마음속으로 통하는 게 있을 것같다.

또 얼마나 걸었을까. 진희는 육교 난간 앞에 서있었다. 좀 떨어진 맞은편 난간 밑에 한 소경여인이 앉아 구걸을 하고 있었다. 진희는 그 여인 쪽을 바라보고 있었다. 여인은 어린것을 품에 안고 있었다. 사내애인지 계집애인지 분간 안 되는, 생후 한두 달밖에 안 돼 보였다. 눈을 감고 입을 반쯤 벌린 채 꼼짝않고 있다. 여인은 누더기 담요를 두르고 잘게 떨고 있다가 어쩌다 지나가던 사람이 여인 앞에 놓인 깡통에 주화를 딸랑 떨어뜨리면 상체를 앞으로 꺾어 절을 한다.

어린 학생아이가 동전을 떨어뜨리고 지나간 뒤로 중년사내가 여인 앞에서 걸음을 멈춘다. 술이 취해있었다. 사내가 양복 안주머니에서 지전 한 장을 꺼내어 깡통에 던졌다. 천원짜리다. 사내가 비척이는 걸음을 두어 발짝 옮기다 말고 돌쳐서오더니 자기가 던진 돈을 들여다보고는 자기 분수에 넘친다고 주절거리며 5백원짜리로 바꾼다. 그리고 또 비척이는 걸음을 몇 발짝 옮겼는가 하자 다시 돌아와, 거지가 어디 하나뿐인가 나눠줘야지 하고 주절거리며 5백원 지전을 주머니에 집어넣고 동전 한 닢을 깡통에 딸랑 떨어뜨린다. 여인이 떠는 상체를 꺾고, 사내는 비척비척 가버린다.

여인이 상체를 꺾을 때는 가리워졌다가 허릴 펴면 앞에 안은 아이의 얼굴이 다시 보인다. 어린것은 한결같이 무생물처럼 꼼짝않고 있다. 저 어린것이란 무언가. 어떤 상황에 놓여있든 어엿이 독립된 하나의 생명체다. 그러나 누가 말했듯이 아직 태어나기 전에는 여자의 신체의 일부에 불과하지 않는가. 제거해버려도 무방하다. 그때 또 진희에게 흔드는 손이 있었다. 빠이 빠이. 그 손은 이라의 애의 손보다도 작았다. 아니, 아직 손의 형태조차 갖추지 못한 손이었다. 빠이 빠이. 그 손이 진희에게 작별의 인사를 하는 것이었다. 그러나 진희는 이 아직 형태도 갖추지 못한 손길의 빠이 빠이를 거부하듯이 세게 고개를 좌우로 저었다.

한 시간 가까이 종이를 앞에 놓고 있으면서도 한수는 세미에게 보내려는 편지를 쓰지 못하고 있었다. 대체 무슨 말을 어떻게 한단 말인가. 편지를 씀으로 해서 상대방에게 자칫 또 상처를 입히게 될지도 모르지 않는가. 차라리 아무말도 하지 말기로 하자. 그러고보니 진희에게 자기의 거취를 알리려는 것도 부질없는 일처럼 생각되어 오늘 그네가 집에 없었던 게 오히려 다행스럽게 여겨졌다.

"벌써 오니? 내일두 늦게야 오겠다드니?" 진희가 집에 들어서자 어머니가 의아해하면서 말했다.
"볼일이 일쩍 끝났어요." 진희는 간단히 대꾸했다.
"그럴 줄 알았드면……" 어머니가 무슨 말인가 하려다 중도에 끊고 만다.
진희가 자기 방으로 들어서는데 여동생이 따라 들어왔다.
"아빠 화나셨다."
"왜?"
"왜는 왜야. 아빠한테 암말 없이 서울 갔다구지."
"엄마한테 말씀드렸잖니."
"그래두 아빠 퇴근하시구 나서 언니 서울 간 걸 아시구는 막 화를 내셨다구. 진짜."
좀처럼 화를 내시지 않는 아버지다. 동생이 겁주느라고 공연히 보태서 하는 말일 거다.
"그리구 또 언니, 날보구 군청소재지에 전화 걸라구 하셨어. 그사람이 나오니까 아버지가 낼 약속 연기해야겠다구 사과를 하시든데?"
진희가 아버지의 약속건이 무엇인지 짐작을 하고 있는데 동생이 짐짓 진지한 표정을 지으며,
"언니 맞선 때문인 것같드라."
"응, 알았다, 알았어. 니 방에 가 공부나 해라. 나 피곤해."
"그리구 아까 낮에 언니한테 전화 왔었어."

"누구한테서?"

"그 남자한테서. 착 가라앉은 궁굴은 목소리의 주인공."

"정말?"

"되게 좋아하시네."

"뭐라든?"

"뭐라긴. 서울 가구 없다구 했드니 언제 오냐길래 널 늦게 돌아올 거라구 했지."

"잘했다. 그만 니 방으로 가 공부나 해라."

"오늘은 언니 이상하다. 전에없이 공부공부 하구 야단야."

"고 2 니까 이제부턴 공부해야잖니."

"근데 언니, 그사람 왜 아버지한테 안 보여? 그러면 언니 선보라는 공세 안 받을 거 아냐?"

"그런 사이가 아냐."

"피이 그짓말. 언니 날 아주 빈깡으루 보는 모양인데 소식불통이구먼. 내 직감의 정확성으루 말할 것같으면 이미 소문난 실력자라구."

"너 그 소문난 직감 공부에다 쏟지 그러니. 그럼 일등하구두 남겠다. 밤낮 중간에서 빌빌거리면서…… 까불지 말구 어서 가 공부나 해."

"또 공부하라는 소리. ……언니 무슨 고민이 있는 거지? 그지?"

"너 그냥 까불 테야? 언니 정말 화낸다."

"그치만 화낼 얼굴이 아닌데? 착 가라앉은 궁굴은 목소리의 주인공한테서 전화가 와서 그런가?…… 아니, 갈께 갈께!"

진희는 그냥 외출복 채로 아버지한테 가서 죄송하다고 사과한다. 아버지는 별다른 말을 안했다. 그것이 진희에게는 고맙기도 했지만 어떤 부담감을 더해주었다. 앞으로 자기는 이 아버지와 어머니에게 다시없는 충격을 줘야 하는 것이다.

아버지 앞을 물러나온 진희는 혼자 늦저녁을 먹는 둥 마는 둥 하고 곧장 잠자리에 들었다. 말할수없이 심신이 피로했던 것이다.

무슨 일로 한수한테서 전화가 온 것일까. 내가 내일 늦게나 돌아온다고 동생이 말했다니까 월요일 다시 연락이 있겠지. 그때 나는 어떤 태도를 보여야 할까. 그러다가 진희는 스스로 어이없어한다. 용서할 수 없다는 기본 생각만 갖고 있으면 어떤 태도를 보여야 하고 말고도 없는 게 아닌가.

진희는 이런저런 생각 털어버리고 아까 돌아오는 버스 안에서 본 해넘이의 황홀한 광경으로 되돌아가고자 했다.

……어느새 진희는 밀림 속에 혼자 서있었다. 빛은 어디서고 새어들지 않고, 밑에는 썩어가는 눅눅한 낙엽만이 수북이 깔려있었다. 어떻게 여기를 벗어나나? 아까부터 진희는 방향을 가늠할 길이 없어 애타하고 있었다. 그러는데 별안간 발 앞에 불빛이 하나 움직였다. 놀빛같은 불빛이었다. 그 불빛을 따라 걸음을 옮겼다. 따라가면서 보니 앞에 움직이는 것은 한 마리의 뱀이요, 이 뱀이 찬란한 놀빛을 발하고 있는 것이었다. 이 찬란한 놀빛만 따라가면 밀림을 벗어날 수 있으리라. 눅눅한 낙엽에 푹푹 발목이 빠지면서 지칠 줄 모르고 걸음을 옮겼다. 한참을 그렇게 가는데 놀빛과 함께 뱀이 온데간데없이 사라졌다. 새소리 하나 들리지 않는 컴컴한 밀림 속에 진희는 혼자 남겨졌다. 와락 무서움과 함께 외로움이 엄습해왔다. 이대로 있다가는 종내 눅눅한 낙엽 속에 쓰러져 썩어버리고 말리라. 그러는데 목에 무엇이 와 걸쳐졌다. 화환이었다. 갖가지 꽃으로 된 화려한 화환이었다. 절로 힘이 생겨 걸음이 옮겨졌다. 걷다가 보니 목에 걸쳐진 건 화환이 아니고 죽은 뱀이었다. 그러나 조금도 징그럽다거나 무섭지가 않았다. 죽은 뱀을 목에 걸친 채 진희는 수북이 쌓인 눅눅한 낙엽에 푹푹 발목이 빠지면서 밀림을 벗어나기 위해 자꾸만 걸음을 옮겨놓고 있었다.

제 6 장
바람의 속

　수런수런 밖의 사람소리에 한수는 잠이 깼다. 귀를 기울이니 할
아버지의 조용스런 음성이 섞여 들렸다. 떠날 때 어련히 인사드리
러 올라갈까봐 이렇게 내려오셨을까. 자리에서 일어나려는데 대문
께로 신발소리들이 쓸려가고 뒤섞인 인사소리가 들렸다. 할아버지
가 가시는 모양이다.
　좀전까지 한수는 잠속에서 꿈에 시달렸었다. 국민학교라는데 시
험을 치르고 있었다. 큰 시험지에 문제가 가득 채워져있었다. 그런
데 답을 써넣을 곳이 하나도 없다. 뒤집어 본다. 거기에도 문제만
빼곡하고 여백이 없다. 다른 애들을 둘러본다. 모두 고개를 숙이고
쓰고들 있다. 옆을 보니 중섭이도 열심히 연필을 놀리고 있다. 이
쪽을 봐주기를 기다리며 보고 있어도 중섭은 그럴 기미가 없다. 아
참, 건호는 알으켜줄 거야. 건호가 어디 있지, 건호가 어디 있지,
하고 교실을 둘러보는데 한수는 어느 틈에 건호네 집으로 가는 들
판을 걷고 있었다. 그런데 사실은 건호가 아니라 진희를 찾아나선
길이라는 것이다. 저쪽에서 야산허리를 헐어내고 있다. 자세히 보
니 기왓가마 땅이다. 불도저 포클레인 트럭이 부산히 움직이고, 그
사이사이 사람들이 오간다. 아, 저 속에 진희가 있지. 진희가 저기
서 일을 한다고 했다. 빨리 그네를 찾아와야지. 그쪽으로 난 밭둑
길로 막 달려가다 보니 속옷바람이었다. 어떡하지, 어떡하지, 하고
주춤거리는데 일하는 사람들이 일제히 이쪽을 보고 수군거린다. 언
른 몸을 웅크리고 돌쳐서려다 한수는 잠이 깬 것이다.

베개에 팔을 괴고 엎드려 담배를 붙여문다. 꿈에서 깬 것이 가위에 눌렸다 풀려난 것처럼이나 후련하다. 담배를 한 모금 깊이 빨아넘긴다. 그러나저러나 진희에게 아무말 없이 떠난다는 건 치기가 아닐까. 전화로 알리기만이라도 하자. 한수는 담배를 비벼끄고 일어나 옷을 입었다.

세수하러 나가다 마당에서 아버지와 마주친 한수는 할아버지가 무슨 일로 다녀가셨느냐고 물었다.

"너 먹이라구 쇠골 놓구 가셨다. 당신께서 직접 푸줏간에 가서 사오신 거래."

원 노인네두. 한수는 어제도 인삼 넣은 닭곰을 두 끼나 먹어야 했다. 이런 것이 모두 할아버지의 지시에 의한 것은 말할나위 없다. 할아버지가 한수 자기한테는 모든걸 알아서 하라는 듯 별 참섭이 없지만 아버지는 한수 자기의 일로 수월찮게 잔말쏨을 듣고 있다는 걸 짐작하고 있다. 자기가 절간으로 가버리면 아버지는 적어도 그 속박에서는 풀려나는 셈이 되는구나 싶으니 자기의 이번 결정이 집안에 여러 모로 편안함을 가져다주리라는 생각이 새삼 든다. 물론 할아버지도 흡족해했다. 어제 아침 한수의 보고를 듣고 나더니 할아버지는 긴 숨을 내쉬면서 고개를 두어 번 크게 끄덕였다. 그리고 왼쪽 입꼬리가 약간 더 배뚤어지면서 그쪽 눈꺼풀이 내리덮이는 미소를 머금은 채 그윽히 한수를 바라보았다.

을마나 주랴?

제게 돈 있잖습니까.

넉넉히 챙겨라. 객지에선 돈 읎으믄 고생이다.

네.

한수는 머리를 조아리며 이상한 감회에 젖는다. 형이 죽었을 때 할아버지에 대해 치밀었던 불만과 다시는 할아버지의 도움을 받지 않으려 했던 각오같은 게 일순 부질없게 여겨졌다. 역시 할아버지의 기대에 어긋날 수는 없다고 생각했다. 그 생각을 되씹으며 한수는 뒤란 우물가로 갔다.

《선생님. 저는 선생님에게 너무 실망했습니다.

선생님은 밤낮 우리들에게 남을 의심하는 것은 좋지 못한 일이다, 설사 남을 믿다가 손해를 보는 경우가 있더라도 항상 남을 믿는 마음가짐을 지녀라, 하셨으면서 선생님 자신은 그게 뭡니까?

제가 복주가 어디로 갔는지 모른다고 했을 때 선생님은 네 말을 믿겠다, 네 말을 믿겠다, 하고 몇번씩 말씀하셨지만 진짜는 제 말을 못 믿으시겠다는 표정을 하셨습니다. 선생님이 짜증스런 얼굴이 되시면서 다시는 그런 일로 누가 학교에 찾아오지 않도록 하라고 하셨을 때 저는 선생님이 너무너무 미웠습니다. 선생님은 위선자예요. 선생님은 겉으로만 우릴 사랑하는 척하시고 속은 안 그래요. 저는 이제 선생님을 존경 안해요. 그동안 존경했던 것도 전부 지워버릴 거예요.

지금은 저 복주가 있는 곳을 알고 있습니다. 복주한테서 편지가 와서 어저께 일요일날 만나고 왔습니다. 그러나 어디서 뭘하고 있는지 말하지 않을 겁니다. 물론 걔네 집에도 알리지 않을 거구요.

복주는 불쌍한 앱니다. 저는 복주하고 친합니다. 그러나 저는 그때 복주가 집 나간 것을 몰랐습니다. (믿으시든 말든 마음대로 하세요. 그래도 밝힐 건 밝혀두겠어요.)

복주는 저하고 만났을 때 가끔 집을 뛰쳐나오고 싶다고 했습니다. 복주는 불쌍합니다. 우린 국민학교 다닐 때 둘 다 공부 잘해서 서울의 대학 가자고 굳게 약속한 사이입니다. 그런 복주를 왕대꼿집하는 부모가 붙잡아놓고 심부름을 시킨 겁니다. 학교를 그만둔 것도 걔네 부모가 그렇게 한 겁니다. 복주가 공부하기 싫어서 그만뒀다는 건 걔네 부모가 거짓말을 한 겁니다. (어른들은 다 거짓말쟁이!)

복주는 너무너무 착해서 불평도 안했습니다. 저는 그런 복주가 불쌍합니다. 학교 안 보내고 심부름시키는 거면 또 괜찮게요. 복주 부모는 나쁜 사람입니다. 아버지도 나쁘고 어머니도 나쁩니다. 어머니는 손님들한테서 술 받아 먹고서 매일이면 매일 취해있고, 그런 어머니를 복주아버지는 두들겨팬답니다. 복주가 그러는데 어떤 때는 어머니를 아무데나 쓰러뜨려놓고 타고앉아서 입에다 행주나 걸레같은 걸 손에 잡히는 대로 틀어박는다는 겁니다. 어머니는 죽

250

어가는 소리를 지르고 복주와 동생들은 뜯어말리면서 울고불고 난리래요. 복주가 그러는데 생지옥이라고 하데요.

복주는 그런 집에 있는 것보다 지금 가 있는 곳이 몇 배나 낫습니다. 아무한테도 복주 있는 데를 알으켜주지 않을 겁니다. 복주를 끝까지 찾아내지 못하게 내가 도와줄 겁니다. 저도 복주 있는 데로 가서 같이 있을까도 싶어요. 학교가 싫어져요. 모두가 싫어져요.》

아침에 진희가 출근하니까 테이블 위에 봉투가 놓여있었다. 겉봉이나 편지 끝에 이름이 적혀져있지 않았으나 편지 내용으로 보아 영란의 글이라는 걸 쉽게 알 수 있었다.

편지를 접어 봉투에 챙기며 진희는 암담해지지 않을 수 없었다. 사실 그날 진희는 몸도 불편하고 기분도 우울해서 영란에게 좀더 자상하게 대해주지 못했을 뿐 아니라 짜장 귀찮아했었던 걸 자인하지 않을 수 없었다. 그렇다고 이렇게까지 영향을 줄 줄이야. 진희는 자신의 교사로서의 부족을 다시금 아니 느낄 수 없었다. 아무리 자기의 괴로움이 컸다 하더라도 아이들에게 영향을 줄 정도로 자기를 노출시키고 말다니. 앞뒤에서 큰 문제의 덩어리들이 일시에 밀어닥치는 것같음을 느꼈다. 편지를 서랍에 넣고 출석부 있는 데로 걸어가며 진희는 이대로 눌려서는 안된다고 자신에게 타일렀다. 조회가 끝나는 대로 당장 영란을 불러 전날 자기에게 못 미더워하는 빛이 있었다는 사실에 대해 사과를 하자.

그리고 자신의 일도 어제 생각한 대로 해나가는 거다. 한수가 토요일에 집으로 전화를 걸었다니까 오늘 다시 학교로 연락이 있을 것이다. 진희는 한수를 만나 자기가 어떻게 하리라는 결심이 서있었다. 어제 하루종일 거듭거듭 다짐한 결심이었다.

세상에 이런 답답할 노릇이 있나! 봉룡의 집을 나오는 강사장은 기가 막혔다. 남은 속이 타 죽을 지경인데 새그물을 치러 갔다니. 본시 주책머리가 없긴 해도 이건 참 너무하다. 아니 천천히 뜸을 들여 할 일이 따로 있지 이게 뭐야. 어제로 두식영감을 찾아가 흥정을 마무리짓겠다고 장담을 했으면 일이 됐든 안 됐든 일단 그 결과를 알려줘야 할 일이지 누구 복장터져 죽는 꼴 보려고 이러나?

봉룡은 읍내를 벗어난 한 밭에다 그물을 치고 이쪽 밭둑에 팔짱을 끼고 앉아 참새가 오기를 기다리고 있었다. 날씨는 겨울날답지 않게 포근했다. 보리가 웃자라고 어쩌고 하지만 없는 사람에겐 춥지 않으니밖에.

참새 댓 마리가 그물 친 맞은쪽 밭둑에 서있는 미류나무에 날아와 앉는다. 밭에 그늘이 진다고 한중동을 잘라버린 미류나무는 잔가지를 많이 뻗치고 있어 참새들이 곧잘 몰려와 앉는 곳이다.

한동안 기다리던 봉룡이 흙덩이를 집어 참새들 쪽으로 던져본다. 참새들이 포롱 날아나 그물 아닌 방향으로 가버린다. 에잇 무정한 놈들! 참새들 쫓던 눈을 거두는데 저만치 깡마른 강사장이 이리 오는 게 보인다. 그러나 봉룡은 못 본 체 시선을 그물 쪽으로 돌려버린다.

강사장이 예까지 찾아오는 걸 보니 꽤나 조바심이 나나보군. 하긴 조바심도 나게 생겼지, 나게 생겼어. 봉룡은 웃음을 흘린다. 에라 내 알게 뭐냐. 오늘은 참새나 몇 마리 꿰차고 새잡이 못 나온 한영아버지 불러내서 술 한잔 할 판인걸. 내가 술을 산다면 한영아버지 놀라겠지. 하지만 이 봉룡도 맨판 빈손만은 아니라구. 이날 봉룡은 기분이 좋았다. 문진영감한테서 아내의 봉급이 보내져온 것이다. 급한 사정이 생겨 그러니 이번달은 미리 좀 달라고 전화를 했더니 오늘 아침 가져온 것이다. 문진영감이 그토록 이쪽 청을 들어주는 것만 봐도 아내의 임신은 확실해진 셈이다. 이제는 달이 차 애낳는 일만 남아있다. 아들애 하나만 쑥 뽑아놔라. 일시에 30만원이다. 재수없어 딸애라 하더라도 10만원. 이게 다 인연이 아니고 뭐냐. 인연치고도 천생의 인연이지.

강사장이 앞에 와 설 때에야 봉룡은 비로소 그를 알아본 것처럼 대한다.

"웬일이슈 예까지?"

"웨, 웨, 웬일이라니 그걸 말이라구 하는가?" 강사장이 부아가 난 어투로 말했다.

봉룡이 강사장의 말이나 표정에는 아랑곳않고,

"여기 좀 앉으시죠. 마침 쉬면서 한대 피우려든 참인데 한대 주슈."

252

강사장이 선 채 약간 거친 동작으로 담배를 꺼내 건넨다.

봉룡이 담배를 붙여물며,

"날씨 한번 좋다! 근데 이눔으 참새들이 눈에 돋보길 겠나 원. 그물 근처엔 얼씬두 안하니."

강사장이 참다못해,

"어, 어떻게 됐수?"

"뭘 말입니까?"

"내, 내 참…… 모, 몰라 묻나? 모, 몰라 물어요?"

"아, 그 일요? 그런 일이 어디 담박 성사가 되는 건가요."

"어, 어제 찾아가서 흥, 흥정을 매, 매듭짓겠다구 자, 장담하지 않았남?"

그제 봉룡은 반 어거지로 강사장에게 술을 사게 했을 때 술기운이 돌자 다음날 두식영감을 찾아가 성사를 시키겠노라고 큰소리를 했었다. 그리고 사실 어제 봉룡은 두식영감을 찾아갔었다. 두식영감은 봉룡의 얘기를 다 듣고 나더니 되레 자기네 땅에 드나들 통로가 될만한 땅을 사도록 물색해보라는 것이었다. 성사는커녕 되잡히고 만 꼴이 된 봉룡이 어안이 벙벙해지고 말밖에. 물론 이런 경위를 강사장한테 말할 수는 없었다. 큰소리친 자기자신의 위신을 생각해서라도 지금 그런 속말을 털어놓을 수는 절대 없는 것이다. 봉룡은 짐짓 점잖을 떨며,

"어디 세상 일이 마음대루 됩니까. 자, 보세요. 참새가 저 그물루 와서 걸려줬으믄 하구 이렇게 목을 늘이구 있는데 어디 내 맘대루 됩니까. 세상사가 다 인연이 닿아야지 억지루 안 되는 거죠. 안 되구 말구요, 그럼."

봉룡의 객쩍은 얘기가 강사장 귀엔 들어오지 않았다.

"거, 거, 거기만 믿구 있다가, 나, 나, 낭패보는 거 아닌지 모르겠구먼."

"낭팬 왜 낭패예요. 글쎄 무슨 일이나 조급하믄 안된다니까 자꾸 그러시네. 만사가 다 순리대루 되는 법이니 좀 느긋이 생각하세요."

"그, 그래 토지끼리 맞바꾸자는 것두 시, 싫다 이겁디까?"

"일단 운은 떼놨으니까 시간을 둬가지구 훑궈 떼내자구요."

"그, 그야 그렇지만 그, 급하니까 하는 소리 아닌감? 가, 가부간 그게 결정이 나야 그, 그 다음 일을 추, 추진시킬 수가 있겠는데, 원." 강사장은 자기 돈을 절러 넣고서라도 어서 이 일을 해결해놓지 않고는 마음을 놓을 수가 없었다. "다, 다른 것 다 그만두구 다, 달라는 대루 값을 다 줄 테니 파, 팔라구 해보시우."

"글쎄 돈으루 해결될 일이 아니래두요, 네. 까놓구 말하자믄 이 일은 강사장이 나서는 게 아니었어요. 일 시초부터 날 내세웠드믄 쉽게 넘어가는 걸 가지구 구문 몇푼 아끼다가 꼴좋게 된 거죠 뭐." 봉룡은 이때다 싶어 강사장을 몰아붙였다.

"지, 지, 지나간 일을 가지구 이, 이마당에 주, 중언부언해봤자 뭘 하누."

"딱해서 하는 말 아닙니까."

"그, 그럼 두손 잡구 마, 마냥 기다리구만 이, 있으라 이건가?"

"그만큼 내가 여기저기 절러났으니까 그영감이 당신 아들이나 손자하구 의논할 여유를 좀 준 후에 다시 다음 작전으루 들어가자 이겁니다, 네."

"하, 참……"

강사장의 난감해하는 얼굴을 외면하며 봉룡이 자리에서 일어섰다. "올 겨울엔 내내 춥지 않을 거라. 가을 무우에 털이 많지 않았거든요. 다행이지 뭡니까. 없는 사람에게 추위는 염라대왕보다두 무섭느니라. ……자, 이왕 여기까지 오셨으니 참새나 좀 몰아주슈." 이날은 한수 집 떠나는 걸 봐줘야 한다고 한영아버지가 동행을 못하게 돼 혼자 나왔던 차라 마침 잘됐다고 생각하며 봉룡이 말했다. 그리고 강사장이 무슨 말인가 하려는 것을 못 본 체 봉룡은 저쪽으로 흔들흔들 걸어갔다.

"세미씨의 그 용기 훌륭합니다. 지난 일들을 다시 확인함으로써 과거를 씻어버리려는 그 의지야말루 정신개발에 있어 핵심이 되는 요소지요."

음악소리와 여러가지 조용조용한 말소리들이 섞여 다방 안을 흐르고 있었다. 갖가지 광석들이 서로 가볍게 비벼지고 갈리는 것같았다. 그 속에서 유원장의 말소리가 그중 견고한 광석의 울림으로 울렸다.

"아름다운 과거건 궂은 과거건 외면이나 기피에서 잊으려 해선 절대루 안되는 겁니다. 모든걸 정시한 상태에서 극복했을 때에야 비로소 하나의 경험으루 자신의 성장에 도움을 주게 되니까요."

세미는 유원장의 다짐이 아니더라도 한수를 잊고자 한 결정에 동요가 이는 일은 없을 거라고 되새기며 주스잔을 들었다.

이날 세미는 유원장을 이끌고 서울을 떠나기 전 기억될 만한 곳을 찾아 돌기로 하고 나선 길에 한수와 병배들과 같이 다녔던 비원 앞 다방에 와 앉아있는 것이다.

"내 눈을 한번 보세요." 유원장이 다시 말했다. "똑바루 보세요."

세미는 유원장의 말대로 다소곳이 따라야 한다고 짐짓 고개를 들고 그의 시선에 마주하려는 몸짓을 지으려다 그만 눈꺼풀에 가느다란 경련을 느끼면서 요사이 갑자기 자기가 나이를 한꺼번에 많이 먹어버린 것같은 생각이 듦을 어쩌지 못했다. 그러자 이날따라 루즈와 아이섀도로 정성들인 화장하며, 상아색 모직 코트의 화사함마저 별안간 빛이 바래버린 것같이 초라하게 여겨졌다.

세미는 미소 머금은 눈길을 유원장에게 던져야 한다고 조바심했다. 거기 유원장의 눈빛은 언제나처럼 자신감에 차있었다. 나는 저 사람의 자신감에 모두를 떠맡기면 돼. 지난날 정신의 균형을 잃고 있을 때 우연히 신문에서 유원장을 발견하고 찾아가 안온함을 얻었던 것처럼 그를 신뢰하고 의지만 하면 돼. 유원장의 자신에 찬 시선 너머에 세미는 그러나 짙은 눈썹 밑 좀 깊숙한 하나의 눈을 더 듬고 있었다. 집에 돌아오니 한수에게서 전화가 왔다는 전갈. 그 길로 되돌쳐나와 이 다방에서 만났을 때의 한수의 눈에 역력했던 기쁨의 빛. 그 눈빛만 간직하고 난 떠나면 돼. 그러나 어쩐지 세미는 자기자신에게 허세를 부리고 있는 것만 같았다. 나라는 강물은 지금 스스로 흐르는 것일까. 아무래도 어떤 힘에 의해 떠밀림을 당하고 있는 느낌이다. 그것도 여울목에서 부대껴 거품을 일구면서.

유원장은 그냥 세미의 눈길을 쫓고 있었다. 이사람이 내 마음을 꿰뚫는다고? 천만에. 당신이 내 마음을 꿰뚫는다면 지금의 내 통곡소리가 들려야 합니다. 그렇다고 당신과 그걸 따질 생각은 없습니다. 따라서 우리 계획에 차질이 발생하진 않을 겁니다. 전날 한수를 혼자 호텔에 두고 나올 때 나는 이미 당신과 함께 이민 떠나기로 결정을 굳게 한 거니까요. 그날 새벽 한수는 어둠속에서 얼굴만이 부옇게 떠올라 보였었다. 이마에 입을 맞추러 가까이 다가가니 미간에 한 줄 주름이 패어있어 어딘가 아픈 것을 참는 얼굴이었었다. 예감에 이끌려 경양식집에 갈 수 있게 했던 사람. 유원장으로 해서 얻은 안온도 쉽게 버릴 수 있게 했던 사람. 그리하여 하나의 완전한 여성이 될 수 있다고 생각했던 순간에 한수의 그 돌발적인 정지. 정지, 정지. 그걸 결국 내게 대한 지나친 배려에서 온 한 형태인 것이다. 호텔을 나와 인적이 없는 싸늘하고 어두운 새벽길에 서서 차를 기다리며 울었었다. 그날부터 유원장을 따라 이민갈 준비를 하나하나 해나가기 시작했다. 여권수속, 집처분, 주위정리, 그외의 잡다한 일들을 담담한 마음으로 해나갔던 것이다.

"언제나 한치 앞은 우리가 내다볼 수 없는 암흑에 가려있습니다. 이 암흑에 신념만이 빛을 비춰줍니다. 우리 둘에게 신념이 있는 한 우리의 앞날은 밝습니다. 브라질 넓은 땅에다 우리의 신념을 맘껏 실현시켜보는 겁니다."

유원장의 어딘가 연설조의 말이 이상했는지 옆자리의 두 남녀가 동시에 이쪽을 보았다.

"자, 그럼 세미씨의 추억을 찾아 또 옮겨 갑시다." 유원장이 옆자리의 시선에 강한 눈길을 보내고 나서 말했다.

"아뇨. 됐어요. 이제 그만 돌아가요."

"조금의 후회나 미련두 남기는 건 정신에 좋지 않습니다."

"금요일이죠? 떠나는 날이?"

"네. 금요일 두시 비행기."

"낼 모레 글피 그글피." 목으로 박자 잡아가며 세미는 꼽았다.

"잠깐입니다."

잠깐이라고? 세미는 금요일까지의 나흘 동안을 멀게멀게 느끼며 장갑의 손가락 하나하나를 깊이 훑어내리며 끼었다.

고향다방에는 진희가 먼저 와 있었다. 밝지 않은 속에서도 그네 얼굴이 많이 초췌해진 것을 알 수 있었다. 화장을 안하면서도 늘 풍기던 신선한 생기같은 게 가셔지고 어두워보였다. 그러지 않아도 요전에 몸이 좋지 않다더니. 한수는 짙은 죄책감같은 걸 느끼며 그 앞에 가만히 앉았다.

"오래 기다렸어요?"

"아뇨." 진희가 감정이 실리지 않은 음성으로 받았다. "언제 떠나실 건가요?"

"내일 아침에요." 한수는 실은 오늘 예정이었는데 이 약속 때문에 하루 연기했다는 말은 할 수 없었다.

"갈 곳은 정하셨어요?"

"우선 지난번 가있었던 절루 가볼 참입니다."

"겨울의 절, 참 좋겠군요." 말과는 달리 역시 감정이 담기지 않은 음성이었다.

"좋긴요……"

거기서 말은 중단됐다.

두 사람을 침묵이 둘러쌌다. 쾅쾅거리는 음악이 다방 안을 울렸다. 그것은 두 사람의 침묵을 조금도 풀어주지 못했다. 오히려 무거운 침묵을 더 무겁게 할 뿐이었다.

한수는 거북스러움을 느끼고 있었다. 처음 생각대로 여기를 떠난다는 것을 전화로 알리고 끝냈더면 좋았을 일을 진희의 제의를 받아들여 다방까지 나온 것을 후회했다. 탁자를 사이하고 그네와 자기 사이에 빈틈없이 자리잡고 있는 냉랭한 두께는 조금의 융통성도 없어 보였다. 한수는 주머니에서 담배를 꺼내며 그 동작을 빌어 카운터 쪽에 대고 팔을 번쩍 쳐들었다.

"여기 커피 줘요!"

진희는 한수 소리가 너무 크다고 생각했다. 그러면서 빨리 준비해온 말을 해버리고 일어나야 할 텐데 왜 이러고 머뭇대는지 모른다고 조바심치고 있었다.

둘 앞에 커피가 놓여졌다. 진희는 찻잔에 설탕을 넣어 젓고 나서 스푼을 내려놓으며 고개를 들었다. 그리하여 한수에게 눈길을 준 그네는 저도모르게, 저 눈! 하고 속으로 신음했다. 한수는 그때 말라가는 풀잎을 하나 뜯어 들여다보았었다. 짙은 눈썹 밑의 조금 깊어뵈는 눈의 초점은 그러나 그 풀잎에 있는 것같지 않았었지. 지금 한수는 자기가 뿜는 담배연기에 눈을 주고 있었다. 밝지 않은 형광등 밑에서 눈 전체가 깊게 그늘져있어 시선의 초점을 헤아릴 길이 없었으나 담배연기를 바라보고 있지 않은 것만은 알 수 있었다. 순간 진희는 전신에서 맥이 싸악 빠져나가면서 아득함이 엄습해옴을 느꼈다.

한수의 초점없던 그늘진 눈길이 진희에게로 향해졌다. 이 여자도 많은 생각 속에서 헤매고 있구나.

진희가 한수의 눈길을 바로 받았다. 빨리 그 말을 해! 임신했다고, 낳겠다고, 애를 낳으려고 나도 여길 떠난다고, 어서 말해! 우리집에서 누가 찾아가더라도 아무말 말라고, 조그만치도 당신은 책임같은 걸 느낄 필요가 없다고, 빨리 빨리! 그러나 진희는 뚱딴지 같은 말을 뱉고 있었다.

"우리 딴 데루 자리 옮겨요." 진희는 자기의 음성이 꿈결에서 하고 있는 것같이만 느껴졌다. "둘만이 있을 곳으루 가요."

그믐께여서 아직 달은 없고 메마른 별빛만이 높이 반짝였다. 낮에 이어 저녁에도 날씨는 맑았으나 기온이 내려가 내일 새벽에는 얼릴 것같았다.

그러나 진희는 오토바이 위에서 별로 추운 줄을 몰랐다. 한수에 대한 자기의 돌발스런 언동에 되풀이 놀라고 있었다. 만나야겠다는 결론을 얻었다 하더라도 어떻게 자기 편에서 그를 나오라고 했으며, 만나면 하리라던 얘기를 꺼내기는 고사하고 둘이만 있고 싶다는 예기치 않은 말을 뱉었는지, 그리하여 결국 이렇게 오토바이를 타고 밤길을 달리게 되다니, 정말 예측 못한 일이었다. 자기가 전혀 자기같이 여겨지지가 않았다.

오토바이가 짙어가는 어둠을 가르며 고르지 못한 길을 내달았다. 오토바이의 배기음이 차갑고 조용한 공기 속이어서 그런가 더 야무지게 들렸다. 그러나 오토바이가 지나가는 대로 먼지 섞인 차가운

공기가 아물면서 주위에는 다시 정적이 자리잡았다.

한수는 양손으로 자기를 붙들고 있는 진희의 온기를 등으로 느끼며 두 사람 사이의 어긋난 거리를 이처럼 해소시킬 수 있다면 하고 바랐다. 오토바이를 멈추고 대화를 통해 이해를 바라고 싶은 충동과 함께 그 결과를 겁내하는 심정을 동시에 느꼈다. 그런데 진희가 내게 할 얘기라는 건 어떤 것일까.

나 아무 얘기두 한수씨 당신에게 안할 거야. 진희는 속으로 말했다. 당신의 전화를 받구 만나자구 했을 때 하군 달라졌어. 당신에게 모든걸 알린다는 건 결과적으루 당신을 속박하게 되구 말 거야. 처음부터 그렇게 되리라는 것을 알구 있으면서두 짐짓 심술을 부리려구 했다는 편이 솔직할지두 몰라. 더 솔직해볼까. 그마저도 다 핑계였을지두 몰라. 오직 당신을 보구 싶다는 생각에서 괜한 구실을 만들었는지두 몰라. 맞아. 그게 맞을 거야.

진희, 너는 최소한 나보다 솔직하다. 그건 용기다. 나는 너와 또 한 여자에게 아무런 분명한 태도를 보이지 않은 채 겨우 둘에게서 떠나보자는 안이한 행위밖엔 못하구 있는데 말이다. 그것뿐이 아냐. 낮에 은행에 들렀다 너한테 전화를 걸구 나서 집으로 돌아오다 대문 앞에서 병배의 편지를 받았어. 세미가 자기를 필요루 하는 자력개발원 원장과 함께 브라질루 이민갈 거라는 걸 알린 엽서였어. 문면은 그저 사실을 알리는 것처럼 돼있지만 내면인즉 세미에 대해 내가 취할 일이 있으면 늦기 전에 해보라는 뜻이 담겨있었어. 물론 세미에 대해 내가 취할 일이 있을 수 없지. 세미가 택한 길을 축복해주는 일밖에. 근데 지금 내가 말하구 싶은 건 세미의 새소식이나 그것에 대한 내 생각이 아냐. 이처럼 세미가 다른 남자를 따라 쉬 이민갈 거라는 걸 진희 너에게 알림으로써 너의 배려를 바랄까 하는 마음을 잠시나마 가졌었다는 사실을 말하구 싶은 거야. 이 얼마나 비겁해. 한수는 오토바이의 핸들을 꽉 잡는다. 손에 주는 그 힘으로 하여 연쇄되는 움직임이 진희에게 전달됐다.

한 사람을 진정으로 사랑한다는 건 그사람 전부를 사랑하는 거야. 그사람의 허물까지도. 그러기 위해선 아픈 고통마저도 은혜로 받아들여야 해. 진희는 한수의 허리 낀 팔을 추슬러 다시 소중하게 품었다.

대체 인간생활에서 조화란 무언가. 조화란 타협으로 이루어지는 건가, 양보로 이루어지는 건가. 그런 조화도 가능하리라. 그러나 진정한 조화란 참된 대결에서 찾아지는 균형이어야 하지 않을까. 이 조화의 획득을 위해 인간은 부단히 눈에 뵈지 않는 눈물이나 피를 흘리리라. 한수는 핸들 잡은 손에 다시 힘을 주었다.

저만큼 경운기 한 대가 가는 게 시야에 들어왔다. 한수가 오토바이의 속력을 줄였다. 경운기를 길가로 붙여모는 틈서리로 한껏 속력을 줄여 빠져나간 한수가 뒤로 고개를 돌렸다.

"폭포 가볼까?" 어둠을 뚫고 낙하하는, 아니 비상하는 차가운 물줄기 앞에 서보고 싶었다.

진희가 한수 등에 얼굴을 기댄 채 끄덕였다.

오토바이가 다시금 속력을 내기 시작했다. 진희는 고개를 빼어 앞을 비추고 있는 라이트 불빛의 한끝을 바라봤다. 마치 그 라이트 불빛을 따라 오토바이가 달리는 것만 같았다. 문득 그젯밤 꿈속에서 뱀이 발하는 놀빛을 따라 밀림 속을 걷던 일과 함께 그제 서울서 돌아오는 길에 본 저녁놀이 생각났다. 그 놀을 당신에게 보여주구 싶었어요. 야트막한 산마루 너머루 떨어지면서 붉은 해는 몇번이구 부들부들 떨었어요. 그날의 해의 떨림은 유난히 그 진폭이 커 보였어요. 차창의 유리루 해서인지, 달리는 차체의 흔들림으루 해서인지 마치 해가 어떤 고통을 참구 견디느라구 몸부림치는 것만 같았어요. 해가 짐과 동시에 저녁놀이 펼쳐졌어요. 해의 고통 위에 둘린 후광이나처럼요. 새삼 종말을 알리는 듯하면서 새 생명을 품구 있는 것같구, 순간과 더불어 영원이라는 걸 느끼게 했어요.……

오토바이가 오른쪽으로 꺾인 길을 돌고 있었다. 진희는 반사적으로 한수의 허리를 꽉 안았다. 그 순간 갑자기 오토바이의 앞바퀴가 들리면서 몸체가 붕 떠올랐다.

"우리 읍에 이게 웬 변이지, 웬 변이냐구." 환자 대기실을 지나 곧장 진찰실로 들어서며 봉룡이 큰 소리로 써부렸다. "원장은 알구 있겠구먼? 어젯밤 오토바이 사고 진상을 말야?"

윤의사는 테이블 위에 두 다리를 얹고 무언가 읽고 있다가 바로 앉으며,

"알구 있으나마나 경찰서장이 보건소장을 데리구 두 부상자를 앰 블런스에 싣구서 서울루 갔다는 것밖에 뭐 더 알 리 있나."

"그러니까 어느 정도의 부상인지두 모르겠구먼."

"둘 다 의식을 잃은 채루 실려갔다니까…… 그래두 요행 지나가던 경운기가 있어서 읍내루 옮겨졌으니 그만한 처치두 할 수 있었지 그렇지 않았으면 일 보는 거지."

"살 순 있을까?"

"우선은 도중에 잘못된 건 아닌 것같애. 도중에 잘못됐다면 이미 연락이 있었을 시간이 넘었거든."

"그러니까 가망은 있다 이거군."

"두구 봐야지. 어디를 어느만큼 다쳤는진 모르지만 두 사람 다 헬 멧을 쓰지 않았다니까 머리를 당했을 위험이 많지."

"원 헬멧이란 걸 쓰나마나 난 그눔으 오토바이 타구 가는 것 보믄 재주부리는 것같애 싫드먼. 게다가 꽁무니에 사람 태운 건 더 위태해 뵈드라구."

"머리를 잘못 다치는 날엔 끝장이지. 목숨만 붙어있으면 뭘해. 식 물인간이 돼서 죽느니만두 못한걸."

"식물인간이 뭔구?"

"자넨 신문두 안 보나? 식물인간 문제루 논란이 분분한 걸 몰라? 식물인간에게 안락사시키는 게 범죄냐 아니냐 하구 법정에까지 비 화된 사건이 미국에서 있었다구. 아직두 미해결 상태루 있지만, 식 물인간이 돼가지구두 목숨이 붙어있다는 건 의학이 발달한 하나의 부산물이지."

"아아, 신체 모든 부분이 마비되구 숨만 붙어 사는 사람?"

"식물인간이라구 하지만 어디 식물같기나 하나. 식물 중엔 그래두 건드리면 반사적으루 반응을 보이는 게 여러 종류 있지. 예를 들어 미모사같은 식물은 잎을 조금만 건드려두 이내 닫혀지면서 아래루 늘어진다구. 그래서 엄살풀, 신경초라구두 하지만 이건 사람꼴을 해 가지구 아무런 반응두 뵈지 않으니 식물만두 못한 생존 아니겠어?"

"개 돼지만 못한 인간이 아니라, 식물만두 못한 인간이라. 거 재미있는 말인데." 봉룡은 이따가 복덕방에서 오토바이 사고가 화제에 오를 때 이 말을 써먹어야겠다고 생각하며, "늘쌍 그 여자라는 게 산통야. 얼굴이 좀 반반하다 하면 이상하게 사고를 빚어놓는단 말야. 그런데 원장, 그 두 사람이 어떤 사인지 알구 있어?"

"원 사람두, 별걸 다 아느냐는군."

진찰실 밖에서 갓난애 울음소리가 인다. 병원 사동이 진찰실을 기웃 들여다본다. 윤의사나 봉룡이 거기에는 별로 개의치 않는 눈치다.

"내 어쩨 조짐이 좋지 않아 뵈더라니. 글쎄 그 서장 딸 말야, 원래는 같은 학교 선생으루 있든 민중섭이란 남자하구 가깝게 지냈다구. 밤 늦게까지 둘이 붙어댕기는 걸 내 눈으루두 여러번 봤지. 그랬는데 글쎄……" 봉룡이 무슨 비밀스런 얘기라도 하려는 듯이 윤의사 쪽으로 고개를 뺌으며, "그랬는데 한수 그치가 친구 여잘 후리구 말았지 뭐야. 그 선생하구 한수는 어렸을 적 친구 사인데 여자문제엔 친구구 뭐구 없나부지. 믿을 수 없는 건 사람의 마음이라더니 결국 처음 그 여자하구 사귀든 그 선생이 여기 있기가 민망스러워서 대군 어디루 피해버렸다구…… 참 여긴 객초두 없나?"

윤의사가 말없이 주머니에서 담배를 꺼내놓는다. 봉룡이 한 개비 뽑아 물고 불을 붙인다.

"아닌말루 한수 그치 생김새가 여자깨나 후리게 생겼지, 후리게 생겼어. 하기야 여자 쪽에서 따져보드라두 그렇지. 두 사람 놓구 고르자믄 한수를 택할 건 당연하지 뭐. 재산으루 보나 장래성으루 보나 민중섭보다야 한수가 탐날 거 아니겠어? 나래두 여자라믄 글루 돌아붙겠다!"

"하여튼 여자의 그 점이 남자를 망치게두 하구 출세시키게두 하는 거지. 아무튼 돌루 짐승을 때려잡아서 생존하던 원시시대부터 남잔 여자에게 코뚜레 꿰어서 끌려댕기는 신셀 못 면해. 어떤 세상이 와두 그 코뚜레만은 늘 건재하지. 코뚜레의 모양이 그때그때 변할 뿐이구. 우악스런 나무뿌리에서 부드러운 나일론줄루. 자네두 잘 생각해봐. 예외가 아니니까." 윤의사가 내내 웃지도 않고 말했다.

262

"원장, 그 기분나쁜 소리 작작해. 코뚜레라니."

"이번 사고루 보더라두 사랑스런 여성 쪽의 의사를 따르다가 그렇게 됐을걸."

"뭘루 봐서?" 봉룡은 호기심의 낯빛이 된다.

"이 추운 겨울밤에 오토바이를 타구 시골길을 달린다는 건 남자의 생각만으룬 안돼. 그런 생각을 했더라두 여자 쪽에서 반대하면 안되는 거구. 보나마나 여자 쪽에서 오토바일 타자구 했을 거야."

"대체 그걸 타구 어딜 갈려구 했을까?"

"갈 데 없을라구. 여자들 걸핏하면, 아아 눈오는 길을 밤새 걸었으면, 아아 무작정 이 길루 달려봤으면, 하는 대사 있잖어. 그 기분 살려주려다 꽝 한 거지 뭐 별거야?"

"원 제멋에 그러다 다친 본인들이야 그렇다지만 그 부모들은 무슨 죄루 그꼴을 보냔 말야? 이리루 오는 길에 위로라두 할려구 한수넬 들렀드니 식구들이 초죽음이 돼있드라구. 영감한텐 차마 알리지두 못했드먼. 그 둘째손자가 어떤 손자게." 봉룡은 새삼 두식영감네가 변을 당해 기왓가마 땅 일로 강사장한테 졸림을 받지 않고 얼마 동안 관망할 수 있게 된 걸 다행스럽게 여기며 말을 잇는다. "보나마나 경찰서장네두 초상집같을 거구. 무슨 동티가 났길래 우리 읍에 이런 변괴람!"

"원 그러구두 머리털이 남아있으니."

"그러지 말게. 이래봬두 나만큼 궂은 일이건 아니건 읍내 일 살피구 사는 사람두 흔치 않을 걸세."

이때 우는 갓난애를 앞으로 돌려업은 여인이 기다리다 못한 듯 진찰실로 들어섰다. 진찰실 밖에서 다른 어린애의 울음소리와 어른의 기침소리가 들렸다.

그제야 봉룡이 의자에서 궁둥이를 들며,

"별일 없어야 할 텐데. 어쩌다 우리 고장에서 판검사 한번 나온다 싶었는데 용이 오르려다 개천에 떨어지는 꼴이 되는 거 아닌지 모르겠구먼."

그러나 병원을 나서 걷는 봉룡의 몸놀림은 이런 격정의 말과는 달리 퍽이나 활기를 띠고 있었다. 무슨 사건이고 일어나 읍내가 웅성거리는 게 싫지 않은 것이다. 그는 경찰서로 찾아가 사고의 뒷소식을 주워들어봐야겠다고 생각하며 어떻게 해야 될수록 상세히 알아낼 수 있을까를 궁리하고 있었다.

제 Ⅳ 부

제 1 장
구름 사이

처음 한영아버지는 한수의 오토바이 사고를 부친에게 알리지 않은 채 건호와 함께 서울로 올라갔었다. 알려서 해결될 문제가 아닌 바에야 어차피 절간으로 간 줄 아실 터니 숨기기도 용이할 것이기 때문이었다. 그러나 환자의 상태를 보고서는 그냥 알리지 않고 넘기려던 생각을 바꾸지 않으면 안되었다. 한수가 절에 갖고 가려던 돈으로 입원수속 등은 할 수 있었으나 앞으로 얼마나 끌지도 모르는 입원비 조달도 문제였고, 괜히 숨겨두었다가 어떤 연유로든 드러나는 날이면 그땐 감당 못할 일이 되고 말 것이기 때문이었다.

한수 쪽 오토바이 사고의 전갈은 경찰서 한 직원에 의해 한영아버지에게 보내졌고, 한영아버지는 동저고리 바람으로 건호에게 달려갔다. 한수가 자기가 절에 가있는 동안 무슨 일이 있으면 건호와 상의하라던 당부가 아니더라도 한영아버지로서는 그 길밖에 다른 방도가 떠오르지 않았다. 다음날 첫버스로 한영아버지와 건호는 서울로 올라갔다. 한수는 혼수상태에서 좀 약하긴 해도 제힘으로 호흡을 하고 있었다. 혈압은 105에서 70, 맥박은 일분에 94, 체온 37도 3분. 얼굴 전체가 부어있었고 특히 오른쪽 눈두덩이 타박으로 인해 꺼멓게 피멍이 들어있었다. 두부 컴퓨터 촬영(전산화 단층 촬영)검사에 특별한 점이 발견되지 않았고, X광선 검사에 나타난 것으로도 두개골과 척추에 이상이 없고, 경동맥을 통해 조영제를 주입하여 두부를 촬영한 결과 뇌혈관이 터져 피가 약간 샌 흔적이 나타났으나 혈종은 대단치 않아 결국 뇌의 좌상이 혼수의 원인으로 진단이 내려졌다. 뇌수술을 할 상황은 아니라고 판단, 우선 전해질 용액 하트만액이 정맥에 점적되었다.

아들에게서 한수얘기를 들은 두식영감은 마른 나무토막처럼 모로 쓰러졌다. 까무러친 것이다. 팔다리를 주무르고 냉수를 떠넣고 하여 한참만에 정신이 든 두식영감이 느닷없이 소리를 질렀다. 느들 날 쇡이는구나아! 걔 죽었지? 그렇지? 한영아버지가, 아닙니다, 지금 병원에 있습니다, 제가 가서 보구 왔다구 하지 않습니까, 하여도 영감은 믿으려 하지 않았다.

종내 두식영감은 자리에 눕고 말았다. 번열증으로 가슴이 답답해 못견뎌해하는 속에서도, 한수 걔 죽었지? 죽었지? 하는 소리를 불쑥불쑥 질러대곤 했다.

번열증이 가시면서 고함소리도 없어졌다. 전처럼 다시 신문을 들여다보는 시간이 많아졌다. 오히려 전보다 더 길었다. 그런데 한 곳을 다 보고 다음으로 넘어갔다 도로 먼젓 기사로 돌아가곤 하는 것이었다. 보고 난 기사를 금방 잊어버리는지 건성 신문을 들여다보는지 분간이 안 갔다.

하여튼 하루종일 누운 채 신문만 들고 지냈다. 누구와 얘기도 하지 않았고 무슨 지시도 일체 없었다.

그러던 어느날 밤중에 두식영감이 아랫집으로 내려갔다. 대문을 들어서는 참 한수가 쓰고 있던 사랑방문을 벌컥 열었다. 캄캄한 방안을 한참 들여다보았다. 그리고 신발을 신은 채 방으로 들어가 전등을 켰다. 휘휘 방안을 둘러본 두식영감이 문간에 걱정스레 서있는 한영아버지를 쏘아봤다.

"안적 한수 안 돌아왔냐?"

한영아버지는 어찌할 바를 몰라 쩔쩔맸다.

"안 돌아왔음 찾아나서는 게 아니구 자빠져 잠들만 자? 오오라, 느놈들이 한술 어디다 감춰놨구나. 날 골릴려구……"

두식영감은 어디에 그런 날램을 지니고 있었나 싶게 안방과 건년방, 광과 헛간, 심지어 뒤란 장독대까지 달려가 살피면서, 한수야 나오너라 헬비 왔다, 소리를 연신 지르는 것이었다.

그러더니 별안간 두식영감은 허리를 굽힌 채 뒷짐을 지고 살금살금 잠자리 잡는 시늉을 하며 마당가를 돌기 시작했다. 한수야아, 나 오너라. 이 햄비가 졌다. 고녀석 영악하긴. 숨는 것두 감쪽같이 잘 두 숨었군. 한수야 빨리 나와, 빨리 나오라니까. 이 햄비가 졌대두. 이제 내가 숨을 차례다. 그 음성이 좀전과는 돌변하여 아주 즐거움에서 우러난 속삭임같은 목소리로 변해있었다. 어려서 한수가 집안에서 혼자 놀 때 할아버지는 곧잘 한수의 놀이 상대가 되어주곤 했었다.

"아버님 왜 이러세요. 정신 좀 차리세요."

한영아버지는 울상으로 말하며 부친의 뒤를 따랐고, 한수 계모와 형수는 대청 아래 한편 구석에 오금들을 접고 서있었다.

마침내 두식영감이 대청마루 끝에 와 앉았다. 두식영감의 뒤를 쫓던 사람이나 대청 아래 한편 구석에 서있던 사람들이나 두식영감 쪽을 지켜보면서 꼼짝않고 있었다.

한참만에 두식영감은,

"애비야, 한수가 차도가 좀 있다드냐?" 했다. 제정신으로 돌아온 낮은 음성이었다.

잠시 머뭇거리다 한영아버지가 대답했다.

"그만하답니다."

아직도 혼수상태라고 어찌 말하랴. 한영아버지가 갔을 때는 물론 깨어날 기미가 없었지만 어제 닿은 소식에도 아직 그 상태를 못 벗어나고 있다고 했다.

"내 무슨 죄가 많아 이런 꼴을 보지!" 두식영감에게서 깊고 무거운 한숨이 새어나왔다.

부친이 병원에 가보겠다고 하지 않는 것만도 한영아버지는 다행스럽게 생각하며 부친을 부축해 일으켰다.

눈이 풀풀 내리고 있었다. 저렇게 흰 눈이 곱게 내리는데 무슨 좋은 일이 생기지 않으려나? 한수 머리맡 의자에 앉아 세미는 간절한 심정이 되어 창밖을 내다보고 있었다. 헤밍웨이의 어느 소설에서는 눈오는 때는 좋은 일이 생기고 비오는 때는 궂은 일이 일어나던데. 오늘은 한수가 눈이라도 한번 떠봐주었으면. 사고가 난 지 오늘로 열이레째. 사고발생 사흘째부터 혈압 맥박 체온이 정상으로 돌아오고, 지금은 얼굴의 부기도 가라앉고 눈두덩의 멍자국도 다 가셔져 성한 사람같은데 미동도 않는 게 안타깝다.

세미는 퍼뜩 생각이 나 시계를 보고는 일어나 환자의 몸을 돌쳐 눕힌다. 한쪽으로만 누워 있어서 생길 욕창 방지로 네 시간마다 자세를 바꿔 누이곤 해야 했다. 이불을 펴가며 여며주다가 세미는 깜짝 놀란다. 한수가 입을 크게 벌리고 하품을 한 것이다. 세미는 얼른 한수의 귀에다 입을 대고 이름을 불렀다. 한수의 빠른 턱이 약간 달싹거렸다. 혼수상태에서 깨어나는 징조가 아닌가 싶어 세미는 몇번 더 이름을 불렀으나 다시는 아무런 반응이 없었다.

회진 온 담당의사에게 환자가 하품한 일과 이름을 부르니 턱을 움직이더라는 보고를 했다. 의사는 말없이 언제나처럼 환자의 눈꺼풀을 벌려 플래시를 비췄으나 여전히 양쪽 동공은 산대된 채 빛에 대한 반응이 없었다. 그리고 또 언제나처럼 햄머 손잡이 끝으로 환자의 발바닥을 긁으니 발가락들이 뒤로 잦혀지며 짝 펴지는 바빈스키 반사가 양성으로 나타났다. 아직도 의식이 장애에서 풀려나지 못했다는 현상이다. 담당의사가 병실을 나가며 세미에게, 아까 이름을 불렀더니 턱을 움직였다고는 하나 의식에는 변화가 없다는 것과, 가끔 환자에게 어떤 자극을 주는 것도 괜찮으리라는 말을 했다.

그래도 세미로서는 한수의 하품과, 턱이 움직인 것에 기대를 걸고 싶은 마음을 버릴 수가 없었다. 다시 또 어떤 움직임이 있기를 바라며 한수를 살폈다. 그러다가 눈 녹은 물기를 묻힌 채 병배가 병실로 들어서자 급히 한수의 일을 말했다.

병배도 놀라며,

"그럼 의사에게 그걸 알려야죠."

"보골 했는데 별것 아니래요."

"아마 혼수상태루 있는 게 지루해서 하품을 한 모양이죠?" 병배가 장난조로 말을 돌렸다. "짜식 이제 겨우 보름 남짓 지난 걸 가지구 지루해하면 쓰나. 앞으루 석 달이 걸릴지, 반년이 걸릴지, 일년이 걸릴지, 혹은 아주……" 하다가 병배는 입을 다물고 한쪽에 있는 냉장고 쪽으로 간다.

세미가 병배의 등뒤를 향해,

"그럼 의식회복의 희망이 있다는 의사의 말 거짓말얘요?"

병배가 냉장고에서 콜라를 꺼내 컵 두 개와 함께 들고 세미 앞에 와 앉는다.

"너무 조급히 생각 맙시다 우리. 모름지기 희망이 있다는 것뿐, 그게 언제 될는진 모르는 거 아닙니까? 늦으면 늦을수록 회복의 가능성이 희박해진다구 하니 조급하긴 조급하지만요. 에잇 우리 그런 걱정 하지 맙시다. 이 친구 독종이니까 쉬 깨어날 겁니다." 병배가 콜라의 마개를 따 컵에 따른다. "어쨌든 환자 스스루의 힘으루 의식회복이 되는 걸 기다리는 수밖에 없는 거니까. ……그나저나 세미써 어떡할 거예요? 이대루 마냥 이눔만 지키구 있어두 되는 거예요?"

병배가 내미는 컵을 받아 세미는 그냥 탁자에 내려놓는다.

"그건 제가 알아서 할게요."

"말은 이렇게 하지만 세미써 없었드면 어쩔 뻔했는지……"

한수의 바지주머니에서 나온 병배의 엽서를 보건소 청소장이 보고 병배에게 한수의 일을 속달로 알리고, 병배는 이를 또 세미에게 알려 유원장만 브라질로 떠나고 세미는 남아 한수 병실에 묵으면서 병구완을 하고 있는 것이다.

"유원장이란 분 진짜 이해가 많은 분인가보죠?"

"그사람 그런 아량이 사는 힘이 되는 그러한 분이죠. 이해가 안 갈 거예요 병배써에겐."

"은근히 두둔하시네. 되풀이 얘기지만 내가 세미썰 붙들어논 것같애서 미안해 그러지 뭡니까."

"조금두 미안해하실 것 없어요. 내가 하구 싶어서 하는 일인걸요."

세미가 앞에 놓인 컵을 들어 한 모금 머금는다.

"기왕 얘기 나온 김에 말인데 이친구가 서울에서 하숙했던 동숭동 집 있죠? 그집 아주머니더러 틈틈이 와서 돌봐달라는 건 어려운 일 아니니까 그렇게 하든가, 숫제 간병인을 두구서 세미썬……"

"괜찮다는데두 자꾸 그러시기예요? 한수썬 내가 지킬 거예요. 아무한테나 안 맽길 거예요."

"그쪽에서 기다릴 생각두 하셔야죠."

"제겐 지금 한수씨가 깨어나길 바라는 생각밖엔 없어요."

이 생각이 진희와의 대면 후 더욱 굳어졌다.

병배의 연락을 받고 달려와 한수의 증세에 안절부절못하는 속에서도 세미는 진희의 존재를 떨쳐버리지 못했다. 중환자실에서 면회시간마다 세 침대 떨어져 누워있는 진희라는 여자에게 기우는 관심을 세미는 누를 수가 없었던 것이다.

진희는 겨우 눈 코 입만 남기고 머리며 얼굴이 온통 붕대로 감겨져있었다. 그러나 혼수상태에 있는 한수와는 달리 의식이 있는 모양이어서 면회시간마다 가족같이 보이는 사람들과 말을 주고받는 걸 볼 수 있었다.

면회시간 때 병배도 그쪽으로 가 잠시 들여다보며 병태를 살피는 것같은데도 철저할이만큼 병배는 세미 앞에서 진희의 얘기를 꺼내지 않는 것이었다.

중환자실에서 사흘째 되는 날이었다. 저녁 면회시간인데 그날도 병배는 한수를 들여다보고는 진희 쪽에 가족이 없자 그리로 갔는데 곧 돌아와 세미에게 진희가 좀 보잔다고 하면서 자기는 밖으로 나가는 것이었다.

진희의 침대로 세미는 다가갔다. 그리고 정맥주사를 오른쪽 손등에 꽂고 조용히 누워있는 진희를 내려다보았다. 붕대의 흰색 속에서 힘없는 시선으로 진희는 세미를 올려다보았다. 환자의 콧속과 입술이 까맣게 타있었다.

한수씬 아직 혼수상태에 있어요. 세미가 환자 가까이로 허리를 구부리며 말했다.

알아요. ……다 내 탓이에요. ……한수씬 꼭 살아나야 해요. 아주 조그많고 낮은 소리였다.

지금은 아무 생각 마세요. 마음을 편하게 가져야 빨리 낫죠.

아뇨. ……난……난 못 일어나요. ……난 다 알아요.

무슨 그런 약한 말씀을……

날 위로하시려구 애쓰지 마세요. ……지금 난 아주……편해요.

붕대 속의 진희의 힘없이 뜬 눈에 열기가 있어 보였다. 진희가 주사 꽂지 않은 왼쪽 손을 이불 속에서 힘들여 뽑아냈다. 그 손이 세미의 손을 잡자는 것같았다. 세미가 손을 내밀어 진희의 손을 맞 잡아주었다. 이불 속에 있었던 손인데도 차가웠다.

……뵙구 싶었어요.

저두요.

근데……이런 데서……

글쎄 말예요. 세미가 미소를 보냈다.

우린 오래 전부터……알았던……사이같애요.

저두 그렇게 생각돼요.

진작 뵀더라면…… 그랬더라면…… 진희의 붕대 속의 눈이 감겼 다. 그랬더라면……이런…… 다시 뜬 진희의 열기 띤 눈에 물기가 어렸다.

누가 옆에 왔다. 가족인 것같았다.

빨리 나세요. 그때 우리 얘기 많이 해요.

세미가 조심스레 진희의 손을 이불 속에 넣어주고 그곳을 떠났다. 눈으로 인사를 나누면서.

진희는 이틀 후 그대로 중환자실에서 숨을 거두고, 한수는 열하 루만에 병실로 옮겨졌다.

"눈잎이 작아졌어요." 창밖을 내다보며 세미가 말했다. "오늘두 결국 아무 좋은 일 없이 넘기나봐요."

"옆방에 비하면 좋다구 봐야죠. 지금 들어오다 보니까 옆방 환자 가 퇴원하드군요."

"그러면……"

"임종이 임박했다는 뜻이죠."

"결국 진짜 자기의 병이 뭔지 모르구 죽게 되는 건가요?"

"그럴 테죠. 의식이 있는 한 끝까지 나으리라는 희망을 버리지 않 은 채 이세상을 뜨게 되는 거죠."

간암 환자였다. 거의 다 그렇듯이 당사자에게는 사실을 은폐하고 그저 간이 부어 오랜 안정이 필요하다고만 해온 것이다. 이 문제를 놓고 세미와 병배는 여러번 실랑이를 벌였다. 환자에게 사실대로 말하여 스스로 자기 생애를 정리할 수 있도록 해야 한다고 세미가 주장하면 병배 쪽에서 반박을 했다. 사람이 그렇게 강한 줄 아느냐고, 환자에게 사실대로 말해봐라, 생애를 정리하기는 고사하고 절망감만 안겨줄 뿐이라고. 병배의 주장에 세미가 솔깃해서 역시 안 알리는 편이 좋겠다고 하면 이번엔 또 병배가 반대의 주장을 들고 나오는 것이다. 교육있는 사람인 경우 주저 말고 알려줌으로써 자기 하는 일에 심신을 경주할 수 있는 기회를 주는 게 바람직하다고. 결국에 가서는 아무 결론도 못 얻고 마는 것이었다.

"근데 옆방의 그 환자는 자기 병에 속구 있는 것같지 않았어요."

"그걸 어떻게?"

"그냥 느낌이에요. 중동 어디에서 노무관을 지내든 사람이라는데, 어쨌든 자기 병이 뭔지 알구 있는 것같였어요."

며칠 전 세미는 방사선 치료라도 받고 돌아오는 듯한 옆방 환자를 복도에서 보았다. 환자는 눈을 감고 침대에 누워 끌려오고 있었다. 피골상접이라는 말이 이런 걸 두고 하는 말일 거다 싶게 바짝 마른 얼굴은 먹빛으로 까맸다. 그것은 이미 해골이었다. 세미는 이를 보는 순간 환자가 이처럼 되기까지 자기 병을 그저 간이 좀 부은 것으로만 알고 있을 리 없다는 생각이 들었다.

"제 생각엔 보호자들이 반대루 속구 있는 것같애요. 환자한테요."

"보호자들이 속아요?"

"환자가 다 알구 있으면서 숨겨주려는 주위사람들을 위해 되레 속아주는 거 아닌지 모르겠어요."

"하여튼 세미씨의 그 필터는 특이해. 더러운 것두 추한 것두 다 아름답게 거르는 필터."

"욕예요? 청찬예요?"

"그건 모르지만 아주 귀중한 것. 그리구 세미씨의 밋점. 어, 내가 왜 이렇게 고상해지지? 세미씨, 근데 설사 환자가 자기 병이 악성 이라는 걸 짐작하면서두 옆에서 그렇지 않다는 말을 믿으려는 심정 이 되는 그 복잡성을 아셔야 합니다. 마치 사형수가 형장에 끌려가 처형을 당하는 순간까지 사형중지의 특사가 내리지 않을까 하는 기 대를 버리지 못하듯이 암환자는 암환자대루 의식이 있는 한 자기의 병이 암으루 진단된 건 오진이었다는 말을 바라구 있지 않을까 싶

274

어요. 어쨌든 복잡해요, 복잡해."

"결국 사실대루 알리구 안 알리구는 기준을 세울 수가 없는 건가 봐요. 학식이 있구 없구두 문제 아니구……"

"그건 그렇구, 한수 이친구는 지금의 상태대루 식물인간이 되는 건 고사하구 그동안의 혼수상태를 미리 알았대두 안락사를 시켜달랬을 거예요."

한수의 성미로서는 그랬을 거라고 생각하며 세미는 진희의 죽음을 떠올렸다. 어떻게 그처럼 흔연할 수가 있었을까. 그네는 비록 긴 세월은 아니지만 한 남자를 진정으로 사랑했으며, 그 사랑의 힘이 그네로 하여금 죽음도 두렵지 않게 만든 게 아닐까.

병배는 무슨 생각엔가 잠겨있는 세미의 수척한 모습이 이상한 아름다움으로 풍겨왔다.

"세미씨, 눈이 멎었어요."

부친을 찾으러 밖에 나갔던 한영아버지가 돌아왔다.

"왜 혼자 오지?"

모친이 걱정스런 눈길로 아들을 살핀다.

"이거 큰일인데요." 한영아버지가 축 처진 목소리로 말했다. "도대체 이 노인네가 어딜 가셨을까."

"앞벌에두 좀 가보지 그랬어?"

"거기두 갔었어요."

"몸두 부실한 양반이 그래 이때두룩 어디 계신구."

"몇 군데 가겟집 사람들이 지나가시는 걸 봤다구는 하는데……"

"또 뵈믄 집으루 모셔다달라구 일러놓지 그랬어?"

"그래 놨어요."

두식영감은 이날 점심상을 물리고 뒷간에라도 가듯 나가서는 저녁때가 다 되도록 돌아오지 않고 있는 것이다.

어슬녁이 되어서야 거리의 가겟사람 하나가 두식영감을 데리고 왔다. 길을 못 찾아 헤매는 걸 보고 데려왔다는 것이다. 그 말에 식구들은 서로의 얼굴만 바라보고 할말을 잊었다. 자기 집을 찾아오지 못하다니!

두식영감이 오랜 시간 동안 쏘다녔다는 표적이 손목에 나타나있었다. 그동안 더 여윈 얼굴과 손등이 찬 외기를 쐬어 검붉어져있는 가운데 왼쪽 손목만이 본래의 제 빛깔로 선명하게 구분지어져있는 것이었다. 오래 뒷짐을 지고 걸으면서 잡았던 손 자국이었다.

가겟사람이 돌아간 뒤 한영아버지가 부친에게 조심스레 물었다.

"어딜 가셨댔어요 아버님?"

피곤해 보였으나 그 피곤을 자신은 느끼지 못하는 듯 두식영감이 밝게 대답했다.

"한영이녀석을 만날려구."

"한영일 만나시다뇨?"

"걔가 날 나오라구 했어."

"왜요?"

"한수 숨은 데를 알려준댔어. 내가 늦게 나가서인가 만나자구 한 곳에 걔가 없드라구. 그래서 걜 찾아댕겼지."

"어디서 만나뵙자구 했길래요?"

두식영감이 잠시 생각하는 빛이더니,

"어딘 어디야. 한영이 있는 데지."

"다음에 밖에 나가실 때는 저나 어머님께 이르구 나가세요."

두식영감이 그 말에는 대답 않고 눈을 안으로 빛내며 마누라 쪽을 본다.

"어서 밥이나 주우. 하루종일 굶었드니 시장해 못견디겠어."

마누라는 드디어 눈물을 찔끔거린다.

"이양반이! 점심 들구 나가셨으믄서…… 다음에 밖에 나가실 때는요 아범 말대루 꼭 알리구 나가시라구요. 아셨죠?"

그동안 건호는 한수의 사고로 해서 부딪치는 결정사항들을 일단은 한영아버지의 의견을 묻는 순서는 밟았다 하지만 그것은 어디까지나 예의일 뿐 거의 건호 독단으로 처리해나갔다고 하는 편이 옳았다. 아주 작은 일도 한영아버지는 결정을 못 내리는 것이었다. 한수가 절간으로 가려 했을 때 집안에 무슨 일이 있으면 자기 아버지를 도와달라는 부탁이 있긴 했었지만 설마 한수네 토지 매매 문제의

276

결정까지도 내려야 하는 입장에 이를 줄은 몰랐다.

며칠 전 기왓가마 땅 매매문제로 한영아버지의 의논을 받았을 때 노인의 건강이 회복되기를 기다려보자고 했던 것이나 두식영감의 망령기는 심해져만 갔다. 정신이 있을 때는 문갑에서 갖가지 문서들을 꺼내어 신문을 볼 때처럼 같은 것을 되펴보고 되펴보고 하다가 문갑에 다시 챙겨넣던 것이 요즘와서는 자신이 깔고 있는 요밑에 밀어넣기도 하고 그냥 방바닥에 널린 채 내버려두어 마누라나 한영아버지가 보는 대로 챙겨넣곤 하는 것이다.

그런 상황이니 이날 한영아버지가 봉룡을 대동하고 기왓가마 땅 매매문제로 또 건호를 찾은 것은 하긴 불가피한 일일는지도 모른다. 한영아버지는 우선 좀전에 받은 병배의 편지부터 건호에게 건넸다. 편지에는 한수가 하품을 한 번 했지만 혼수에서 깨어날 증후가 아니고 그냥 막막한 혼수상태에서 조금도 호전되지 않았다는 병세가 씌어있고, 그동안 맡았던 8십만원이 다 나갔으니 앞으로의 입원비를 마련해 보내달라는 내용과 함께 일 주일분의 입원비 청구 명세가 곁들여져있었다.

봉룡이 건호가 읽는 곁으로 고개를 디밀고 있다가,

"거 입원비 한번 뻐근하구먼. 약값 빼구 하루 3만원이라?"

"이제라두 좀 싼 방으로 옮기믄 어떨구?" 한영아버지는 봉룡이 말을 꺼낸 김에 쭈빗쭈빗 건호를 건너다보며 입을 열었다.

"글쎄요. 아버님두 아시다시피 처음엔 두세 사람 같이 있는 입원실이 없어서 특실을 정했습니다만 지금은 지금대루 꼬박 사람이 붙어있어야 하는 상태니 어떡하죠? 환자두 환자지만 그 여자친구가 병실에 묵으면서 돌봐주는 것두 우리루선 큰 신센데, 다른 사람하구 같이 쓰는 병실루 옮기면 그 여자분에게 너무 불편을 줄 것같애서요."

"그 여자가 누군고? 한수하구 어떻게……"

봉룡은 말하다가 건호의 시선을 느끼고 입을 다문다. 한수 그치 여자 녹이는 솜씬 정말 대단해. 인사불성이 되고서도 여자가 따라붙게 하니. 아니 지금 내가 이런 생각 할 땐가. 빨리 흥정이 이뤄지도록 부채질을 해야 하는 판국에.

"아따 한수 그사람이 독방 안 차지하믄 누가 독방을 쓰겠누? 까놓구 말해서 재물두 다 이런 때 쓸려구 모으는 거 아니겠수? 안 그래요 아저씨?"

한영아버지가 잠자코 다시 건호를 건너다본다. 건호도 말이 없다.

봉룡이 건호를 향해,

"아마 존장님이 예전같으셨대두 독방을 쓰게 하셨을 거 아닌가? 안 그런가?"

"그러기 말이에요."

"그렇다믄 뭘 망설이나. 위급상태에 있는 둘두없는 손자 위해 쓰는 건데 뭘 망설이냐 말야 이사람아."

"당신께서 전혀 과실 생각 안하셨던 걸 맘대루 처분하기가 뭣해서요."

"에잇 답답해! 당장 입원비는 보내야 한다믄서 현금은 없구…… 까놓구 말해서 이런 중에두 일이 잘 되느라구 땅 살 작자가 나섰기 망정이지 그렇지 않았으믄 어쩔 뻔했나, 어쩔 뻔했어?"

봉룡의 말에 그른 데가 없었다. 건호가 한영아버지에게 조용히 말했다.

"딴 좋은 대책이 없으시면 결정을 지어버리죠."

"내게 딴 좋은 생각이 있을 리 있나." 한영아버지가 기운없는 소리로 말했다.

"그럼 내 가서 계약준비 해가지구 옴세."

"가만 계세요."

건호가 일어서는 봉룡을 제지한 후 그동안의 흥정가격을 확인해본다. 봉룡이 말하는 가격이 건호 자기가 조사해뒀던 가격과 같았다. 그러나 건호는 그 최고가격에다 평당 5백원씩 더 얹어보도록 하라며,

"그래두 그쪽에선 받아들이게 돼있으니까요," 한다.

봉룡은 내심 이치 보통내기가 아니군 하면서,

"허, 논 최고가격을 받으면 됐지, 밭두 아닌 쓸모없는 땅을 가지구 뭘 그래."

"공장부지루야 논밭보다 낫죠."

278

"내야 5백원 아니라 5천원이라두 더 붙이구 싶지. 팔이 안으루 굽는데 내가 어느 편이겠나? 아저씨, 안 그래요?"

큰소리 치고 강사장 사무실로 찾아간 봉룡 앞엔 그러나 아주 예상 밖의 상황이 기다리고 있었다.

"웨, 웬일이우 여기까지?"

강사장이 전과 달리 전혀 반기는 기색이 아니다.

"내놓은 얘긴 일단 끝을 내야죠?"

"왜, 왜 이젠 그 땅 파, 팔겠답디까?"

어딘가 퉁기는 말투다.

아아, 두식영감네가 저꼴이 됐으니 이젠 칼자룰 자기가 잡았다 이거구나! 변을 당한 집에 흥정말을 조르기가 안돼서 그동안 잠자코 있은 줄 알았더니 저는 저대로 속셈이 있었던 거구나. 세상 무섭다 무서워. 이거 정신 바짝 차려야지 잘못하다간 구문은커녕 양뺨 맞게 생겼는데. 까짓거 일이야 해보다 성사가 안 되면 그만이지만 이 봉룡이가 예까지 뜸을 들여놓고 뺨까지 맞을 수야 없는 거지.

"그 영감은 땅귀신이 씌었는지 손자 일 땜에 몇번썩이나 기절을 했다믄서 조금만 정신이 바안한 틈을 타서 의논을 드려두 막무가내 안 판다네요. 돈 쓸데 있으믄 앞거리 시계포 팔아서 쓰라믄서." 봉룡은 제멋대로 꾸며댄 다음 소리를 낮춰 은밀하게, "사실 그쪽에서 돈이 급한 것만은 틀림없는 터니 이 천재의 기휠 놓치지 마셔야 합니다, 네. 이거 다 강사장 위해 하는 얘기예요. 까놓구 말해서 그 땅 빼놓구 공장 앉히기 어렵다는 건 세살 먹은 어린애두 아는 거 아닙니까?"

강사장은 봉룡의 얘기를 들어가며 부산히 속으로 주판알을 퉁기고 있었다. 봉룡이 이처럼 유난히 떠벌리는 걸 보니 저쪽에서 이만저만 다급한 게 아닌 것은 분명해 조금만 더 버티면 아주 싼값으로도 후려칠 수 있을 것같은 해답은 쉽게 나왔다. 시계포를 판다지만 하루이틀에 작자가 나설 것도 아니고. 그러나 그러다가 삐끗하는 날엔 나만 또 애먹게 되는 거다. 어디까지나 송회장 일인데 내가 이 이상 속을 태울 필요가 뭔가. 그동안의 중간보고도 대충만 했을뿐 자세한 보고서 작성을 차일피일 미뤄온 것도 문제의 이 땅 때문

이 아니었던가. 강사장은 밑져야 본전이다 싶으면서,

"머, 먼저 매긴 값으룬 아, 안되겠어요. 아, 아무래두 말이 새나 가게 될 거구 그, 그렇게 되믄 너두나두 메들을 쓸 텐데 그, 그걸 무슨 수루 막아요. 그, 그러니 논보다 천원 아랫값으루 메, 메내보시오."

"뭐라구요?"

사정이 달라졌다고 하나 이럴 수가 있나? 저쪽에서 달라는 가격 다 주고 사들이라던 때가 언젠데? 이런 판국에 최고 매매가격에다 5백원을 더 얹으라던 건호의 말은 아예 비춰볼 길조차 없었다.

"그건 좀 너무하신데요." 봉룡은 난감했다. 고수머리 뒤통수를 북적북적 긁으며 난색을 보이다가, "그럼 이렇게 합시다. 내 5백원 귀 메두룩 해보죠. 없는 집 팔아서 채워오드라두 내 한번 해볼 테니 계약금 줘보세요!"

강사장은 의자등에 몸을 기대고 고개를 뒤로 젖힌 채 한참을 생각에 잠기더니 천천히 몸을 일으켰다.

"조, 좋소. 내 이써 봐서 야, 양보하지."

금고에서 내어주는 돈을 받아갖고 나와 건호네 집으로 가는 봉룡의 걸음은 아까와는 달리 더디었다. 야, 강사장이란 작자 변한 꼴 무섭네. 최영감만 전같았으면 어림도 없었을 텐데. 역시 극성이네 뭐네 해도 최영감이 그 집의 대들보였어.

한영아버지와 건호는 봉룡의 말을 듣고 어안이벙벙해졌다.

건호가 한영아버지를 건너다본다. 한영아버지는 눈을 밑으로 떨구고 잠잠히 있다.

"그새 이쪽 사정을 알아냈군요." 건호가 한영아버지에게 말했다. "이미 이쪽의 약점을 잡혔으니 별수 없겠습니다."

"자네 생각대루 하게." 한영아버지는 토지문서와 인장을 내놓는다. 토지문서와 인장은 부칠이 방바닥에 널어놓고 있는 걸 집어온 것이다. "글쎄 그 등등했던 양반이 이걸 갖구 오는데두 멍청히 보구만 계시드라구." 한영아버지의 말소리는 떨리듯 침통하게 울렸다.

건호가 계약서를 다 써가지고 봉룡에게 건네자 봉룡이 주욱 눈을 거치고는 계약서를 궁둥이 밑에 깔며 혼잣소리로, 계약 무르는 일

없애는 비방이지, 하고 벌썬 웃었다.

"자, 한 해를 보내면서……"

병배가 유리컵을 앞으로 내밀었다. 세미도 병배를 따라 컵을 내밀었다. 컵 속의 갈색 액체가 흔들리며 유리끼리 부딪는 쩨깍 소리를 냈다.

낮에 세미와 둘이 맞잡아 환자의 물수건목욕을 시킨 후 내일이 정월 초하루라고 미리 앞당겨 면도까지 해주고 간 병배가 밤 열한시 지나 양주병과 통조림을 들고 병실로 들어섰던 것이다. 오늘밤은 혹 민중섭이 나타날지 모른다는 생각은 했었지만 병배가 또 들를 줄은 몰랐다. 술을 꽤 한 티가 보였다.

서로 컵을 부딪치고 나서 병배는 단숨에 잔을 비웠으나 세미는 술에 입술을 대는가 마는가 하고 있었다.

"좋은 술자리 박차고 오신 것 아녜요?"

"아니 이보다 더 좋은 술자리가 어됬습니까. 작년 그믐날엔 전남쪽에 내려갔다가 폭설루 교통이 막혔지 뭐예요. 그 바람에 뻐스 속에서 쏘줏병 끼구 새해를 맞았는데 올핸 또 입원실에서 망년파티라."

"망년파티 한번 색다르네요."

"이게 다 친구 잘둔 덕택 아니겠습니까. 아 그렇군. 저 친구한테두 술 한잔 줘야겠군."

병배는 자기 잔에 술을 따라 들고 한수한테 가더니 코에다 컵을 가져다 댄다.

"냄새라두 맡어라. 술냄새 맡구 술마시구 싶어서라두 좀 깨어날 순 없겠냐 이자식아."

"병배씨두. 깨어날래다가두 취해서 도루 눕겠네요." 세미가 병배의 하는 양을 바라보다가 말했다. "그런데 한수씨가 만약 저 상태에서 영 깨어나지 못한다면 어떡하죠?"

"빈말이라두 그런 말 맙시다."

"빈말이 되면 얼마나 좋겠어요. 그래두 최악의 경우를 각오해놓지 않군 견디기가 힘들어서 그래요."

"그렇다면 가정을 해서 이친구가 영 식물인간이 돼버린다구 합시

구름 사이 281

다. 그때 세미씬 어떻했으면 좋다구 생각합니까?"

"요전에두 말했지만, 틀림없이 한수씨는 그런 경우 안락사를 주장할 사람이거든요. 그러니까 그 주장대루 해줘야 하지 않아요? 이리 생각해보구 저리 생각해보구 해두 늘 해답은 같애져요."

병배가 자기의 의견은 말하지 않은 채 텔레비전으로 가 스위치를 넣었다. 화면에 보신각 제야의 종 치는 광경이 나타났다. 종이 울리고 모여선 시민들의 환호성이 인다. 텔레비전의 취재 기자가 한 시민에게 마이크를 들이대며 새해의 소원이 뭐냐고 묻는다. 큰 집을 가졌으면 좋겠다는 한 남자의 얼굴이 크게 비춰진다.

병배가 코를 벌름거리며,

"세미씨의 새해 소원은 뭡니까?" 한다.

한수에 관한 심각한 화제를 피하려는 병배의 심중이 헤아려졌다.

"제 소원요? 글쎄, …… 소원이 너무 많아서……" 내가 지금 바라고 있는 것을 말한다면 병배는 뭐랄까. 내 소원이 진희같은 죽음을 가져봤으면 하는 거라고 한다면. "병배씬요?"

"저야 뻔한 것 아닙니까. 그런 우문은 시간 낭비입니다."

"병배씨같이 부지런하구 자상하구 의리있구 재밌구 그런 남잘 왜 몰라보는지."

"어, 세미씨 봐! 남녀 사이가 그런 조건 갖구 성립되는 겁니까? 누구보다두 알 만한 분이 실술 하시네."

"누구보다두 알 만하다구요?"

둘은 병실이라는 걸 잊고 크게 소리내어 웃었다. 그러나 어딘지 그 웃음소리는 공허했다.

"왜 이래요?" 여자가 짜증스럽게 말했다. "팍팍 하잖구?"

어둠속에서 윤의사가 틀어놓은 라디오를 턱으로 가리킨다.

"서두를 것 없이 저 장단에 맞추자구."

라디오에서는 제야의 종소리가 느린 템포로 들려오고 있었다.

제 2 장
검정 말과

〈수술 결정.〉 세미는 매모첩에 2월 27일이라고 쓴 다음 이 넉자를 적어넣는다.

새해들어서 한수는 조금씩 차도를 보이기 시작했고, 그러한 상태를 세미는 간단간단하게 메모해왔었다. 정확히 그 메모는 환자가 두 차례의 하품을 한 날부터였다. 세미는 그곳을 들춰본다.

《1월 8일. 오후 네시경 환자가 하품을 연거푸 두 차례 함. 담당의사에게 보고하다. 의사가 눈꺼풀을 벌려보고, 플래시를 비춰보고, 발바닥을 긁어보는 등 보통때보다 면밀한 검사를 하고 나서, 아직 의식의 변화는 없으나 희망을 갖고 좀더 상태를 관찰해 보자고 함. 용기 생김. 포도당액과 비타민 점적, 뇌기능 촉진제 하이덜진 정맥주사 계속되다.》

다음을 넘긴다.

《1월 14일. 아침과 점심 사이에 주는 오렌지주스를 튜브를 통해 넣어주고 있는데 눈을 깜박이는 듯했다. 환자의 귀에 대고 큰 소리로, 어때요 맛있어요? 하고 물었으나 눈을 감은 채 잠잠히 있음.

1월 29일. 물리치료를 하는 도중 환자가 손발을 약간씩 움직이는 듯했다.

1월 31일. 담당의사가 젖꼭지를 비틀어 꼬집으니까 환자가 움츠리는 빛을 보이다.

2월 3일. 산대된 동공이 축소되는 경향과 함께 빛에 대해 완만하게나마 반응을 보이고, 바빈스키 반사가 소멸되다.

2월 10일. 아침 회진 때 담당의사가 뺨을 두어 번 건드리자 환자가 기운없이 눈을 반쯤 떴다가 감는 듯했다. 다시 뜨라는 말엔 반응 무.

2월 13일. 눈 떠보세요! 의사가 소리치니 눈을 떴다가 금방 감다. 이어서 환자의 손에 의사가 손을 대고 잡으라고 소리치니까 힘없이 잡으려는 움직임을 보이다.

2월 16일. 아침 열시, 점적하고 있는 주사바늘이 꽂힌 왼손 등으로 오른손을 가져가다.

2월 20일. 코에 넣은 튜브를 빼내려는 시늉을 하면서 잠깐 눈을 떴다가 감는다. 소리 높여 이름을 부르자 다시 눈을 떴다. 다섯쯤 셀 동안일까.

2월 23일. 수건세수를 시키는 내 손을 밀어내다.

2월 25일. 밤중에 갑자기 환자가 이상한 증세를 일으키다. 몸을 비틀며 사지가 뻣뻣해지는 것같았다. 급히 의사를 불러오다. 심상치 않다.》

차츰 호전돼가는 듯 보였던 환자의 병세가 25일 밤을 기점으로 정지돼버리면서 악화된 증세를 나타내는 것이 아닌가. 손을 잡으라는 말에도, 눈을 떠보라는 소리에도, 꼬집어봐도 일체의 반응을 보이지 않았다. 그리고 동공은 전처럼 산대되어 빛에 대한 반응이 없고, 바빈스키 반사도 다시 양성으로 나타났다.

다음날로 즉각 두부 컴퓨터 촬영이 실시되었다. 그 결과 처음 검사 때는 없었던 만성 뇌경막하 혈종이 발견되었고, 수술을 해야 한다는 상황에 부딪게 되었다. 수술 후 회복의 여부는 무엇보다도 환자의 오랜 혼수상태에서 오는 체력 감퇴로 하여 반반의 확률이라고 했다.

한수네 집과 연락이 되는 읍의 시계포로 전화를 걸어 급히 한수 부친의 상경을 일러놓는다. 그러나 한수 부친에게서는 집을 비울 수 없는 사정이 있어서 상경을 못하겠으니 이쪽에서 모든걸 대행해 달라는 부탁이 왔다.

세미와 병배는 쉬 결정을 내리지 못하고 망설였다. 뇌수술인 데다 회복의 성공율도 반밖에 안된다니 난감할 밖에 없었다. 그러나 지금 이 상태로 두는 자체가 생명에 위험하다는 담당의사의 말에, 반반의 확률이라도 수술을 하고 보자는 데에 의견을 모았다. 둘이는 함께 수술 승낙서에 날인을 했다.

수술 결정이라 써놓고 나니 세미는 더 무슨 말도 쓸 기분이 나지 않았다. 결국 뇌수술을 하게 되는구나. 세미는 메모첩을 백에 챙기고, 물체처럼 누워있는 한수를 살핀 후 병실을 나와 옥상으로 올라갔다. 오전의 일과인 목욕, 식사 투입, 물리치료를 끝내고는 세미는 또 일과의 하나처럼 옥상으로 올라가곤 했다. 훗훗한 병실에 있다가 외기를 받으면 얼마간 답답함이 풀리고 한수의 병세에 대한 조바심도 한결 누그러지는 듯함을 느낀다.

내려다뵈는 주택의 슬레이트 지붕에는 언제나처럼 잡다한 것들이 지저분하게 얹혀있었다. 벌겋게 녹슨 쇠붙이같은 것은 그중에서도 보기 흉하게 두드러졌다. 그것들을 피해 조금 시선을 높이면 저쪽 북악이며 이쪽 남산이 보인다. 오늘따라 북악과 남산은 엷은 막에 가리워진 듯 좀 뒤로 물러나앉은 것처럼 보였다. 청명한 날씬데 왜 이럴까. 스모그의 한 현상인가. 스모그 현상이라고 하기에는 너무 부드럽게 엷고 아스라한 막이었다. 공기는 쌀쌀하지만 그 쌀쌀함 속에 숨쉬고 있는 봄기운 때문인 듯만 싶었다.

청소부 아줌마가 빨래한 것들을 담은 플라스틱 버치를 안고 올라왔다. 세미에게 알은체를 하는가 마는가 하고는 등을 돌려대고 빨래를 널기 시작한다. 이렇다할 표시는 없지만 이 아줌마가 한수와 자기의 관계를 제나름대로 가정해놓고는 거기 좋지 않은 감정을 지니고 있다는 걸 세미는 읽고 있었다. 그동안 병원에서들 자기를 놓고 여러가지로 궁금해하는 빛에 여러번 부딪혀왔다. 항상 환자 곁을 떠나지 않으면서, 한수씨 한수씨 하니까 친척은 아닌 것같고, 이미 오토바이 사건으로 진희를 약혼자로 단정하고 있는 눈치니 세미 자기의 존재가 궁금하지 않을 수 없을 것이었다. 얼마 전에는 혈압과 체온 등을 재려 들어왔던 간호원이 환자의 겨드랑에다 체온기를 꽂고 기다리는 동안 세미에게 환자와 어떤 사이냐고 드디어 물어왔다. 세미가 그저 미소만 머금고 있자 좀 무안한지 그쪽 편에서 얼굴을 붉혔다. 비단 병원 사람들만이 아니었다. 가끔 찾아오는 문병객들도 환자의 병태와 아울러 세미의 존재에 많은 궁금증을 갖는 빛이곤 했다. 비교적 자주 들르는, 한수가 서울 있을 때 뒷바라지했다는 동숭동 신씨 부부가 며칠 전에 왔을 때였다. 집값 잔금조로 한수에게 줄 돈이 마련됐는데 어떡했으면 좋겠느냐고 하여 세미가 자기에게 맡기면 한수 부친에게 전해주겠다니까 신씨 부인이 불쑥, 우리 도련님하구 장래를 약속한 사이슈? 하는 것이었다. 세미가 엉거주춤한 미소 속에서, 조금 있으면 병배써 올 테니까 그 편에 전하라고 말끝을 맺고 말았다.

그러나 지금 세미에게 있어 자신의 입장같은 건 아무래도 좋았다. 바깥세상은 차츰 겨울에서 벗어나 봄으로 옮겨지고 있는데 한수의 일만은 겨울로 뒷걸음을 치는 것같은 데 비하면 그까짓 일들은 아무것도 아니었다.

옛날의 한수를 다시 보게 될 날이 올까? 세미는 크게 심호흡을 한 후 계단 쪽으로 걸음을 옮겼다.

청소부 아줌마는 이미 없고 길게 널린 빨래가 시야에 들어왔다.

우선 지금은 수술이 잘 되기만 바라자. 다음에 올 일들은 또 다음에 생각하자.

새로 들어서게 된 공장의 기공식이 강사장의 지시로 그 마지막 준비를 끝내가고 있었다.

기왓가마 땅 초입 편편한 곳에 자릴 잡아 차일을 치고, 고사를 위한 돼지머리와 떡시루, 과일 등으로 젯상이 차려져있었다. 차일 오른편으로 좀 떨어져, 축기공식이라고 쓴 팻말이 박혀있고, 삼색 리번으로 장식된 삽이 거기 기대어져있었다.

서울에서 내려온 회사측 사람과 읍 유지들의 가슴엔 꽃이 달려지고 흰 장갑이 나눠어졌다.

시간이 되자 제주인 송회장이 젯상에 잔을 부어 올리고 재배했다. 재배 뒤 부어 올렸던 술을 동서남북 사방으로 나눠 뿌리고 물러서자 그 뒤로 심음장을 비롯해 읍 유지들과 회사 중역들이 재배하는 것으로 고사를 지낸 다음, 팻말이 박힌 곳으로 가 흙 한 삽석을 떠내는 걸로 기공식 절차는 끝이 났다.

참석했던 사람들은 두 패로 나뉘어 멍석 위에 마련된 흰 종이를 깐 길다란 상 주위에 둘러들 앉았다. 한쪽은 회사사람들과 읍 유지들이, 다른 한쪽은 실무자들 운전사들 그리고 읍 사람들이 자릴 했다.

　젊은이 서넛이 고사를 지내고 난 음식들을 나르고, 막걸리가 담긴 바께스를 들고 잔을 채우며 돌았다.

　가슴에 꽃을 단 봉룡이 이것저것 젊은이들을 지휘하며 틈틈이 손수 바께스에서 막걸리를 떠마시고 돼지머릿고기를 집어 씹었다. 그러다가 송회장에게서 두 손으로 잔을 받고 있는 강사장 쪽으로 눈을 준다. 강사장이 도맡아 한 일이긴 하지만 이번에 이 봉룡이 없었던들 큰 애 먹을 뻔했지. 게다가 나야 그 고생하고 구문 몇푼 받았을 뿐이지만 강사장 저야 앞으로 공장 짓는 데 자재를 대게 될 테니 큰 거 문 셈이지. 하지만 세상 어디 돈으로만 따질 건가. 땅을 팔아야 하는 최영감네에게 좋은 일 했고, 땅을 사야 하는 송회장 계획에 도움을 주었으니 됐지 뭐냐.

　"강사장 정말 수고가 많았습니다." 송회장이 엇비슷이 마주앉은 강사장에게 말했다. "가게일두 제쳐놓구 뛰셨다는 얘긴 심읍장에게서 들었습니다."

　심읍장이 옆에서 고개를 몇번 가볍게 끄덕였다.

　"아, 아, 아닙니다. 회, 회장님께서 믿구 매, 맽겨주셨으니까 다……" 강사장이 송회장한테 받은 잔을 두 손으로 맞잡은 채, "그, 그리구 뭐니뭐니 해두 으, 읍장님의 고, 공이 지대합지요. 뒤, 뒤에서 적극 밀어주시지 않았음 어, 어디 저 혼자서야……"

　"강사장 말이 맞습니다." 보건소 정소장이 끼어들었다. "오늘날이 있기까지는 읍장님의 절대적 후원에 힘입은 바 큽지요. 표창장 드릴 만합니다."

　심읍장이 웃는 낯으로,

　"우리 읍측에서 감사할 생각두 해야죠. 공장 들어선다는 게 지역 개발을 위해서 우리 읍에 큰 플라스가 아니겠소?"

　"여부있습니까. 이런 곳에 부임하게 돼서 얼마나 영광인지……"

　진희의 사고 후 자진 다른 고장으로 옮겨간 전 경찰서장의 후임으로 온 서장이 받았다.

"글쎄 그게……" 오가는 얘기를 듣고 있던 윤의사는 슬그머니 비위가 뒤틀린 듯, "염색공장이 어떻다는 걸 아시구 하시는 말씀들이겠죠?"

"염색공장이 어떻다는 걸 알다뇨?" 정소장이 염려스러운 어투로 말했다.

"아마 공해가 많은 공장 축에 들 겁니다. 첫째 독성 가스에 의한 대기오염에다가 중금속이 섞인 폐수루 해서 생길 수질오염이 대단할 테니까요."

이 말에 회사 중역 한 사람이,

"그 점은 안심하셔두 됩니다. 완전한 공해방지시설을 갖출 거니까요. 아주 최현대식으루요."

"그렇습니까. 그럼 어디 믿어봅시다. 하기는 독성이 인체에 나타날려면 일이십년 걸려야 하는 거니까 뭐 그렇게 조바심할 일이 아니겠군요."

심읍장이 으흠 하고 못마땅한 표시를 했다. 이사람이 오늘 또 왜이러지? 지난번 환경보호연구소 사람 대접하는 자리에서 젊은이들이 한 얘길 고대로 옮기고 있으니!

그러나 윤의사는 개의치 않고,

"생각해보면 공해라는 것두 무서워만 할 게 못된다구 봐요. 앞으루 인구폭발이 심해져서 75년도에 세계인구 40억이던 게 서기 2천년엔 70억으루 증가된답니다. 그리구 2천 6백년경엔 일인당 사방 30센티의 땅밖에 차지하지 못하게 된다니 공해루든 뭐루든 사람 좀 죽는다구 뭐 대숩니까?"

"윤원장은 농담까지두 항상 학술적이라니까!" 거북해질 것같은 분위기를 얼버무리려는 듯 정소장이 이렇게 말하고는 컥컥컥 웃었다.

심읍장은 심읍장대로 윤의사가 더 얘기를 펴내지 못하도록 다른 화제로 바꿔야겠다고 고개를 들다가 깜짝 놀란다. 그리고 자기도 모르게 소리를 질렀다.

"저게 누구야! 최영감 아냐!"

288

모두 심읍장의 시선 쪽으로 눈길을 주었다.

　약간 굽고 여윈 자그마한 몸에 뒷짐을 진 두식영감이 냇둑을 달려오고, 그 뒤로 커다란 몸집의 한영아버지가 따르고 있었다.

　한영아버지는 부친이 앞벌로 들어서는 걸 보고 혹시 기왓가마 땅으로 가는 게 아닌가 하고 걱정했으나 그리로 꺾이지 않고 곧장 냇둑으로 해서 노가주나무께로 간다. 그러더니 나무 밑둥에 기대앉는 것이었다. 그런 두식영감의 얼굴은 마치 들에서 고된 일을 하고 난 뒤에 쉬는 것처럼 편안함이 있었다. 그러나 숨이 차 헉헉거렸다.

　한영아버지가 부친더러 이젠 집에 돌아가시자고 조른다. 걷기 힘드실 테니 업히라고까지 한다.

　그때 봉룡이 다가왔다.

　"아저씨, 잠깐 계세요. 차 하나 빌려올께요." 읍장 차를 빌려보겠다고는 차마 봉룡도 말 못했다.

　한영아버지는 봉룡의 말은 들리지 않는 것처럼 계속 부친에게 등을 돌려대고 업히라고 재촉을 했다.

　두식영감의 잿빛 눈에 갑자기 광채가 내돋히고 배뚤어진 입이 일그러지며 벌떡 일어서더니 다짜고짜 노가주나무 둘레를 돌기 시작했다. 뒷짐을 지고 달리는 모습이 마치 앞서 달아나는 사람을 쫓아가는 것만 같았다. 그런 두식영감이 숨을 헐떡거리며 주절거리기까지 했다. 안돼, 안돼, 가믄 안돼! 한영아버지가 부친더러 왜 이러시냐고 해도 막무가내였다.

　한참만에 두식영감은 기진하여 제김에 주저앉았다. 기공식에 참례했던 노인들이 두셋 몰려왔다.

　노인들의 손을 빌어 한영아버지는 부친을 등에 업었다. 다시 온 봉룡이 한영아버지더러 차가 마련됐다고 했다. 한영아버지는 못 들은 척 업은 부친을 추슬러 손깍지를 꼈다.

　숨이 차서인지 한동안 잠잠히 있던 두식영감이 별안간 아들의 등판을 쳐대며 소리쳤다. 이 등신아, 그럭허믄 싸래기가 많이 **나쟎**어? 벼를 얼려서 쩔라구 몇번을 말해야 알겠냐? ……

　심읍장은 두식영감이 나타난 걸 본 순간 지 영감이 여기로 쳐들어오는구나 하고 놀랬다가 그냥 일이 가라앉은 걸 다행으로 여기며 입을 열었다.

"그래 윤원장, 병원에 가있는 최노인네 손주는 어떤 상탠가요? 나을 가망이 있는가요?"

"글쎄요, 워낙 혼수상태가 길어놔서 깨어난대두……"

"그 사람이 잘못되는 날이면 우리 읍의 큰 손실인데……" 읍장은 그러나 별로 진정이 담기지 않은 어투다.

송회장이 시계를 보고 조용히 일어났다.

"전 서울에 좀 볼일이 있어서……"

"가시게요?"

읍장이 따라 일어서자 좌우의 사람들도 우우 일어섰다.

"아니 그냥들 앉아계세요."

송회장은 한 사람 한 사람 손을 내밀어 악수를 하고는 다른 한쪽 자리로 가서 모두에게 휘이 상체를 약간 숙여 인사를 한 다음 비서를 대동하고 자리를 떴다.

"자그마한 양반이 대나무처럼 꼿꼿하지." 모두들 논두렁을 걸어나가는 송회장의 뒷모습으로 눈길을 주고 있는 속에서 봉룡이 말했다. "몸집은 저렇게 작지만 통 한번 넓데. 아 글쎄 자짜리 봉얼 낚아가지구설랑 좀더 키워서 잡아야겠다구 놔주드라구요, 네."

"암. 사람 맘 쓰기야 체통 크구 작기완 상관이 없지." 흰 두루마기에 중절모를 쓴 늙은이가 봉룡의 말을 받았다. "작은 고추가 맵다는 옛말 하나 틀린 데 없거든."

"아마 최영감 체구두 저 양반만 허지?" 그도 흰 두루마기에 중절모 차림이다.

"비슷할걸." 먼저의 늙은이가 말했다. "나이는 어찌 될라는지?" 봉룡 쪽에 대고 묻는 시선을 보냈다.

"나이요? 동갑예요, 동갑." 봉룡은 제멋대로 꾸며댔다.

"근데 한쪽은 저렇게 정정하구, 한쪽은 노망이 들리구." 다른 노인이 한탄조의 소릴 한다. "게다가 한쪽은 공장을 짓구, 한쪽은 땅을 팔구."

"그뿐인감. 맏손주를 앞세운 데다 남은 손주마저 그 지경이 됐으니 기맥힐 일이지. 망령두 날 만허지 날 만해. 이즈막엔 당신네 집두 못 찾는다면서?"

"집을 못 찾는 건 옛날 얘기예요." 봉룡이 끼어들었다. "지금은요, 홀랑 아래를 벗은 채 뒷간 출입을 한대요. 하초를 덜렁덜렁 내놓구 말예요."

봉룡은 또 멋대로 지어내 말한다. 두식영감의 망령이 아직 그 정도 상태는 아닌 것이다. 요새 나타난 증상은 식사를 하고도 곧 또 밥을 달라고 조르는가 하면, 어떤 날은 하루에도 몇번씩 세수를 하고 이를 닦곤 하는 것이다. 자기가 한 일을 곧 잊어버리는 모양이었다.

"늙어두 망령은 들지 않구 죽어야 허는데……"

"어쨌든 요새 늙은이들이 너무 장수하는 것같애."

"아니 거긴 좀 들 늙었다구 그런 소린감. 해만 꼴깍 꼴깍 몇번 넘어가믄 거기두 담박 내 나이 되네 이사람아."

"몇 살 좀더 먹었다구 나이 재세 그만함세. 나이먹은 게 뭐 자랑인감."

"그러다 싸우겠군. 내 우스운 얘기 하나 할 테니 들어들 보라구." 호흡을 가다듬는 듯 잠시 사이를 두더니, "내게 여든이 되신 육춘 누님뻘되는 분이 한분 계신데 말야, 이분이 아들을 셋썩이나 두시구두 혼자 사시는 게야. 십수년 전에 영감님이 돌아갔는데 말야, 꽤 많은 재산을 몽창 마나님한테 물리믄서 한 말이, 죽는 날꺼지 제손에 돈 지니구 있구 부동산두 전부 자기 명의루 갖구 있으라구 신신당부를 했다는구먼. 재산을 넘겨주는 날엔 자식들한테 구박받는 날이란 걸 이웃간에서 봐왔던 게지. 그 육춘 누님께선 영감 말대루 여직꺼지 모든걸 당신 앞으루 해놓구 만물을 다 돈으로 산다는 주의루 사시는 게야. 허다못해 아들들의 효성두 돈으루, 며느리 공경두 돈으루, 손주의 재롱꺼지두 돈으루 산다는 주의루 말야."

"그거 생각 한번 잘하셨구먼."

"가만있어. 더 희한한 얘기가 남아있으니. 근데 그 육춘 누님이 얼마 전부터 중풍으루 반을 못쓰게 됐는데 말야, 그런데두 아들집엔 안 가시는 게야. 비싼 값을 주구 과부를 하나 얻어놓구서 시중을 들게 하시는데, 그렇게 많은 돈을 주는 사람인데두 어쩌다 변소

출입이 어려워 변을 받아내게 될 때믄 그때마다 별도루 3천원씩을 또 쥐어주신다는 게야."

"3천원씩이나 !" 누군가의 입에서 탄성이 나왔다.

"그래 3천원씩. 그 소릴 들었는가부지. 한 손녀가 할머니 뵈러 와 가지구는, 할머니 똥 싸, 똥 안 싸? 똥 내가 치믄 돈 나 주지? 그러드라네."

어떤 노인인지 웃다가 헉헉 목이 막히는 소리를 냈다.

"돈 없는 우리같은 처지는 그짓두 못허구…… 그럴 바엔 옛날같이 고려장을 해달래야 할까봐."

"에끼 흉헌 소리……"

"뭐가 흉해? 똥싸구 돈 주는 게 흉헙지."

"고려장은 그만두구라두 늙어가믄서 바득바득 오래 살겠다구 보약만 보믄 눈이 벌개가지구 덤비지들이나 말았으믄 좋겠구먼. 배배 틀리두룩 늙어갖구 목숨만 자꾸 늘여봐 뭣하누."

"그거 다 죽을 날이 먼 사람 얘기외다."

"꽤는 연장인 체하누먼. 잘 생각해봐. 죽는다는 걸 그저 이승에서 저승으로 가는 걸루 생각하믄 무에 무섭누? 사실 말이지 고려장까진 안 가드래두 옛날 사람들이 나아. 자기 관 짜놓구 맨날 쓰다듬으믄서 죽는 날 안 기다렸냐 말야?"

"우라질, 좋은 안주에 좋은 술 놓구 뭔 할 얘기들이 없어서 !"

"아, 그 등등했던 텃골 최영감 꺾인 것 보니 하는 얘기 아닌감."

"집안이 한번 기울기 시작하믄 항우장사두 바루잡지 못허는 법이여."

"그러니까 몸 성했을 동안 심껏 살아야 허는 게야. 자식놈들 속썩이지 말구…… 아, 내 정신 좀 봐. 내 걱정 놔두구 남소리만 허구 있으니." 새로운 늙은이가 말했다. "우리 막내눔 예서 일하게 헐 순 없을까? 하루가 급한데……"

"무슨 기술을 갖구 있는데요?" 봉룡이 오랜만에 말참견을 했다.

"기술은 무슨 기술. 죽으나 사나 막노동이지."

"그럼 농사를 하믄 될걸 애닳아할 게 뭡니까?"

"그눔이 죽자구 농사일은 싫다네. 그예 집을 나가선 노동판으루 떠돌아댕기니 내 이러지 않나. 같은 노동이라믄 예서 눈앞에 두구 있어야지 즈 에미 애타하는 꼴 정 못 보겠다구."

"그럼 내 한번 손을 써볼 테니, 되믄 술 석잔 잊지 마세요."

세상에 걱정 없는 사람 없지. 봉룡이 생각한다. 그러고보면 내 신세가 괜찮은 편이야. 암 괜찮은 편이고 말고. 건둥건둥 이렇게 살아도 먹고입는 걱정 없것다, 아이들 튼튼하것다, 이리저리 해가지고 술담배 얻어먹것다, 뭐 아쉬운 게 있어야 말이지. 문진영감네 집에 가있는 여편네 배가 알아보게 불렀을 거다. 이제 몇 달만 지나면 공짜 수입이 생기고, 여편네는 집에 돌아와 옛날같이 모여 살게 되고. 봉룡이 막걸리를 크게 한 모금 들이켜고 나서 말했다.

"자, 구저분한 얘기 이제 집어치구 남은 안주하구 술 들믄서 노래가락이나 부릅시다. 우리가 오늘 이렇게 여기 모인 것두 다 인연 아니웨까?"

그리고는 우쭐스레 주위를 둘러보며 젓가락 장단을 두드리기 시작했다.

굴레 벗은 검정 말이 네굽을 놓고 달려간다. 꼬리를 뻗치고 갈기를 흩날리며 입에는 거품을 물었다. 그 말이 지나간 자리에 꼭같은 검정 말이 생겨나 앞선 말의 뒤를 따라 똑같은 모양으로 달린다. 그 말 뒤로 또 검정 말은 생겨나 달리고 또 생겨나 달린다. 말 등허리가 햇빛에 번들거린다. 검은 해면 위로 희끗희끗 물머리를 일구며 말은 달려간다. 검은 해면을 거쳐 저 멀리 수평선에서 구름을 만나 검정색으로 뭉쳐버린다. 미처 구름에 뭉쳐지지 못한 말들은 달리던 모습대로 줄지어 그자리에 굳어버린다. 우뚝우뚝 늘어선 말들로 수평선은 가려져 거대한 병풍을 이룬다. 검은 병풍 위로 한쪽 날개를 꺾인 흰 비둘기가 성한 한쪽 날개를 퍼덕거린다. 퍼덕이는 날개 끝에서 무지개가 피어나와 동아줄처럼 꼬여 뻗어나간다. 그 끝이 자꾸만 맨홀 속으로 빨려들어간다…… 방안에서 자꾸 부르는 소리가 들린다. 들어가 보려 해도 문이 없다. 그것은 방이 아니고 검은 관이었다. 관 한옆에 번쩍 눈알이 하나 나타난다. 성난 눈알이다. 그 눈알을 피해 몸을 숨긴다. 눈알이 쫓아온다. 다시 피해 몸을 숨긴다. 여전히 눈알이 쫓아와 가까이서 번쩍거린다. 휙 몸을 돌려 두 손바닥으로 눈알을 가린다. 뜨겁다. 불에 달군 쇠꼬챙이에 닿은 것처럼 손바닥이 지져진다. 그러나 아프지가 않다. 두 손바닥을 조심조심 펴 본다. 붉고 큰 꽃이다. 수술들이 일제히 남근을 쳐든다. 암술은 새초롬히 질구를 한껏 벌린다. 남근과 질구가 자꾸 커진다. 손바닥이 커진다. 거기에 머리를 얹는다. 갑자기 피냄새가 확 맡혀진다. 머리로부터 피를 쏟고 있다. 아무데도 고통은 없는데 춥다. 몹시 춥다. 아 그렇지. 수영을 했었지. 옷을 입자. 옷이 나무 위에 걸려있다. 높이 걸려있어 손이 닿지 않는다. 측백나무 줄기로 올라가는 수액 소리가 들린다. 갈대 잎사귀로 모이는 물기 소리가, 선인장 가시로 맺히는 진 소리가 들린다 들린다…… 수사슴 한 마리가 공중을 날아, 날개도 없이 휙휙 날아 내려와 곧장 몸속으로 들어온다. 떨쳐버리려고 몸을 뒤채려는데 꼼짝도 할 수가 없다. 소리를 지르려고 해보나 입이 붙어 벌려지질 않는다. 누가 나 좀 흔들어줬으면, 흔들어줬으면. 있는힘을 다해 뒤채려 안간힘을 쓴다. 발가락 끝에 실낱같은 맥이 느껴진다. 발 끝에 힘을 준다. 온 힘을 다 준다. 발이 겨우 말을 듣는다. 정강이, 무릎, 그러다가 온 몸이 풀리듯 움직여져 드디어 신음소리를 냈다.

가까이 있던 간호원이, 최한수씨 최한수씨, 하고 한수의 가슴을 두세 번 흔들었다. 다른 환자를 돌보던 간호원 하나가 달려와 들여다본다. 환자가 무겁게 눈을 떴다. 먼저의 간호원이 귀를 가까이 가져다댄다.

"춥다구요?"

환자가 다시 눈을 감았다. 먼저의 간호원이 장에서 담요를 내려 시트 위에 덧덮어준다. 좀 있자니 환자가 갑작스레 용을 쓰기 시작했다. 팔을 휘두르고 다리를 버둥댔다. 환자가 머리를 들지 못하도록 두 간호원이 어깨를 누르고 정적 주사바늘을 꽂고 있는 팔을 붙잡았다.

의사가 간호원의 연락을 받고 들어왔을 때는 환자는 다시 조용해져있었다. 의사가 환자의 두 눈을 벌려본 후 간호원에게 보호자를 불러오라고 이른다. 뜻밖의 지시에 간호원은 잠시 머뭇거리다가 나간다. 좀만에 세미와 병배가 급한 발걸음으로 들어 섰다.

"깨어날 때 무슨 말을 하는 수가 있으니까 들어볼려거든 들어보세요."

의사는 말을 남기고 나갔다. 세미네를 위해 특별히 조처해주는 것같았다.

병배와 세미는 한수의 팔다리를 주무르며 지켜보고 있었다.

마침내 한수가 눈을 번쩍 떴다. 몇번 눈을 끔벅끔벅 하더니,

"어두워…… 라이트…… 라이트를…… 앞이…… 잘…… 안…… 보여……" 한수의 말씨는 입에 무엇을 문 것처럼 눌했다.

"그래그래 불 켤께." 병배가 한수 얼굴 가까이 들이대고 말했다.

한수가 병배를 멍하니 쳐다봤다. 이윽고 한수는,

"여, 여기가……어디……" 했다.

"병원 회복실. 수술하구 이제야 깨어나는 길야."

병배가 말하자 한수는 무겁게 다시 눈을 감았다. 병배와 세미는 숨을 죽이고 응시하고 있었다.

또 한수는 눈을 떴다.

"진훤?……"하고 뇌이더니 사이를 둔 후, "진훤……내가……죽였지……"

세미가 한수의 손을 두 손으로 꼭 쥐었다.

"지금은 아무 생각 하지 마, 한수씨."

한수가 말소리의 사람을 알아내려고 애를 쓰는 듯했다.

"세미씨야, 세미씨."

병배의 말에 한수는 흠칫 눈을 더 크게 떴다가 감고는 똑똑한 말소리로,

"난, 난……모든……사람들을……다쳤어……난…… 자신을 용서할……수가……없어……절대, 절대……"

한수의 감은 두 눈꼬리로 눈물이 주르르 흘렀다. 세미가 얼른 손수건으로 눈물을 찍어냈다.

"그만 쉬어!"

병배가 명령조로 나무라듯 말했다.

병실로 옮겨진 뒤 한수는 가끔가끔 의식의 혼탁과 시력장애 증상을 보였다. 꿈과 현실의 구분이 모호해지기도 하고, 심한 잠꼬대를 하기도 했다. 잠꼬대에서는 자주 진희와 세미를 다급한 목소리로 불러댔다. 그리고 시력이 고르지 못해 사물이 흐릿하게 보이거나 이중으로 겹쳐보이거나 하다가 제대로 보인다 싶으면 다시 나빠지는 것이었다.

그러나 날이 감에 따라 한수의 이런 증상은 횟수도 줄고, 의식은 완연히 호전되어갔다. 이러한 경과로 미루어 한수의 병상은 뇌기질의 변화에서 오는 게 아니고, 심인성 장애의 일종으로 나타난 지각장애와 불안발작으로 진단되었다. 매 식후마다 항불안제 바리움이 경구복용되고, 지각장애가 심해 공황상태가 될 때면 바리움을 정맥에 주사했다. 담당의사의 말이, 환자에게 될수록 즐거운 마음을 갖도록 해주는 게 무엇보다 중요하다고 했다. 병배는 한수가 조금만 바안하면 실없는 소리로 환자의 기분이 침체해지지 않게 하려 애썼다.

"너 일찍이 페미니스트인 줄은 안다만 그놈의 잠꼬대까지두 꼬박꼬박 여자냐?"

그날은 한수가 어느날보다도 식사도 달게 들고 기분도 좋아 보여 병배는 마음놓고 이죽댔다. 세미가 외출하고 둘이만 있는 자리였다. "이 우정의 화신 한병배 이름 좀 불러주려마. 너 가끔 관계없다 어쩌구 소릴 질러대든데 혹 나하구 관계가 없다는 뜻이냐 그거?"

한수가 천장을 향한 눈을 끔벅거리면서 다문 입을 크게 늘이어 웃음을 눌렀다.

"너 그거 내 달 시인하는 미소렷다! 좋아! 내 이름 안 불러주는 건 좋은데 밤낮 시시한 여자 이름만 불러대서 니 병이 안 나니까 하는 소리라구. 너 무릇 꿈에 나타나는 여자란 다 요물인 것 몰라?" 농담같이 말은 하나 병배로서는 한수가 진희에게 대한 죄책감이나 세미에 대한 부담감에서 놓여나야 빠른 회복을 할 수 있으리라는 뜻을 비치려는 속셈이 있었다. "꿈에서뿐인 줄 아니? 생시에두 여자란 요망한 거야. 내 명예에 손상되는 애기지만 우정을 위해서 한

샘플을 제시하지."

"허두 떼는 품이 어째……자는 게 낫까부다." 한수가 느릿느릿 말
했다.

"잠이라구 자봤자 또 허깨비 보실걸 뭘 그래! 아니, 좋아 좋아.
자면서 듣구 내 꿈 좀 꿔라 응? 그럼 이제부터 이개월만에 작살이
나버린 한병배의 비련 Ⅰ막 2장!"

그 여자는 아주 명랑했다. 잘 웃었다. 아무것도 아닌 걸 가지고
한 옥타브 높은 소리로 곧잘 깔깔거렸다. 심지어 자기 웃음이 우스
워 또 깔깔거리곤 했다. 그 여자 앞에선 어떤 괴로움도 고민도 다
웃음으로 변질돼버리는 것같았다. 그 여자와 함께 있으면 세상 근
심걱정을 씻어버릴 수 있었고 늘 즐거울 수 있었다. 그런 여자와
알게 된 걸 행운이라고 생각했다. 그런데 어느날 그 여자는 통 웃
질 않았다. 그 여자로 하여금 웃음을 빼앗아 간 일이 무얼까 궁금
했다. 대단히 큰 걱정거리가 있거니 싶어 물었을 때 너무도 어이없
는 대답에 놀라고 말았다. 단지 이마에 생긴 뾰두라지 때문이라니.
며칠쯤 반창고라도 붙이면 될 걸 뭘 그러느냐고 했더니 한껏 슬픈
얼굴이 되어 여자의 심정을 그렇게도 몰라주는 감정없는 남잔 줄은
몰랐다고 하면서 얼마 동안 만나지 말자고 했다.

"고 정도의 흠두 보이기 싫었던 게지. ……네가 하두 좋아서……"

"그랬으면 작히나 좋겠어. 거리를 두구 생각해보니까 히스테리 발
작증세를 가진 요물이었다는 판단이 서더라구. 아무것도 아닌 걸
가지구두 금방 우스워 못견더하는 것부터가 히스테리 발작의 한 형
태였다는 결론을 얻은 거지."

"그게 어디 비련이냐?……넌센스지."

"야, 너 이 한병배의 풍부한 표현에 그렇게 찬물을 끼얹기야? 기
왕 비련이란 말이 나왔으니 말인데, 진짜 비극은 희극 속에 비극적
요소가 스며져있을 때 그 비극미가 배가되는 거야."

한수가 윗몸을 일으켜 달라고 했다. 병배가 침대를 작동시켜 등
받이를 세워준다. 앉은 자세가 된 한수가,

"진짜 비극이……어쨌다구?"

"그래두 교양은 있다구 이런 얘기쯤 돼야 관심을 보이시는구만. 잘

들어! 진짜 비극은 희극 속에 비극적 요소가 스며져있을 때 배가
된다 이 말야. 더 좀 상세히 피력해볼까. 그 한 예가 우리나라 전
래소설 흥부전에 담겨져있다는 사실 모르지?"
"그래……맘대루 우쭐거려봐……내 기운없지만 들어줄 테니."
"그 흥부전에서 제일 희극적인 장면이 어디라구 봐?"
이때 세미가 밖에서 돌아왔다.
"오늘의 주제는 우리나라 고전이군요?" 세미가 한마디 던지고는
화장실로 들어간다.
병배가 말을 이었다.
"여기저기 많지만 그중에서 흥부가 형네 집에 갔다가 형수한테 밥
알 붙은 주걱으루 뺨을 얻어맞는 장면 있지? 그게 피크야."
"그래서?"
"흥부가 뺨에 붙은 밥알을 떼어 먹으면서 형수더러 밥 좀 많이 붙
은 주걱으루 이쪽 뺨두 때려주슈 하구 얼굴을 돌려대는 장면은 우
리에게 웃음을 자아내게 하지. 근데 그 웃음 안쪽에 비극성이 도사
리구 있다가 우리를 서글픔 속으루 이끌구 간다 이거야. 오죽 배가
고프면 저럴까 하구 말야. 희극이 변하여 비극성을 띠게 되는 거지.
근데 이 서글픔은 아주 복잡성을 띠구 있다는 걸 우리는 알아야 해.
근데 그걸 외면하구 있어 우린. 사람이 업신여김을 당하면서, 그
속에 어떤 이득이 있다구 해서 재차 업신여겨주기를 청하는 태도,
즉 비굴성을 우리는 흥부에게서 보지 못하구 있다 이거야. 해학이
니 풍자니 하는 말루 장식해놓구서 말야."
"건 네가 내논 비극론하군……다르지 않어?"
"좀 빗나가긴 했지만 잠자쿠 듣기나 해. 이 얘기가 더 중요하니까."
말하다가 화장실에서 손을 닦고 나오는 세미를 향해, "이친구 지금
교육중입니다."
"오나가나 과외시군요." 세미가 웃음을 머금는다.
"짜식…… 들어주지 말까부다."
"다아 널 위해서니 들어둬. ……어디까지 얘기했지?…… 그래, 우
리의 비굴성. 결국 얘기를 만든 쪽이나 그걸 듣거나 읽는 쪽이 다
사물에 대한 감각이 무뎌있다 이거야. 그런 불감증이 우리 민족성

의 일면인지두 모른다는 말을 하구 싶은 거야 난. 그게 대륙적 기질이라구 할 수는 없구 말야."

"거창하게……나오네."

"이봐, 가령 옛날 한 도둑이 혼자 사는 노파네 집에 들어갔다가 혼나는 얘길 봐두 그래."

도둑은 몹시 배가 고파있었기 때문에 노파더러 밥을 좀 해달라고 하고는 고단해 잠에 곯아떨어졌다. 그런데 노파는 밥 대신 인절미를 만들어 가지고서 잠든 도둑을 깨워 먹였다. 뜨거운 인절미를 베어 팥고물에 묻혀가지고. 노파가 베어주는 대로 배고픈 도둑은 씹지도 않고 꿀떡꿀떡 삼켜댔다. 한참 정신없이 꿀떡꿀떡 삼켜대던 도둑이 그만 뻗어버리고 말았다. 뜨거운 인절미에 뱃속이 익어버린 것이다.

"사람들은 이 얘기 속에 나오는 도둑은 미련하기 짝이없는 인물이구 노파는 지혜로운 표본처럼 말하구 있는데, 과연 그럴까 이거야. 노파는 지혜롭다기보다 잔인하다구 봐 난. 차라리 잠든 도둑을 도끼루 쳐 죽이는 편이 백번 낫지. 배고파하는 사람에게 뜨거운 인절미 속여 먹여 죽여버리다니! 우리나라 얘기에는 이런 불감증의 것들이 적잖다 이거야."

"너 그래두 뭘 좀 생각해보려구 하는구나. ……노력하는 구석이 보이는데……"

"솔직히 말해봐. 배운 것 많지? 오늘은 너 피로할까봐 이쯤 해두지만 간간 내 교육시켜주지."

병배가 돌아간 뒤 세미가 한수의 침대를 바로해 뉘였다.

"병배씬 무슨 얘기든지 재밌게 하드라."

"지 말에 지가 감동하지 늘. ……아무튼 뭔가 자기를 가진 치야."

"내 잠깐 말할 게 있는데 피곤치 않아?"

한수가 괜찮다고 고개를 저었다.

"벌써부터 하려면서두 못했어. 왠지 말하는 순간 그 진실이 변색해버릴 것만 같애서…… 그치만 이젠 더 미룰 수가 없어……" 세미는 한수에게서 시선을 거두어 그 너머 흰 벽에 머물렀다. "진희씬 끝까지 의연했어. 사랑에 확신을 지닌 사람만이 보일 수 있는 자세랄까……아름다운 모습이었어."

얼마나 묻고 싶고 알고 싶었던 말이었던가. 넌 정말 좋은 여자다. 뿌듯한 심정이 돼서 한수가 세미에게 시선을 주었을 때는 이미 그네는 단순한 표정으로 어질러진 물건 등을 치우고 있었다.

주인에게 허락을 받아가지고 자전거포를 일찍 나온 명재소년은 동생 명애를 데리고 포장마차로 갔다. 여중을 졸업하고 여고에 들어간 동생에게 뭔가 해주고 싶다는 생각 끝에 정한 일이었다.

한길에서 공장 신축장으로 들어가는 어름에 생긴 포장마차가 둘 있었다. 명재소년은 별 망설임 없이 한 포장마차의 천막 자락을 들치고 들어섰다. 동생이 쭈뼛거리지 않게 하기 위해 행동을 의젓하게 했다.

아직 이날 공사장 일이 끝나지 않아서인지 포장마차 안에 다른 손님은 없었다. 명재소년과 명애는 긴나무 걸상 한쪽에 나란히 걸터앉았다. 공사장 쪽에서 울리는 불도저소리가 발밑으로부터 전해져왔다.

주인아줌마가 행주로 둘이 앉은 앞 판자를 닦으며 뭣을 먹겠느냐고 한다.

"꼬치 주세요." 명재소년은 얼른 말했다. 이것도 미리 생각해뒀던 것이었다.

명재소년은 벌써 전 시장에 심부름갔던 길에 노점에서 팔고 있는 꼬치안주를 사먹은 일이 있었다. 값도 비싸지 않고 동생이 좋아할 것같아 꼭 한번 그걸 먹이고 싶은데 시장 노점으로 데리고 가기는 싫고 하여 마음 편해 뵈는 이 포장마차를 점찍어 두었던 것이다. 주인아줌마가 김이 물물 오르는 꼬치안주를 우묵한 접시에 담아 가져다 놓는다.

명재소년은 하나하나 꼬치안주에서 꼬치를 뽑아낸 다음 동생더러 이렇게 먹으라고 숟가락으로 꼬치안주를 국물과 암질러 떠먹었다. 명애가 따라했다.

"맛 있지?"

"응."

300

"이것 먹구, 우동 먹자."

명애가 안경 속에서 즐거운 눈빛을 했다.

삶은 달걀 반쪽이 국물 속에 들어있었다. 명재소년이 젓가락 끝으로 그걸 동생 쪽으로 민다. 명애가 도로 오빠 쪽으로 민다.

명재소년이 주인아줌마에게,

"삶은 달걀 하나 주세요," 한다. 그 태도가 어른스럽다.

주인아줌마가 삶은 달걀 한 개를 남매의 앞에 놓인 접시에 넣는다. 명애가 새로 가져온 온통짜리는 오빠에게 밀어놓고 자기는 반쪽자리를 집는다. 명재소년이 그것을 빼앗아 얼른 입에 넣고 온통짜리를 동생 쪽으로 민다. 명애가 할수없이 달걀을 젓가락으로 꽂아 먹고 나서 국물을 몇 순가락 떠먹는다.

"오빠, 나 오빠한테 미안한 소리 하나 할 게 있어."

"뭔데? 말해봐."

"저어 있잖아, 나 안경 맞출 때 민선생님이 삼개월 지난 댐에 한번 병원 가보라구 하셨어. 의사가 그랬대."

"삼개월? 삼개월 넘었잖아? 그걸 왜 인제 말해?"

"그냥 잘 보이니까."

"그건 안되지. 내 날 잡아볼께 같이 가보자."

"오빠, 나 공부하기 싫을 맨 민선생님 생각한다."

"그 선생님 소식 듣니?"

"아니. 한 번두. 근데 있잖아 오빠, 학교 애들이 별별소리 다해. 홍선생님 알지 오빠? 오토바이 타구 가다 죽은 우리 학교 여자선생님."

"그런데?"

"우리 반 애들은 있잖아, 그 홍선생님이 우리 민선생님하구 결혼하기루 해놓구선 오토바이 같이 탔던 그 남잘 꼬셨다는 거야. 근데 홍선생님 반 애들은 그게 아니구 민선생님 친구라는 그 남자가 홍선생님을 꼬셨다구 하면서, 홍선생님이 말을 안 들으니까 같이 죽자구 오토바이에 태우구 간 거래."

"쪼끄만 계집애들이 뭘 안다구."

명재소년은 그 최한수라는 사람을 떠올렸다. 평범한 인상 속에서 눈빛만이 유별나게 또렷이 남아있었다.

"그래서 있잖아, 우리 반 애들하구 홍선생님 반 애들하구 싸워가지구 교무실까지 불려가구 그랬어. 다시는 학교에서 그 얘기 꺼내는 사람은 퇴학시킨다구 막 야단 맞았어."

"그거 잘됐다. 너두 거기 끼었었니?"

"아니. 뒤의 큰 애들이 끌려갔댔어. 그래두 있잖아, 모이기만 하면 지금두 그 얘긴걸. 홍선생님 죽은 귀신 땜에 그 오토바이 남잔 못 살아날 거라구 그러든데? 오빠, 오빤 그 남자 봤지? 진짜 악한같이 생겼어?"

"애가 무슨 소릴 하는 거야!"

명재의 소리가 너무 컸는지 명애가 흠칫 겁에 질린 얼굴이 됐다.

"이제 곧 퇴원할 사람을 가지구 말같지 않은 소리!"

명재소년은 왜 자기에게 한수의 존재가 크게 자릴 잡았는지 알 수 없었다. 최한수라는 사람을 생각할 때마다 이상스레 어떤 힘이 생기는 건 뭔가. 오토바이 사고가 난 뒤에 나는 왜 헬멧을 꼭 쓰라고 하지 않았을까 하고 얼마나 후회를 했는지 모른다. 그러면서 그 사람의 상처가 어느 정도며 회생할 가망은 있는가 없는가를 알아볼 수 있는 데까지 알아보아왔다. 현재 수술 뒤에 경과가 좋다는 소식도 들어 알고 있고, 얼마 후엔 퇴원할 수 있을 거라는 최근 소식도 알고 있다. 그런 소식에 접할 때마다 슬펐다가 기뻤다가 하면서 누구에겐지도 모를 기원을 드렸었다. 퇴원은 하더라도 앞으로 다시 공부를 계속 할 수 있을지는 미지수이고 어쩌면 고시시험을 포기하게 될지도 모른다고들 하지만 나는 그저 그가 살아있고 내가 그를 알고 있다는 걸로 만족할 것이다. 혹 다시 또 오토바일 빌리러 온다면 이번엔 강제로라도 헬멧을 씌워주리라.

천막 자락을 들치고 건장한 남자 둘이 들어섰다. 왼쪽 가슴에 마크가 새겨진 작업복들을 입고 있었다. 두 사나이는 명재소년네가 앉은 오른쪽으로 기역자로 꺾인 자리에 앉았다. 그리고 명재소년과 명애를 흘끗거리며 그중 한 사내가,

"시골애들이 더 깠다더니!" 한다.

다른 한 사내가 덩달아,

302

"눈꼴 시구먼!" 하고는 외잡스런 웃음기를 입술에 흘린다.

명재소년이 그쪽을 노려보자 명애가 팔꿈치로 오빠를 질렀다.

"오빠, 우동 시키자."

명재소년이 동생에게로 고개를 돌리며, 누가 뭐라든 우리끼리 즐거우면 그만 아니냐는 생각을 한다.

"그래 우동 시키자."

"어떻게 보입니까?"

언제나처럼 담당의사가 들어와 한수 눈앞 적당한 거리에 볼펜을 내밀자 한수가 대번,

"한 자루의 백색 볼펜. 앞뒤 끝은 빨강."

"좋습니다."

닷새째 계속 정확히 보인 것이다.

한수의 눈은 이어 이쪽을 바라보고 서있는 세미의 눈과 마주쳤다. 세미의 얼굴에 미소가 지어져있었다. 입술을 다물고 짓는, 한없이 기뻐하고 한없이 쓸쓸해 뵈는 미소였다. 한수는 어서 세미가 그 미소를 거둬줬으면 했다. 그러나 길이 자신의 뇌리에 새겨야 할 미소라는 걸 한수는 깨닫고 있었다.

제 3 장
끈

    한수의 퇴원을 위해 중섭과 건호가 올라왔고, 신씨 부부가 배웅
차 와있었다.
    퇴원수속은 건호와 병배가 했다. 퇴원수속을 하면서도 건호는 격
정이 태산같았다. 한수할아버지의 일을 읍에 도착하기 전에 얘기하
긴 해야 할 텐데 거기 대해 아무것도 모르고 있는 한수에게 어떤 식
으로 운을 떼야 하나 하는 격정이었다. 요즘 노인이 사람을 못 알
아볼 때가 많아 먹을것을 주는 마누라더러는 어머니라 부르기도 하
고, 아들을 보면 어디서 보지 못하던 사람이 드나든다고 겁을 먹고
숨곤 하는 얘기를 어떻게 할지 난감스러운 것이다.
    병실을 나서며 한수는 캡을 썼다. 수술하느라고 민 머리를 생각
해서 세미가 사다준 것이다. 캡 밑의 한수의 얼굴은 창백하고 빠른
하관이 좀더 뾰족해져있었으나 빛은 밝았다.
    한수는 세미가 보이지 않는 걸 당연스럽게 여긴다. 병배도 거기
대해서는 아무말 없다.
    현관을 나선 데서 한수는 하늘로 고개를 쳐든다. 눈이 부셔 눈을
감는다. 깊숙한 눈이 더 깊어 보인다. 세미는 내게 인사조차 하게
해주질 않는구나. 세미는 한수가 완쾌의 기미를 보인 후부터 병실
을 병배에게 맡기고 긴 시간의 외출을 하곤 했다. 조용히 나갔다
조용히 돌아왔다. 모든 일에 관심을 보이는 병배도 세미의 외출에
대해서 묻지를 않았다. 그러나 병배나 한수나 그네의 외출이 무엇
인지를 알고 있었다. 그런데도 그네는 한 번도 헤어짐의 분위기같

은 걸 만들지 않았다. 내가 헤어지면서 그네에게 인사의 말을 한다
면? 고마워? 미안해? 안 잊을 거야? 그 어느 말도 맞지 않는다.
잠시 그러고 서있는 한수의 모습은 햇빛을 깊숙한 눈에 담뿍 받아
들이려는 자세같았다.

중섭은 새삼 그동안의 한수의 아픔을 자신의 것으로 되새기며 한
수의 등을 두어 번 쓸어내렸다.

퇴원보따리를 든 신씨 부부가 일행을 앞선다.

한수는 다시 걸음을 옮겨 정문께로 향했다. 천천히 걸어가던 한
수가 문득 한 곳에서 발길을 멈췄다. 그리고 발 아래를 내려다본다.

함께 가던 일행도 걸음을 멈추었다.

콘크리트 포장길에 가느다란 금이 나있고, 그 틈새기로 풀잎들이
돋아나있었다. 제법 파랬다. 어쩌면 이런 데서?

"자기 그림자가 신기해서 그러는 거냐?" 병배가 툭 한마디 했다.

한수 앞에 뭉툭한 그림자가 져있었다.

사람들이 오가는 가운데 한 청년이 한수네 곁으로 다가섰다.

"무얼 잃어버렸습니까?"

1982 삼월

〈해 설〉

소설의 조직성

金 治 洙

　황순원의 『神들의 주사위』는 약 50년 가까이 작품 활동을 해 온 한 작가가 완성한 새로운 장편소설이라는 점에서 우선 주목의 대상이 되어야 할 것이다. 『三四문학』 동인으로부터 오늘에 이르기까지 48년 동안 창작을 해 온 작가의 예가 한국 문단에서는 찾아보기 드물다. 뿐만 아니라 이 작가는 소설 외에는 거의 어떠한 글도 기피함으로써 오직 엄격한 의미에서의 창작에만 전념해 온 결백성을 지녀 왔다. 다시 말하면 작가란 작품으로만 말하는 사람이라는 것을 실천으로 보여 주었다. 그렇기 때문에 이 작가는 어떠한 작품에 있어서나 독자로 하여금 문학 작품의 중요성을 느낄 수 있게 할 만큼 문장 하나 토씨 하나에도 소홀하지 않았음을 보여 주고 있다. 그러한 점에서 황순원은 언어를 다루는 작가의 대표적인 인물로 우리의 머리에 각인을 찍어 놓고 있다. 물론 이렇게 이야기하는 것은 황순원 소설의 어느 한쪽 측면만을 강조함으로써 다른 한쪽을 그와 상관 없는 것으로 만들기 위한 것이 아니다. 작가에게 있어서 현실은 언어이다. 언어는 작가의 출발점이며 동시에 종착점이고 요컨대 작가의 모든 것이다. 소설의 현실이 언어로 된 현실이고, 소설의 미학이 언어의 미학이라는 사실이 그것을 말한다. 『늪』『기러기』 이후 오늘에 이르기까지 황순원 소설에 나타나고 있는 한국인의 정서는 바로 이 작가의 언어로 나타난 정서인 것이다.
　이와 같은 점에서 볼 때에 『神들의 주사위』도 그의 다른 소설들과 동일한 성격을 지닌 작품이라고 할 수 있을 것이다. 그러나 이 작품을 주의 깊게 읽은 독자는 이 작품이 다른 작품보다 더욱 강한 조직을 갖고 있음을 알 수 있을 것이다. 여기에서 조직이 강하다고 하는 것은 조직 자체가 복합적이면서도 그것의 상관 관계가 어떤 전체를 드러내는 데 기여하고 있으며 이를 통하여 삶의 정체가 감각의 일부처럼 확실하게 보이고 있기 때문이다.

이 작품은 우선 '한수' 집안의 가족사적인 성질을 띠고 있다. 전답과 가옥을 남보다 많이 소유하고서 그 세를 받아 부를 누리고 있는 할아버지 '두식영감,' 할아버지의 강한 권한 행사로 한번도 자기 주장을 내세우지 못하는 '한영아버지,' 할아버지로부터 가계의 후계자로 지목을 받고 집안 살림을 맡아하고 있는 형 '한영,' 집안에서 출세할 수 있는 인물로서 기대의 대상이 되어 사법고시 준비를 하고 있는 '한수' 등이 이루고 있는 이 집안의 삶에 초점을 맞추게 되면 이 작품은 전통적인 가정이 새로운 문물과 가치관에 부딪히면서 변화할 수밖에 없는 운명을 비극적으로 체험하게 되는 것을 보여 준다. 여기에서 전통적인 가정이란 할아버지로부터 손자에 이르기까지 한 집에서 살고 있고 그 집안의 절대적인 권위의 상징이 가부장으로 나타난다는 것을 의미한다. 특히 할아버지의 권위와 가치관은 집안의 누구의 도전도 용납하지 않을 만큼 절대적이며 그 집안을 움직이는 질서의 핵심을 이루고 있다. 이 소설은 말하자면 그러한 전통적인 가정이 무너져내리는 '징조'로부터 시작된다. 그 징조는 '관계없다아'고 하는 이 집 장손인 '한영'의 고함 소리를 의미한다. '한영'은 유교적인 가부장 제도의 장손으로서 길러진 인물이다. 그것은 그에게 가업을 맡기려고 하는 '두식영감'의 의도에 의한 것이다. 그렇기 때문에 두식영감은 그에게 고등교육을 시키지 않는다. 교육이란 출세의 한 과정으로 인식하고 있는 두식영감은 출세란 집안의 이름을 날리는 데는 필요한 일이지만 가계를 잇는 데에는 불리하다는 생각을 갖고 있는 것이다. 왜냐하면 일단 출세를 하면 그만큼 더 위태로울 뿐만 아니라, 집안의 재산도 안전할 수 없기 때문이다. 그래서 두식영감은 자신의 아들인 '한영아버지'와 장손인 '한영'에게 교육을 시키지 않는다. 말하자면 교육을 시키지 않음으로써 이들에게는 자신의 가치관을 주입시키고 그리하여

308

집안의 재산을 관리·보존하는 역할을 맡긴다.

그러나 이러한 두식영감의 의도는 그 다음 세대인 '한영아버지'에게 통용된 반면에 손자인 '한영'에게서 실패로 끝난다. 그것은 겉으로는 '한영'이 할아버지의 뜻을 받들고 있는 것 같지만 실제로는 그럴 수 없다는 자기 내부의 자각에서 기인한다. 한영이 다른 사람들에게서 고등학교의 교과서를 구해 본다든가, 어수룩한 것 같으면서도 이따금 다른 사람을 놀라게 할 만큼 유식한 이야기를 한다는 것이 그것을 말하고 있다. 이것은 '한영' '한수' 세대가 말하자면 가정과 개인을 구분하고 그 둘 사이에서 오는 갈등을 현실로서 체험하는 것을 의미한다. 그래서 한영은 한편으로 동생 한수가 공부할 수 있도록 뒷바라지를 해 주면서도 가정의 구성원으로서만 존재하고 있는 자신에 대해서 갈등을 느끼게 된다. 그리고 그러한 갈등의 무의식적인 표현이 이따금 지르게 되는 '관계없다아'고 하는 고함 소리로 표현된다. 그의 고함 소리는 한수의 노력으로 치유되지만 그러나 그가 느끼고 있는 개인과 가정 사이의 갈등은 해소되지 않는다. 그는 한편으로 분가를 원하게 되고 또 자신의 아버지에게 계모와의 살림을 차려드리는 일을 함으로써 가정 안에서 비존재의 상태에 있는 자신의 존재를 존재의 상태로 바꿔놓고자 하다가는 자살을 하고 만다.

한수는 할아버지로부터 출세의 기대를 받고 있기 때문에 개인적으로는 자유로우면서도 그 자유가 고시 공부를 전제로 한 것임을 알고 있다. 그리하여 한편으로는 한영을 이해하고 그의 독립을 지원하고자 하고 다른 한편으로는 개인적 삶의 내적인 방황을 체험하게 된다. 그의 방황의 주요한 대상은 사랑의 문제로 나타나고 있다. 황순원의 다른 작품에서도 나타나고 있지만 주인공의 사랑은 작가의 문체처럼 고결하고 절제된 것이다. 가정의 요구인 고시 공부와 개인적인 요구인 사랑 사이에서 느끼고 있는 주인공 한수의 갈등은 형인 한영의 자살로 새로운 국면으로 전개된다. 그것은 과부인 세며와 젊은 진희 사이에서의 사랑의 방황에 종지부를 찍고 모두를 떠남으로써 고시 공부에 전념하고자 하는 결심으로 나타난다. 그러나 사실은 사랑이라는 개인적 현실로부터 고통을 당할 때는 고시 공부라고 하는 가족의 요구로 도피를 하는 것이다. 이러한 도피는 우연한 사고 때문에 필요하지 않게 되지만, 한영이 가족의 문제로 보다 괴로워한 반면에 한수가 개인의 문제로 보다 많은 갈등을 느낀다는 사실을 뒷받침해 주고 있다.

반면에 이들의 할아버지인 두식영감은 이들이 자신의 요구에 부응하는 한 어떠한 갈등도 없는 것이다. 그에게는 개인적인 자아가 존재하는 것이 아니라 가족적인 자아만이 존재하기 때문이다. 따라서 그의 가족적인 자아는 가부장적인 자신의 존재를 확인하고 자신의 가치관을 실현하는 것을 필요 충분 조건으로 갖고 있는 것이다. 그러나 이러한 전통적인 가족 개념 속에 안주하고 있는 그의 자아는 한영의 자살과 한수의 혼수상태로 인해 무너지게 된다. 이 두 가지 사고는 가부장적 가족 제도와 가치관이 강력한 도전을 받음으로써 비극적 운명을 겪게 될 수밖에 없음을 말해 준다. 두식영감의 노망은 결국 이 가족사에 역사적인 전기가 왔음을 의미하는 것이다.

한 가족의 이러한 역사적 전기는 그러나 그것이 가족의 차원에서 끝나는 것이 아니라 사회의 차원으로 확대되고 있다는 점에서 이 소설의 복합적 조직의 일면이 드러난다. 이 마을의 구성원들 가운데 마을의 경제권을 쥐고 있는 사람은 원래 '두식영감'과 '문진영감'이다. 여기에서 두식영감은 마을에서 논밭과 가옥 등의 부동산을 가장 많이 소유하여 세를 내주고 있고, 문진영감은 현금을 가장 많이 소유하여 고리 대금업을 전문으로 함으로써 전통적인 경제권의 두 측면을 대표하고 있다. 이들에게도 개인적인 윤리관이 있어서 가령 두식영감이 춘길이네 집을 인수하는 것은 친구인 재담영감과의 우정 때문이고 문진영감이 고리채를 줄 때에는 반드시 장사를 하려는 사람에게만 국한시키고 돈을 빌려 준 다음에도 성공할 수 있도록 여러 가지 조언을 하는 것도 단순히 빌려 준 돈을 받을 수 있기 위해서만은 아니기 때문이다. 이들의 이러한 윤리관은 이들이 그 마을의 경제권을 쥐고 있으면서도 전통적인 마을을 지탱해 주는 힘의 역할을 하고 있다. 그런데 여기에 '송회장'네 자본이 이입되어 '강사장'이 중개인으로 이들의 땅을 구입하게 된다. 다시 말하면 도시의 자본이 이곳의 땅을 구입함으로써 농사에만 의존하던 이

사회는 공장의 힘에 의존하게 되도록 변화를 겪게 된다. 두식 노인의 한증막 자리가 강사장에게 매입되는 과정은 농촌의 그러한 변화를 상징적으로 보여 주고 있다. 이들 도시의 상업 자본은 농촌에 들어올 때 어떠한 개인적 윤리관도 개의치 않기 때문에 땅을 구입하는 데 있어서 수단과 방법을 가리지 않게 된다. 그리하여 강사장은 '봉룡'을 앞에 내세웠다가 자신에게 절대적으로 유리한 상황의 변화를 보고는 여지없이 안면을 바꾸기도 하면서 두식영감의 한증막 땅까지도 손아귀에 넣게 된다.

이러한 과정에서 또 하나 나타난 현상은 이들 도시의 상업 자본이 농촌의 땅을 쉽게 매입할 수 있게 된 현실이다. 그것은 농민들의 농사가 저미가 정책과 고가의 비료 때문에 수익성을 띠지 못한 것으로 설명된다. 그들은 수익성이 없는 농사를 짓지 않기 위해서 임자가 나서면 곧 농토를 팔고 도시로 떠나가는 것이다. 이른바 60년대 말에 보이기 시작한 이러한 이농 현상은 한편으로는 두식영감과 문진영감 등 전통적인 자본주들이 지니고 있던 개인적인 윤리관마저 발붙일 곳이 없어진 반면에 수단과 방법을 가리지 않고 수익성을 찾아다니는 도시 자본의 유입에서 찾아지고 있고 다른 한편으로는 저렴해지는 농산물 가격으로 인해서 상대적으로 부유해지는 도시 생활에의 동경이 농촌에 남아 있지 못하게 만든 데서 찾아질 수 있을 것이다. 그리하여 농민들이 쉽게 자신의 농토를 팔고 농촌을 떠나감에 따라 농촌의 자본가들도 버텨낼 힘을 상실하게 된다.

여기에서 한 가지 더 지적될 수 있는 것은 농촌의 자본가들이 이들 농민의 이농 현상을 막을 만큼 충분한 능력을 갖추고 있지 못했다는 사실이다. 그것은 영세 농민들이 농토를 팔지 않을 수 있는 삶의 여건을 사회에서도 부여하지 않았고 이들 농촌 자본가들에서도 부여하지 않았기 때문이다. 게다가 이들 농민들에게는 공장이 들어섬으로 인해서 월급을 받고 일할 수 있는 직장이 보장되는 것이다. 그것은 곧 그 농촌 사회의 발전을 의미한다. 농촌이 발전한다고 하는 것은 농사만 지음으로써 겪어 왔던 가난으로부터 벗어난다는 대단히 현실적인 꿈을 농민에게 안겨 줄 수 있었다. 그리하여 이들 농민들이 농토를 팔게 되자 이들을 상대로 소작과 고리 대금업을 유지해 온 농촌의 자본가들이 도시의 자본가들에게 밀려나는 것이다. 이러한 현상을 대표적으로 보여 주는 것이 바로 두식영감의 실패인 것이다. 말을 바꾸면 문진영감의 고리 대금업을 하는 자본도 가치관과 생활 양식의 근본적인 변화를 겪지 않으면 언젠가는 도시 자본에 의해 두식영감의 그것처럼 밀려나가는 수밖에 없을 것임을 알 수 있다.

여기에서 가치관과 생활 양식의 근본적인 변화를 통해서 농촌 자본이 새로운 도시 자본을 이용해서 버틸 수 있는 가능성은 '건호'와 같은 새로운 농민에 의해 발견되고 있다. 그것은 '비닐 하우스'라는 새로운 농사의 수단의 발견으로 요약된다. '울남이'라는 별명을 갖고 있는 '건호'와, 한수가 술집에서 만난 '선배'는, 비닐 하우스에 온실 재배를 함으로써 농사의 수익을 높이면서 새로운 농촌 자본의 축적 가능성을 보인다. 이러한 농사 방법은 도시라고 하는 거대한 시장을 배경으로 삼음으로써 가능한 것이다. 그러니까 도시에 농산물을 공급함으로써 농산물의 상품화에 성공하여 가난을 벗어날 수 있다는 이러한 변화는 농촌 자체의 도시화라고 말할 수 있을 것이다. 이러한 변화가 가져올 수 있는 긍정적인 측면이 '건호'에게서 나타난다고 한다면 부정적인 측면이 한수의 '선배'에게서 나타나고 있는 것이다. 그리고 이러한 변화 속에서 '봉룡'이나 '강사장'과 같은 새로운 유형의 인물도 태어나는 것이다.

이 소설이 가족의 이야기로부터 농촌이라고 하는 집단의 이야기로 확대된 것은 그것이 현대 사회의 전체적인 문제로의 확대 가능성을 내포하고 있는 것이다. 실제로 이 소설에서는 현대 사회에 있어서 교육의 문제, 공해의 문제, 통치의 문제 등을 동시에 제기하고 있는 것이다. 가령 심읍장의 딸 창숙이가 시험 답안지에 편지를 쓰기도 하고 선생들 사이의 관계를 과장해서 소문을 내고 있는 문제라든가, 영란이가 꽃을 사다 꽂아놓았다가는 어느날 꽃잎을 모두 따버린 문제라든가, 학교에 진학하지 못하고 가사를 돕던 친구가 가출한 것을 보고 자신은 어른들에 대한 신뢰를 갖지 않기로 결심한 사춘기 소녀들의 교육 문제는 이 소설에서 상당한 비중을 차지하고 있다. 물론 그것은 이 소설에서 '선생'이라고 하는 직업을 가지고 등장하는 두 인물 '중섭'과 '진희'의 비중이 크기 때문일 것이다. 그러나 청소년들의 교육 문제나 성 문제는 가족의 변화와 농촌의 변화에서 중요한 문제가 아닐 수 없는 것이다. 따라서 '중섭'과 '진희'라는 두 인물의 정신적 방황은 한편으로 지극히 개인적인 감정의 문제와 대타 관계에 기인하기도 하고 다른 한편으로는 교사라고 하는 자신의 직책의 문제에 기인하는 것이다. 여기에서 중섭은 개인적인 문제의 해결을 위해 고향을 떠난 반면, 진희는 그 두 가지 문제를 모두 해결하려고 하다가 결국 사고에 의해 죽게 된다.

여기에서 또 하나 중요하게 다루어지는 문제가 공해 문제다. 염색공장의 건설을 위해 '강사장'이 농토를 사들일 것이라는 소문이 나온 뒤에 '병배'가 나타남으로써 마련된 술좌석에서 이 문제는 공개적으로 토론되고 있다. 여기에서는 '한수' '중섭' '병배'가 공해 문제의 심각성을 주장하면서 외국의 실례를 든 반면에, 심읍장과 정보건소장과 윤의원이 지역 발전을 위해서는 공장이 들어서야 한다는 주장을 펼치게 된다. 이러한 토론의 좌석에서 '병배' 일행은 지식인의 역할을 맡고 있고 심읍장 일행은 통치자의 역할을 맡고 있다. 지식인의 역할을 맡고 있는 쪽에서는 눈에 보이는 발전이 중요한 것이 아니라, 그 발전의 뒤에 보이지 않게 오는 공해의 심각성이 중요한 것임을 강조하고 있고, 통치자 쪽에서는 가난으로부터 벗어나는 길은 농촌에도 공장이 들어서서 농민의 수익을 올리는 것임을 주장하면서 공해 문제는 그 방지 시설을 함으로써 극복될 수 있으므로 지식인들의 기우 때문에 발전의 계기를 놓칠 수 없다고 반박하는 것이다.

이러한 토론에서 드러나고 있는 통치자적 태도는 심읍장에게서 볼 수 있는 것처럼 자신이 그 자리에 있을 때 지역 발전을 위해 무엇인가를 이루어 놓겠다는 것에 지나지 않는다. 이른바 실적주의라고 할 수 있는 이러한 태도는 눈에 보이는 시설에만 주력을 쏟고 눈에 보이지 않는 보다 중요하면서도 나중에야 그 효과가 나타나는 작업을 기피하는 풍토를 낳게 된다. 그리하여 자신의 공적인 지위 때문에 이룩해 놓은 실적을 마치 자신의 개인적인 능력 때문에 가능했다고 생각하는 풍토를 낳게 된다. 그것은 그 동안의 농촌과 도시 전체의 사회 변동에 있어서 그 변동이 인간적인 삶을 보장하는 것과는 먼 방향으로 이루어진 근본적인 이유가 된다. 다시 말하면 어떤 실적이 미치게 될 영향에 대한 깊은 성찰과 반성을 통해서 그것이 사회 전체에 가져올 긍정적인 이득을 극대화시키는 방향에서 이루어져야 함에도 불구하고, '누가' 그 실적을 올렸느냐 하는 점만을 강조하고 그것이 가져올 부정적 영향은 전혀 고려의 대상이 되지 않는 것이다. 말하자면 작은 이익과 커다란 손해를 따져보지 못하는 통치의 맹점을 사회 변동 속에서 드러내 놓고 있는 것이다.

이러한 관점을 통해서 이 작품을 읽으면 그것이 마치 어떤 목적을 위해 씌어진 작품이라는 인상을 받을 것이다. 그러나 이 작품은 그와 반대로 '한수'라고 하는 한 개인의 삶을 다룬 것이다. 가족들로부터는 고시에 합격해야 한다는 과업을 부여받고 있으면서도 형에 대해서는 미묘한 감정적 갈등을 느끼고, 마음에 맞는 친구들과 어울리면서도 여인에 대한 사랑의 감정을 끊임없이 체험하는 한수의 삶은 사실 특이한 삶이 아니라 대단히 평범한 삶이다. 그렇기 때문에 실제로 한수에게는 스스로의 의무처럼 주어진 고시 준비에 대한 질문이나 회의가 없고, 할아버지가 자신에게 요구하고 있는 것에 대해서도 이의를 마음 속으로 제기하는 일이 없는 것이다. 이것은 한수라는 인물 자체는 상황과 개인 사이에서 갈등을 느낀다거나 자신이 살고 있는 세계에 대해서 회의를 품는 따위의 적극적인 의미에서 사회적 존재는 아니라는 것을 말한다. 그런 의미에서 이 소설은 오히려 개인의 감정과 감각을 주로 다루고 있고 또 그러한 만큼 대단히 섬세하고 감각적인 문체로 되어 있다. 가령 "저녁놀은 종말을 알리면서 뭔가 새 생명을 품구 있는 것같애서 좋아요, 그리구 순간이란 것과 영원이라는 걸 함께 느끼게 해줘서 좋아요"라고 하는 대화에서 볼 수 있는 감각은 다른 작가들에게서 흔히 볼 수 없는 것에 속한다. 또 어두운 길에서 달구지가 굴러가는 소리를 듣고 "아래 길 쪽에 달구지가 지나가는지 덜커덕덜커덕 하는 소리가 들려왔다. 그것은 어둠을 헤집는다느니보다 어둠에 번치어 오는 소

리였다'고 하는 묘사는 이 작가의 감수성이 옛날이나 다름없이 예리
하다는 것을 알 수 있을 것이다. 그의 소설에 나오는 묘사나 서술
의 정교성과 감각적인 예민성은 거친 글을 인정하지 않는 예술적
장인 의식에서 비롯되고 있다. 그렇기 때문에 위에서 제기된 여러
가지 문제에도 불구하고 『神들의 주사위』도 한수 개인의 사랑의 고
뇌와 방황을 주축으로 하고 있다. 사랑에 실패한 경험이 있는 세미
와 첫사랑에 빠져 가는 진희 사이에서 그의 사랑의 진실이란 한쪽
이 아니라 양쪽 모두에 있고 그렇기 때문에 사랑은 방황이고 또 방
황이기 때문에 비극적인 아름다움을 갖는 것이라고 말할 수 있을
것이다. 이러한 태도는 어쩌면 황순원에게 있어서의 사랑의 낭만주
의라고 할 수 있을지도 모른다. 왜냐하면 그의 주인공의 사랑은 대
부분 이루어지지 못하거나 죽음으로 성취되고 있기 때문이다. 실제
로 황순원에게 있어서 사랑의 진실은 순간적인 감정의 정직성에서
발견되는 것이지 이성적 윤리관에 입각한 것이 아니다. 그것을 달
리 말하면 사랑이란 자연 발생적인 것이지 제도적인 것이 아니라는
것을 의미한다. 그렇기 때문에 그의 소설에서 사랑은 고결하고 슬
픔과 밝음을 동반하고 있으면서도 소모적이지 않다.

  이러한 주인공의 사랑과, 병배·중섭·건호 등과 나누는 우정과,
형 한영에게 느끼는 우애와 연민, 그리고 할아버지와 맺고 있는 수
직 관계 등은 모두 극히 개인적인 차원의 것이다. 그러면서도 그것
이 가족 문제·농촌 문제·공해 문제·통치 문제 등으로 확대되고
사회 변동의 내면을 보여 주는 것은, 작가 자신이 우리가 살고 있
는 세계의 무질서 속에서 어떤 질서를 발견할 수 있었기 때문에 가
능한 것이다. 그것은 삶 속에 흩어져 있어서 전혀 서로 무관하게
보이는 에피소드 하나하나가 보다 큰 구조 속에서는 서로 상관 관
계를 갖고서 커다란 망처럼 조직되었음을 인식하고 있는 것이다. 그
렇기 때문에 한수라는 주인공이 맺고 있는 개인적인 여러 관계가
여러 에피소드를 통해서 엮어짐으로써 커다란 조직체가 될 수 있었
다. 이 작품의 조직의 다양성은 그러한 에피소드들의 층위나 차원
이 다르면서도 모두 얽어 맬 수 있었던 작가의 탁월한 구성을 확인
하게 한다. 그것은 바로 선배 작가의 정신 속에 '소설이 척추뼈'라

는 인식이 살아서 움직이고 있음을 이야기하며 소설이 소설로서의
힘을 유지하고 있다는 증거이기도 한 것이다. 소설이란 아무것도
아닐 수 있으면서도 모든 것이라는 말도 거기에서 나온 것이다.
　많은 젊은 작가들이 소설을 써 버리는 경향이 있는 오늘의 풍토
속에서 소설을 정성들여 제작하고 있는 선배 작가가 있다는 것은
동시대에 살고 있는 우리의 행복일 것이다.

황순원 전집 10

신들의 주사위

초판 1쇄 발행 1982년 8월 10일
초판 5쇄 발행 1988년 2월 25일
재판 1쇄 발행 1989년 11월 30일
재판 4쇄 발행 2011년 11월 11일

지은이 황순원
펴낸이 홍정선
펴낸곳 ㈜문학과지성사
등록번호 제10-918호(1993. 12. 16)
주소 121-840 서울 마포구 서교동 395-2
전화 02) 338-7224
팩스 02) 323-4180(편집)   02) 338-7221(영업)
전자우편 moonji@moonji.com
홈페이지 www.moonji.com

ISBN 978-89-320-2249-9
ISBN 89-320-0105-7(세트)